Heidegger.
Introduction à une lecture

Christian Dubois

Heidegger.
Introduction
à une lecture

Éditions du Seuil

ISBN 978-2-02-033810-3

Sommaire

Introduction

Heidegger consacra les dernières années de sa vie à mettre en chantier l'édition de ses œuvres. Elles paraissent aujourd'hui à un rythme soutenu, et comporteront plus de cent tomes : l'œuvre de Heidegger est encore à venir. Dans ce constat, il ne s'agit pas que d'une édition encore en partie absente. Toute grande œuvre se signale peut-être par ce qu'elle recèle d'un avenir inouï. Ce qui ne signifie à son tour que ceci : toute grande œuvre nous force à la lire, depuis notre présent, déplaçant notre relation au passé, nous ouvrant ainsi à ce qu'on n'espérait pas, à ce qu'on ne pensait pas, à quoi on se retrouve forcé à penser. Toute grande œuvre nous offre à nous-mêmes au cœur de notre temps, nous apprend ce qu'est notre temps – y compris dans ce que nous pourrions avoir la force d'y objecter. Il ne s'agit donc, en un sens, pour comprendre Heidegger, que de le lire. Ce livre ne prétend qu'à une seule chose : faire lire Heidegger, introduire à une lecture. Introduire veut dire ici : amener un lecteur éventuel à aller voir par lui-même, proposer quelques chemins dans quelques textes qui pourront ensuite s'effacer pour autant que le lecteur trace les siens.

La pensée de Heidegger s'est consacrée à une seule question : que veut dire être ? A vrai dire, sous cette forme, ce n'est pas la question de Heidegger – mais celle de Platon et d'Aristote, la question directrice de la philosophie. Mais la *position effective* de la question manifeste sa force de métamorphose : la question du sens de l'être en vient, répétant le premier commencement grec de la philosophie, à mettre ce commencement en question. Ce gigantesque ébranlement se produit d'abord en 1927, dans ce maître livre qu'est *Etre et Temps*. Tout *Etre et Temps* est tendu vers la possibilité de montrer et de dire ceci : être veut dire temps. Ne faisons pas mine de comprendre : dans cette proposition, pour autant que nous la comprenions dans l'élan de la question, « être » et « temps », rapportés l'un à l'autre, acquièrent des significations insolites, et pourtant proches de nous. A vrai dire, même, elles nous concernent au premier chef, si tant est que nous sommes le lieu de ce jeu de l'être et du temps, que nous avons à l'être. Comment comprendre tout cela ? D'abord en lisant *Etre et Temps*. On proposera donc une traversée de cet ouvrage dans nos deux premiers chapitres. Tous les chemins de pensée de Heidegger passent par *Etre et Temps*, fût-ce pour le « dépasser ». Il faut donc commencer par là.

Etre et Temps ne « résout » pas la question qu'il pose, est inachevé. Cela veut dire : il maintient la question ouverte. Après *Etre et Temps*, Heidegger va s'engouffrer dans cette ouverture, et, sous la pression de la question initiale, être amené à un « tournant » de la pensée. Tournant ne signifie pas revirement, mais, bien plutôt, fidélité à l'unique question de l'être et du temps. Nos troisième et quatrième chapitres suivent ce tournant : d'abord en suivant la destinée de la « métaphysique » dans la pensée de Heidegger, ensuite en éclairant le chemin de pensée qui va de la question : que veut dire être à la pensée de l'« événement appropriant » *(Ereignis)*. Dans ce tournant a lieu ce que Heidegger appelle d'abord « surmontement » de la métaphysique, qui signifie proprement la « sortie » de la pensée de Heidegger de la philosophie. Là est sans doute, si l'on s'efforce d'en suivre patiemment le sens, le plus grand dépaysement que propose la pensée de Heidegger.

Ces quatre premiers chapitres balisent un chemin que nous parcourrons ensuite en cinq directions. L'unique question est riche du plus grand déploiement : la question du sens de l'être met en question ce que nous sommes dans notre rapport même à l'être, et n'a vraiment rien à voir avec ce que la métaphysique d'école appelait « ontologie ». On interroge donc ce rapport suivant les questions de la science et de la technique, de la langue, de l'art et de la poésie, de la politique, du rapport à Dieu et au sacré. A chaque fois, pour traiter ces questions, nous partons de *Etre et Temps,* puis nous montrons comment ces questions elles-mêmes en viennent à tourner.

Nous n'avons prétendu à aucune « exhaustivité ». Par exemple, le rapport de la pensée de Heidegger à ceux qu'on appelle les « présocratiques » n'est pas interrogé, et l'histoire de l'être selon Heidegger est à peine esquissée. On peut considérer cela comme autant de « défauts ». Mais c'est qu'il faut choisir un « défaut » contre un autre. Celui dont nous avons voulu avant tout nous garder, sans jamais vraiment y réussir, est le discours général. On peut sans peine fournir un résumé de la pensée de Heidegger, et décrire l'histoire de l'être. Mais résumé et description coupent de la question, et, par exemple, du rapport vivant et questionnant de la pensée de Heidegger à la tradition philosophique. Plutôt que de « présenter » le contenu des interprétations de Heidegger d'Aristote, de Platon, de Descartes, etc., qui, du reste, ne se ramènent jamais à l'acquisition d'un « contenu », on a préféré revenir au foyer qui rend possible l'interprétation. Le lecteur suppléera avantageusement par lui-même à nos manques. Par ailleurs, pour se garder des généralités, nos lectures sont toujours référées aux textes eux-mêmes, parmi lesquels il a fallu choisir. Nous pensons qu'il vaut mieux tenter de lire précisément quelques textes que de procéder à des cavalcades les survolant tous, et aucun. Nous avons usé des traditions françaises disponibles, quand il y en a, souvent en les modifiant – plus ou moins « légèrement ». Nos parcours sont donc partiels. Sont-ils « impartiaux » ? Notre souci n'a pas été de fournir une quelconque « thèse » sur Heidegger. Mais nous ne prétendons pas non plus à une « objectivité » tout idéale. Ce serait du reste se fermer radicalement à Heidegger que de prétendre lui appliquer les procédures d'une histoire de la philosophie objectivante – ce qui ne veut pas dire non plus qu'il faille le répéter servilement. Aucune lecture n'est sans distance interprétative : le lecteur jugera de la nôtre, pour installer la sienne.

Heidegger, dit-on, commença un cours sur Aristote par ces mots : « Il naquit, il travailla, il mourut. » Mais l'on naît en un lieu et en un temps déterminés, et le travail peut avoir pour fin de les ressaisir, sous la pression de la mort. La phrase n'est donc pas une « élision » du « biographique », mais indique peut-être, allusivement, une certaine façon de comprendre l'intrication de la naissance, du travail et de la mort.

Heidegger, si l'on veut, est un penseur « enraciné », et l'on rencontre dans ses écrits des fermes de Forêt-Noire, des ponts sur le Rhin, des chemins forestiers et de vieux clochers. Heidegger travailla beaucoup isolé dans sa « Hütte » (son chalet rustique construit par lui-même et ses étudiants au début des années 20) dans la Forêt-Noire, et refusa une nomination à Berlin. Ce n'était pas un homme des villes. Mais on ne perdra pas de vue que l'« enracinement » n'est pas un « fait », que le Dasein n'est pas un sapin, et que le « lieu » qui lui est originaire est l'inquiétante étrangeté. Cela dit, on peut informer, donner quelques repères chronologiques. Heidegger naquit en 1889, à Messkirch, dans le pays de Bade, dans un milieu modeste intensément catholique. Il fit ses études secondaires au lycée de Constance jusqu'en 1909, pour entreprendre ensuite des études de théologie à l'université de Fribourg, qu'il abandonna en 1911 pour se consacrer à la philosophie. D'abord docteur en philosophie avec une dissertation sur « La doctrine du jugement dans le psychologisme » soutenue en 1916, il soutient sa thèse d'habilitation, *Le Traité des catégories et de la signification chez Duns Scot* en 1917, et devient *Privatdozent* (assistant) à l'université de Fribourg, où Husserl a succédé à Rickert en 1916. Réformé pour des raisons de santé durant la Première Guerre mondiale, marié en 1919 avec E. Petri dont il aura deux fils, il est nommé en 1922 comme professeur (non titulaire) à Marbourg, où il travaille avec le théologien protestant R. Bultmann. C'est en 1920 que commence une amitié avec K. Jaspers. En 1927, paraît *Etre et Temps,* qui lui permettra de reprendre la chaire de Husserl à Fribourg en 1928. Ses étudiants sont H. Arendt, qu'il aima, H.G. Gadamer, H. Marcuse, K. Löwith, H. Jonas, E. Fink. *Etre et Temps* fait l'effet d'une bombe, de même que l'enseignement prodigué par Heidegger. Heidegger publie en 1928 les *Leçons pour une phénoménologie de la conscience intime du temps* de Husserl, et en 1929, il publie *De l'essence du fondement* dans un volume d'hommage à Husserl. Mais ce dernier se détache bientôt de lui, voyant dans sa pensée une anthropologie quittant la phénoménologie transcendantale et un dangereux irrationalisme. En 1933, Heidegger est nommé recteur de l'université de Fribourg, et annonce publiquement son adhésion au parti national-socialiste. Il entre dans ses fonctions par la lecture d'un discours, *L'Auto-affirmation de l'Université allemande.* L'année 1933 voit la parution de nombreux discours de soutien au régime nazi. Pourtant, en février 1934, il démissionne du rectorat : le projet d'une révolution des universités n'a pas eu lieu, c'est la fin de l'activité « politique » institutionnelle de Heidegger. Il enseignera à Fribourg jusqu'à la fin de la guerre, parfois attaqué par des idéologues nazis, parfois critique dans ses cours quant au régime. La critique ne va cependant jamais jusqu'à la résistance. En 1945, année de la rencontre avec J. Beaufret (par qui il se liera avec R. Char), il est interdit d'enseignement, interdiction maintenue jusqu'en 1951, où il revient enseigner à l'université de Fribourg. Il fera un premier voyage en France en 1955, pour un colloque à Cerisy. Il y reviendra, d'abord à Aix-en-Provence en 1958, puis pour les séminaires du Thor dans les années 60. Il effectue un premier voyage en Grèce en 1962, un deuxième en 1967. Il meurt en 1976, année de la parution du premier tome de son *Œuvre complète.*

Liste des abréviations

EdM	Einführung in die Metaphysik
EzHD	Erläuterungen zu Hölderlins Dichtung
FnD	Die Frage nach dem Ding
GA	Gesamtausgabe, toujours suivi du numéro du tome.
GPh	Die Grundprobleme der Phänomenologie
HB	Briefe über den Humanismus
HHGuR	Hölderlins Hymnen « Germanien » und « der Rhein »
Hw	Holzwege
ID	Identität und Differenz
KPM	Kant und das Problem der Metaphysik
N1, N2	Nietzsche 1, Nietzsche 2
PT	Phänomenologie und Theologie
SuZ	Sein und Zeit
UzS	Unterwegs zur Sprache
VuA	Vorträge und Aufsätze
W	Wegmarken
WhD	Was heisst Denken ?
ZSD	Zur Sache des Denkens

CHAPITRE I

Etre et Temps, 1

En 1962, répondant dans une lettre à une question de son exégète américain Richardson, qui l'interrogeait à propos du « tournant » survenu dans sa pensée, Heidegger répondait ceci : « [...] dès le départ de la question de l'être dans *Etre et Temps*, la pensée elle aussi est appelée à un retournement qui fasse répondre son allure au tournant lui-même. Ainsi, la position de la question de *Etre et Temps* n'est en aucun cas abandonnée[1]. » 1962, c'est aussi l'année de la conférence « Temps et être ». Le titre de la conférence est aussi celui de la troisième section de la première partie de *Etre et Temps*, celle-là même qui, avec toute la deuxième partie, n'a pas été publiée. La conférence de 1962 répond à ce qui avait été projeté en 1927. Elle n'en est pourtant pas, trente-cinq ans après, la simple « suite ». Pour qui tente de lire cette conférence, et se reporte ensuite à *Etre et Temps,* il semble que tout est bouleversé. Le vocabulaire, la syntaxe, le rythme et le style de la pensée paraissent au premier abord distinguer deux mondes, deux univers de la pensée. Et pourtant non. Certainement, beaucoup de choses se seront produites, en presque cinquante ans d'endurance sur le même chemin de pensée, mais, répétons-le avec Heidegger : « [...] la position de la question de *Etre et Temps* n'est en aucun cas abandonnée. »

C'est dire que tout essai de comprendre la pensée de Heidegger doit commencer par lire *Etre et Temps*. Et pas seulement « commencer ». *Etre et Temps* est un des rares grands livres de la philosophie. Il faut donc aussi y demeurer, c'est-à-dire constamment y revenir. Livre fourmillant, pluriforme, *Etre et Temps* est pourtant tendu par une unique question, ou, mieux, par l'essai de trouver un

sol qui permette de la poser. La lecture doit elle-même se
laisser tendre par cette question, et l'engager au plus profond des détails, des mille et une aspérités, génialités, sur-
prises que recèle le texte. Il y a là profusion. On ne
pourra, dans les deux chapitres qui suivent, en donner
qu'une pâle idée.

La rédaction de *Etre et Temps* s'étend de 1923 à 1926.
Des cours de la même période offrent l'aspect de rédac-
tions différentes, les cours des années qui suivent pour-
suivent la tâche, ou le « chantier ». Le cours de 1927,
Problèmes fondamentaux de la phénoménologie, donne
une partie (à vrai dire une toute petite partie, presque un
échantillon) de la troisième section, manquante, de la première partie. D'une certaine façon, les trois textes publiés
de 1929 *(Qu'est-ce que la métaphysique?, De l'essence
du fondement, Kant et le Problème de la métaphysique)*
sont des « morceaux » directement, immédiatement, enra-
cinés dans *Etre et Temps*. On a pourtant fait le choix,
dans ce qui suit, sans en faire une règle absolue, de suivre
seulement *Etre et Temps,* et de peu faire référence à
d'autres textes. Faire la « genèse » de *Etre et Temps,*
l'éclairer par des textes connexes, est une tâche nécessaire. Mais il faut d'abord entrer dans le texte lui-même [2].

I. La tâche d'une position de la question de l'être : l'ontologie fondamentale comme analytique existentiale

Etre et Temps s'ouvre sur une citation du Sophiste :
« Car manifestement, vous êtes bel et bien depuis longtemps familiers de ce que vous visez à proprement parler
lorsque vous employez l'expression "étant"; mais pour
nous, si nous croyions certes auparavant le comprendre,
voici que nous sommes tombés dans l'embarras. » Or,
précise Heidegger, cet embarras est toujours le nôtre :
« Ainsi, il s'impose de poser à neuf *la question du sens de
l'être* » (001). L'exposition de la nécessité, de la structure
et de la primauté de cette question embarrassante fait

l'objet du premier chapitre de l'introduction de *Etre et Temps*.

Que veut dire « être » ? Si nous posons la question ainsi, non seulement nous ne savons pas à quoi nous raccrocher pour y répondre, mais la question elle-même peut apparaître comme la plus vide et la plus futile, même pas une question. En effet, « être », n'est-ce pas le concept le plus universel, et donc à la compréhension la plus vide, le plus indéfinissable, puisque toute « définition » de l'être doit employer le défini en énonçant « c'est... », et, de surcroît, le plus évident, et donc le moins questionnable ? Dans le premier paragraphe de *Etre et Temps,* Heidegger, signale brièvement l'origine historique et la nécessité de faire la généalogie de ces trois obstacles premiers à toute ontologie, qu'il nomme des « préjugés » (qui ne sont donc pas que des préjugés du sens commun, mais ont leurs racines dans l'histoire même de l'ontologie), et s'emploie à en montrer l'obscurité. L'universalité du concept d'être ne peut pas être un argument accusant la mauvaise abstraction de toute ontologie. Au contraire, cette universalité est un problème. C'est précisément l'exténuation de la problématicité de ce problème qui aboutit, chez Hegel, à la détermination de l'« être » comme « immédiateté indéterminée [3] ». En effet, l'universalité de l'« être » n'est pas, chez Aristote, celle du genre [4]. L'unité du concept d'être est peut-être alors une unité d'analogie, et l'être, par rapport aux genres, un « transcendantal », comme le précisera la philosophie médiévale. Mais en tout cas, cette seule et rapide évocation (il ne s'agit, dans ce premier paragraphe, que d'exhiber le préjugé comme tel) montre que l'universalité alléguée du « concept » d'être n'a rien de transparent, et nécessite justement un éclaircissement. Il en va de même pour les deux autres préjugés, indéfinissabilité et évidence (*Selbstverständlichkeit* : ce qui se comprend de soi et ne demande aucun autre éclaircissement). Heidegger cite, en note, Pascal : « On ne peut entreprendre de définir l'être sans tomber dans cette absurdité : car on ne peut définir un mot sans commencer par celui-ci, c'est, soit qu'on l'exprime ou qu'on le sous-entende. Donc pour définir l'être, il faudrait dire c'est, et ainsi employer le mot défini dans sa définition » (004).

Mais ce qui voudrait empêcher la question ontologique ne fait qu'en accuser la problématicité. D'abord : « l'"être" n'est pas quelque chose comme de l'étant » (004), ensuite et pour répondre de cela, toute « exposition » de l'être nécessite une logique à elle appropriée. Comme par contrebande, s'introduisent ici deux thèmes directeurs de la pensée de Heidegger : la « différence ontologique », qui n'est pas nommée comme telle dans *Etre et Temps,* et la nécessité, pour répondre de cette différence, de l'élaboration d'une logique originaire, une onto-logique. Certes, il ne s'agit pas ici de thématiser ce qui ne fait qu'affleurer, mais de circonscrire l'objection d'« indéfinissabilité » pour la retourner en question. Ce qui est fait. Enfin, la troisième objection dit : tout le monde comprend, de soi, ce qui est dit lorsque l'on dit : « le ciel est bleu », « je suis joyeux ». L'être signifie évidemment dans le « est », dans le « suis ». Pourquoi se mettre en peine d'un éclaircissement supplémentaire ? Mais, par exemple, « être » veut-il dire la même chose, et quoi, lorsque j'énonce les deux propositions précitées ? A vrai dire, on n'en sait rien, ou, mieux, ce que montre cette compréhension ordinaire de « être », c'est qu'elle est, précisément, ordinaire, moyenne et vague. Elle est elle-même un fait, mais nous ne pouvons pas exciper de ce fait pour conclure à l'inquestionnabilité paresseuse.

Admettons (et comment ne pas l'admettre ?). En retournant les objections en autant de motifs pour questionner ce qu'être veut dire, nous n'avons pour autant acquis aucune orientation particulière pour poser cette question. Par où commencer ? Par le bleu du ciel, qui *est* ? Par moi, qui *suis* ? Et pourquoi là plutôt qu'ailleurs ? Et comment interroger le « est », sur son sens, et le « suis » ? Et quel genre d'interrogation ? Grammaticale, logique, intuitive, ou que sais-je encore ? Nous sommes rejetés en pleine mer. Heidegger va orienter la question en s'orientant sur la question.

Nous posons, nous voulons poser la question du sens de l'être, nous voulons y trouver une réponse. Toute question se déploie, formellement, entre trois pôles : il y a, d'une part, ce que l'on questionne, le questionné *(das Gefragte),* ce que l'on demande à son sujet, le demandé *(das Erfragte)*, et ce que l'on interroge pour obtenir, au sujet du questionné, le demandé, l'interrogé *(das Befragte)*. Si je veux savoir le prix (le demandé) du pain (le questionné en direction de sa valeur marchande), j'interroge la boulangère (l'interrogée). Mais qui va répondre du sens de l'être, qui pourra être interrogé, et selon quelle légitimité ?

Il y a question et question. A vrai dire, si je demande, à table, qu'on me passe le sel, on me le passe. La question a pragmatiquement réussi, sans que j'aie eu à l'éclaircir comme question. Elle s'engloutit comme question dans la réponse adéquate. Elle fonctionne. Certes, il n'en va pas de même de la question du sens de l'être, elle a besoin d'une position explicite, c'est-à-dire qu'elle doit d'abord se rendre transparente dans sa possibilité même. Le questionné, avons-nous dit, est l'« être ». Or, nous ne manquons pas absolument d'une référence à ce questionné. Au moins, nous comprenons, vaguement et moyennement, ce qu'être veut dire. A preuve tout ce que nous venons d'écrire, qui, pour obscur qu'il est encore, n'est pas néanmoins incompréhensible. Il y a là un fait : *« Cette compréhension moyenne et vague de l'être est un fait »* (005). Mais comment comprendre ce fait ? Pourquoi caractériser notre compréhension ordinaire de l'« être » de « moyenne et vague » ? Ne faut-il pas, pour cela, déjà disposer du sens même de l'être ? Ou, plus simplement, comment passer de cette compréhension moyenne et vague, qui ne se signale encore que par son obscurité embarrassante, au sens philosophiquement fixé de l'être ? Où prendre conseil pour au moins déployer cette question ? Le ciel, la table, moi-même *sommes*. Il y a là des *étants*. *Etre* : ce à partir de quoi l'étant est tel. L'être, au moins, est *l'être de l'étant*. Se demander ce qu'être veut dire, ce serait donc interroger l'*étant quant à son être*. Mais quel étant ? Ou encore, un étant particulier se signale-t-il, du sein de l'étant innombrable, qui puisse se presser de lui-même pour se prêter à cette interrogation ? Un étant est-il le répondant insigne de cette question ? La question, avons-nous dit, doit être rendue transparente, comme question. Or, écrit Heidegger :

« Si la question de l'être doit être posée expressément

et être accomplie dans une pleine transparence d'elle-même, alors une élaboration de cette question, d'après les élucidations antérieures, exige l'explication du mode de visée de l'être, du comprendre et du saisir conceptuel du sens, la préparation de la possibilité du choix correct de l'étant exemplaire, l'élaboration du mode propre d'accès à cet étant. Or viser, comprendre et concevoir, choisir, accéder sont des comportements constitutifs du questionner, et ainsi, eux-mêmes des modes d'être d'un étant déterminé, de l'étant que nous, les questionnants, nous sommes à chaque fois nous-mêmes. Elaboration de la question de l'être signifie donc : rendre transparent un étant – le questionnant – en son être. En tant que mode d'*être* d'un étant, le questionner de cette question est lui-même essentiellement déterminé par ce qui est en question en lui – par l'être. Cet étant que nous sommes à chaque fois nous-mêmes et qui a entre autres la possibilité essentielle du questionner, nous le saisissons terminologiquement comme Dasein » (007).

Questionnant, celui qui questionne, comme tel, au moins, est. La question : un comportement étant. Eclaircir la question du sens de l'être, c'est d'abord éclaircir l'être de la question, ou, mieux, du questionnant. L'interrogé est l'interrogeant. La question du sens de l'être semble se recourber sur elle-même, se proposer d'abord l'éclaircissement de l'être de l'étant pour qui la question de l'être fait question, pour qui l'être est en question. Nous demandions : quel étant, de lui-même, se presse et se distingue pour être l'interrogé de la question du sens de l'être ? Manifestement, seul pourra répondre celui qui en répond ! Or, celui qui en répond se montre comme tel en ceci que, au moins, il questionne. Qui est-il, cet étant qui répondra à la question du sens de l'être parce que d'abord, étant, il en répond ? Nous-mêmes, dit Heidegger. C'est-à-dire ? « Cet étant que nous sommes nous-mêmes et qui a entre autres la possibilité essentielle de questionner, nous le saisissons terminologiquement comme *Dasein* » (007). Entrée du Dasein dans *Etre et Temps*.

Qu'est-ce que le Dasein, ou, plutôt, qui est le Dasein ? La question, posée ainsi à l'orée de *Etre et Temps,* a toujours quelque chose de précipité. Pourquoi ? Tout simple-

ment parce que *Etre et Temps* tout entier est précisément
la réponse à cette question. *Etre et Temps* est le grand
livre du Dasein. On peut néanmoins faire d'ores et déjà
deux sortes de remarques : sur le mot Dasein lui-même,
puis sur les caractéristiques préliminaires du Dasein
avancées par Heidegger dans l'introduction de *Etre et
Temps*. D'abord, nous n'avons pas traduit le mot de
Dasein, comme du reste la coutume semble s'en instaurer
en France. Pourquoi ? Dasein, dans le lexique philosophique allemand, est une traduction germanique du latin
existentia. C'est en ce sens que Kant parle de l'« existence de Dieu », *« Dasein des Gottes »*, c'est aussi à partir
de cette signification que Hegel fait du Dasein une caté-
gorie, pauvre, de sa logique spéculative. Cette signification est parfaitement traduite par le décalque français
« être-là », qui signifie à peu près l'existence empirique
constatable. Or, Heidegger fait subir à ce mot une aventure sémantique somme toute extraordinaire, puisque le
mode d'être du Dasein, ce que veut dire être pour lui,
le distingue précisément du sens de *existentia*, « être-là »,
ou encore, tout bonnement, réalité. Le retour au Dasein
est même ce qui permet de mettre en question le sens
indifférent de l'être au sens de « réalité » ! Qu'est-ce qui
permet, dans le mot, de le faire ainsi signifier en quelque
sorte à rebours de son sens courant ? La possibilité, en le
décomposant et en l'entendant transitivement, d'y entendre
que pour cet étant, il en va d'être, d'avoir à être son Là, sa
propre ouverture à lui-même. Cette chance du mot allemand, il est arrivé à Heidegger d'en proposer, dans une
lettre à J. Beaufret, la traduction française « être-le-là ».
« Dans un français sans doute impossible [5] », précisait-il
avec justesse. La possibilité française n'apparaissant pas,
il est sans doute sage de ne pas traduire, ce qui est, en fait,
au sein d'une traduction, un choix de traduction.

Maintenant, que signifie Dasein ? Le Dasein apparaît,
avons-nous dit, comme le répondant nécessaire de la
question de l'être. Le Dasein est cet étant qui est concerné
par l'être. Mais le Dasein est – nous-mêmes, à chaque
fois. Certes, mais justement, nous-mêmes seulement en
tant que nous sommes concernés par l'être. Ou encore :
le Dasein est et n'est pas l'« homme ». Il ne l'est pas : le

Dasein permet de réduire toutes les définitions tradition-
nelles de l'homme, animal rationnel, corps-et-âme, sujet,
conscience, et de les questionner à partir de ce trait
premier, le rapport à l'être. Il l'est : il n'est pas « autre
chose » que l'homme, un autre étant, il s'agit bien de
nous-mêmes, mais nous-mêmes pensés à partir du rapport
à l'être, c'est-à-dire à notre être propre, à celui des choses
et d'autrui. Dasein dit l'humanité de l'homme comme
rapport à l'être. Comment, préliminairement, le comprendre ? Quel est le mode d'être singulier du Dasein ?
L'existence. Là encore, il faut être attentif. Le mot
d'*Existenz* ne signifie pas l'*existentia* comme réalité.
D'abord, il s'agit bel et bien d'un vocable ontologique,
l'existence est le mode d'être du Dasein. Et de lui seul.
Seul le Dasein existe. Le rocher, ou la cuiller, ou Dieu,
n'existent pas, ce qui ne veut pas dire qu'ils ne sont pas,
mais selon une autre modalité d'être. Mais que veut dire
existence ? Préalablement, ceci : « Le Dasein est un étant
qui ne se borne pas à survenir *[Vorkommen]* parmi les
autres étants. Il possède bien plutôt le privilège ontique
suivant : pour cet étant, il y va en son être *de* cet être. Par
suite, il appartient à la constitution d'être du Dasein,
d'avoir, en son être, un rapport d'être à cet être » (012).
Autrement dit, le Dasein, en son être, dans sa manière à
lui d'être, se rapporte à son être, c'est-à-dire est ouvert
à lui-même, se « comprend », a à être. Le Dasein a ce privilège ontique qu'il est, de lui-même, ontologique. Ce qui
ne veut pas dire qu'il développe une ontologie thématique, mais qu'il se tient toujours, c'est justement sa
manière de « se tenir », dans une compréhension implicite de ce qu'être veut dire. On dira en ce sens qu'il est
« préontologique ». Par ailleurs (mais nous aurons l'occasion d'y revenir longuement), cette compréhension qu'il
a de son être n'est pas au premier chef « théorique », elle
ne dit pas non plus ce qu'on appelle la « conscience ».
Etre, au sens d'exister, c'est se tenir engagé dans une possibilité de soi-même, que l'on a ou non choisie, de telle
sorte que cette possibilité, on a précisément, s'y rapportant, à l'être au sens verbal et transitif. A chaque fois,
pour chaque Dasein concret. La manière concrète singulière qui me revient à chaque fois, à moi, est ma tâche

existentielle. Or, s'enquérir des structures d'être qui rendent possible, *a priori,* l'existence concrète, c'est précisément s'enquérir de l'existentialité de l'existence. Faire l'ontologie de cet étant, le Dasein, qui se signale comme ayant un rapport à l'être, c'est donc fournir une analytique existentiale.

L'analytique existentiale est ontologie fondamentale. Qu'est-ce que cela veut dire ? Le paragraphe 3 de *Etre et Temps* traite de la « primauté ontologique de la question de l'être » (008). Il exhibe cette primauté à partir d'une hiérarchie fondationnelle assez classique (platonicienne), au moins dans son apparence. Les sciences « positives » s'occupent de déterminer l'étant d'un domaine à chaque fois particulier. Cette recherche n'est possible à son tour qu'à partir du projet ontologique de ce domaine, que les sciences considérées projettent, dans une démarche d'autofondation qui est leur geste fondamental, pourtant obscur à elles-mêmes. La physique mathématique a besoin, pour explorer la région de l'étant déterminée comme nature, de comprendre ce qu'être-naturel veut dire. En son fond, une science s'ouvre à elle-même son domaine en élaborant les concepts ontologiques de ce domaine. Mais elle n'est pas tournée thématiquement vers cette élaboration, tout du moins dans son activité « normale », mais vers la détermination de l'étant de son domaine. En ce sens, toute science positive (ontique) travaille à partir d'une hypothèse ontologique de son domaine. Les sciences ont donc besoin (mais ce besoin, elles ne l'expérimentent pas comme tel, ou rarement : dans les moments de « crise ») d'une fondation philosophique de leur domaine, qui, en son essence, est une fondation autre que l'autofondation scientifique, d'un système d'ontologies régionales ouvert par la philosophie comme science explicitement ontologique, comme « Science de l'être ». Mais ce système a besoin, d'abord, d'une clarification du sens de l'être *« uberhaupt »*, en général et pour lui-même. Le moment historique qui est celui des sciences à l'époque de la rédaction d'*Etre et Temps,* moment de crise des fondements, non seulement en mathématiques, mais, écrit Heidegger, en physique, en biologie, dans les « sciences de l'esprit et en théologie, rendrait particulièrement sensible ce besoin [6]. Ce projet de fondation assoit la primauté ontologique de la question du sens de l'être, fondation ultime des ontologies régionales. Mais comment penser, en rapport à lui, l'ontologie fondamentale comme analytique existentiale ? Le § 3 en reste à ce que l'on pourrait appeler une vision « noématique » de la science, réfléchie à partir du projet ontico-ontologique de ses domaines, et ne développe pas le concept de science à partir même de l'analytique existentiale du Dasein. Or, la perspective de l'ontologie fondamentale va venir compliquer ce schéma.

En effet, d'une certaine manière, le § 4, qui dégage « la primauté ontique de la question de l'être » (011), infléchit le regard porté précédemment sur les « sciences » : « Les sciences, en tant que comportements de l'homme, ont le mode d'être de cet étant (homme). Cet étant, nous le saisissons terminologiquement comme *Dasein*. La recherche scientifique n'est ni le seul ni le prochain mode d'être possible de cet étant » (011). La prise en compte de la connaissance scientifique à partir du Dasein subordonne et secondarise la tâche fondative indiquée au § 3, et l'enracine dans l'analytique existentiale. De quelle manière ? Nous l'avons dit, le Dasein a un privilège ontique : il existe, c'est-à-dire il comprend l'être. On peut donc différencier la compréhension existentielle de soi (projet concret de soi-même dans l'éclairement duquel chaque Dasein se tient et dans lequel il « résout » son existence, devient lui-même ou manque à le devenir) et la compréhension existentiale, c'est-à-dire l'analyse philosophique des structures ontologiques de l'exister. Mais dans la compréhension de l'être du Dasein est impliquée quelque chose comme la compréhension d'un « monde », et, aussi bien, la compréhension de l'être des étants qui sont suivant un autre mode d'être que le Dasein (par exemple, la nature). D'où cette phrase, remarquable d'indétermination : « Ainsi, *l'ontologie fondamentale*, d'où seulement peuvent jaillir toutes les autres ontologies, doit-elle être nécessairement cherchée dans l'*analytique existentiale du Dasein*. » Pourquoi parlons-nous ici d'« indétermination » ? Le Dasein jouit d'une triple primauté : pri-

mauté ontique, primauté ontologique, primauté ontico-
ontologique. Articulons cette triple primauté : le Dasein,
parmi les autres étants, est l'étant déterminé en son être
par l'existence, exister implique de comprendre l'être,
comme étant qui comprend l'être, le Dasein est la condition de possibilité de toutes les autres ontologies. Il l'est
même de la façon la plus radicale qui soit, s'il est vrai que
l'enquête philosophique ne fait que radicaliser sa tendance d'être la plus intime, la compréhension de l'être
(en ce sens, philosopher, c'est exister, accomplir ce que le
livre sur Kant de 1929 appellera la « métaphysique naturelle » du Dasein). Soit. Mais que signifie, ici, être condition de possibilité, ou que signifie « fondamental » dans
ontologie fondamentale ? D'une part, pour poser la question de l'être, il faut, préparatoirement, effectuer l'ontologie particulière de cet étant qui comprend l'être, le
Dasein. En ce sens, l'analytique existentiale est préparatoire, elle permet de poser adéquatement la question de
l'être « lui-même ». Mais elle n'assure pas, pour le
déploiement de cette question, un fondement au sens du
« *fondamentum inconcussum* » cartésien. Au contraire,
ouvrant sur l'ontologie proprement dite, cette ontologie
du Dasein doit, sur le fondement de la réponse trouvée à
la question du sens de l'être, être répétée à son tour. Il y a
manifestement un cercle, qui devient même spirale : dans
l'analyse de l'être du Dasein, le sens de l'être est déjà
engagé, il devra ensuite être dégagé à partir de cette analyse, qui devra, chemin pris en vue à partir du but, être
envisagée à nouveau. Du coup, les « ontologies régionales » ne seront parachevées qu'à partir de ce terme
ultime du projet. On peut certes reconnaître que, en général, il arrive à Heidegger, parlant de l'« ontologie fondamentale », de désigner la totalité de son projet. Mais le
sens strict de cette expression désigne l'analytique existentiale comme préparation à la question de l'être. Une
expression résume notre perplexité, celle qui intitule la
première section de *Etre et Temps* : « L'analyse fondamentale préparatoire du Dasein. » Comment une analyse
peut-elle être à la fois fondamentale et préparatoire ?
Certes, on pourrait arguer que, dans le contexte, cette
« préparation » prépare la répétition de la section 1 par la

section 2. Néanmoins, c'est bien toute l'ontologie fondamentale qui est préparatoire. En effet, lisons : « Cependant, l'analyse du Dasein est non seulement incomplète,
mais avant tout *provisoire*. Elle dégage seulement l'être
de cet étant, sans interpréter son sens. C'est le dégagement de l'horizon pour l'interprétation la plus originelle
de l'être qu'elle est bien plutôt destinée à préparer. Que
celle-ci soit d'abord acquise, et alors l'analytique préparatoire du Dasein exigera d'être répétée sur une base
ontologique plus élevée et plus authentique » (017). Retenons donc trois choses (et nous aurons bien sûr l'occasion
d'y revenir, cette question, mettant en balance celle du
sens de *Etre et Temps*, formant un des motifs les plus
insistants de l'interprétation de *Etre et Temps* par Heidegger lui-même dans sa pensée ultérieure) : l'ontologie fondamentale comme analytique existentiale du Dasein est
un chemin vers la question du sens de l'être se construi-
sant comme exploration de l'être de cet étant particulier,
le Dasein ; elle n'est pas une fondation subjective-idéa-
liste de l'ontologie, au sens où l'être et son sens seraient
inférés d'une représentation que s'en ferait le Dasein, la
compréhension de l'être qui caractérise l'être du Dasein
ne signifie pas la mauvaise relativisation du tout de
l'étant et de l'être en son sens au point de vue d'un étant
particulier, nous-mêmes ; mais alors, en elle, son sens
d'être-fondement reste une question, c'est-à-dire, finalement, quant à la chose, que le « rapport » qui rapporte
l'un à l'autre le Dasein et l'« être » en son sens reste, dans
Etre et Temps, une question.

II. Questions de méthode

Le § 5 projette une première justification programma-
tique du titre même de l'ouvrage. Pourquoi, en effet,
l'être – et le temps ? Le § 5 ne fait que dessiner une
esquisse : ce que montrera l'analytique existentiale du
Dasein, c'est que ce dernier comprend l'être dans l'horizon du temps, sur le fondement de sa propre temporalité

[Zeitlichkeit]. Cela pris en vue, il faudra alors développer l'interprétation « temporale » (Heidegger emploie ici le mot de *Temporalität*) de l'être lui-même (019). Moment le plus avancé de *Etre et Temps*, puisque cette interprétation temporelle de l'être, la troisième section de la première partie de *Etre et Temps*, ne verra pas le jour. Nous nous interrogerons plus loin sur cet inachèvement. Le § 6, partant anticipativement du caractère historique du Dasein, présente « la tâche d'une destruction de l'histoire de l'ontologie » (019), qui devait, dans ses lignes principales, être développée dans les trois sections de la deuxième partie de *Etre et Temps,* qui ne vit pas non plus le jour – et que Heidegger accomplira, la plupart du temps, dans ses cours. Le § 7 clarifie la méthode de la recherche, en en proposant un « pré-concept » : il s'agit de la phénoménologie, se réalisant comme herméneutique. Phénoménologie et destruction sont étroitement solidaires. On en proposera ici une brève caractérisation.

1. La destruction de l'histoire de l'ontologie

Le premier alinéa du premier paragraphe de *Etre et Temps* part d'un oubli, l'oubli de la question de l'être, et circonscrit cet oubli : la question du sens de l'être s'éteint, comme question effective, immédiatement « après » Platon et Aristote. Mais cet oubli signifie aussi la permanence inquestionnée d'un fonds de concepts ontologiques à travers toute la tradition philosophique, jusqu'à Hegel, nommé aussi dans ce premier alinéa : la détermination « grecque » de l'être (l'être compris comme *Vorhandenheit*, c'est-à-dire déterminé implicitement à partir de l'horizon temporel de la présence constante) serait ce fonds. Par-delà les métamorphoses de l'histoire de la philosophie, ce sens, évident et enfoui, allant de soi et ignoré, orienterait tout questionner philosophique à partir d'un oubli de ce qui fut un jour question. L'oubli de la question est l'imposition d'une fausse évidence, dogmatisme latent et insu. Comment une fausse évidence ou l'inquestionnabilité peuvent-elles s'imposer ? Comme tradition, ou, plus précisément, comme mauvaise dépendance de la tradition. Le Dasein, nous le verrons, est déterminé en son être par l'historicité. Ce qui signifie aussi que le questionnement philosophico-ontologique est pleinement historique, et cela non pas sous la figure d'une succession de « figures de l'être », mais à partir même de la situation présente du Dasein questionnant, qui peut soit se laisser aller à céder au poids du passé et à son effet surplombant sur un présent qui ne fait qu'en résulter, soit, à partir de son présent questionnant, ressaisir ladite tradition. La destruction de la tradition est la manière créatrice de s'y rapporter, qui se voit d'abord obligé de traquer en elle ce qui, solidifié, empêche le questionnement. La question du sens de l'être demande donc d'elle-même que sa situation historique soit clarifiée, que le Dasein questionnant s'empare de la situation de son interprétation.

Par « destruction de l'histoire de l'ontologie », il faut entendre, ordonnée à la position présente de la question du sens de l'être, une mise en évidence de l'origine des concepts ontologiques fondamentaux qui prédéterminent notre abord de l'être, voire le bouchent en imposant un « concept moyen de l'être ». Il s'agit d'abord de défaire, de dé-construire ce qui, au fil de l'histoire de la philosophie, se transmet, souvent de manière imperceptible, comme sens d'être ininterrogé : la destruction met d'abord en évidence, de Platon à Hegel, un fonds permanent de conceptualité ontologique. En deçà de ses métamorphoses, déplacements, complications, ce sens d'être doit donc être ramené à son sol d'origine, l'ontologie grecque dans le moment et le mouvement de sa formation. Ce qui veut dire : après cette généalogie première, qui signale une dépendance, mais ne donne pas encore le sens dernier de ce dont elle dépend, il faut opérer une généalogie seconde, c'est-à-dire ramener l'ontologie grecque à son sens propre, c'est-à-dire aux expériences originelles dont elle provient, mettre en évidence, suivant l'expression kantienne que Heidegger reprend à son compte (022), l'« acte de naissance » des concepts ontologiques fondamentaux. Ramenés à l'expérience originelle qui motiva leur formation, ils recevront ainsi une « légitimation » partielle, rendant possible la critique de leur possible unilatéralité, resserrement, limitation. Que faut-il entendre au juste par ce concept d'« expérience » ? Expérience, ici (022), signifie d'abord le domaine ontique prééminent dont part le questionnement ontologique, rapporté à la motivation existentiale de sa prééminence : une compréhension de soi du Dasein, qui, en quelque sorte, se porte de lui-même à comprendre l'être à partir d'un domaine de l'étant déterminé au fil d'un rapport privilégié de lui-même à l'étant et à son être. Ainsi par exemple, en GA 24 [7], des concepts d'essence et d'existence ramenés à leur origine première : le domaine des choses d'usage compris au fil du comportement pro-ductif du Dasein.

La destruction de l'histoire de l'ontologie n'est donc compréhensible qu'à partir du questionnement effectif du sens de l'être – à partir duquel une « répétition » des possibilités du passé devient possible. La destruction vise cette répétition, c'est-à-dire une « appropriation » créatrice de ce qui n'est d'abord que « transmis », poids des morts sur la cervelle des vivants, et qui doit être à nouveau conquis, voire débordé. Heidegger dessine cette destruction dans le § 6. Il y a là un programme qui sera abondamment rempli, mais qui, aussi, et au-delà de *Etre et Temps*, changera de sens.

2. Phénoménologie et herméneutique

Le § 7 détermine la « méthode phénoménologique de la recherche ». Avec ce nom de « phénoménologie », Heidegger semble se placer sous la bannière de Husserl, et la note de la fin du paragraphe dit la dette. Mais il s'agit moins de se placer dans un « courant » de la philosophie que de saisir la phénoménologie comme possibilité, avant même ce que Heidegger comprend comme le tournant « non phénoménologique » de Husserl, retombée dans une pré-détermination inquestionnée de la tâche de la philosophie : la phénoménologie comme science du seul être absolu, la conscience transcendantale [8].

Seul nous est donné, dans *Etre et Temps*, le « pré-concept » (028) de phénoménologie, qui devrait donc recevoir une pleine élucidation à partir de ce qu'il aura permis de dégager, dans la constitution du concept existential de « science », ce que *Etre et Temps* n'accomplira pas. Pour éclaircir ce pré-concept, Heidegger ne procède qu'à l'éclaircissement du nom même de phénoménologie, revenant au sens grec de *phénomène* et de *logos*. Cette considération, à son tour, n'est que formelle. « Phénoménologie » dit un concept de méthode, et ne détermine aucun objet particulier, un « comment » et pas un *quid* : comment se manifeste la chose recherchée, et comment il faut l'aborder à partir de son mode de manifestation. Que veut dire, originairement, phénomène ? Ce qui se montre à même lui-même *[das Sich-an-ihm-selbst-zeigende]*, et à qui il appartient de pouvoir aussi simplement paraître au sens de l'apparence (029). De ce concept de phénomène *[Phänomen]*, il faut distinguer l'apparition *[Erscheinung]*, comme annonce de ce qui ne se montre pas (par exemple les symptômes d'une maladie), ou comme « simple apparition » *[blosser Erscheinung]* au sens de Kant, qui toutes deux supposent le concept de phénomène comme ce qui se montre (029-031). Pour renvoyer à la maladie, le symptôme doit se montrer, et l'apparition *[Erscheinung* kantien] au sens de l'objet de l'intuition empirique doit aussi, soit pris en lui-même, soit comme renvoyant critiquement à la « chose en soi », se montrer. A son tour, le *logos* – la logique – est déterminé, par retour au sens aristotélicien, comme discours apophantique : ce mode du discours qui fait voir quelque chose comme quelque chose à partir de lui-même, et possède donc aussi la propriété de le faire voir comme ce qu'il n'est pas, vérité et fausseté qui trouvent leur source dans la manifestation originaire de ce que le *logos* montre. Ce sens du *logos* est au fondement des diverses compréhensions du sens du terme grec. Evidemment, si nous rassemblons ces deux significations, nous trouvons qu'elles concordent : si le phénomène est ce qui se montre à même lui-même, si le *logos* a pour tâche de montrer à partir de lui-même ce qui se montre, alors l'un répond de l'autre. Certes, mais dans ce royaume phénoménologique, pourquoi donc la phénoménologie est-elle une « tâche » ? On peut sans doute, par exemple, « déformaliser » le concept de phénomène en un sens kantien. Le phénomène concret, c'est alors l'objet de l'intuition empirique, l'objet sensible. Le connaître est la tâche de la science physique – pourquoi serait-il besoin d'une « phénoménologie » ? Quels sont les phénomènes de la phénoménologie ? Heidegger écrit, dans le cadre de l'exemple kantien proposé : « Le concept ainsi employé remplit la signification du concept vulgaire de phénomène. Cependant, ce concept vulgaire n'est pas le concept phénoménologique de phénomène. Dans l'horizon de la problématique kantienne, ce qui est conçu phénoménologiquement sous le nom de phénomène peut, sans préjudice d'autres différences, être illustré en disant : ce qui se montre déjà, d'emblée et conjointement, quoique non thématiquement, dans les apparitions – dans le phénomène vulgairement entendu – peut être thématiquement porté à se montrer, et ce qui ainsi se montre en soi-même ("formes de l'intuition"), voilà les phénomènes de la phénoménologie » (031). Autrement dit, le concept de phénomène peut être déformalisé en deux directions : vulgairement, ce qui se montre, c'est l'étant. Mais justement, ce que nous voulons montrer comme il se montre, ce n'est pas l'étant, mais bien son être. Or celui-ci, de prime abord, ne se montre pas – même s'il est toujours pré-compris d'une certaine manière. Et c'est parce que, de prime abord, l'être ne se montre pas qu'il est besoin d'une phénoménologie, qui montre ce qui est au principe de tout phénomène (au sens « vulgaire »), phénoménalité même du phénomène, l'être. Celui-ci est donc bien, pour autant qu'on comprenne que l'être recouvert est le concept complémentaire [*Gegenbegriff* : la contrepartie, littéralement, le « contre-concept »], la chose même de la phénoménologie : « L'ontologie n'est possible que comme phénoménologie » (035). Enfin, la logique de cette ontologie phénoménologique sera herméneutique. Par là, il ne faut pas entendre un simple appareillage méthodologique propre à un objet particulier de connaissance. Si l'ontologie phénoménologique, dans sa tâche préparatoire et fondamentale, l'analytique existentiale du Dasein, est une herméneutique, se poursuit au long d'un discours explicitant et interprétatif, c'est parce que le Dasein, en son être ontico-ontologique, est herméneutique en son être même ; exister, pour lui, est comprendre et expliciter. Ontologie, Phénoménologie, Herméneutique : le Dasein, d'abord dissimulé à lui-même en son être, se mécomprenant, doit se manifester, s'expliciter ontologiquement (et ainsi se comprendre proprement, en revenant de sa mécompréhension), ne faisant ainsi qu'accomplir une possibilité extrême de son existence même, et cela afin de comprendre ce qui fait à la fois le noyau de son être comme cela même qui l'expulse au-dehors, l'être, qu'il comprend en transcendant l'étant. En ce sens, a-subjectif, la « connaissance ontologique » est transcendantale (038).

III. Le Dasein comme être-au-monde

1. L'amorce de la problématique

Il s'agit donc maintenant, dans le but de poser la question du sens de l'être, de fournir une phénoménologie du Dasein. A cette fin, le § 9 précise deux caractéristiques fondamentales de l'être du Dasein.

« L' "essence" du Dasein réside dans son existence » (042). Toute « détermination » du Dasein est, pour lui, ce qu'il doit, au sens transitif, être. Il ne s'agit donc pas pour lui, justement, d'une « détermination », mais d'un possible de lui-même qu'il doit prendre en charge, soutenir, qu'il a à être. L'idée séminale de l'existence, c'est l'être comme à-être. Autrement dit, l'être du Dasein n'est pas articulé primitivement en essence et « existence » (réalité), mais le Dasein se rapporte à son être, à son pouvoir être, le soutient et le porte, fût-ce sous le mode de la déficience, du laisser aller, de l'indifférence.

Cet être, pour chaque Dasein, à chaque fois, lui est sien. Le Dasein est caractérisé par la mienneté singulière *(Jemeinigkeit)* (042). Etre, pour le Dasein, veut dire *sum*. Mais *sum* n'est pas uniment *ego sum*, où l'*ego* serait unité substantielle (d'une certaine manière, tout *Etre et Temps* peut être dit une herméneutique du *sum*, ni plus ni moins, mais justement pour cette raison, elle n'est pas une égologie). La mienneté doit être reprise dans l'existence, elle est à-être. Cela veut dire : mon être est pour moi en jeu. Que mon être soit mien veut dire que je puis être moi-même ou ne pas l'être, et fuir devant cette possibilité. La mienneté signifie que l'exister est devant l'alternative d'une propriété ou d'une impropriété. Exister est avoir à s'approprier à soi, l'être soi en propre ou improprement est dans la manière du rapport à soi s'accomplissant et non dans la prédonation d'un contenu. La mienneté est donc condition de possibilité de la propriété et de l'impropriété, qui sont les modalités fondamentales de l'existence, et non pas le caractère d'un pôle égoïque substantiel.

A partir de quel exister particulier engager l'analyse ontologique du Dasein ? Le Dasein est toujours déjà engagé dans un exister déterminé, tel ou tel « genre de vie ». Lequel élire ? Précisément, aucun. L'analytique existentiale se doit d'être « neutre » existentiellement. Mais le peut-elle ? Comment s'assurer de cette neutralité ? En partant du mode d'être dans lequel le Dasein est lui-même de manière indifférenciée. Ce mode d'être se manifeste-t-il ? Oui. C'est la quotidienneté. La quotidienneté du Dasein, point de départ de l'analyse, est justement ce mode d'être où le Dasein est indifférent à lui-même. La quotidienneté est le mode selon lequel nous sommes « de prime abord et le plus souvent » hors même du choix singulier de tel ou tel exister. La quotidienneté en son indifférence est déterminée comme médiocrité, exister « moyen ». Cette moyenne n'est pas une caractéristique propre à la foule, à laquelle échapperaient quelques êtres d'exception. Tout Dasein a, comme tel, sa quotidienneté. Paradoxe : on a dit que le Dasein n'était pas indifférent à son être, que pour lui son être était en jeu – et l'on partira précisément d'un exister indifférent, moyen. C'est que, à la racine, la non-indifférence de l'être, pour le Dasein, signifie précisément d'être mis devant le choix d'être lui-même en propre ou de ne pas l'être. L'indifférence est le pendant obligé de la non-indifférence. Quotidiennement, je suis, dans l'indifférence, improprement. L'impropriété est première, toute possibilité d'être soi-même en propre s'arrache à cette impropriété première. C'est de là qu'il faut partir, et c'est précisément ce premier abord que la tradition a raté : l'être quotidien du Dasein, son plus proche mode d'être, précisément en raison de cette proximité, évidence invisible, échappe.

A partir de la quotidienneté du Dasein, on dégagera donc les structures de son être : des existentiaux, qui, conquis à partir de sa quotidienneté impropre, pourront concerner, aussi bien, son exister propre. Qu'est-ce qu'un existential ? Un existential est un concept ontologique caractérisant la structure d'être du Dasein, décrivant une structure *a priori* de l'existence. A quoi il faut « opposer »... les catégories. Pourquoi ? Les catégories (ce que la tradition, depuis Aristote, appelle ainsi) sont aussi des concepts ontologiques. Mais ils caractérisent l'être de l'étant qui n'est pas sur le même mode d'être que le Dasein. Disons, vaguement pour l'instant, l'être des choses, être caractérisé par un *quid*, un quoi, et non pas par un qui. L'abord catégorial de l'être comprend celui-ci à partir de l'horizon unilatéral de la « chose ». L'analytique existentiale rompt avec cet unilatéralisme : l'être du Dasein n'est pas catégorisable. Il faudra comprendre le lien entre existentiaux et catégories, qui ne sauraient être seulement « juxtaposés » : les catégories se fondent dans la structure existentiale du Dasein.

L'analytique existentiale du Dasein va s'effectuer à partir de la constitution de celui-ci : l'être-au-monde, dont le chapitre II de la première section de *Etre et Temps* va fournir une première caractérisation. Le Dasein est au monde. Qu'est-ce que cela veut dire ? Toute la première section répond à cette question que la tradition dans son ensemble aurait méconnue. L'être-au-monde est la découverte géniale de Heidegger, révolution phénoménologique dans la philosophie. Ce n'est pourtant pas une « invention », mais bien le retour à un phénomène « toujours déjà "vu" en quelque manière lui-même en tout Dasein », et, d'une certaine manière, toujours déjà manqué par lui lorsqu'il s'explicite théoriquement. Il convient

donc d'éviter toute mécompréhension de ce « phénomène » : la prise en vue idoine est au terme de la traversée des recouvrements de l'être-au-monde.

L'expression d'être-au-monde, *In-der-Welt-sein*, peut se
décomposer en trois « parties », prétextes à trois questions :
que signifie « monde », qu'est-ce que le « monde » ?, qui
est cet étant qui est sur le mode de l'être-au-monde ?, que
veut dire être-à dans le phénomène de l'être-*au*-monde ?
Cette décomposition fournit l'allure de la première section de *Etre et Temps*, qui répondra d'abord à ces trois
questions. Mais une caractéristique préliminaire de la
troisième question (que faut-il entendre par *In-Sein* ?)
permet à la fois de ne pas perdre de vue l'unité indéchi-
rable du phénomène de l'être-au-monde, de prendre une
première vue sur lui, et de le distinguer de contresens
possibles, d'interprétations insuffisantes et recouvrantes.

La façon la plus simple de comprendre que je suis
AU monde, ce serait, semble-t-il, de le comprendre de
la même manière que la fourchette est *dans* le tiroir.
l'« *In-Sein* » signifierait tout simplement « *Sein in...* »,
être dans. A titre de partie, de fragment du monde, je
serais « dans le monde », comme d'autres choses, comme
toutes les choses. Mais justement non, puisque, justement, je ne suis pas une chose. C'est-à-dire : pour moi, il
y a quelque chose comme un monde, et à partir de ce
monde, je me rapporte à toutes les choses. La fourchette
est sans monde, et n'est pas en rapport avec le tiroir. Ety-
mologiquement, on peut faire dériver le mot « *in* » de
innan, habiter, être toujours-déjà dans une relation de
familiarité avec le « monde », s'y retrouver, etc. Soit,
dira-t-on : nous savons que nous ne sommes pas des four-
chettes, puisque en effet nous pensons. Etre-à veut dire
alors : nous avons conscience du monde, nous nous le
représentons, il est là, présent, dans la conscience que
nous en avons. Mais qu'entendons-nous par là ? Qu'à
titre de sujet représentant, nous nous rapportons au
monde comme notre objet (cette fois-ci, c'est le monde
qui est « en nous ») et que cette relation doit être comprise
comme la relation substantielle qui unit deux substances,
deux réalités, relation qui doit alors être comprise dans sa
possibilité et son sens. C'est le point de départ de toute

« théorie de la connaissance », qui semble s'opposer au « réalisme naïf » précédent, mais, ontologiquement, nous revenons au côtoiement indifférent de deux « réalités » qui sont pensées isolément : le sujet, isolé et à part lui, entre en relation avec le « monde », isolé et à part lui, l'être-au-monde vole en éclats dans son unité en même temps que la spécificité ontologique du Dasein, l'existence, est oubliée. Et justement, interroger la structure de l'être-au-monde à partir de la connaissance du monde vue comme lien premier au monde pourrait bien être égarant. Dès lors, c'est aussi bien la question de l'accès phénoménologique à l'être-au-monde qui se pose. Nous partons de l'être-au-monde quotidien. Comment le caractériser, comment suis-je au monde quotidiennement ? D'autre part, cette question de l'accès se redouble : puisque la détermination propre à l'être-au-monde semble décidément nous échapper, se présenter sous un jour et selon un abord inadéquats, c'est peut-être que, précisément, l'être-au-monde quotidien comporte en lui-même la tendance à se mésinterpréter. L'apparente trivialité de la question du sens de l'être-au-monde se dissipe, mais les préalables semblent aussi se multiplier. Retenons en tout cas d'abord une chose : le Dasein n'est pas au monde comme il pourrait être, empiriquement, au bord de la mer. L'être-au-monde est une structure *a priori* du Dasein existant, et cela en deux sens : d'une part, il ne s'agit pas pour lui d'un simple « état », qui pourrait s'opposer à un autre « état », par exemple un être supra-mondain ; d'autre part, constituant son être, tout mode de l'exister est *ipso facto* au-monde, être-au-monde ne signifie pas la rencontre de fait de deux étants substantiels libres de rapports.

D'accord, dira-t-on, mais, concrètement et positivement, comment comprendre l'être-au-monde ? Entrons pour ce faire dans les analyses des chapitres III à V de la première section de *Etre et Temps*.

2. *Le premier déploiement de l'analyse*

Ces trois chapitres, qui débouchent sur la caractérisation de l'être du Dasein, l'existence, comme Souci, sont certainement les plus connus de toute l'œuvre de Heidegger. La phénoménologie de l'ustensilité, l'ipséité quotidienne du Dasein comme « On », la caractérisation préthéorétique du comprendre sont comme le « bien connu » d'une « philosophie de Heidegger ». Et certes, il y avait là, hier comme aujourd'hui, de quoi frapper les esprits. Cependant, on se gardera de transformer tout cela en « acquis » d'une anthropologie philosophique, de même qu'on se gardera de perdre de vue le caractère problématique de ce que Heidegger découvre à chaque pas. Bref, on n'oubliera pas la tâche d'ontologie fondamentale de l'analyse.

A. *La mondanéité du monde*

Comment procéder pour comprendre ce que « monde » veut dire dans l'expression « je suis au monde » ? Distinguons avec Heidegger quatre sens du concept de monde : le sens ontico-catégorial : le tout de l'étant qui se trouve « à l'intérieur » du monde (l'étant intramondain, donc, et traditionnellement : la nature) ; le sens ontologico-catégorial : le sens d'être de cet étant (par exemple, la naturalité de la « nature », l'être de l'étant intramondain) ; le sens (ontico)-existentiel : le monde « dans » lequel tel ou tel Dasein vit, où il se trouve, par exemple le monde du « mondain », au sens de Proust, le « monde de l'ouvrier », etc., et les caractéristiques et variations de ce concept désignant une totalité concrète à chaque fois différente : monde public, monde privé, monde domestique, etc. ; le sens (ontologico)-existential, à savoir la « mondanéité » du monde, c'est-à-dire le sens d'être, l'*a priori* qui structure tout « monde » (au troisième sens) en tant que tel. Ce dont il s'agit, c'est de saisir la mondanéité du monde : le concept de monde est un existential, il appartient à la structure d'être du Dasein, seul le Dasein « a » un monde, ce qui ne veut pas dire, on y reviendra longuement, que le « monde » en ce sens est « subjectif », n'est que le voile d'une interprétation arbitraire jeté sur les choses. Pour dégager la mondanéité du monde, Heidegger part du monde prochain quotidien, l'*Umwelt*, le « monde ambiant », expérimenté lui-même à partir du rapport que nous entretenons avec l'étant intramondain et au fil conducteur du dégagement de l'être de l'étant intramondain. Cette recherche ardue se donne aux § 15 à 18 de *Etre et Temps*.

Partons donc de l'étant intramondain. C'est-à-dire ? Rien de plus facile : les choses (067). Par exemple ? La table, la chaise, ces personnages familiers des analyses husserliennes, et leur constitution dans la perception sensible. Ou tel morceau de cire, en ses aventures bien connues. Mais précisément non. Car ce n'est pas en tant que chose (*res*, substantialité) que nous rencontrons d'abord l'étant intramondain, qu'il se présente à nous. Comment alors ? Bien plutôt en tant qu'outil, *zeug* (068). Comment cela ? Conformément à son être, le loquet de la porte quand j'ouvre cette dernière, la chaise sur laquelle je suis assis, le clavier de la machine sur lequel je tape (monde restreint de l'intellectuel atteint par le progrès technique !), etc. Au sein de l'usage *(Umgang)* que j'ai de l'étant intramondain, au cœur de mon habitation quotidienne du monde, que Heidegger dénomme préoccupation (*Besorge* : éclatement de l'être-au-monde dans les mille et une tâches d'une vie, pas simplement les « soucis » quotidiens au sens de ce qui est pénible, mais l'être absorbé, auprès de l'étant intramondain, dans les « affaires » quotidiennes, la manière quotidienne d'exister au monde), l'étant m'« apparaît » comme outil. Outils sont, non pas seulement ceux que l'on trouve dans une caisse à outils, mais aussi la maison comme outil pour habiter, ou le chemin, comme outil pour conduire à telle destination, etc. Précisément, tout outil est aprioriquement défini par un « pour » *(Um-Zu)*, et n'a de sens dans son pour qu'en supposant une totalité d'outils prédécouverte : le marteau (exemple favori de Heidegger) n'apparaît dans son ustensilité que sur fond de renvois multiples s'organisant en totalité, l'atelier. Ensuite, cet « apparaître » de l'étant à la lueur de l'ustensilité n'a de sens qu'à partir du « comportement », de l'usage préoccupé qui s'y plie. Le marteau n'apparaît jamais mieux comme outil que lorsque, précisément, je martèle, je me l'approprie au mieux au cœur même du travail, mais justement, cet apparaître, à un regard théorique, ou seulement considératif (quand je martèle, je n'ai pas le marteau devant moi comme un objet, pas plus que je ne le considère, et je ne suis pourtant pas dans l'ignorance de ce qu'il est, tout au contraire) est précisément ce qui n'apparaît pas ! A quel « regard » l'outil apparaît-il donc ? Au regard de la préoccupation, à la vue pré- et non théorique qui est quotidiennement la nôtre, et que Heidegger appelle la circonspection.

Distinguons donc. Il y a d'une part le Dasein, qui existe, est au monde. A partir du monde ambiant, l'étant intramondain lui apparaît comme outil. L'être de l'étant intramondain, le sens de cet apparaître, Heidegger le dénomme : *Zuhandenheit*. De quoi il faut encore distinguer l'être de l'étant apparaissant au regard « théorique », l'être de la chose « seulement subsistante » : *Vorhandenheit*. Cela fait trois sens d'être, dont il faudra interroger les « rapports » ! Préalablement, demandons : comment traduire ? Malheureusement, les propositions ne manquent pas ! Waelhens et Boehms avaient traduit *Vorhandenheit* par substantialité et *Zuhandenheit* par disponibilité [9]. La première traduction est impossible : le *Vorhandensein* n'est pas seulement l'être-substantiel au sens de la tradition, c'en est précisément l'interprétation existentiale. On peut être tenté de remarquer que dans les deux mots se trouve une référence à la « main » (même si, pour le coup, l'adjectif *vorhanden* fonctionne en allemand de manière générale et dans l'effacement de cette référence : *es ist vorhanden*, c'est là, sans plus, naturellement posé, Husserl utilise l'expression pour caractériser l'attitude naturelle, qui admet « naturellement » la thèse du monde) et on peut être tenté de vouloir conserver cette référence (en introduisant malheureusement dans la langue française une étrangeté supplémentaire, qui n'est pas dans la langue allemande), à charge de montrer qu'elle est essentielle (ce qui ne va pas de soi). Martineau traduit par le couple du « sous-la-main » et de l'« à-portée-de-la-main », mais il semble bien que la distinction infime entre ces deux expressions françaises ne suffise pas à exprimer l'abîme qu'il peut y avoir entre deux sens d'être. Plus littéral, D. Franck propose le couple « devant-la-main » et « à-portée-de-la-main »[10]. Il est difficile, cette fois, de déterminer la différence de sens entre les deux expressions françaises, puisque la première est à peu près créée de toutes pièces... Mais on ne voudrait pas se montrer exagérément critique, puisqu'on n'a rien à proposer. On se réglera donc par convention et par défaut sur la traduction proposée par E. Martineau.

Reprenons : la circonspection, donc, prenant en vue l'étant à-portée-de-la-main, se plie au système de renvois qui constitue l'être de cet étant (069). Adonné à tel ou tel ouvrage, du coup, je me meus dans un système découvert de renvois aux outils dont je me sers, à ceux dont je pourrais me servir, mais aussi à la « nature » comme matière première, qui, en vue même de la production de l'ouvrage, apparaît comme non produite, mais aussi aux autres, pour qui l'ouvrage est calibré, ou avec qui je travaille, etc. Mais qu'est-ce qui, du « monde », se montre ici, à même l'étant intramondain ? Que signifie « intramondanéité », en quoi l'étant à-portée-de-la-main est-il conforme à quelque chose comme un « monde » ? Ou encore – requête proprement phénoménologique – comment le « monde » peut-il se montrer ? Dans l'expérience négative de la rupture de la préoccupation : l'outil est cassé, il manque, un autre s'impose (073-074). Et alors ? Dans la perturbation du renvoi, le système même des renvois devient explicite, et ceci non pas comme un « objet » – l'« atelier » considéré tout à coup objectivement par celui qui s'interrompt – mais bien comme ce qui, préalablement ouvert, régnait de par sa présence silencieuse comme condition même de possibilité du rapport à l'étant intramondain, du commerce avec tel ou tel outil, de mon être préoccupé auprès des choses. Oui, le monde se montre comme ce dans quoi, ouvert, je me trouvais déjà. Qu'est-ce à dire ?

Revenons sur la structure de l'être à-portée-de-la-main. En lui-même, et il s'agit d'une structure ontologique, il est déterminé par un renvoi. Nous pouvons préciser : tout étant à-portée-de-la-main apparaît en tant que tel comme quelque chose avec quoi *(mit…)* il retourne de *(bei…)*. Etre veut dire ici quelque chose comme une « tournure » *(Bewandtnis)* (084). Tournure il n'y a qu'à partir d'une totalité de tournure : avec le bois et les clous, il retourne de construire une cabane, avec laquelle il retourne de nous fournir un abri (à chaque fois, il faudrait spécifier l'espèce particulière de « tournure ») – pour… pour quoi ? La totalité des renvois en pour… *(Umzu)* est précisément originée dans un tout autre rapport, un rapport d'être, précisément l'en-vue-de-soi *(Worum-willen),* dans lequel il faut entendre du même coup l'ouverture à soi et l'autotélie, du Dasein (084). Le Dasein, existant, est cet étant pour lequel il en va, en son être, de son être, cet « en aller de » se donne précisément dans l'être en vue de soi à partir duquel s'ouvre toute préoccupation mondaine. Ou encore, ce dans quoi *(Worin)* je me trouvais déjà, c'est aussi du même coup ce vers quoi *(Woraufhin)* je me suis toujours déjà renvoyé, ce à partir de quoi je me donne à saisir l'étant intramondain (086). Familier du « monde » ainsi ouvert, je me meus en lui, je me signifie moi-même à moi-même du point de vue de mes possibilités découvertes à même l'étant intramondain, je maintiens cette ouverture et je me maintiens dans cette ouverture, qui ne se montre comme telle que rarement et fugitivement, totalité ouverte, donc, de significations articulées. La mondanéité du monde : un « signifier » vivant se mouvant dans une totalité de rapports de sens. « La totalité de rapports de ce signifier, nous la nommons *la significativité, [die Bedeutsamkeit]* » (087). La mondanéité du monde, la structure ontologique de tout monde, ce comme quoi se déploie sa « présence » : cela se dit « significativité ».

Ce n'est que le commencement de l'énigme, et pourtant déjà les questions se pressent. La plus évidente, toujours au rendez-vous (et ce n'est pas une « mauvaise question ») : faire ainsi du « monde » une totalité de significations, n'est-ce pas tout simplement le « subjectiviser » ou, plus simplement, l'« anthropologiser » ? Le monde est bel et bien un existential, il est de l'ordre d'un projet du Dasein, ouvert par la compréhension de soi du Dasein. Il est l'ouverture de soi : l'intériorité même. Mais, par ailleurs, cette ouverture est bel et bien la condition de possibilité de l'être-à-portée-de-la-main, et de l'être-sous-la-main, alors même que ce dernier se coupe d'une relation vivante au monde. Il est donc en ce sens, comme horizon, plus extérieur que tout objet « extérieur », il est la transcendance même. Les catégories d'« intériorité » et d'« extériorité » sont ici tout bonnement laissées sur place. Si on veut, le monde est la condition de possibilité de la relation même sujet-objet, ou, mieux, l'être-au-monde est la condition de possibilité de l'intentionnalité de la « conscience ». En tout cas, le monde n'est rien, rien d'étant – au-delà de l'étant, ouvert, il en est pourtant la condition de possibilité, la condition phénoménalisante. Cet au-delà possibilisant peut être nommé : transcendance. Le monde est transcendant. Et le transcendant par excellence est le Dasein comme ouvrant le monde en projet, transcendant en tant que se tenant et soutenant cette ouverture (on verra comment). L'être-au-monde est la structure même de la transcendance (du Dasein). Pour être auprès des choses, le Dasein doit être « au-delà » d'elles, dans l'ouverture du monde. Le « problème du monde » n'est donc pas : comment « le monde », transcendant (comme être en soi) l'immanence de la conscience et s'annonçant pourtant en elle, peut-il être saisi adéquatement par cette même conscience tel qu'il est « en soi », mais bien : comment saisir proprement cette « sortie de soi » au-delà de l'étant dans la saisie même de l'étant qu'*est* le Dasein ? En tout cas, si les éléments d'une « réponse » à cette question manquent encore, on voit déjà quels profonds bouleversements le concept d'être-au-monde fait subir à la problématique moderne du « sujet », d'un monde à l'autre, et c'est ce que montre la section B du troisième chapitre de *Etre et Temps*, qui dissocie la problématique de la mondanéité de l'interprétation cartésienne du monde.

Ce bouleversement se montre aussi dans le traitement que Heidegger consacre au « problème de l'espace », à la spatialité du Dasein. Il s'agit de penser l'espace à partir de l'être-au-monde, et non pas l'inverse. Cette tâche est poursuivie dans les § 22 à 25. L'étant à-portée-de-la-main se donne toujours, à partir de l'usage préoccupé, à une

certaine « place », assignée à partir du monde comme
significativité ouverte. L'espace que découvre la préoccupation, l'espace du complexe d'outils, est toujours-déjà
éclaté et organisé en « places » (102). Mais cette « organisation » se fait en rapport à des « contrées » préalablement découvertes. Supposons que le marteau soit à sa
place sur l'établi, prêt à l'emploi, prêt pour être « trouvé
là » sans effort, à sa place. A son tour, l'établi se tient à sa
place dans l'atelier, derrière la fenêtre et à la lumière :
c'est en relation à cette contrée (103-104), qui se signale
par l'orientation de l'atelier par rapport aux quatre points
cardinaux, que l'ensemble des outils se répartissent dans
l'atelier. « Espace » de l'être-à-portée-de-la-main, compréhensible à partir du monde, et non pas « espace pur »
de la *res extensa*. Mais places et contrées, à leur tour,
n'ont de sens que par rapport à l'être originairement
« spatial » du Dasein, son être dé-loignant *[Ent-fernung]*,
c'est-à-dire, activement et transitivement, son approchement et rapprochement des choses. Etre dé-loignant veut
dire : laisser-être une proximité des choses, se rapporter
ainsi à leur présence proche. A partir de ce dé-loignement
se donnent justement la proximité et l'éloignement des
choses, dans lesquelles le Dasein se meut, au sens où
l'ami que je vais voir est plus « proche » de moi que la
voiture que j'utilise pour ce faire, et dans laquelle je suis
pourtant assis, ou encore au sens où rien n'est plus loin de
moi que les lunettes sur le bout de mon nez (107). C'est-à-
dire : ce n'est pas à partir de la situation objective de
« mon corps » comme chose corporelle dans l'espace universel que se donne le sens de l'espace ni même le sens
de l'orientation, mais bien à partir de l'être dé-loignant du
Dasein comme être-au-monde.

B. Qui ça ?

Le chapitre IV de la première section de *Etre et Temps,*
partant de la quotidienneté, pose la question : Qui est le
Dasein en tant qu'être-au-monde, qui est-au-monde ? Par
là est amorcée une question qui se continuera dans tout
Etre et Temps, qui en est un des fils rouges les plus insistants et « relançants », la question de l'ipséité du Dasein.

Cette question pourrait surprendre : on a dit que le Dasein est l'étant que nous sommes nous-mêmes à chaque fois, que je suis moi-même. Le Dasein est l'étant qui dit : je suis. Le Dasein, c'est moi. Et certes, rien de plus vrai que ceci, exister se dit à la première personne. Mais que veut dire « je suis » au sens de « j'existe » ? Tout le problème est en effet celui du sens ontologique de l'ego, et de sa possible inadéquation à l'ego existant, mais aussi, et de façon plus surprenante, de la possible non-pertinence du point de départ ontique de la problématique dans l'évidence ontique de l'ego lui-même ! Ou encore, comme l'écrit Heidegger : « Le "moi" ne peut être compris qu'au sens d'une indication formelle non contraignante de quelque chose qui, pour peu qu'on le rétablisse dans le contexte phénoménal d'être où il prend place à chaque fois, est peut-être appelée à se dévoiler comme son "contraire" » (116). Comment comprendre ces deux fins de non-recevoir, qui renvoient l'une à l'autre ?

La critique ontologique, d'abord. Quel est le sens ontologique de l'ego, lorsqu'il répond de la question « qui suis-je », lorsque l'on dit, par exemple : « Car il est de soi si évident que c'est moi qui doute, qui entends, et qui désire, qu'il n'est pas ici besoin de rien ajouter pour l'expliquer[11] » ? La permanence d'un fond qui reste même sous le change des vécus, c'est-à-dire un « sujet » comme *hypokeimenon*. Le sens ontologique de l'ego, c'est ici la subjecti(vi)té. Le terme doit être entendu dans son pur sens ontologique, avant même de caractériser un sujet insigne, le sujet représentant, le *cogito*. Or, ce sens d'être, inquestionné, caractérise un étant sous-la-main, et non pas le Dasein. L'ego, donc, demanderait d'abord d'être interrogé en direction de son sens existential, en dehors même de sa pré-compréhension ontologique à partir de la subjectivité (ego non pas hors d'être, mais hors l'être-sous-la-main).

Mais il y a plus. Est-il en effet « évident » que le Dasein se donne à lui-même, dans sa quotidienneté, comme « moi », c'est-à-dire, la donnée de la chose gouvernant toujours la manière dont il faut l'aborder : la phénoménologie doit-elle tenir pour acquis que l'accès adéquat au Dasein quotidien soit la « réflexion purement accueillante

qui réfléchit des actes sur le moi » (115) ? La question
implique une critique vigoureuse de la phénoménologie
husserlienne. On peut formuler la question de la manière
suivante : comment suis-je « moi-même » quotidiennement, comment est-ce que je fais l'expérience de « moi-
même » ? Que veut dire l'être-soi quotidien ? Est-il si évident que je fais l'expérience de moi-même comme ego
pôle de mes « vécus », où n'y a-t-il pas là, déjà, une fan-
tastique idéalisation, qui, justement, puiserait ses racines
inaperçues dans ce mode d'être quotidien même ? Et plus
encore : quotidiennement, ne suis-je pas « moi-même »
sur le mode de ne l'être pas ? La mienneté singulière du
Dasein, avions-nous dit, ne doit pas être pensée comme
une couche de propriété subsistante inaliénable et étale,
mais comme une tâche de l'existence, un avoir à s'approprier à soi. Qui suppose donc une possible impropriété.
On va en voir l'illustration concrète.
  L'ego a aussi, semble-t-il, cette signification ontique
évidente : moi, et pas les autres. Et pourtant : quotidiennement, au sein même de la préoccupation, autrui est présent. Comment ? « [Les autres] font encontre à partir du
monde » (119) C'est-à-dire ? Travaillant, ce que je pro-
duis implique autrui : la chose est calibrée, les matériaux
ont été produits par d'autres, etc. Mais si, simplement, je
flâne, tout renvoie aussi à autrui : le chemin, les champs
et les barrières, etc. Le monde est monde commun, que je
partage avec autrui. Autrui se montre à partir de cette
communauté du monde. Le Dasein, aprioriquement, est
caractérisé par un *Mitsein*, un être-avec autrui, qui est
présent comme *MitDasein*. Mais, dira-t-on, il s'agit bien
encore d'un être avec... moi, là aussi, la donnée du moi
est première, et ce n'est qu'ensuite et sur ce fondement
que l'autre Dasein se donne. Non. Autrui est vu comme
« ce qu'il fait », à partir du monde, pas « en tant qu'autrui-
différent-de-moi ». Je suis dans le train : « Tiens, voici le
contrôleur ! » Mais aussi bien, je me comprends moi-
même à partir de ce que je fais : je me rends en train à
mon travail, je m'identifie à partir de mon rôle, je suis
professeur. Quotidiennement, qui suis-je ? « On est ce
qu'on fait. [...] On est cordonnier, tailleur, professeur,
banquier [12]. » L'« identité » dit l'impropriété de l'ipséité.

Je m'identifie à partir de mon absorption dans ce dont je
me préoccupe, ce que l'allemand dit en une seule expression : *Aufgehen in...* Ce qui ne veut pas dire que le cordonnier se prend pour une chaussure, mais qu'il se prend,
précisément, pour un cordonnier. Moi-même et les autres,
nous nous comprenons à partir d'un « ce que », d'un
contenu, d'un *quid* : ce que nous faisons, ce qui nous préoccupe. On se comprend comme cela. Qu'est-ce que cela
veut dire ?

Moi et autrui, compris à partir de l'horizon de la préoccupation, cela donne un champ d'identification, où, premièrement, le soi-même propre se perd, et dans cette perte
se donne le « sujet » le plus insistant de la quotidienneté,
« ce que » je suis de prime abord, On, et non pas je, alors
même que je dirais de la manière la plus têtue : je, je...
Qui est On ? C'est le qui singulier bouché par le « ce que »,
c'est Personne. Personne se donne comme un champ
d'identification constamment « pratiqué » par moi en trois
directions se renforçant : distancement, médiocrité, nivellement (126-127). J'ai le souci d'une différence par rapport à autrui : il peut s'agir de la réduire, de l'affirmer,
voire de dominer autrui à partir de cette différence. Toujours en tout cas « les autres » sont ce qui donne la mesure
(ce que la tradition morale ou la critique sociale ont pensé
comme « amour-propre »). Au cœur même du souci de
la différence règne la puissance de l'indifférenciation :
« Nous nous réjouissons comme on se réjouit ; nous
lisons, nous voyons et nous jugeons de la littérature et
de l'art comme on voit et on juge ; plus encore, nous nous
séparons de la "masse" comme on s'en sépare ; nous
nous "indignons" de ce dont on s'indigne » (127). Il y a
là, toujours-déjà installé, un horizon de compréhension
« médiocre », moyen, qui non seulement s'impose, mais
reprend en son sein tout ce qui l'excéderait, médiocrité
agissante, silencieuse et insoupçonnée qui, donc, nivelle.
Dictature du On. Ce champ en mouvement dans lequel
le Dasein puise ce qu'il est forme la publicité, l'être-
public (127). Le Dasein est d'abord, improprement, un
être-public, bien loin, donc, d'être un ego singulier. Et justement, cet être-public du On le décharge du poids de sa
singularité, de l'authentique première personne. En ce

sens, le On décharge le Dasein d'être lui-même en propre, et l'allégeant, lui complaît. Premièrement, je suis sur le mode du laisser-aller. C'est ce laisser-aller aliénant qui est la « *Ständigkeit* » quotidienne du Dasein, ce comme quoi, inlassablement, il est « donné » à lui-même, se « trouve » en se perdant, et pas du tout la permanence subsistante de l'ego (128). Mais précisément (et c'est le principe de ce que l'on pourrait appeler le « bouclage » de l'analyse, qui exhibe la genèse existentiale des interprétations dissimulant le phénomène qu'on vient de mettre au jour à partir de ce phénomène lui-même, qui enracine le « ratage » d'une réponse adéquate à l'ipséité quotidienne du Dasein à partir du Dasein quotidien, ce qui, pour le coup, entraîne un incroyable « procès en inauthenticité » de l'ensemble de la tradition philosophique !), suivant cette donnée ontique inaperçue de soi et sa tendance, l'interprétation ontologique, comprenant le Dasein à partir des « choses » de sa préoccupation, sans même le soupçonner, et donc, les mésinterprétant comme sous-la-main, finit par comprendre le Dasein à partir de cet horizon ontologique : moi comme subjectité, substance (130).

De prime abord et le plus souvent, on est, donc. Ce qui voudra dire aussi que tout être soi-même en propre devra se comprendre comme reprise de soi, échappement à cette fuite première devant soi, rupture d'avec le On et sa dictature.

C. Le là

Le cinquième chapitre de *Etre et Temps* examine l'être-à du Dasein, structure portante de l'être-au-monde. Le Dasein est au monde, c'est-à-dire se tient dans une totalité ouverte de signification à partir de laquelle il se donne à comprendre l'étant intramondain, lui-même et les autres. Il tient ouverte cette ouverture, il l'est, l'existe au sens le plus transitif qui soit. En ce sens, il est éclairé, non pas par un autre, mais par lui-même. Il est lui-même cette éclaircie, cette *Lichtung*. Il est à lui-même, comme être-au-monde, son propre là. La question du sens de l'être-à... est la suivante : comment l'est-il ? La réponse est : affectivement, compréhensivement, discursivement.

Et cela improprement ou proprement. Dire que le Dasein est sa propre ouverture ne signifie donc pas une béance indistincte, état natif d'être en relation avec de l'autre en général. Cette ouverture est structurée, et existée : aussi bien, la plupart du temps, elle se donne (le On la donne) comme une fermeture !

a. La disposition

Le § 29 commence par cette déclaration : « Ce que nous indiquons *ontologiquement* sous le titre de disposition *[Befindlichkeit]* est la chose du monde la mieux connue et la plus quotidienne *ontiquement* : c'est la tonalité *[die Stimmung]*, l'être intoné *[das Gestimmtsein]* » (134).

Comment la « disposition » peut-elle être une façon pour le Dasein d'être sa propre ouverture ? Dans la *Befindlichkeit*, il faut entendre le verbe réfléchi *sich befinden*, se trouver, venir à la rencontre de soi-même, s'opposant au verbe *vorfinden*, disant la rencontre des choses. Dans la disposition, le Dasein fait l'expérience de lui-même, vient à lui-même, s'ouvre à lui-même. Comment ? En expérimentant son pur *Dass*, sa facticité. Le Dasein existe facticement. Cela ne signifie pas la factualité constatable d'un étant intramondain, mais l'expérience du fait du soi-même qui monte dans la « tonalité », dans le sentiment. Ce qui est au fond de tout sentiment, c'est ceci : l'expérience de ma facticité. Peut-on aller plus loin ? Oui. Cette facticité, dans son ouverture spécifique, implique une « fermeture » : celle de l'origine et de la destination. Je suis, en fait, et c'est radicalement un fait : effet de rien, pas un effet, tourné vers rien, pas une nature. Citons : « Même lorsque le Dasein, dans la foi, est "sûr" de sa "destination", ou croit tenir de lumières rationnelles un savoir de son origine, ces certitudes ne changent rien au fait phénoménal que la tonalité met le Dasein devant le "que" de son Là où celui-ci lui fait face en son inexorable énigme » (136). En deçà de foi et savoir, donc, l'expérience sentimentale de ce que Heidegger appelle mon être-jeté. Je suis jeté au monde, je me trouve jeté dans le sentiment : être m'est à charge, je suis remis à l'existence, cet être-remis m'est un poids inéliminable, origine abyssale de ma responsabilité. L'être-jeté (par rien, on se trouve comme toujours-déjà jeté) dit tout cela, et ne se donne que dans le « sentiment ».

Soit. Mais le moins qu'on puisse dire est que cette dernière affirmation n'est guère évidente ! Pourquoi assigner à tous les « sentiments » cette fonction révélante ? Tout sentiment révèle-t-il, fondamentalement, un tel être-jeté, dans lequel se fait sentir le fardeau de l'existence (être à charge de soi-même) ? Il ne semble pas ! Au contraire, seuls quelques sentiments rares et pénibles semblent correspondre à la description de Heidegger, par exemple l'angoisse. Mais que dire de la joie, de l'amour, etc. ? Ne nous délivrent-ils pas, justement, du poids du fait du Dasein ? Certes, mais justement, dans cette « délivrance », ils s'y rapportent ! C'est-à-dire : le sentiment ouvre la facticité, le plus souvent sous le mode de la refermeture, en fuyant devant l'être-jeté : « *la disposition ouvre le Dasein en son être-jeté, et cela de prime abord et le plus souvent selon la guise d'un détournement qui l'esquive* » (136). Heidegger appellera *Grundstimmung* un sentiment capable de soutenir l'ouverture pathique de l'existence dans son être-jeté.

La disposition possède un second caractère : le Dasein est disposé en tant qu'être-au-monde. La disposition expose au monde en totalité, elle est cette exposition même dans laquelle le monde est présent et me concerne, en totalité. La disposition, les « sentiments » ne sont pas de simples états subjectifs passagers, sans portée, pas non plus des « passions de l'âme ». Ou alors, il faudrait entendre que l'« âme », le Dasein, est aprioriquement passion du monde, que la passion lui donne toujours le monde à souffrir, à soutenir. Radicalement, le sentiment doit être compris comme un existential, ni « intérieur » ni « extérieur », mais mode d'ouverture de l'être-au-monde : la disposition est ma fondamentale exposition. Il n'y a pas d'expérience du monde qui ne s'annonce dans un « sentiment », fût-ce l'atonie ! On insiste, ici, car tout bonnement il est difficile de « voir » la chose. Les analyses de la disposition montrent certainement avec le plus d'évidence à quel point le schéma sujet-objet est prégnant, ainsi que l'horizon ontologique de la *Vorhandenheit*.

Enfin, troisième caractère de la disposition, la possibilité même d'un concernement par l'étant intramondain.
La disposition est l'abord du monde, dans la disposition,
le monde m'a toujours-déjà abordé. Sur le fondement de
cet abord, l'étant intramondain me concerne. Rappelons-
nous notre analyse : circonspect, pris dans la significativité du monde, nous laissons être l'étant intramondain,
nous le laissons apparaître dans l'usage. Mais pour ainsi
avoir affaire à lui, il faut qu'il puisse, au sens courant,
nous affecter. Pour cela, nous devons être « affectables »,
constitués par une fondamentale abordabilité par l'étant –
c'est précisément le monde ouvert en totalité dans la disposition, qui fournit la possibilité d'un être concerné,
impliqué par la résistance, l'importunité, le caractère
effrayant, etc., de l'étant. La donnée de l'étant est toujours, au cœur de toute préoccupation le concernant,
pathique. Il en va bien de l'étant lui-même dans son mode
de donnée, dans son comment. Sans cette ouverture
pathique, l'étant, en quelque sorte, glisserait à côté de
nous ! Même dans le comportement théorétique, il en va
d'une certaine *Stimmung*, d'un certain sentiment : « même
la *theoria* la plus pure n'a pas laissé toute tonalité derrière
elle ; même à son avisement propre, le sans-plus-sous-la-
main ne se montre en son pur aspect que lorsque, dans le
séjour calme auprès de..., elle peut le laisser advenir à elle
dans la *rastoné* et la *diagogè* » (138).

Autrement dit, la disposition est du même coup ouverture de nous-mêmes (comme jetés), du monde (comme
ouvert en totalité), de l'étant intramondain dans son
caractère pathique. Avec ce que la tradition appelle sensi-
bilité, il en va de l'ouverture pleine de l'être-au-monde,
c'est-à-dire de sa vérité.

b. Le comprendre

Le deuxième existential qui structure l'ouverture du
Dasein, c'est le comprendre. Nous avons déjà souvent
utilisé ce verbe : le Dasein se comprend, il comprend
son monde... Qu'est-ce que cela veut dire ? Le Dasein,
avons-nous vu, est en vue de soi. Cet être en vue de soi
est la racine où se configure le monde, le monde est
toujours pro-jeté en vue de moi-même, comme « mon

monde ». Etre en vue de soi, cela veut dire uniment deux choses : être ouvert à soi, s'y connaître en matière d'être-au-monde (et non pas se connaître dans le retour réflexif à soi), et être fin pour soi-même. C'est le sens du comprendre : le soi ouvert en projet comme être-au-monde. Le comprendre n'est donc pas une capacité théorétique du Dasein (entendement ou raison), bien qu'il en soit aussi l'origine. Il s'agit bien plutôt d'une structure de son être, de son existence, comme pouvoir-être, comme ouverture de lui-même comme possibilité. Le Dasein, compréhensif, est un étant déterminé en son être par le possible. Le possible du Dasein, ses possibilités, à leur tour, ne sont pas une des catégories de la modalité, mais son existence même, sa plus propre « réalité ». Reprenons simplement notre analyse du monde ambiant : dans la préoccupation, j'ai affaire à de l'étant que, le maniant, je comprends selon une certaine ligne de possibilité le concernant, je l'aborde comme maniable, employable, etc. Cette « possibilité » pragmatique de la chose, elle n'est découverte que parce que, moi-même, je me comprends, je suis là pour moi-même comme, par exemple, menuisier. C'est-à-dire, l'effectuant (et sans prendre en vue thématiquement cette possibilité !) je me comprends, suis donné à moi-même comme tel. Dans la pratique même de l'existence, et plus largement, je « sais » ainsi « où j'en suis ». Il y a plus, puisque tout comprendre de l'étant signifie précisément la compréhension de ce qu'être veut dire. Comprenant l'étant à-portée-de-la-main, je comprends ce qu'être à-portée-de-la-main veut dire, me comprenant, je comprends ce qu'exister veut dire. Toujours le comprendre a déjà percé jusqu'à l'être, c'était du reste notre point de départ premier : « L'étant qui a le mode d'être du projet essentiel de l'être-au-monde a pour constituant de son être la compréhension d'être » (147). Nous avons rejoint ainsi notre point de départ « dogmatique » – mais nous ne l'avons pas encore beaucoup « éclairci »...

En tout cas, précisons : l'être du Dasein est un pouvoir-être, un être possible dans lequel il se tient. Ceci dit, cela ne veut pas dire qu'au Dasein tout est possible ! Si nous rejoignons l'analyse précédente, cela veut dire : le pouvoir-être du Dasein est lui-même jeté, c'est-à-dire que le possible dans lequel il se trouve toujours-déjà, lui est, quotidiennement, toujours-déjà délivré par le On. Je me comprends comme on se comprend, le pouvoir-être est de prime abord pouvoir-être impersonnel, anonyme, impropre. En ce sens, la « liberté » du Dasein est toujours déjà engagée, en un double sens. Comme pouvoir-être jeté, d'une part, découvrant en général des possibilités factices, situées, et jeté dans l'impropriété. Se comprendre veut donc dire d'abord se mécomprendre, être dans la caverne, opacité, aveuglement. Ou encore, le comprendre est toujours modalisé : il est soit comprendre impropre, compréhension de soi à partir de ce que l'on fait, ce que l'on dit qu'il faut faire, etc., soit il est comprendre de soi en propre, ouverture véritable. Sur cette dernière, vu notre point de départ, nous ne savons encore rien, sinon que la compréhension propre de soi devra avoir la forme de la rupture d'avec la compréhension impropre, une certaine saisie propre de son pouvoir-être par le Dasein.

Quoi qu'il en soit, Heidegger « formalise » le comprendre, au § 32 comme la « vue » *(Sicht)* du Dasein, ce qui est une certaine forme de transaction avec le langage de la tradition, puisque le comprendre n'est justement pas la « vue » théorique ni non plus la « vue » sensible qui s'y fondent (146). Dans cette ligne, on pourra appeler la compréhension propre du Dasein sa *Durchsichtigkeit*, sa « lucidité » (146).

c. Discourir

Le « problème du langage » est, dans *Etre et Temps*, traité de manière très complexe et très embrouillée. Nous reprendrons ce problème dans notre chapitre VI. Aussi nous serons ici très succinct.

Le § 34, qui traite thématiquement du discours comme existential, constituant de l'ouverture du Dasein, est précédé de deux paragraphes : « Comprendre et explicitation », « L'énoncé comme mode second de l'explicitation ». Ces deux paragraphes sont essentiels à l'abord du sens de ce que veut dire pour le Dasein discourir.

Comprendre est expliciter. Dans l'explicitation d'une chose, celle-ci vient à elle-même, elle est comprise. Nous partons toujours de la préoccupation. Supposons donc que nous nous saisissions d'un outil quelconque, que nous nous mettons à manier. Le marteau reposait auparavant dans la réserve de l'atelier. Il vient à être explicitement ce qu'il est, dans l'usage. C'est-à-dire ? Il apparaît comme ce qu'il est, le marteau comme marteau, dans l'usage. Ce « comme » est précisément le comme de l'explicitation. Il ne se surajoute pas à la chose, il est précisément le pli de sa donnée, la chose comme chose, dans son sens même de chose : « le sens est ce dans quoi la compréhensibilité de quelque chose se tient » (151). La chose s'explicite, et ceci sans encore que soit rien énoncé sur elle, c'est-à-dire rien prédiqué. C'est-à-dire ? Distinguons : le marteau ne s'explicite comme marteau qu'à partir d'une totalité de significations déjà ouverte, à partir du monde même, comme pré-acquis *(Vorhabe)* : l'ensemble de l'atelier comme totalité de tournure, à partir d'une pré-vision de ce dont il s'agit avec l'étant explicité *(Vor-sicht)* : tel ou tel ouvrage, et à partir de voies « conceptuelles » déjà décidées *(Vorgriff)* : dans notre exemple, tel ou tel « tour de main » déjà là. Toute explicitation, y compris celle qui s'accomplit comme interprétations de textes, ou encore celle qui cherche à expliciter le sens de l'être, se meut dans un tel cercle, le « comme » primaire de toute explicitation est un moment de ce cercle (150).

Mais, justement, l'explicitation qui s'accomplit dans l'énoncé prédicatif sort de ce cercle, se coupe de l'être-au-monde comme circuit du sens. Ou encore, il nous faut distinguer deux « comme », le « comme » herméneutique et le « comme » apophantique. Qu'est-ce que l'énoncé ? L'énoncé est une mise en évidence *(Aufzeigung)* qui détermine et communique. « Le marteau est lourd » : l'énoncé fait voir l'état de chose, l'étant même « marteau dans sa lourdeur » ; il le fait voir suivant une prédication, il réduit d'abord la vue au marteau comme sujet *(diairèsis)* pour ensuite attribuer le prédicat au sujet par le biais de la copule *(syntèsis)* ; et communique l'état de chose vu à autrui. L'énoncé fait voir l'étant comme tel. Mais dans quel horizon ontologique ? Comment le comme fonctionne-t-il dans l'énoncé ? Il nous faut distinguer deux comme, disions-nous, le « comme » herméneutique, que nous avons vu fonctionner dans l'explicitation préoccupée, et le « comme » apophantique, comme suivant lequel est articulée la chose dans l'énoncé. Comme quoi la chose est-elle appréhendée dans l'énoncé ? Comme chose subsistante, à partir de l'horizon ontologique de la *Vorhandenheit*. « Le marteau est lourd », cela veut dire : la chose-marteau *(vorhanden)* a la propriété de la lourdeur. Avisée ainsi, la chose perd sa provenance de l'être-au-monde, est pure chose hors sens, l'énoncé produit une démondanéisation. Le marteau, qui dans l'usage était abordé comme à-portée-de-la-main, subit, dès lors qu'il devient « ce sur quoi on énonce », un véritable « change ontologique » : il est abordé comme sous-la-main. « La chose » devient matière indifférente à un déterminer purement théorique. Or, la tradition est partie de l'énoncé pour comprendre ce qu'être veut dire ! Abord « logico-prédicatif » de l'être, horizon « substantiel » du sens de l'être et unilatéralité théorique vont ensemble. Ou encore, l'énoncé provient bien de l'être-au-monde (antérieurement à l'énoncé prédicatif, et comme son origine, il y a l'explicitation anté-prédicative), mais cette provenance que seule l'analytique existentiale peut retracer est provenance déniée, en quelque sorte, par l'énoncé, qui ne provient du monde qu'en s'en coupant.

Soit. Mais attention ! L'anté-prédicatif ne signifie pas l'anté-discursif, un être-au-monde « muet encore », royaume des intuitions immédiates. L'énoncé n'est pas tout le discours, loin s'en faut. Si, par exemple, au cours de la préoccupation, je demande à l'arpette : « Marteau ! », ou si je me dis simplement : « Il est lourd ! », il ne s'agit pas d'énoncés au sens précédent, et nous sommes bien encore au niveau d'une « lecture herméneutique de l'expérience » ! Citons : « Entre l'explicitation encore totalement enveloppée dans le comprendre préoccupé et l'extrême opposé d'un énoncé théorique sur du sous-la-main, il existe bien des degrés intermédiaires. Énoncés sur des événements du monde ambiant, description de l'à-portée-de-la main, "rapports sur une situa-

tion", enregistrement et fixation d'un "état de fait", analyse de données, récit d'incidents… : autant de "propositions" qui ne sauraient être réduites qu'au prix d'une
perversion essentielle de leur sens à des propositions
énonciatives théoriques » (158). La secondarisation de
l'énoncé ne signifie pas celle du discours. Mais qu'est-ce
que le discours ?

  *« Le discours [die Rede] est existentialement coorigi-
naire avec la disposition et le comprendre »* (161). Comment ? Le comprendre a toujours déjà projeté un monde
comme totalité, significativité. Cette totalité est articulée,
et ceci préalablement à l'explicitation, qui ne part pas
d'une totalité confuse. Cette articulation, articulation du
sens, est articulation d'un tout signifiant en « significations », qui s'expriment *(aussprechen),* expression de
l'être-au-monde, et non d'une intériorité dans l'extériorité
d'un signe. Cependant, s'exprimer veut dire venir à la
parole, *« kommen zu Wort »,* s'exprimer dans une totalité
de mots comme langue de fait, au sens de la facticité de
l'être-jeté. A leur tour, ces mots et cette langue peuvent
être considérés improprement comme des choses intramondaines. Mais originairement, discours et discours-en-
une-langue sont des existentiaux, ont leur portée de leur
caractère de structure de l'être-au-monde (161).
  Le discours, la discursivité originaire du Dasein, qui se
dit, s'exprime comme être-au-monde, est une structure à
quatre pôles. Tout discours est discours sur… (référence),
dit quelque chose de ce dont il parle (signification), communique, partage l'être pour la chose dont il parle (communication), et exprime le mode d'être-au-monde de celui qui
parle (expression en ce sens). Il faut, là aussi, faire très
attention. Cette structuration ne concerne pas seulement le
discours en propositions énonciatives, mais aussi bien
toutes ses modalités « pragmatiques ». Par exemple, la
« référence », dans le cas d'un ordre, ou d'une demande, ne
vaut pas pour ce dont on parle (au sens d'un déterminer),
mais pour « ce qui est ordonné » ou « ce qui est demandé ».
Ceci deviendra opératoire lors de l'analyse de l'« appel de
la conscience ». Par ailleurs, le discours doit aussi être
modalisé suivant la propriété ou l'impropriété : ces deux
modes sont (on y reviendra) le faire-silence et le bavardage.

d. Bavardage, curiosité, équivoque : la déchéance

Dans notre recherche des trois existentiaux constituant le Là, nous sommes partis à chaque fois de la quotidienneté impropre, pour en quelque sorte dégager le comprendre, la disposition et le discours dans leur neutralité modale. La section B du cinquième chapitre va effectuer une remodalisation, dire ce que sont le comprendre, la disposition et le discours en régime d'impropriété, comme structure du On, en perçant jusqu'au phénomène de la déchéance du Dasein.

On est bavard. Le bavardage _(Gerede)_ est ce mode du discours où le pôle de la communication devient prépondérant, et déracine, fausse les autres. La communication propre est partage d'un être en commun pour la manifestation d'une même chose. Mais la communication peut se limiter à redire ce qui est dit au sujet de ce dont on parle, à perdre le réel être auprès-de-l'étant dont on parle. Dit et redit, repris, ce qui est dit devient l'évidence même, grand tissu bruissant de la redite où chacun s'abandonne. Cette redite devient même l'ouverture propre de l'espace public, l'être-explicité-public, duquel toute compréhension propre devra s'enlever. Ce bavardage renvoie de lui-même à la curiosité, simple manière de voir emportée. La circonspection, devenue libre d'ouvrage, explique Heidegger, se déplace dans le pur souci de voir pour voir, elle ne s'intéresse qu'à l'aspect _(aussehen,_ au visage des choses ; par ailleurs, c'est le terme que Heidegger choisit pour traduire l'_eidos_ platonicien : c'est dans la curiosité que s'enracine la conception traditionnelle de la prévalence du pur accueil sensible ou théorique, la prévalence de la pure « intuition » !) des choses, monde devenu spectacle, et au change de ce spectacle. Le Dasein se distrait, le monde est devenu télé-vision. Pour le Dasein bavard et curieux, tout devient alors équivoque (l'équivoque est le mode impropre de l'explicitation). Tout est vu et su, et de longue date, et finalement rien. Toute « nouveauté » authentique est ramenée au déjà connu. L'équivoque est le vacillement, se barricadant dans l'impossibilité de décider quoi que ce soit, entre le propre et l'impropre, c'est la lumière équivoque de l'être-explicité-public.

Ces traits du On forment ce que Heidegger appelle la déchéance *(Verfallen)* du Dasein. Qu'est-ce que cette déchéance ? Ce n'est pas une « dégradation d'être » depuis un statut supérieur. Le Dasein est originairement déchu, à l'écart de lui-même. Jeté au monde, il se comprend à partir de ce qu'il fait, de son être auprès des choses, comme on se comprend, à partir de l'être-explicité-public, qui le prévient et le surplombe. Ainsi est la caverne heideggerienne : tentatrice et rassurante, car se présentant au Dasein comme la norme même, indiscutée, de la vraie vie ; aliénante et nouante, car elle pose le Dasein à l'écart de lui-même, de telle sorte qu'aliéné, il n'est pas sous la coupe d'un autre, mais il est en quelque sorte « lui-même » sur le mode de l'impropriété (il ne peut exciper de la responsabilité d'un autre quant à cette aliénation), noué à lui-même. Tout cela constitue le mouvement de l'existence en tant qu'elle est jetée et se rejette dans l'impropriété, s'y précipite et tourbillonne. Déchéance, rythme d'une vie dépossédée : c'était donc ça, ma vie ?

D. L'angoisse et le souci

Où en sommes-nous ? A une multiplicité de structures d'être. Mondanéité comme significativité, comprendre, disposition, discours, modalité de la déchéance comme identification de soi à partir de l'être-explicité-public : tout ceci « appartient » à l'être du Dasein comme existant au monde. Ou encore : le Dasein existe, il existe facticement, et qui plus est, déchéant. Comment intégrer tous ces traits d'être ? On a dit que l'être-au-monde devait être visé comme un. Mais cette unité est l'unité d'une structure complexe et modalisée, structure-en-mouvement. Il en va maintenant de la saisie de cette unité structurale.

Comment procéder ? On ne peut bien sûr pas procéder constructivement (selon quel plan, donné d'où ?), il faut donc interroger le Dasein lui-même à partir de la manière dont il se montre lui-même à lui-même de manière unitaire, « simplifiée », pour, suivant cette monstration, en élaborer le sens existential. Cette expérience de soi privilégiée est faite dans le sentiment fondamental de l'angoisse.

Qu'est-ce que l'angoisse ? Heidegger, au chapitre précédent, avait fourni une caractéristique phénoménologique de la peur, pour mieux en contretyper l'angoisse. La peur est peur « de » quelque chose, l'angoisse, au contraire, est angoisse de rien, devant rien. Il faut interpréter ce rien, ce rien n'est pas rien : rien d'étant intramondain, l'angoisse est précisément l'expérience de l'être-au-monde comme tel, du monde même. Dans l'angoisse, l'étant intramondain s'effondre, n'est pas relevant, plus signifiant (il n'est pour rien et ne peut rien quant à mon angoisse), la *Bedeutsamkeit* du monde devient insignifiante. Mais précisément, cette non-signicativité ne signifie pas « absence de monde », mais bien manifestation de la mondanéité du monde elle-même, qui n'est rien d'étant. Dans l'expérience de la non-significativité, le monde apparaît comme significativité possible, le monde apparaît comme monde. C'est de l'être-au-monde que monte l'angoisse, et c'est pour l'être-au-monde que l'angoisse s'angoisse. Non pas pour tel ou tel pouvoir-être, mais pour l'être-au-monde lui-même, purement et simplement, dans sa nudité. Et précisément, en tant même que l'étant intramondain ne saurait plus fournir aucune échappatoire, et que je ne peux plus non plus me comprendre à partir de l'être-explicité-public, qui coule avec le monde devenu non significatif, dans l'angoisse, je me retrouve isolé, « seul au monde ». Il faut bien comprendre cette solitude : d'une certaine manière, les choses et autrui sont toujours là, aucun « doute » les concernant ne vient les anéantir, je ne suis pas isolé comme certain de ma seule existence. Simplement, les autres, et moi-même comme autre, les choses auprès de quoi je m'affaire, tout ceci n'est plus relevant. Je suis ramené à mon être-au-monde pur et nu, dont il ne dépend que de moi, isolé, de le prendre en main ou non. Mon être-en-vue de moi-même apparaît dans son caractère crucial : je suis ramené du On à la possibilité d'être moi-même, je comprends que telle est ma loi, qu'il en va en mon être de mon être. Solipsisme existential qui est aussi l'expérience même de ma liberté : « L'angoisse manifeste dans le Dasein l'*être pour* le pouvoir-être le plus propre, c'est-à-dire l'*être-libre pour* la liberté du se-choisir-et-sesaisir-soi-même » (188). La disposition, avions-nous dit, nous dit en quelque sorte « où nous en sommes ». Où en sommes-nous dans le sentiment fondamental de l'angoisse ? Expulsés du « chez-soi ». Etre-au-monde, c'est être auprès des choses dans l'habitude et la familiarité, et cette habitude est renforcée par le On, qui est la passion du chez-soi comme rassurement. L'angoisse brise avec cette familiarité, dépayse. L'angoisse nous dispose, nous pose dans l'*Unheimlichkeit,* inquiétante étrangeté, inquiétante parce que étrange. Nous ramenant du chez-soi, l'angoisse nous montre que : « Le hors-de-chez-soi doit être conçu ontologiquement-existentialement comme le phénomène le plus originaire » (190). Hors de chez-soi *(Unzuhause)* dont le chez-soi rassuré-public est le contre-sentiment, que fuit la passion du chez-soi (tous ceux qui voudraient assimiler la pensée de Heidegger à une pensée de propriétaire terrien campé sur sa terre et calfeutré dans sa maison devraient quand même prendre le soin de lire ces lignes).

Où en sommes-nous ? Ici : « le s'angoisser est, en tant que disposition, une guise de l'être-au-monde ; le devant-quoi de l'angoisse est l'être-au-monde jeté, le en-vue-de-quoi de l'angoisse est le pouvoir-être-au-monde. Par suite, le phénomène plein de l'angoisse manifeste le Dasein comme être-au-monde existant facticement. Les caractères ontologiques fondamentaux de cet étant sont l'existentialité, la facticité et l'être-déchu. Ces déterminations existentiales n'appartiennent pas comme des morceaux à une totalité à laquelle l'un d'entre eux pourrait parfois faire défaut, mais en elle règne une connexion originaire qui constitue la totalité cherchée du tout structurel » (191). Cette totalité, Heidegger la nomme souci, *Sorge.* L'être du Dasein, d'abord projeté comme existence, est plus complètement déterminé comme souci. Etre, pour le Dasein, c'est être soucieux, être soucieusement, être dans le souci d'être. Qu'est-ce que le souci ? Heidegger caractérise le souci comme être en avant de soi (moment de l'existence comme projet, être pour un pouvoir-être), déjà dans un monde (moment de la facticité), auprès de l'étant intramondain (il y a là une ambiguïté : cet être-auprès est parfois caractérisé par Heidegger comme déchéance, c'est l'être auprès des choses dans l'identification de soi au fil de la préoccupation, parfois, il n'est pas modalisé, et, après tout, l'être auprès des choses n'est pas forcément impropre. Dans un cas, la modalité de l'impropriété, appartenant toujours au Dasein, est intégrée à son être, dans l'autre, le souci reste non modalisé, neutre). Le souci est donc l'être du Dasein, et fonctionne à ce titre comme pur *a priori*. Il est ainsi la condition de possibilité, l'ouverture nécessaire, l'espace de jeu, pour des phénomènes comme le vouloir, le souhait, la pulsion, le penchant. Heidegger effectue ces « dérivations » à la fin du § 41.

Nous nous interrogions sur l'être du Dasein, cet étant qui comprend l'être. Nous voici à une étape décisive de notre interrogation, même si ce n'est qu'une étape : l'être du Dasein est le souci. Que nous apprend, quant à la tâche de la constitution d'une ontologie fondamentale, cet énoncé ?

*

NOTES

1. Préface à *Heidegger, through Phenomenology to thougt,* p. XIX, trad. in *Questions IV,* p. 186.
2. Nous utilisons pour notre lecture de *Etre et Temps* la traduction d'E. Martineau, Paris, Authentica, 1985, que nous modifions légèrement. Nous indiquons dans le corps du texte de ces deux premiers chapitres le numéro de la page de l'édition Niemeyer (1979, 15ᵉ édition) de *Etre et Temps,* pagination reproduite en marge de l'édition Klostermann de la *Gesamtausgabe,* et de la traduction d'E. Martineau, ainsi que de celle de F. Vezin.
3. Cf. *Science de la logique,* t. I, livre 1, « L'être », trad. fr. P.J. Labarrière et G. Jarczyk, Paris, Aubier-Montaigne, 1972, p. 57.
4. Cf. par exemple, *Topiques,* IV, 121 a 10-20.
5. « Lettre à Monsieur Beaufret », in *Lettre sur l'Humanisme,* Aubier, 1964, p. 184-185.
6. Pour une appréciation du sens du moment de crise d'une science, cf. GA 24, § 9 a ; pour la signification générale de la fondation d'une science, cf. GA 25, § 2.

7. Cf. GA 24, § 11 et 12.

8. Cf. la « critique immanente » de la phénoménologie de Husserl, *in* GA 20, § 10 à 13.

9. *Etre et Temps*, trad. Waelhens et Boehms, 1964.

10. Cf. Didier Franck, *Heidegger et le Problème de l'espace*, Paris, Ed. de Minuit, 1986.

11. Descartes, *Méditations,* A-T IX, 1 p. 22.

12. GA 20, p. 336.

CHAPITRE II

Etre et Temps, 2

I. Dasein, Réalité, Vérité

Les deux derniers paragraphes de la première section de *Etre et Temps* sont des aboutissements rendus possibles par cette première section. Le premier traite, à partir de l'acquis encore bien provisoire de l'analytique existentiale, du problème de la réalité. Il s'agit de comprendre et de circonscrire ce sens d'être, réalité, que la tradition a indûment unilatéralisé. Mais le § 44 est plus surprenant. Il traite en effet du « problème de la vérité ». Pourquoi la vérité ? La chose s'éclaire dès lors qu'on s'aperçoit que ce qui a été dit en termes d'être aurait aussi bien pu être dit en termes de vérité. Disposition, comprendre et discours, qui structurent l'ouverture du Dasein, structurent par là même son être-véritatif. Ouverture est un nom de la vérité. A l'être (du Dasein) appartient essentiellement « la vérité ». Quel sens a cette « appartenance », pourquoi « Etre et Vérité », voilà ce que le § 44 abordera, et qui n'est que le début d'un long chemin de pensée. Il faudra tenir une chose, qui s'éclairera par la suite : ce § 44 n'est pas une soudaine déviation dans *Etre et Temps*, qui fausserait ainsi compagnie au « temps ». L'affinité de l'être du Dasein et de la vérité repose en effet dans le temps.

1. Le problème de la réalité

Traditionnellement, on entend « le problème de la réalité » comme la question de la preuve de la réalité du monde extérieur et celle de la correspondance entre notre représentation de la « réalité » et cette « réalité » telle qu'elle est en soi. L'analytique existentiale exhibe ce problème comme un faux problème. En effet, sous le titre de « réalité », il faut entendre l'être de l'étant intramondain, qui suppose la mondanéité du monde. La « réalité », ce n'est pas, justement, le « monde extérieur », mais l'être de ce qui peut se rencontrer à l'intérieur du monde, l'être-sous-la-main et l'être-à-portée-de-la-main. Et encore peut-on penser que la réalité ne suffit pas à caractériser ontologiquement, par exemple, l'étant naturel au sens de la « nature qui nous "embrasse" » (211). La réalité du réel suppose donc le phénomène du monde pour faire sens. Or, le monde, à son tour, comme existential du Dasein, ne saurait demander quelque chose comme une « preuve », mais bien sa mise au jour phénoménologique. Chercher à « prouver » l'« existence du monde », ce serait postuler la possibilité d'un sujet préalablement sans monde, encapsulé en lui-même et en sa représentation, cherchant ensuite à fonder sa « transcendance » vers l'« extérieur ». Mais le Dasein, originairement au monde, est la transcendance même, l'être-au-dehors originel. Et c'est du reste à partir d'un mode déchéant de cette transcendance, l'identification de soi à partir de l'être auprès des choses et avec les autres, que surgit la problématique ontologique inadéquate, qui, comprenant l'être du Dasein à partir de l'être de l'étant intramondain, comprend le « problème du monde » comme la co-subsistance de deux subsistants, la conscience et le « monde ». La donnée même du « sujet » (*qua* Dasein) à lui-même empêche une telle falsification des phénomènes.

En tout cas, si le Dasein existe, que son sens d'être n'est pas la « réalité », que cette dernière est réservée pour signifier l'être de l'étant intramondain, cela veut dire aussi que la réalité se fonde dans l'existence. Sans Dasein au monde, pas d'étant « intramondain » et, donc, pas de « réalité ». Qu'est-ce que cela veut dire ? Retombons-nous sur un idéalisme subjectif, qui, finalement, ferait du Dasein le démiurge de la réalité ? Non. Cela dit, la chose n'est pas simple, et apparaît dans *Etre et Temps* comme une réelle question. En effet, Heidegger écrit d'une part :

« Mais que la réalité se fonde ontologiquement dans l'être du Dasein, cela ne peut pas vouloir dire que du réel ne pourrait être comme ce qu'il est en lui-même qu'à condition que et aussi longtemps que le Dasein existe » (211-212). Cela veut dire : qu'un Dasein soit ou non, d'autres étants sont. Versant « réaliste », si on y tient. Mais Heidegger écrit d'autre part : « Cela dit, c'est seulement aussi longtemps que le Dasein *est*, autrement dit aussi longtemps qu'est la possibilité ontique de la compréhension d'être, qu'"il y a" de l'être *["gibt es" Sein]* » (212). Etre, et non pas étant, c'est-à-dire qu'il faut, à l'être de l'étant, le rapport essentiel au Dasein, c'est le versant « idéaliste », si par « idéalisme » on entend l'impossibilité clairement vue d'« expliquer » l'être par l'étant, et pour autant qu'on ne laisse pas blanche la question de l'être de la « subjectivité ». Thèse phénoménologique : l'être, comme transcendant par excellence, au-delà de l'étant et possibilité de sa manifestation, ne s'ouvre qu'à partir du Dasein, du rapport compréhensif-disposé que celui-ci entretient avec son propre être, avec celui des choses et des autres. L'être, en de multiples sens, est soutenu par le Dasein, qui, de là, se rapporte à l'étant. Mais que veut dire ici « soutenir » ? Cela ne veut pas dire que la compréhension soit le démiurge de l'être, qu'« être » soit le produit du comprendre, sa perspective sur l'étant. Mais quoi alors, quels rapports au juste entre le comprendre et l'« être » qui est compris et sans quoi « être il n'y a pas » ? A vrai dire, tout, ici, reste encore obscur et difficile. D'autant plus que Heidegger ajoute : « Si le Dasein n'existe pas, alors l'"indépendance", alors l'"en-soi", n'"est" pas non plus : il n'est ni compréhensible ni incompréhensible. Alors l'étant intramondain n'est à son tour découvrable, ni ne peut se trouver dans le retrait. *Alors* on ne peut ni dire que l'étant est ni qu'il n'est pas. Mais *maintenant* qu'est la compréhension de l'être et avec elle la compréhension de l'être-sous-la-main, il peut parfaitement être dit qu'alors l'étant continuera d'être » (212). Il est difficile de penser une situation où de l'étant (qui est) ne pourrait ni être dit être ou ne pas être !

2. Etre et vérité

« L'être, en fait, "va ensemble" avec la vérité *[Sein in der Tat mit Warheit "zusammengeht"]* » (213). Heidegger l'assoit en référence à Parménide et Aristote. Mais cet « aller ensemble » s'est déjà attesté dans l'ensemble des analyses de cette première section, qui peut être compris comme une phénoménologie de l'originaire être dans la vérité, qui se poursuit et s'aiguise dans la deuxième section (ce qui veut dire aussi que la problématique concrète de la vérité, dans *Etre et Temps,* va bien au-delà du § 44). Comment penser cet « aller ensemble » ? Ou encore, ce déluge de questions dans *Problèmes fondamentaux de la phénoménologie* : « Le problème se concentre dans la question suivante : comment l'existence de la vérité se rapporte-t-elle à l'être, au mode et à la guise selon lesquels il y a être ? Etre et vérité sont-ils essentiellement liés l'un à l'autre ? Est-ce qu'avec l'existence de la vérité surgit aussi celle de l'être, et disparaît-elle avec elle ? Est-ce que l'étant, dans la mesure où il est, est indépendant de la vérité qui porte sur lui, tandis que la vérité n'est que si le Dasein existe, et inversement, s'il est permis de s'exprimer ici de manière raccourcie, est-ce que l'être existe [1] ? »

Heidegger part, dans le § 44, de la destruction du « concept traditionnel » de vérité. Celui-ci comporte trois moments : le lieu de la vérité est l'énoncé, l'essence de la vérité réside dans l'accord entre l'énoncé, ou le jugement, et son objet, on peut attribuer la paternité des deux précédentes thèses à Aristote.

Que veut dire qu'une connaissance s'« accorde » *(omoiosis, adeaquatio)* avec son objet ? S'agit-il de l'accord entre une représentation et la chose même ? Heidegger, bien sûr, ne nie pas qu'un énoncé de jugement puisse être vrai ou faux, ni même qu'il puisse, au sens d'une simple indication formelle, s'« accorder » avec la chose dont il parle. Il reste alors à se demander : que veut dire, pour l'énoncé, être vrai ? Comment l'« accord » s'effectue-t-il ? Pour le comprendre, il faut précisément partir d'un énoncé s'attestant comme vrai *(ausweisen),* dans le mouvement même de son avération. Que veut dire, pour un énoncé, s'avérer ? La réponse de Heidegger, célèbre (et irriguée par la théorie husserlienne de l'évidence telle qu'elle est exposée dans la « VIᵉ Recherche logique »), tient positivement en deux phrases : « Supposons que quelqu'un, le dos tourné à un mur, prononce cet énoncé vrai : "le tableau accroché au mur est penché". Cet énoncé se légitimera si celui qui l'a prononcé se retourne et perçoit le tableau mal accroché au mur » (217). A quoi l'énoncé est-il référé lorsque je suis le dos tourné au mur ? A une image du tableau ? Non, au tableau lui-même. Et que veut dire la « confirmation » de l'énoncé ? L'assimilation de la connaissance-représentation à la chose représentée ? Non, seulement l'accomplissement plénier de la relation même qu'est l'énoncé suivant son sens : référence à l'étant. L'intention qu'opère l'énoncé se remplit par la perception même du tableau. Il n'y a pas là une comparaison entre une représentation et la chose, ce qui se confirme, c'est la chose même, qui se montre identique dans son être-tel visé par l'énoncé et son être perçu. Autrement dit, si l'énoncé peut s'attester, se confirmer comme vrai, c'est qu'il montre l'étant tel que lui-même se montre. L'énoncé est vrai : il découvre (et maintient cet être à découvert) l'étant tel que celui-ci se découvre. Avération de l'énoncé signifie : identification de l'étant en son être découvert tel que l'énoncé l'a visé. Autrement dit : « L'énoncé est vrai, cela signifie : il découvre l'étant en lui-même. Il énonce, il met au jour, il "fait voir" *(apophansis)* l'étant en son être-découvert. L'être-vrai (vérité) de l'énoncé doit nécessairement être entendu comme être découvrant. La vérité n'a donc absolument pas la structure d'un accord entre le connaître et l'objet au sens d'une assimilation d'un étant (sujet) à un autre (objet) » (218-219). Voilà pour la discussion critique de la deuxième thèse. Mais elle entraîne la réfutation de la première : si l'énoncé est découvrant, qu'il montre la chose telle qu'elle se montre, c'est que la chose, préalablement, s'est déjà montrée, déjà manifestée. L'énoncé puise à un découvrement préalable de la chose. L'énoncé est dans la vérité, et pas l'inverse.

Comment l'entendre ? Il ne s'agit pas de constater l'antécédence d'une « vérité » anté-prédicative qui serait celle de la perception, ou du « monde de la vie » au sens husserlien tardif. Comme nous l'avons déjà vu, la vérité apophantique de l'énoncé, qui détermine l'étant comme sous-la-main suppose déjà l'être-découvert du sous-la-main, dont, précisément, elle se coupe. Préalablement à la découverte théorique de l'être-sous-la-main, l'étant intramondain est découvert dans sa tournure. C'est le Dasein, préoccupé, qui est ainsi découvrant, qui découvre l'étant intramondain dans sa vérité propre. Mais cela, il ne le peut que parce que le monde est préalablement ouvert. Cette ouverture du monde, cet être-ouvrant du Dasein, cette épreuve première d'une manifesteté est la vérité au sens originaire. Le Dasein est originairement dans la vérité, en tant qu'il est sa propre ouverture, l'ouverture du monde, la découverte des choses et celle des autres. Nous avons donc un « phénomène » de la vérité richement structuré, qui est en son fond l'être-véritatif du Dasein dans la plénitude de son être-au-monde.

Mais ce n'est pas tout. Le Dasein est toujours dans une possibilité d'être lui-même en propre, ou de ne pas l'être. Se projetant en propre vers lui-même ou étant comme on est, le Dasein peut être dans la vérité de lui-même, d'où peut lui venir la consigne d'une vérité quant aux choses qu'il découvre, ou non. En ce sens, la vérité est elle aussi modalisée, vérité originaire de l'existence, ou perte de soi, illusion. Ou encore, en tant que déchéant, le Dasein est bien ouvert à lui-même, mais, bavard, curieux et équivoque, sous la forme d'une refermeture constante (d'où sa méprise quant à l'essence même de la vérité). Le Dasein est ouvert à lui-même, le Dasein est fermé à lui-même. Autrement dit : le Dasein est dans la non-vérité. Du même coup, et sans qu'on puisse concilier dialectiquement ces propositions, le Dasein est dans la vérité, le Dasein est dans la non-vérité. Toute vérité doit ainsi être reconquise, tranchée contre de multiples possibilités de « couverture » et de « fermeture ». La vérité est la geste du Dasein. La vérité est *Unverborgenheit*, décèlement. Ce mot traduit le grec *aletheia*. En effet, d'une part : Aristote [2] ne soutient pas que la vérité a son lieu exclusif dans la proposition (Catégories), mais que le *noein* et l'*esthaisis*

(« la saisie intellectuelle » et la « sensation ») découvrent originairement leurs objets ; d'autre part : le « mot » grec *aletheia* (il ne s'agit pas de la traduction antiquaire d'un mot, mais de l'épreuve d'une expérience fondamentale que nous venons, l'élargissant, de répéter) est bien un mot privatif, ce qui est « décelé » est arraché au cèlement. Seulement, la tradition a recouvert ce phénomène, et la pensée grecque elle-même n'a jamais pensé pour elle-même, s'y mouvant, cette essence privative. Cette pensée de l'« impensé » grec deviendra la tâche même de la pensée de Heidegger « après » *Etre et Temps,* son orient.

Résumons-nous, et observons quelques conséquences. La même question revient toujours : une fois de plus, ne s'agit-il pas ici d'une mauvaise « subjectivation » de la vérité ? Non. C'est justement parce que le Dasein est « capable » de vérité qu'il peut s'assigner le projet d'une vérité objective. Mais, certes, la vérité est bien « relative » à l'être du Dasein, ou, plutôt, celui-ci est lié facticement à la vérité. Ce qui veut dire aussi que le concept d'une vérité éternelle, soutenue en dernière instance d'une théologie, est privé de sens : « L'affirmation de "vérités éternelles", ainsi que l'assimilation de l'"idéa-lité" – phénoménalement fondée – du Dasein avec un sujet idéalisé absolu font partie de ces résidus de théologie chrétienne qui sont encore loin d'avoir été radicalement expulsés de la problématique philosophique » (229). Ce qui ne signifie pas que les lois de Newton, suivant l'exemple qui est celui de notre paragraphe, valent « historiquement » au sens où avant leur « découverte » elles ne « valaient » pas. Mais : « Les lois de Newton, avant lui, n'étaient ni vraies ni fausses : cette proposition ne peut pas signifier que l'étant qu'elles mettent au jour en le découvrant n'était pas avant elles. Ces lois devinrent vraies grâce à Newton, avec elles de l'étant devint en lui-même accessible pour le Dasein. Avec l'être découvert de l'étant, celui-ci se montre justement comme l'étant qui était déjà auparavant. Découvrir ainsi, tel est le mode d'être de la "vérité" » (227). Cette doctrine, en tout cas, relativise, secondarise, du même coup, la vérité de l'énoncé (de cette modalité du discours, pas du discours en général, l'antéprédicatif n'est pas l'antédiscursif), de la théorie (pas seulement au profit d'une vérité « pratique », mais au profit d'une vérité de l'existence, fondative, et qui reste à déterminer dans sa propriété), et donc, en général de la « connaissance », c'est-à-dire des sciences. Autant de chemins qu'il nous faudra suivre.

II. Le Dasein en totalité et en propre

Les analyses menées dans la première section d'*Etre et Temps* sont, compte tenu de leur point de départ, incomplètes. Et cela de deux points de vue : d'une part, se réglant sur l'idée d'existence mienne, on a constamment supposé la possibilité d'un être soi-même propre du Dasein. Mais on n'a pas vu ce que cela pouvait signifier, aucune légitimation phénoménologique n'est venue fonder cette possibilité d'être soi-même en propre. D'autre part, partant de la quotidienneté, on ne s'est jamais assuré de la totalité de l'être du Dasein existant, le Dasein est toujours en avant de soi-même, et, jour après jour, il lui reste toujours à être, encore. Il lui reste un reste : il semble à ce compte être dans une perpétuelle dé-totalisation. Que pourrait vouloir dire, pour le Dasein, être en totalité ? Deux requêtes, donc, pour l'approfondissement de l'analyse phénoménologique : en un seul mot (car les réponses aux deux requêtes vont se rejoindre, morceau de bravoure phénoménologique), qu'en est-il du pouvoir-être-tout propre du Dasein ? Le Dasein va se montrer résolu à lui-même : appelé à être le mortel qu'il a à être.

1. Mortalité

Que veut dire, pour le Dasein, être un tout ? Tant qu'il est, le Dasein a encore, en reste, à être, perpétuité d'un « pas encore ». Arrivant à sa fin, il n'est plus. La fin du Dasein, c'est sa mort. Comment la penser ? En quoi la mort peut-elle faire un tout du Dasein, elle qui en fait

– rien? Pour le comprendre, il faut en tout cas analyser phénoménologiquement la fin du Dasein, sa mort.

Mais la mort n'est pas expérimentable : une phénoménologie de la mort semble une galéjade. Comment procéder? On pourrait partir de la mort d'autrui. Mais la mort d'autrui, dans le deuil, par exemple, est toujours expérimentée à partir de l'être-au-monde de ceux qui restent. Et le venir-à-la-fin d'autrui est son affaire propre. Dans cette « affaire », qui n'en est justement pas une, je ne peux pas me substituer à lui, le remplacer. Le « mourir » est de l'ordre de l'insubstituabilité. Je peux remplacer autrui dans telle ou telle tâche déterminée, en ce sens, les cimetières sont pleins de gens « irremplaçables », je ne peux pas aller à la mort à sa place, même dans le « sacrifice pour lui » (et le « bon mot » peut aussi être entendu sans ironie). Soit. Mais que veut dire une « phénoménologie » de ma propre mort, qui soustrait à lui-même, avec son expérience, le phénoménologue?

Heidegger, d'abord, afin de penser existentialement la « fin » du Dasein, distingue plusieurs sens du restant, de l'_Ausstand_, et plusieurs types de « finir ». Quel est le sens existential de la mort? Finir, comme « mourir », n'est pas être-à-la-fin, mais être pour la fin, en direction de la fin, vers la fin, _Sein zum Ende_. La mort n'est que comme rapport-à-la-mort, _Sein zum Tode_. La phénoménologie de ce rapport-à-la-mort est totalement « immanente », et me concerne comme existant. Elle est préordonnée à toute recherche biologique, psychologique, théologique à propos de la mort. Pour cela, il faut d'abord distinguer entre le périr _(verenden)_, le décéder _(ableben)_ et le mourir _(sterben)_. Périr est le fait du vivant simplement vivant, décéder est l'_exitus_ du Dasein, ce non-événement dont il ne nous sera rien dit dans _Etre et Temps_, ce que nous disons lorsque nous disons : « Il est mort. » Et le mourir? Le « mourir » est le mode d'être en lequel le Dasein est pour sa mort. Mourir : un mode d'être, c'est-à-dire l'existence comme mortelle. D'où la phrase, somme toute curieuse : « En conséquence de quoi, nous devons dire : le Dasein ne périt jamais, mais il ne peut décéder qu'aussi longtemps qu'il meurt » (247). Ce que l'on pourrait aussi exprimer : qu'aussi longtemps qu'il « vit », c'est-à-dire qu'il existe, qu'il existe dans le rapport à la fin. Mais comment existe-t-il en rapport à sa mort ?

Il faut comprendre l'être-pour-la-mort à partir du souci : comme être possible, être-jeté, être déchéant. De plus, il faut s'enquérir de la modalisation de cet être-pour-la-mort suivant que je me rapporte proprement à moi-même dans mon rapport à ma fin, ou selon que, improprement, je l'esquive. Que veut dire, d'abord, la mort comme possible ? La mort est imminente. Comme beaucoup d'autres choses, dira-t-on. La pluie va venir, le train va démarrer, je vais partir en vacances. Mais cette imminence est particulière : elle n'est pas attendue comme un événement dans le monde. Elle est la possibilité de l'impossibilité de l'être-au-monde lui-même. Purement, elle est ce qui vient, ne réside que dans cette venue. Mais dans cette venue, comme venue de rien dans le monde, c'est précisément l'être-au-monde comme tel qui s'ouvre, mis en balance dans sa nudité. Qu'est-ce que cela veut dire ? Dans le rapport à la possibilité de la mort, qui ne me donne rien de particulier à attendre, cette possibilité se donne comme la possibilité la plus propre. Comment ? Négativement, la possibilité de la mort est irrelative, *unbezogliche*, déliée de tous rapports à autrui (elle est cette déliaison), elle dissout, pour autant que je la soutienne, toute possibilité de me comprendre à partir de possibilités puisées dans le On, elle me donne donc à comprendre à moi-même entièrement, elle me donne à assumer l'existence entière à partir de mon isolement. Enfin, cette possibilité est extrême, indépassable, et en tant que telle elle a toujours déjà dépassé toute possibilité de fait (250). Comme être-jeté, le Dasein est donc, comme être-au-monde, jeté dans l'être-pour-la-mort : il en fait l'expérience dans l'angoisse, que, quotidiennement, déchéant, il fuit. Comment ? En se rassurant. On meurt, certes, mais pour l'instant, ça va, j'ai encore le temps. Ça ne me concerne pas, le rapport à la fin n'est que brouet d'idées noires... A rebours, l'être-pour-la-mort soutenu est certain de la mort. Dans cette certitude, la vérité de l'existence est soutenue. Il ne s'agit pas de la certitude cartésienne, ni non plus de la certitude du décéder, mais de la certitude de la possibilité de la mort à tout instant, dans son indétermination même, certitude qui soutient cette indétermination. Certitude de soi veut dire : certitude de soi comme mortel. *Sum* veut dire *sum moribundus.* Cette certitude est une donnée de soi plus originaire que toute certitude réflexive de la conscience, la certitude de soi propre est la mortalité assumée. Ainsi certain, le Dasein se possède lui-même, faisant entrer dans son existence son ultime dépossession. Précisons la figure concrète de l'être-pour-la-mort propre.

Que veut dire soutenir un rapport propre à la mort ? Comment comprendre l'existence tendue par sa fin ? Il ne peut s'agir d'une « préparation » au décès, ni non plus d'une course à la mort. Justement, la mort, on ne peut l'attendre comme on attend un événement intramondain, c'est un possible ineffectuable, qui n'est qu'en tant que possible immanent. Alors ? Se rapporter proprement à la mort, assumer pleinement sa mortalité, c'est, ce serait « devancer » ce possible, ou plutôt, se devancer, soi, se donner, soi, dans la tenue de ce possible. Exister finiment. La finitude, ici, ne signifie pas un « état fixe » du Dasein, mais bien ce qui doit être repris dans l'existence. La finitude est finitisation, exister comme fini, et l'appropriation de soi est cette finitisation, qui s'enfonce dans le possible ne plus être, comprend son être à partir de là, comme limité, existé à partir de sa limite. Qu'on ne se méprenne pas : il ne s'agit pas d'une sorte de glorification nihiliste, *viva la muerte,* de « la mort ». Simplement, dans le devancement, la totalité de mon existence devient visible, c'est-à-dire, dans l'isolement, acquiert la singularité qui est la sienne, et son unicité, beauté d'un événement, d'une venue factice à elle-même qui ne se donne que dans le voisinage de sa limite. De même, dans le devancement, si je suis isolé, et coupé de tout ce qui se donnait à moi comme possibilités puisées dans l'être-explicité-public, c'est pour, à partir de mon devancement, m'en saisir, m'en ressaisir à partir de moi-même assumant ma finitude. Le devancement me redonne au monde, la possibilité de l'impossibilité de l'existence dé-limite toutes mes possibilités de fait, qui y puisent une nouvelle nécessité, mesurées à cette démesure. L'être pour la mort est la manière qu'a, que peut avoir le Dasein d'être au monde finiment. Le monde n'est que pour les yeux d'un mortel. Ou encore : il en va de la liberté, ou de la libération : « *Le devancement dévoile au Dasein sa perte dans le On même et le transporte devant la possibilité, primairement dépourvue de la sollicitude préoccupée, d'être lui-même – mais lui-même dans la LIBERTE POUR LA MORT passionnée, déliée des illusions du ON, factice, certaine d'elle-même et angoissée* » (266).

2. La conscience

A. L'appel de la conscience

Le « devancement » n'a été que projeté par le philosophe. C'est une possibilité ontologique. Peut-être tient-elle à un « idéal d'existence » du philosophe ? Mais, dans ce cas, l'analyse serait exorbitante. Cette possibilité ontologique ne sera légitime que pour autant que du Dasein même monte l'exigence d'un tel rapport à la mort. Mais, plus largement, c'est la référence faite jusqu'ici à une propriété possible du Dasein qui fait problème. Cette « idée » elle-même, n'est-ce pas le philosophe qui l'a introduite subrepticement ? Comment éliminer ce soupçon ? Phénoménologiquement, c'est-à-dire en demandant si, non seulement cet être en propre est pour le Dasein, une possibilité, mais si le Dasein, de lui-même, exige cet être en propre. Y a-t-il, dans le Dasein étant, une exigence du propre ? Comment se fait-elle entendre ? Comment, dès lors, penser cette exigence existentialement, dans l'être même du Dasein ? Exiger, de soi-même, son être en propre, c'est exiger une vérité de soi-même : s'attester. Le Dasein, avions-nous dit, est dans la vérité, et, du même coup, il est dans la non-vérité. Traduisons : il est sous l'exigence d'avoir à s'attester lui-même. Cette exigence, c'est la conscience.

Ou encore : le Dasein est perdu dans le On. Il a donc à se retrouver. Comment le peut-il ? Il faut qu'il se ramène de son identification à partir du On. Comment ? En se reprenant, c'est-à-dire en se reprenant de la déprise de soi

que voulait dire être comme on est. Etre On veut dire ne
pas se choisir comme soi-même. Il s'agit donc de choisir
non pas ceci ou cela, mais de se transporter devant la
claire « conscience » que l'existence est choix, qu'il faut
choisir. Choisir de choisir, donc. Mais d'où vient la brisure d'avec le On ? Comment puis-je être ramené du On ?
Cela ne peut venir que de moi, puisque, aussi bien, c'est
de moi qu'il s'agit au sens le plus fondamental ! Qu'est-
ce qui m'appelle, en moi, comme moi, à être moi-même ?
Encore une fois, la conscience, *Gewissen* et non pas
Bewusstsein. (Mais on verra pourquoi il ne s'agit pas tout
simplement de la « conscience morale ».) La conscience
est abordée comme ouvrante : elle donne à comprendre.
Comment ? En appelant. L'appel de la conscience est une
modalité du discours. Le discours, avions-nous vu, structure l'ouverture du Dasein, son Là. C'est comme appel
de la conscience qu'il ouvre proprement cette ouverture,
qu'il installe la vérité de l'existence. Détaillons, en
partant des quatre pôles structuraux du discours. Dans
l'appel (pour cette modalité pragmatique du discours), le
« ce sur quoi » devient le qui… appelé à…, le « ce qui est
dit » devient le « à quoi », est appelé l'appelé, l'expression devient la façon appelante de l'appel, la « communication » devient l'appelé comme interpellé. Qui est
appelé ? Manifestement, le Dasein. A quoi ? A être lui-
même. Comment ? Tout simplement, entendre l'appel,
c'est ne plus s'entendre à partir de l'être-explicité-public.
Etre appelé, c'est retirer la compréhension de soi de la
sphère du On, où elle était déjà engagée, c'est briser
là avec l'entente engagée dans le bavardage, la redite.
Etre appelé est la possibilité d'une écoute de soi, et, pour
cela, le bavardage doit être rendu irrelevant. Mais à quoi,
plus précisément, le Dasein est-il appelé ? Que lui intime
l'appel de la conscience ? Rien. Rien qui ait la forme d'un
quid, d'un contenu, il ne s'agit pas d'un « fais ceci »,
« fais cela ». L'appel est plutôt « formel » en ce sens
(mais c'est la formalité de l'existence !) qu'il dirait : quoi
que tu fasses, sois toi-même dans ce que tu fais. La voix
de la conscience voue le Dasein à lui-même, le jette dans
la possibilité d'une vocation. Et comment déterminer
cette « voix » ? Elle est silencieuse, voix blanche. C'est-

à-dire ? Elle parle, c'est-à-dire elle ouvre le Dasein à lui-même, en « faisant silence », en appelant, silencieusement, le Dasein au silence, c'est-à-dire en l'appelant à se retirer du champ de la communication du On. Pour autant, au-delà de toute équivoque propre au On, elle est impérative : univoque. Entendant cette voix, le Dasein sait vraiment où il en est.

Admettons que nous trouvions la ressource, en nous, de ce phénomène. Il reste qu'on est amené à demander : mais, enfin, cette voix qui m'ouvre à moi-même, d'où vient-elle ? Voix de Dieu (conscience, instinct divin…), voix de la raison pratique, ou quelque étrange surmoi ? Rien de tout cela si nous tenons ferme ce qu'on se précipite à combler, à savoir l'indétermination de cette voix. L'appel est expérimenté comme : ça appelle, *es ruft* (275). Ça m'appelle, parfois contre « moi-même », certes, mais à être moi-même, et sans que la voix de la conscience puisse être rapportée à une personne particulière. Peut-on comprendre cet étrange état de fait à partir du Dasein lui-même, de façon immanente ? Oui. C'est le Dasein lui-même qui s'appelle. Mais comment cela est-il possible, et pourquoi à partir de l'anonymat d'un ça, d'un *es* ? Le Dasein s'appelle du fond de son inquiétante étrangeté, depuis l'expérience de son être-jeté (276). La voix de la conscience est, pour le Dasein, une voix « étrangère » parce que, précisément, elle est la voix de son *Unheimlichkeit*, qui brise avec toutes les voix familières et quotidiennes, et l'habitude d'y être livré, c'est une voix d'avant toute identification, d'avant tout rôle, d'avant toute « personne » définie (syntaxe retorse de « personne » ! : le On est « tout le monde et personne », le neutre ; le Dasein, du fond de son inquiétante étrangeté, est « personne » au sens d'encore aucun personnage, en un autre sens, « positif », de la « neutralité »). Le Dasein, donc, s'appelle en se rappelant à son isolement – et comment donc autrement qu'en faisant silence, là où, comme un isolé, il n'a plus rien à dire à « personne », et pas même à lui-même ? Ce rappel angoissé ne se peut bien sûr que comme le contre-mouvement de ce qui, originairement, recouvre l'angoisse en la fuyant : en ce sens, la voix de la conscience ne peut qu'être inopportune aux

yeux du On, « involontaire », contre « moi-même ». Autrement dit, la conscience est la voix du souci, la conscience
est un phénomène qui caractérise l'être du Dasein : dans
son être, le Dasein est un étant qui se rappelle à lui-
même, qui est par excellence l'étant appelé à être lui-
même. Ajoutons encore une chose : on pourra toujours
soupçonner dans cette analyse de la conscience du Dasein
un relent théologique. Mais ce serait aller contre les
intentions explicites de Heidegger, et, surtout, ne pas
considérer cette autre possibilité, à savoir qu'il y a là,
aussi, la plus extrême déthéologisation de la conscience :
avant de pouvoir être appelé par qui que ce soit, avant
même de répondre de soi devant telle ou telle « loi »,
encore faut-il, d'abord, que, purement, le Dasein soit
appelé à lui-même, en lui-même.

B. L'être en faute et la résolution

Cela dit, une chose est évidente dans cette analyse : le
phénomène de la conscience a été abordé à partir de la
caractérisation de la conscience comme voix donnant à
comprendre. Il semble qu'un trait de la conscience soit ici
éludé : « universellement », la conscience est éprouvée
comme rapport à une « faute » (y compris dans la « bonne
conscience »). Que faire de ce trait, et quel rapport peut-il
entretenir avec la problématique générale de l'attestation ? Le § 58 de *Etre et Temps* va prendre en charge ce
point. Supposons que, interpellé, intimé à être lui-même,
le Dasein fasse l'expérience d'un être en faute. Comment
le penser existentialement ? On peut d'abord considérer
la faute au sens d'avoir des dettes (le mot allemand de
Schuld pouvant effectivement osciller entre la faute et la
dette), en se réglant à partir de l'étant dont on se préoccupe (sens « économique » de la faute ou de la dette),
mais aussi au sens d'être en faute, en lésant autrui, en
relation avec une exigence éthique, ou une loi politique,
étant ainsi la « cause » ou le fondement d'un « manque »
chez autrui. Etre, par défaut, responsable d'un défaut.
Mais que veut dire ici « défaut » ? Un être défectueux, un
certain mode du « non-être », par exemple le mal comme
« privatio boni ». Mais quel est l'horizon ontologique de

cette « négativité » ? On ne peut pas la laisser indécidée, ou la penser dans l'horizon de la *Vorhandenheit*. Pour le Dasein, être veut dire exister, souci. De quelle manière l'existence est-elle concernée par la faute, par une négativité ? Les exemples précédents sont empruntés à la sphère de la préoccupation, et du rapport à autrui médiatisé par une exigence ou une loi : pour comprendre ce que peut bien vouloir dire être par défaut le fondement d'un défaut, encore faut-il comprendre ce qu'être par défaut peut bien vouloir dire existentialement. Au moins cela est nécessaire pour comprendre ce que peut bien vouloir dire, pour le Dasein, par exemple, exister « devant la loi ». Toute faute factice, tout manquement à une exigence donnée demande d'abord d'éclairer ce que veut dire pour le Dasein « être en faute ». Pour ce faire, Heidegger va d'abord « formaliser » l'idée de « faute » (la penser dans l'indifférence ontologique), pour ensuite la déformaliser (que veut dire faute pour l'étant déterminé en son être par le souci ?). Formalisée, la faute veut dire : *Grundsein einer Nichtigkeit*, être fondement d'une négativité. Existentialement, qu'est-ce que cela veut dire ?

Le Dasein est jeté. Cela veut dire qu'il ne s'est pas posé lui-même. Il a à être lui-même, mais de telle sorte que cet avoir à être est ce à quoi il est remis, comme quoi, dans la disposition, il se trouve à charge de lui-même. Il a à être le fondement de lui-même comme ne l'étant pas. La facticité désigne ceci, qui devient patent dans l'angoisse : « Etre fondement signifie donc *n'*être *jamais* maître de l'être le plus propre du fondement » (284). La « négativité », ici, est constitutive de la facticité. Mais il y a plus : le Dasein est jeté comme être projetant. Se comprendre dans tel ou tel projet de soi, c'est aussi bien être placé devant la consigne d'avoir à choisir : ou bien…, ou bien… Tout possible existentiel est renoncement à d'autres. Le projet aussi est transi de négativité. Le Dasein est bien en faute : il est le fondement de soi-même comme assomption de sa facticité, et pas comme position, auto-position de soi, il a plutôt à correspondre à ce fondement, il en a la charge sans s'être chargé lui-même, et cette charge, il l'assume nécessairement dans une possibilité de lui-même qui se découpe sur le fond de l'impossibilité d'en

choisir d'autres. Il est (au sens de l'avoir à être) le fondement négatif (ne pas s'être posé) d'une négativité
(le choix du possible tranche). En ce sens, il est en faute.
Cette faute, cette négativité, n'est pas un événement intramondain, un « se mettre en faute », ni non plus un moindre-
être (comme privation). Tout semble ici mis à l'envers.
En effet, si la voix de la conscience me ramène à mon
être, cela veut dire, alors, qu'elle me ramène… à mon être
en faute. Comment le comprendre ? Cela ne peut pas vouloir dire que la conscience me pousse… à me mettre en
faute ! Certainement pas, si l'on comprend par là com-
mettre des fautes ! La conscience me ramène bien plutôt
de la dissimulation de mon être négatif dans le On, pour
me faire comprendre que j'ai à assumer ma propre négativité. En ce sens, la conscience me donne à comprendre
comme en faute de moi-même, ce qui, derechef, a deux
sens : je dois me ramener du non-choix de moi-même
dans le On, mais, placé devant le choix de moi-même, je
l'assume dans toute sa « nécessité », sa négativité propre.
Comprendre ainsi l'appel de la conscience, se laisser être
interpellé, c'est ce que Heidegger appelle « vouloir avoir
conscience ». Ce vouloir est un assumer, transi de négativité, et un laisser : « Comprenant l'appel, le Dasein laisse
le soi-même le plus propre *agir en soi* à partir du pouvoir-
être qu'il a choisi » (288). Et sans doute est-ce pour cela
que la conscience n'est pas la « conscience morale » :
c'en est la racine, la possibilité : « Cet être en faute
essentiel est cooriginairement la condition existentiale
de possibilité du bien et du mal "moraux", autrement dit
de la moralité en général et de ses modifications possibles » (286). Là se trouve le fondement, dans *Etre et
Temps*, d'une « métaphysique des mœurs ». Mais pas seulement : dans le § 58, pour le dire prudemment, se trouve
la première pensée de l'être-fondement du Dasein, la pensée du fondement en relation à l'être comme existence.
Mais l'être-fondement, nous l'avons vu, est assomption
d'un n'être pas le fondement, abîme, *Abgrund*. Les conséquences de cette radicalité de la facticité se propageront
bien au-delà de *Etre et Temps*.

Dans l'écoute de l'appel de la conscience, le Dasein est
donc pleinement ouvert à lui-même. Il est son ouverture

sur le mode plénier, il est proprement le Là : angoissé, se projetant vers son être en faute, silencieux. Cette ouverture, Heidegger la nomme, en consonance avec l'ouverture du Dasein, *Erschlossenheit*, la résolution, *Entschlossenheit*. La résolution, c'est la vérité originaire du Dasein, son être dans la vérité propre, sa lucidité *(Durchsichtigkeit)*. Aussi, le § 60 est un des sommets de *Etre et Temps*, et on lira avec attention la récapitulation de grand style effectuée à partir de la résolution à la page 297. Qu'est-ce qu'être résolu ? Dissipons une équivoque : le Dasein est bien résolu à lui-même, dans son pouvoir être isolé, mais ceci comme être-au-monde. Autrement dit, la résolution, comme l'être pour la mort, (re)donne le monde. Elle n'est rien d'autre que l'être-au-monde existé sur un mode propre. Pas de différence quant au *quid*, mais quant au *quomodo*. Aussi bien, résolu, je suis encore auprès de l'à-portée-de-la-main, avec les autres, mais je le suis à partir de moi-même, et non pas dans l'identification préoccupé à partir de l'être-explicité-public. Ce n'est que maintenant que le propre de l'autre m'est, justement, accessible, mais parce que je sais vraiment où j'en suis avec moi-même. Ce n'est que maintenant que les tâches apparaissant à partir du monde deviennent de réelles occasions. Le Là, ouvert ainsi, devient situation. La situation est le monde tel qu'il se donne à exister, lumière des véritables sollicitations et des vraies rencontres, occasion pour une « action » véritable, en un sens de l'« agir » d'avant l'opposition entre théorie et pratique (le mot d'action est à la fois proposé et retiré par Heidegger au § 60). Dans sa vérité, et en relation avec sa rupture d'avec le On, l'existence est transfigurée. Et elle sait cette transfiguration comme telle, elle sait que sa figure quotidienne est celle du On, que sa résolution a tranché avec l'irrésolution, et est encore menacée par elle, la résolution « s'approprie proprement la non-vérité ». Mais, dira-t-on, le Dasein est résolu – à quoi ? Cela, l'analytique existentiale ne peut le dire : il en va, à chaque fois, du Dasein singulier factice, qui a à se résoudre (ou « se décider ») existentiellement en fonction de son monde de fait. L'analytique existentiale ne peut en ce sens donner aucune consigne existentielle. Mais l'indétermination du *quid* a aussi son sens dans la chose elle-même : à chaque fois, ce qui est choisi ne l'est que par le choix, comme choix, dans l'« acte » même de la résolution. L'indétermination du *quid* appartient essentiellement à la résolution, qui est le pouvoir même, modal, de « déterminer ». L'incertitude du *quid*, à chaque fois singulier, appartient à la vérité, à la lucidité du Dasein résolu.

3. La résolution devançante

« Dans quelle mesure la résolution, si elle est "pensée jusqu'au bout" *(zu Ende Gedacht)* suivant sa tendance d'être la plus propre, conduit-elle à l'être pour la mort propre » (305) ? C'est la question dont traite le difficile § 62 (c'est peut-être le plus heurté de tout *Etre et Temps*). Rappelons-nous : l'être pour la mort avait été conquis au fil de la question de la totalité possible du Dasein. Au cours de cette analyse, on avait projeté une possibilité existentiale, pour le Dasein, d'être dans un rapport propre à sa mort. Mais rien ne s'élevait encore pour certifier existentiellement cette possibilité. Ce pouvait être une pure construction du penseur. La conscience a été, en quelque sorte, abordée dans un mouvement inverse : il s'agissait d'attester, cette fois, du possible être propre existentiel. Du Dasein étant, monte-t-il la requête d'une appropriation de soi, et comment ? La réponse a été l'analyse de la conscience, analyse qui n'en est pas restée à ce niveau existentiel, mais, celui-ci assuré, a exploré existentialement le phénomène de la conscience. Autrement dit, ce qui reste pendant, outre le lien possible entre les deux phénomènes (devancement et résolution), c'est l'« effectivité » de l'être pour la mort propre. C'est justement la précision de la connexion essentielle entre ces deux phénomènes qui va attester cette effectivité.

L'argument général qui veut montrer que la résolution appelle d'elle-même le devancement est que la résolution, comme assomption de l'être en faute, ouvre le Dasein comme constamment *(ständig)* en faute. Or, cette constance implique le regard sur la totalité du Dasein – mais ce

« regard » n'est possible que comme être pour la mort propre. L'argument général est très formel, aussi Heidegger va exhiber sept traits issus de la résolution qui appellent d'eux-mêmes la résolution à sa « modalisation » comme être pour la mort propre. La résolution, comme pouvoir-être, comme ouverture de la négativité du Dasein, comme dévoilement de sa perte dans le On, comme isolement, comme constance de l'être en faute, comme vérité de l'existence, comme vérité se mesurant à l'indétermination de l'existence déterminée dans la résolution, a besoin, pour s'accomplir en chacun de ses traits de l'être pour la mort propre. Conscience et mortalité sont donc soudées ensemble dans le souci : la conscience est conscience d'un mortel, le mortel s'intime la conscience de lui-même comme mortel. La résolution est devançante. Par là, comme la résolution est l'attestation existentielle de la propriété du Dasein (dont nous avons dégagé le sens existential), l'être pour la mort (projeté existentialement) y reçoit sa concrétion existentielle. Pouvoir être un tout et pouvoir être en propre se rejoignent. Dans le phénomène de la résolution devançante, le Dasein se tient dans sa vérité, sa propriété et son originarité, s'ouvre à lui-même totalement et proprement. Cette ouverture est la « finitisation[3] » pleine (la « finitude », non seulement n'est pas un « état fixe », mais est un phénomène complexe), qui s'accomplit toujours comme finitude de l'être-au-monde plein.

III. La temporalité du Dasein

Le chapitre III de la deuxième section de *Etre et Temps* présente un curieux ordonnancement. Après un paragraphe introductif, le § 62 présente la connexion entre la résolution et le devancement. Ce paragraphe est suivi d'un paragraphe « méthodologique » qui, faisant le point sur la situation herméneutique conquise par la prise en vue du Dasein propre en totalité, revient sur le caractère de cercle de l'analytique existentiale : ce cercle est « légitime », car c'est l'être même du Dasein qui est circulaire, et l'explicitation ontologique de cet être ne peut à son tour, comme modalité même du Dasein s'auto-explicitant, que parcourir ce cercle. La « méthode » s'enracine dans la chose. Le § 64, à son tour, revient sur la question de l'ipséité du Dasein (qui trouvera sa configuration concrète dans l'analyse de l'historicité du Dasein), afin d'établir, au fil d'une herméneutique du « dire je », qui se confronte à Kant, que le souci n'est pas l'attribut d'un soi substantiel, mais que, au contraire, le « soi », comme phénomène existential, n'est possible que comme modalité du souci. Après ces deux paragraphes médians, sorte de récapitulation après la percée jusqu'à la résolution devançante, le § 65 dégage, à partir du Dasein résolu et devançant, le sens de son être : la temporalité originaire. Le § 66 projette les tâches des analyses à venir, qui trouvent leur fondement à partir de ce dégagement de la temporalité originaire du Dasein. Ces tâches dessinent trois directions d'analyse, que les trois derniers chapitres de *Etre et Temps* accomplissent : à partir du dégagement de la temporalité comme sens d'être du souci, le chapitre IV va répéter les analyses de la première section, afin de dégager le sens temporel de la quotidienneté dans ses multiples structures existentiales. Le chapitre V, à partir de la reprise et de la concrétisation du problème de l'ipséité propre du Dasein, va dégager l'historicité du Dasein, contenue dans son originaire temporalité. Le chapitre VI va exhiber l'intra-temporalité du Dasein, sur le fondement de sa temporalité, afin d'effectuer la genèse du concept « vulgaire » de temps. Nous traiterons premièrement de la temporalité originaire, pour ensuite faire fond sur l'historicité du Dasein, pour enfin aborder le problème de l'intra-temporalité et de la genèse du concept vulgaire de temps, à partir de la répétition générale effectuée par le chapitre IV. Une remarque encore, avant d'entamer ces analyses : dans ces derniers chapitres, au cours parfois heurté, hérissé, se montre de la manière la plus éclatante l'incroyable « nouveauté » de la pensée de Heidegger, qui, s'engageant dans une phénoménologie de la temporalité, s'engage dans le non-frayé, exhibe un phénomène qui, la plupart du temps (!), ne se montre pas. Ce qui veut dire aussi que les difficultés, celles d'un langage et d'une syntaxe adéquats d'abord, s'accumulent : la lecture devient ardue. Le pari qu'il faut tenir est qu'il n'y a là aucun ésotérisme : il faut donc « voir », en n'interposant pas entre soi et le texte des préconceptions provenant de nos habitudes de pensée les plus invétérées concernant le « temps ».

1. La temporalité originaire

L'être du Dasein est le souci. Quel est le sens d'être du Dasein ? Derechef, que signifie cette question ? Avoir du sens, pour un étant intramondain, c'est être explicité comme l'étant qu'il est. Le « sens » ne « double » pas la chose sensée, il est la chose comme telle, c'est-à-dire préalablement ouverte en son être. Le « sens » d'un étant, c'est la compréhension de son être. Maintenant, nous interrogeons sur le sens de l'être du Dasein, sur le sens du sens, en quelque sorte. La question du sens de l'être du Dasein, de l'existence, ou plus précisément du souci, dans toute sa richesse articulée, veut dire, si nous partons d'une considération méthodologique : nous avons compris l'être du Dasein comme souci, qu'est-ce qui, dans cette détermination existentiale, rend possible cet être, qu'est-ce qui sous-tend cette compréhension d'être ? Quant à la chose (mais les deux perspectives renvoient l'une à l'autre) : le Dasein est ouvert à lui-même, se comprend dans un pouvoir-être de lui-même ; ainsi, il comprend ce qu'être veut dire pour lui. Quel est l'horizon ultime de cette compréhension, comment comprend-il son être, qu'est-ce qui le rend, silencieusement, possible ? Aiguisons la question : le Dasein est lui-même en propre et en totalité dans la résolution devançante. Qu'est-ce qui rend possible un tel être soi-même, quel sens d'être est déjà ouvert qui permet que le Dasein soit dans sa résolution devançante ? Réponse : la temporalité. Comment et pourquoi ? Que faut-il entendre ici par temporalité ?

Le Dasein, devançant, vient ainsi à être lui-même, en soutenant comme possible l'impossibilité de l'existence. Cette venue à soi – d'où vient-elle ? De l'avenir – non pas de l'avenir comme pas-encore-présent, mais cette venue est elle-même l'avenir. A-venir *(Zu-kunft)* n'est pas la projection imaginaire dans un avenir imaginé, mais la modalité d'un possible accomplissement de moi-même. Résolu, le Dasein assume son être-jeté. L'être-jeté est un avoir-toujours déjà été jeté, un se trouver facticement tel que j'étais déjà. Or, cela n'a de sens que pour autant que le Dasein puisse être son passé (au sens où, justement, il n'est pas le révolu), mieux, être en l'assumant son être-été. Le « passé », ici, n'est pas ce que je traîne derrière moi, ou ce qui se présente d'abord dans le souvenir, mais une possibilité d'être qui assume ce passé (on verra comment). Agissant dans sa situation, le Dasein s'empare de l'étant intramondain aperçu dans l'occasion propice. Cela veut dire : il se rend présent l'étant intramondain, le présentifie. Le présent, ici, n'est pas le maintenant fermé sur lui-même, point, mais la sortie vers l'étant intramondain, le *kairos*. En une seule phrase, qui unifie ce que nous venons de voir séparément : « Revenant à soi de manière avenante, la résolution se transporte, présentifiant, dans la situation *[Zukünftig auf sich zurückkommend, bringt sich die Entschlossenheit gegenwärtigend in die Situation]* » (326). Et Heidegger continue : « L'être-été jaillit de l'avenir, de telle manière que l'avenir "été" (mieux encore : "étant-été") délaisse de soi le présent. Or ce phénomène unitaire en tant qu'avenir étant-été-présentifiant, nous l'appelons la temporalité. » Comment comprendre ces phrases énigmatiques, comment comprendre ce que signifie « temporalité » ? Heidegger résume à la fin du § 65 le sens de la temporalité du Dasein en quatre thèses : « le temps est en tant que temporalisation *(Zeitigung)* de la temporalité, en tant que tel, il rend possible la constitution de la structure du souci, le temps est dans son essence ekstatique, la temporalité se temporalise originairement à partir de l'avenir, le temps originaire est fini » (331).

Ces quatre thèses s'« opposent » à quatre autres thèses, caractérisant le concept traditionnel de temps (mais il s'agit moins d'une opposition que d'une remontée à l'origine, d'où l'on pourra dériver les « thèses opposées ») : le « sujet » est dans le temps ; le temps est suite et ordre des

maintenants ; le temps est suite homogène uni-dimension-
nelle ; le temps est suite in(dé)finie. Que veut dire la première thèse : le temps est temporalisation de la temporalité, qui rend comme tel possible le souci ? Le temps – se
temporalise. Le temps n'est pas un étant. Il faut parler
temporellement du temps. Ce qui veut dire : le temps
n'est pas ce avec quoi un sujet par ailleurs substantiel
serait en rapport (par exemple comme sujet opérant la
synthèse du temps). Le temps n'est pas non plus un rejeton déchu de l'éternité. « Le temps » est plutôt l'espace
de jeu à partir duquel le Dasein peut être. Purement, le
Dasein est temps, être, pour lui, ne se peut que comme
une modalité temporelle. Mais justement, cette modalité
est modalisation, diversité. Le Dasein advient à lui-
même, à chaque fois, à partir d'un certain rapport entre
elles des ekstases temporelles. Ce rapport, uni, est la temporalisation du temps. Nous sommes partis de la résolution devançante. Résolu et devançant, le Dasein ne peut
l'être que pour autant que l'avenir, qui donne la possibilité générale d'un être en avant de soi, soit tenu comme
devancement, que l'être-été, qui donne la possibilité
générale de l'être-jeté, soit tenu comme répétition, que le
présent, qui donne la possibilité générale d'être auprès,
soit tenu comme instant. La temporalisation propre du
temps, possibilisant l'être en avant de soi, jeté, auprès
de... (le souci), est proprement devançante, répétante et
instantanée (nous y reviendrons en détail). Ainsi tempora-
ralisé, le Dasein trouve sa réelle tenue *(Ständigkeit)*,
comme véritable constance de soi *(Selbstständigkeit,*
auto-nomie). Mais le Dasein peut aussi être, et est le plus
souvent, déchu : au lieu d'arriver ainsi temporellement à
lui-même en propre (de « s'arriver »), il peut arriver à lui-
même à partir de ce qui lui arrive, à partir de son être préoccupé public. Il est alors en avant de soi en tant qu'il
s'attend lui-même à partir des événements du monde, il
est jeté sur le mode de l'oubli, il est auprès de l'étant
intramondain sur le mode de la présentification préoccupée (présentification vaut aussi comme le nom général de
l'ekstase du présent). De manière impropre, la temporalité peut aussi se temporaliser à la manière d'un s'attendre
oublieux présentifiant (temporalisation – sur laquelle

nous reviendrons aussi – qui, non aperçue comme telle, est l'origine du concept traditionnel de temps). Ainsi temporalisé, le Dasein se tient *(Ständigkeit)* sur le mode de l'inconstance *(Unselbstständigkeit)*. A chaque fois, il en va d'un certain jeu des ekstases entre elles. Ce jeu se dit onto-chrono-logiquement : temporalisation. Ce qui veut dire aussi : le schème fondamental à partir duquel le temps doit être abordé n'est pas la succession, comme succession de maintenants. Les ekstases jouent « ensemble », configurent une fondamentale événementialité du Dasein, dans une unité elle-même ekstatique. Mais que veut dire, justement, cette ekstaticité (deuxième thèse) ? Au centre du § 65, Heidegger déclare : « L'a-venir, l'être-été, le présent manifestent les caractères phénoménaux du "à-soi", du "en retour vers", et du laisser faire encontre de... ». Les phénomènes du à, du vers, et du auprès révèlent la temporalité comme l'*ekstatikon* pur et simple. « *La temporalité est le hors de soi originaire, en et pour soi-même* » (328-329). Le paradoxe est que ce hors de soi est la condition de possibilité du soi. *Ekstase* ne veut pas dire un être tiré au-dehors à partir d'un originaire être chez-soi substantiel, ou le manque à se tenir en soi (« Nous ne tenons pas au temps présent », comme le dit Pascal, ce pour quoi « nous errons dans des temps qui ne sont point nôtres »[4], mais justement, le « présent » lui-même est ekstatique, il est temps pour...), mais advenue du soi comme être-au-monde. Ou encore, comme le dit Heidegger à la page 351 de *Etre et Temps,* dans une formulation qui est peut-être la pointe la plus avancée de tout l'ouvrage, comprenant la temporalité comme ce qui rend possible ce que Heidegger a appelé au § 29 la *lichtung des Daseins*, la clairière du Dasein : « *La temporalité ekstatique éclaircit le Là originairement.* » Mais comment ? Lisons un texte difficile du § 69 : « Les ekstases ne sont pas seulement des échappées vers... *[Entrückung zu...].* Bien plutôt un "vers où" *[Wohin]* de l'échappée appartient à l'ekstase. Ce "vers où" de l'ekstase, nous l'appelons le schème horizontal. L'horizon ekstatique est différent dans chacune des trois ekstases. Le schème où le Dasein, proprement ou improprement, *advient à soi de manière avenante* est le *en-vue-de soi*. Le schème, où le

Dasein est ouvert à lui-même en tant que jeté au sein de la disposition, nous le saisissons comme le *"devant quoi"* *["Wovor"]* de l'être-jeté ou le à quoi *[Woran]* de l'abandon. Il caractérise la structure horizontale de l'*être-été*. Existant en vue de lui-même dans l'abandon à lui-même comme jeté, le Dasein, en tant qu'être auprès de..., est en même temps présentifiant. Le schème horizontal du *présent* est déterminé par un *pour... [Um-zu]* » (365). Dans l'ekstase, le Dasein est emporté, il est dans cet emportement originaire. Mais cet emportement n'est pas emportement vers rien, au sens d'un *nihil negativum*. Emportant le Dasein, les ekstases sont configuratrices. De quoi ? Du « en vue de lui-même » (du possible), du devant quoi (de la facticité comme à assumer), du pour (de l'étant intramondain comme « à saisir »). Ces schèmes configurent le Dasein dans son être comme rapport d'être, comme condition de possibilité de son rapport à lui-même, aux étants intramondains et à autrui. Ces schèmes sont des schèmes horizontaux (se conjoignent, ici, les vocabulaires kantien et husserlien, l'un et l'autre réinterprétés et décalés), comme horizons, ils délimitent l'être du Dasein, l'enclosent dans son ouverture. Le schème horizontal (que Heidegger appellera aussi ekstème [5]) est une « détermination transcendantale » de la temporalité qui permet de comprendre comment, originairement, le Dasein se rapporte à un monde. Il nous reste à prendre en compte les deux dernières « thèses » : la primauté de l'ekstase de l'avenir (que, dans toute son œuvre, Heidegger ne démentira jamais) et la finité de la temporalité originaire. Heidegger écrit : *« Le phénomène primaire de la temporalité originaire et propre est l'avenir »* (329). Pourquoi ? Les deux dernières thèses doivent s'entendre ensemble. La primauté de l'avenir doit en effet s'entendre tout particulièrement à partir de sa modalité propre, le devancement. L'avenir est premier, mais l'avenir est fini. L'être pour la mort, avions-nous vu, est l'imminence pure, imminence d'une non-chose, la possibilité de l'impossibilité de l'existence. Dans le rapport soutenu à cette possibilité, c'est l'être-au-monde pur et total qui est expérimenté. Cela veut dire : le « temps » est autre chose que la suite des maintenants parce qu'il y a une non-chose, la

mort, qui n'est que dans sa venue, qui n'est aucun maintenant, mais inscrit tout « présent » dans l'imminence de
sa pure venue. Le temps est possibilité d'une ipséité,
d'une venue à soi autre qu'un venir à soi à partir de la
suite des événements intramondains parce que, à partir de
la fin, du rapport à la fin comme devancement, il inscrit
chaque présent dans une singularité incalculable et indépassable. Ou encore, à partir du devancement, de l'ekstase finie de l'avenir, toute possibilité concrète d'existence, puisée dans l'être-jeté et présentifiée dans la
situation, se donne dans sa singularité finie. La primauté
de l'avenir est le vrai sens du temps comme « *principium
individuationis* » ! Mais, à ce compte, que veut dire que
la temporalité originaire soit « finie » ? Cela ne signifie
pas que le temps du Dasein, comme temps particulier,
soit, parmi d'autres temps, fini, une portion de temps.
Tout au contraire, cela veut dire que la temporalité, dans
son essence, est finie, que le temps, en lui-même et pour
lui-même, n'est ce qu'il « est » que fini. Originaire veut
aussi dire être le principe possible pour une dérivation :
c'est à partir de cette finitude du temps que tout autre
temps – tout autre sens du temps, un temps in(dé)fini –
devra être dérivé. La question n'est donc pas de concilier
le temps « universel », ou le temps du monde, et le temps
« subjectif ». La question est de comprendre dans sa dérivation le temps homogène indéfini comme une dérivation
du temps originaire fini !

2. Temporalité et historicité

A. L'amorce de la problématique

La problématique de l'historicité provient, dans *Etre et
Temps*, d'un scrupule. La temporalité originaire a été
dégagée à partir du Dasein résolu devançant, à partir
d'une polarisation sur le rapport à la mort. Or, dit Heidegger, le Dasein n'est manifestement pas seulement
donné à lui-même dans cet être pour la fin. D'une part, il
est « aussi » en rapport avec cette autre fin qu'est la nais-

sance, et, d'autre part, il est aussi entre ces deux fins. Le Dasein dure, s'étend entre ses deux fins. Le problème est donc : comment penser cette « durée » du Dasein ? Le soupçon s'élève : advenant purement à lui-même dans la temporalité originaire dans l'instant, le Dasein ne laisse-t-il pas derrière lui le phénomène de son « extension » ? Etre soi-même, c'est aussi… le rester, ou ne pas le rester, ou ne l'avoir jamais été, et ceci « entre » la naissance et la mort, et tout cela engagé dans le tissu mobile d'une existence, drames, péripéties, occasions ratées, rencontres imprévues, etc. Toute une « mobilité » qui n'est certes pas celle d'un étant sous-la-main, et qui demande à être pensée à partir de l'existence. Ou encore, que veulent dire ce « rester », ce manque à rester, cet « entre », pour le Dasein ? Et comment les comprendre existentialement, sans réintroduire du même coup l'idée de la permanence dans le temps successif d'un sujet qui y démontre sa subjectité ? Heidegger rencontre ici la problématique diltheyenne de l'enchaînement cohérent de la vie, *Zusammenhang des Lebens*. Mais, justement, puissance de l'analyse existentiale, cette problématique va être fondamentalement refusée. Il va s'agir de montrer que l'instant (la temporalité originaire) recèle en lui-même la capacité d'une durée, c'est-à-dire d'une histoire, que l'instant abrite l'ampleur d'une vie fidèle à elle-même. Ou encore, il s'agit de montrer que le Dasein, parce qu'il est temporel, est de ce fait capable d'une histoire. La temporalité du Dasein ne provient justement pas de son être embarqué dans une histoire objective, procès de l'histoire universelle, tout au contraire, c'est parce qu'il est temporel au fond de son être que le Dasein est historique. Le Dasein n'est pas le sujet de l'histoire, ni non plus un sujet dans l'histoire : temporel, il se déploie comme histoire. Il s'agit pour Heidegger de « déduire » purement l'historicité à partir de la temporalité. Attention, il ne s'agit pas non plus d'une simple dérivation, au sens où l'historicité serait comme une distension de l'instant « concentré ». La problématique de l'historicité est une concrétisation de la problématique de la temporalité. Du fait que la temporalité est le sens de son être, le Dasein est historique. Ou encore, la phénoménologie de l'historicité, à partir même de la temporalité, continue et achève l'interrogation portant sur l'ipséité du Dasein. Cette ipséité implique un certain genre de « constance à soi », l'ampleur de la durée d'une existence qui s'étend et s'accomplit dans cet être-étendu, qui est elle-même (ou manque à l'être) l'entre-naissance-et-mort. Heidegger écrit : « L'éclaircissement ontologique de l'"enchaînement de la vie", c'est-à-dire de l'extension, de la mobilité et de la permanence spécifiques du Dasein doit par suite recevoir son amorce dans l'horizon de la constitution temporelle de cet étant. La mobilité de l'existence n'est pas le mouvement d'un sous-la-main. Elle se détermine à partir de l'extension du Dasein. La mobilité spécifique du *s'étendre-étendu [des erstreckten Sicherstreckens]*, nous l'appelons l'*advenir-historique [das Geschehen,* c'est ce mot que H. Corbin avait d'abord traduit par "historial", d'où est venue l'habitude de traduire *Geschichtlichkeit,* mot attesté depuis le début du XIXe siècle, par historialité. Dans la suite, nous rétablissons "historicité"] du Dasein. Le dégagement de la *structure de l'advenir-historique* et de ses conditions temporalo-existentiales de possibilité signifie l'obtention d'une compréhension *ontologique* de l'*historicité* » (374-375). L'historicité désigne donc un existential du Dasein, une structure *a priori* de son être-temporel, la possibilité de son accomplissement de soi. Il s'agit en tout cas d'un être-historique, et non pas de la connaissance historique, ni même de la constitution de la « région histoire » à partir de réquisits théoriques. Mais cet être-historique est condition de possibilité ontologique pour une connaissance de l'histoire, une historiographie *(Historie).* Nous laisserons provisoirement dans l'ombre cette dimension fondative, que nous reprendrons dans notre chapitre V.

B. L'historicité : temporalité et destination

Reprenons : devançant la possibilité de la mort, possibilisée par l'ekstase finie de l'avenir, le Dasein vient à lui-même. Ce venir est un re-venir : le Dasein est rejeté sur sa facticité, c'est-à-dire ramené aux possibilités de fait qui sont les siennes, et qu'il trouve là, avec son monde de fait. Le retour sur soi lui permet d'assumer ces possibilités, de les faire véritablement « siennes ». Qu'est-ce que cela veut dire ? Bien sûr, l'analytique existentiale n'a pas à dire ce à quoi je suis ramené, les possibilités factices effectives qui sont, à chaque fois, les miennes. Mais elle peut dire « d'où en général peuvent être puisées les possibilités sur lesquelles le Dasein se projette facticement » (383). Ou mieux, elle peut dire ce que cela veut dire, précisément, que d'assumer, que de reprendre à soi, sur soi, ces possibilités. De deux choses l'une : soit je me comprends comme on se comprend, vivant à partir de ce qui a cours et vaut sans discussion, soit « La résolution où le Dasein revient vers lui-même ouvre les possibilités à chaque fois factices d'exister proprement *à partir de l'héritage* qu'elle *assume* en tant que jetée » (383). Que veut dire assumer un héritage ? Le retour sur l'être-jeté, résolu, me donne pour la première fois la possibilité de me saisir comme de mon affaire propre de ce qui n'est que donné, avant tout choix, que de façon « contingente », avec moi. Hériter, c'est s'emparer, se transmettre à soi-même, faire histoire de ce qui est facticement là. Heidegger écrit : « Plus proprement le Dasein se résout, c'est-à-dire se comprend sans équivoque à partir de sa possibilité la plus propre, insigne dans le devancement vers la mort, et plus univoque et nécessaire est la trouvaille élective de la possibilité de son existence » (384). Trouvaille élective, *Wälhende Finden* : il s'agit en effet de l'élection, du choix de ce qui, pourtant, se trouve là en fait. Se lier ainsi dans le choix, à partir même de l'assomption de la mortalité, à ce que pourtant on n'a pas originairement « choisi », dont on n'est pas le fondement, choisir ce que l'on trouve. Cette auto-transmission de ce que l'on trouve et qui nous précède forme l'advenir-historique du Dasein comme destinée, vocation, *Schicksal*. Dériver l'historicité de la temporalité, c'est montrer que la temporalité abrite quelque chose comme un destin, qui est le nom de la liberté finie. Mais pourquoi à partir du devancement ? Heidegger écrit : « Seul le devancement dans la mort expulse toute possibilité arbitraire et "provisoire". Seul l'être libre *pour* la mort donne au Dasein son but pur et simple *[das Ziel schlechtin]* et rejette l'existence dans sa finitude » (384). Comment cela ? Le but, ce n'est pas la mort elle-même, bien sûr. Mais seul le rapport à la fin donne au Dasein, faisant l'expérience de sa totalité, sa véritable « finalité », le jette dans son véritable « à dessein de soi ». On peut le dire autrement : avant même d'être lié, dans l'histoire, à tel ou tel contenu, à telle ou telle fin, progrès des Lumières, réalisation de la raison, venue de Dieu sur terre ou tout ce qu'on voudra, avant même que l'histoire objective ou l'histoire du monde au sens hégélien soit ainsi téléologiquement pensée, encore faut-il, pour autant qu'on veuille s'y rapporter, être soi-même en propre, voué à tel ou tel contenu. La « téléologie » historique ne peut être que finie, destinale : « Ce n'est nullement du concours des circonstances et des événements que naît un destin » (384). Et seule une existence ainsi destinée peut précisément rencontrer des « circonstances heureuses » ou des « coups du sort ».

Ce qui veut dire que l'histoire vient de l'avenir. Elle ramène à une reprise du passé, reprise au présent qui ouvre la dimension de l'action historique, qui conjoint une « surpuissance », plutôt un au-delà de la puissance effective des circonstances, et une « impuissance », puisque je ne suis pas à l'origine du possible historique que je reprends. Dimension tragique de l'histoire. Comment mieux comprendre la répétition historique ? La possibilité trouvée là est celle d'un Dasein ayant été là. La répéter, ce n'est pas la rééditer à nouveau simplement, c'est répliquer à cette possibilité ayant été là, en répondre à nouveau, y correspondre, la prendre à nouveaux frais à ma charge, en évacuant ce qui, d'elle, agit encore sur le présent comme simple effet du passé qui s'attarde. Heidegger, qui cite Nietzsche dans ce chapitre, répète la deuxième « Considération intempestive ». Au bon sens de ces termes, la répétition est monumentale (elle vient de l'avenir), elle est antiquaire (elle se saisit du passé), elle est critique (elle libère le présent de sa simple sujétion au passé). Elle retient, déplace, critique. La répétition « joint le présent » au passé en s'en disjoignant, au profit d'une réappropriation. La répétition est le nouveau, comme approfondissement du passé. Différence dans la répétition. Ceci dit, jusqu'à présent, l'historicité comme destinée s'est tenue au pur niveau du Dasein isolé. Elle n'est même pensable, strictement, qu'à partir de son strict isolement dans le devancement. Mais le Dasein est être avec autrui : « Mais si le Dasein destinal comme être-au-monde existe essentiellement dans l'être avec autrui, son advenir-historique est advenir-historique avec (d'autres), il est déterminé comme destin [*Geschick*, co-destinée, le partage des destinées], terme par lequel nous désignons l'advenir historique de la communauté, du peuple » (384). Entrée du peuple dans *Etre et Temps*. Comment penser ce *Geschick* ? Dans le partage d'un même monde par une même génération, et Heidegger renvoie ici au concept diltheyen de génération. Nous aurons l'occasion de reprendre ce problème.

C. Fidélité

Quelle réponse cette exploration de l'historicité comme destinée a-t-elle apportée au problème de l'extension du Dasein ? A la fin du § 74, Heidegger écrit : « En quel mode cependant cet advenir-historique doit constituer l'"enchaînement" total du Dasein depuis sa naissance jusqu'à sa mort, voilà qui ne devient que plus énigmatique. Quelles lumières le retour à la résolution peut-il nous apporter là-dessus ? Une décision ne serait-elle donc à nouveau qu'*un* "vécu" singulier dans la séquence de l'enchaînement total des vécus ? L'"enchaînement" de l'advenir-historique propre consisterait-il par exemple en une suite de décisions ? A quoi cela tient-il que la question de l'"enchaînement de la vie" ne trouve point de réponse vraiment satisfaisante ? » (387). C'est que le problème est mal posé, à partir d'un horizon d'impropriété. On est ce qu'on fait. Mais il y a plus : ce qui nous préoccupe, ce n'est pas seulement l'ouvrage à produire, mais aussi les « affaires » [*die « Geschäfte »*, le mot est repris à Schopenhauer, à partir de la fameuse phrase : « La vie est une affaire qui ne couvre pas ses frais », que Heidegger cite dans *Etre et Temps* (289), en demandant précisément si la vie est une « affaire »] de la vie publique comme autant de choses que l'on ausculte et que l'on discute, à partir du monde explicité par le On comme espace d'une visibilité évidente, théâtre du monde. Nous nous comprenons à partir du « cours des choses », du monde comme il va : le Dasein lit les journaux. Nous nous comprenons à partir de ce qui nous arrive, et, à partir de là, nous cherchons à nous forger un destin. Et alors ? C'est parce que nous sommes ainsi dispersés par le cours des choses, ballottés par les circonstances, que se pose la question de l'unité stable et permanente dans cette multiplicité. On n'éprouve le besoin d'ainsi se retrouver que parce qu'on s'est déjà perdu, irrésolu (et dans ces remarques, la quotidienneté trouve sa dernière détermination : elle est historicité impropre, fuite devant l'histoire. Le quotidien est aversion de l'historique). La question (philosophique) de la permanence substantielle de l'ego provient de cet horizon impropre. Mais que veut dire, alors, la « constance de soi » du Dasein propre ? Heidegger écrit : « La résolution du soi-même contre l'inconstance de la dispersion est en soi-même *la tenue étendue [die erstreckte Ständigkeit]* où le Dasein en tant que destin tient "inclus" dans son existence la naissance, la mort et leur "entre-deux", de telle manière qu'en une telle tenue il est instantané pour le sens mondo-historique de ce qui lui est à chaque fois situation » (390-391). Le nom de cette endurance, qui est toute l'historicité (propre), est : fidélité (391).

3. L'intra-temporalité et le concept vulgaire de temps

La temporalité originaire rend possible le Dasein résolu devançant. Mais nous faisons aussi l'expérience du « temps » lorsque nous comptons avec le temps, lorsque nous regardons une montre, lorsque nous attendons tel événement à venir, lorsque nous regrettons telle occasion passée, lorsque nous perdons notre temps, mais aussi lorsque nous disons « cet arbre a cent ans »… La temporalité originaire ne pourra montrer son originarité que si elle peut permettre de comprendre ces « expériences » du temps comme autant d'expériences dérivées, à partir desquelles se constitue le « concept vulgaire du temps ». Autrement dit, il s'agit maintenant de poursuivre quatre tâches, étroitement liées les unes aux autres : dégager le sens du temps de la préoccupation en exhibant sa dérivation (par fuite et aversion, toute dérivation existentiale est un mouvement de l'existence qui se coupe de son origine, ce pour quoi il n'y a pas là une « sédimentation ») du temps originaire ; ressaisir le concept existential de ce temps de la préoccupation ; comprendre comment et pourquoi, sur la base de cette « expérience » du temps préoccupé, non discerné comme tel, se constitue le « concept vulgaire de temps », concept mutilé et inadéquat ; comprendre l'intrication désespérée de ce concept de temps, aveugle sur son origine, et de la problématique ontologique traditionnelle. Pour nous repérer dans cette recherche complexe, nous proposons de manière anticipée le tableau suivant :

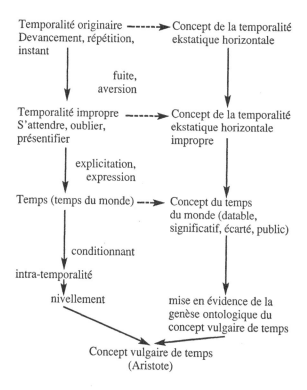

Temporalité originaire ------> Concept de la temporalité
Devancement, répétition, ekstatique horizontale
instant

fuite,
aversion

Temporalité impropre ------> Concept de la temporalité
S'attendre, oublier, ekstatique horizontale
présentifier impropre

explicitation,
expression

Temps (temps du monde) --> Concept du temps
du monde (datable,
significatif, écarté, public)

conditionnant

intra-temporalité

nivellement mise en évidence de la
genèse ontologique du
concept vulgaire de temps

Concept vulgaire de temps
(Aristote)

A. *La temporalité de la préoccupation*

La temporalité de la préoccupation déchue est caractérisée par une temporalisation, un jeu des ekstases entre elles qui les rapporte les unes aux autres sur le mode d'une attente oublieuse présentifiante, dans lequel le Dasein, venant à lui-même sous la forme d'une fuite devant l'être propre, se perd dans le On. Qu'est-ce que cela veut dire ? Le Dasein, se comprenant improprement se comprend à partir de ce qu'il fait. Il est bien en vue de lui-même, et en avant de lui-même, ekstasié dans l'avenir, mais à partir de son activité dans le monde, à partir des « événements publics », des « affaires », du « cours du monde ». Autrement dit, à partir de l'affaire en cours, il s'attend... Cela veut dire : il s'attend à ce qui suit, et il advient à lui-même, il est lui-même à partir de cette attente. Il a l'avenir de son présent préoccupé. Absorbé par ce qui le préoccupe, par ce dont on se préoccupe, le Dasein est bien aussi dans l'ekstase de l'être-été, mais sur le mode de l'oubli. Comment ? Ce qui est oublié, c'est l'être-jeté comme répétable, le Dasein est dégagé, allégé de son être-jeté, débarqué de son « embarquement » (Pascal) factice. L'oubli est oubli de soi comme jeté, du poids de l'existence. A partir de cet oubli, je peux « retenir » ce qu'il faut pour l'affaire en cours. Cette rétention et la non-rétention correspondante ne sont possibles que sur le fond de cet oubli, de même que le ressouvenir. Dans la préoccupation où je m'attends à... je suis bien, aussi, dans l'ekstase du présent, présentifiant. Comment ? Sur le mode de la curiosité, d'un présent qui ne veut que voir, qui tend à se couper de toute attente et de toute rétention, qui tend à s'autonomiser, mais ainsi ne peut que passer à un autre présent, sautiller d'un présent à un autre, s'agiter dans le constant non-séjour. Les trois ekstases ne sont possibles, à chaque fois, que dans l'unité de leur jeu : le sautillement ne se peut que sur fond d'oubli qui ne se peut qu'ordonné à un s'attendre. Il va de soi que ce jeu est lui-même modalisable, et peut donner lieu à une phénoménologie des multiples temporalisations de la temporalité quotidienne : les sens temporels de l'espoir, de la crainte, etc.

Précisons un certain nombre de points. Ce qu'il faut d'abord bien comprendre, c'est qu'il s'agit là d'une temporalité quotidienne ekstatique : par exemple, le s'attendre n'est pas rapport à un avenir comme pas encore présent, le s'attendre « est » l'avenir même, pas plus que l'attente n'est l'attente d'un soi futur, comme pas encore là, le s'attendre est le soi comme avenant dans l'impropriété. Mais en quoi cette temporalité impropre est-elle « dérivée » de la temporalité propre ? Elle ne l'est pas dans une « procession », ni non plus dans le mouvement d'une constitution au sens husserlien. La genèse, ici, est fuite, détournement devant la possibilité de la temporalité propre. La genèse est le mouvement, contre-mouvement, de l'existence, par où la finitude de la temporalité se dérobe. Le temps absorbé de la préoccupation détourne de la finitude du temps, et, dans ce détournement, il conserve encore un dernier rapport à ce dont il se détourne, il le présuppose. La temporalisation de la temporalité du temps impropre est la fuite en lui-même, dans une autre temporalisation, du temps devant sa propre finitude. En ce sens, la temporalité impropre est le contre-temps par excellence, mais qui ne se peut que comme une autre figure du temps ! Le temps se repousse en lui-même. Ce qui, sans doute, montre le mieux le paradoxe (en rapport aux conceptions courantes du temps) de cette « genèse » par coupure, c'est la figure de l'oubli. L'oubli est oubli de l'être-jeté, c'est-à-dire d'une figure de la finitude (d'une finitisation possible). Ce n'est pas parce que je suis fini que j'oublie – « ce qui » est oublié est au contraire la finitude même ! L'oubli est la finitude s'oubliant ! Enfin, dans la temporalité impropre, il y a bien, encore, une certaine primauté de l'avenir. Mais cette primauté est centrée autour du présent, d'un certain présent, qui aimante le jeu des ekstases entre elles, de telle sorte que le seul avenir qui me « reste » est l'avenir de mon présent, dont le jeu donne aussi l'oubli comme engloutissement dans le passé, le temps comme passage. Ekstatiquement, c'est son ressort, la temporalisation de la temporalité impropre tend à l'exténuation de son ekstaticité, à la succession. Ajoutons une dernière remarque : la méditation de tous ces liens conduit sans doute à

comprendre au mieux concrètement ce que veut dire
« parler temporellement du temps », c'est-à-dire aussi
sans recours, implicite ou non, à quelque chose comme
une « éternité ».

B. Le temps du monde et l'intra-temporalité

Préoccupé, le Dasein s'attend, oublie, s'agite. Pour
autant, il n'est pas thématiquement tourné vers ce sens
temporel de lui-même. Mais, au cœur de sa préoccupation, il se préoccupe aussi... du temps ! Il compte avec le
temps et sur lui. Comment ce temps se présente-t-il ?
D'abord, il est remarquable que le « temps », *Zeit*, ne se
présente qu'à ce moment de *Etre et Temps* ! Il s'agissait
jusqu'à présent de *Zeitlichkeit* (dans nos formulations
précédentes, nous avons parfois substitué le temps à la
temporalité, mais c'était une licence !). Le « temps » est
précisément la manière quotidienne suivant laquelle le
temps apparaît dans un intérêt thématique. Ce « temps »
n'est pas un temps objet opposé au temps subjectif de
la préoccupation (si on comprend les choses ainsi, tout
s'effondre), mais la manière dont le Dasein préoccupé et
temporalisé se donne lui-même à comprendre du point de
vue de son être-au-monde. Le temps du monde est le
temps du Dasein préoccupé tel qu'il se le donne lui-
même à comprendre, et c'est donc aussi le temps tel qu'il
« apparaît » quotidiennement. En ce sens, c'est le temps
le plus « proche » – mais l'on voit aussi combien son
« origine » est lointaine ! Le « temps du monde » n'est
rendu possible que par le Dasein temporalisé improprement, il dérive du s'attendre oublieux présentifiant, il est
le temps qu'a le Dasein préoccupé. Comment comprendre cette dérivation ? Comme une expression. Le
Dasein discourt. Comme tel, il s'exprime : « En tant que
dans sa préoccupation, il calcule, planifie, pourvoit et prévient, il dit toujours, que ce soit à haute voix ou non :
"alors" [dann] – cela doit arriver ; *d'abord [zuvor],* ceci
doit être réglé ; *maintenant [jetzt],* il faut rattraper ce qui
autrefois [damals] avait échoué et échappé » (406).

Le temps du monde présente quatre traits : la significativité, la databilité, l'écartement, la publicité. Il est

8 heures, c'est le temps de me lever, 5 heures, le temps de faire le thé, je suis coincé dans les transports, c'est fichu pour le thé. Le temps est ici temps pour, temps de, je compte avec lui, sur lui, et dans ce compte, qui n'est pas un comput exact, je suis renvoyé à... suivant un jeu de renvois, significativité, qui constitue précisément la mondanéité du monde. Le temps de la montre n'a de « sens » qu'à partir de cette ouverture du monde, n'indique l'heure qu'il est qu'à partir du temps que j'ai, et qui a préalablement « donné le temps » à la montre elle-même. Le maintenant est maintenant pour... Mais il est aussi maintenant que..., et il en va de même pour le alors... et le jadis... C'est-à-dire : le maintenant ne flotte pas en l'air, il est en lui-même datable, il réfère à ce qui se passait, ce qui se passe, ce qui se passera, de telle sorte que cette référence pré-calendaire, référence à une occurrence intramondaine, rend précisément possible le calendrier. Dans le « dire maintenant », le maintenant est donné, dans sa databilité, en tant que la circonspection préoccupée s'exprime elle-même dans son être-auprès de l'étant intramondain. C'est l'explicitation de la préoccupation qui donne, possibilise le maintenant datable, qui n'est pas un point indifférent – et qui n'est pas non plus le « présent vivant » husserlien, qui apparaît au contraire, même à ce niveau, dans toute sa pauvreté et son abstraction. Disant maintenant, je comprends toujours ce maintenant dans le rapport singulier qu'il entretient avec le jadis et le bientôt. Le temps de la préoccupation n'est pas un temps ponctuel, mais de lui-même, il s'écarte, se donne comme espace de temps, intervalle d'une durée. Ces trois caractéristiques du temps du monde renvoient à une dernière, capitale, la publicité du temps, son caractère public. Maintenant qu'il pleut : le Dasein, s'exprimant ainsi, est compris par tous. Le temps est ainsi temps du On, temps de tous et de personne (alors que la temporalité propre est isolement), temps puisé à partir d'une préoccupation pour l'étant intramondain partagée. Le temps, ainsi publié, devient vite le temps qu'« il y a », au sens d'une impersonnalité, temps anonyme qui pourra ensuite être compris comme trouvé là sans plus, sous la main... Origine d'un temps « objectif », mais qui n'a de sens que dans l'oubli de la provenance du temps. Le temps

public pourra en effet être mesuré : « La mesure du temps accomplit une publication accentuée du temps, de telle sorte que c'est ainsi seulement que devient connu ce que nous appelons communément "le temps" » (419).

Dès lors, le temps peut devenir un cadre, dans lequel les « choses » ont « leur temps », sont donc en ce sens « intratemporelles ». Il y a un temps pour tout. Quelles choses ? Les étants intramondains à-portée-de-la-main. Qu'est-ce que cela veut dire ? Ceci : « [...] une chose doit être d'emblée comprise : la temporalité comme ekstatico-horizontale temporalise quelque chose comme un temps *du monde*, lequel constitue une intra-temporalité de l'à-portée-de-la-main et du sous-la-main. Ce dernier, néanmoins ne peut en aucun cas être qualifié strictement de "temporel" *["zeitlich"]*. Qu'il survienne réellement *[real Vorkommen],* qu'il naisse et passe ou qu'il subsiste idéalement, comme tout étant qui n'est pas à la mesure du Dasein, il est intemporel *[unzeitlich]* » (420). Il n'y a pas de temps naturel. Cette négation peut apparaître choquante. Il faut bien la comprendre : elle ne veut pas dire que Heidegger nie qu'une étoile ait plusieurs milliards d'années, qu'il y ait un devenir des espèces, etc. Seulement, il y a là autre chose que du « temps », ou, encore, ce n'est pas là que nous trouverons quelque chose comme le temps. La compréhension de ceci amène à aiguiser le sens du temps du monde, qui n'a rien à voir, justement, avec un temps « naturel » ou objectif. Répétons : le « temps » est fini en son essence, et n'a de lieu qu'ekstatiquement ouvert.

C. Genèse du concept vulgaire de temps

Qu'est-ce que le concept vulgaire de temps ? C'est, d'une part, le concept de temps qui comprend le temps à partir même du temps du monde, du temps public et mesurable, et qui, d'autre part, laissant échapper les traits propres du temps du monde, le « nivelle », laisse échapper ses traits propres, l'exténue, et ne comprend plus le temps que comme succession indéfinie de maintenants ponctuels. Comprendre la constitution de ce concept, c'est donc comprendre le nivellement dont il provient (et pour lequel il est aveugle), qui n'est que la suite et l'achèvement d'une mécompréhension du temps lui-même et de la temporalité. Comment s'opère ce nivellement ? Le Dasein préoccupé compte avec le temps public, publié. Comptant ainsi avec le temps, il le décompte : le prend à même l'horloge (quelle qu'elle soit). Décompter, dénombrer le temps à même l'horloge, c'est dire maintenant que…, en se repérant sur le mouvement de l'horloge, présentification qui se fait dans l'horizon d'un maintenant-ne-plus et d'un maintenant-pas-encore. Oui, *ce* temps est le « nombre du mouvement suivant l'antérieur et le postérieur », c'est-à-dire le concept aristotélicien de temps (421). C'est le temps du maintenant *[Jetzt-Zeit]*. Le nivellement signifie le recouvrement du temps du monde comme significativité, databilité, écartement, le temps devient pure suite des maintenants. Absorbé dans ce qui le préoccupe, le Dasein dit maintenant que…, maintenant pour… Mais revenant thématiquement au maintenant, il le dépouille en quelque sorte de ces traits, et ne le comprend plus que comme maintenant tout nu, dans sa suite comme passage. Pourquoi ? Parce que, revenant de son être absorbé dans la préoccupation, le Dasein, qui s'est toujours identifié à partir de cette absorption, comprend implicitement toute « chose » dans l'horizon de la « réalité », si bien que : « Par suite, les maintenants sont eux aussi conjointement sous-la-main en quelque manière, c'est-à-dire que l'étant fait encontre et aussi le maintenant. Bien qu'il ne soit pas expressément dit que les maintenants sont sous-la-main comme les choses, ils n'en sont pas moins "vus" ontologiquement dans l'horizon de l'être-sous-la-main » (423). Ce qui veut dire aussi bien que la prépondérance du sens de l'être comme *Vorhandenheit* et le ratage du phénomène du temps dans la constitution par nivellement de son concept vulgaire sont une seule et même chose. C'est du même mouvement que s'impose une idée unilatérale, inquestionnée, de l'être, de ce qu'être veut dire, que s'installe une idée unilatérale, inquestionnée, du temps. Et ce double mouvement tourne en cercle, dans la détermination réciproque de l'être comme présence constante, et du temps comme temps du maintenant, qui seul « est ». Ce cercle est, selon Heidegger, indéchiré (sauf le moment kantien, pour une brève incursion hors du cercle), d'Aristote à Hegel.

Peut-on indiquer la racine de cette genèse réciproque ? (L'expression est de Bergson, et sans doute une lointaine comparaison est possible. Il reste que Heidegger vient de montrer que le ratage du phénomène du temps ne provient pas de son identification à l'espace.) La racine est dans le Dasein lui-même, c'est-à-dire dans sa déchéance. Le temps nivelé, temps de personne, temps infini de la suite des maintenants est refermeture de l'être propre du Dasein et de sa temporalité. Il est fuite, aversion, détournement devant sa finitude. Le temps infini est le rejeton fuyant du temps fini, image immobile (en son passage indifférent) du temps authentique (du pur mouvement temporel de la venue à soi du Dasein existant). De son origine déniée, il reste encore dans l'image quelques pâles traits de ressemblance au modèle : l'irréversibilité du temps, l'insistance sur le passage plutôt que sur le surgissement. C'est bien peu, mais suffisant pour une nostalgie qui, en vérité, ne sait pas de quoi elle est nostalgique.

*

Notes

1. GA 24, p. 318, trad. p. 268.

2. Suivant la lecture, principalement, de *Métaphysique,* t. 10, *Éthique à Nicomaque,* 6, et *De l'âme.*

3. « Finitisation » *(Verendlichung)* sera avancé par Heidegger pour mieux caractériser la « finité » dans *Kant et le Problème de la métaphysique* (GA 3, p. 217, trad. fr. p. 273).

4. *Pensées,* 172, *in* éd. Brunschvicg.

5. Cf. GA 26, § 12.

CHAPITRE III

Métaphysique et histoire de l'être

Etre et Temps est avare de références à la « métaphysique [1] ». Pourtant, dès 1929, la leçon inaugurale *Qu'est-ce que la métaphysique ?* et le livre *Kant et le Problème de la métaphysique* mettent la métaphysique, comme *question* et comme *problème*, au cœur de la pensée de Heidegger. Comment ? A l'ontologie fondamentale est assignée une fin : fonder la métaphysique. La rencontre de la question du sens de l'être et de la métaphysique n'est pas une rencontre contingente entre la singularité d'une pensée et une discipline par ailleurs déjà constituée dans le champ de la philosophie : l'ontologie fondamentale, comme analytique du Dasein procure une fondation critique de la métaphysique, et permet du même coup d'en éclaircir l'essence et la possibilité. Lien essentiel entre l'ontologie fondamentale et la métaphysique, qui tient à la chose même : le Dasein, comme étant qui comprend l'être, est *l'étant métaphysique par excellence*, et l'ontologie fondamentale, fondée en sa possibilité sur la compréhension pré-ontologique de l'être du Dasein, est du même coup l'explicitation de la « métaphysique naturelle du Dasein [2] ».

Mais cette entreprise de fondation et reprise de la métaphysique se voit bientôt tourner, et la leçon de 1929, par exemple, se verra flanquée d'une postface et d'une introduction, en 1943 et 1949, qui en infléchissent le sens, la situent et l'interprètent à partir d'un autre rapport à la métaphysique, d'une autre méditation de son essence. Question de l'étant comme étant, dans sa caractérisation aristotélicienne encore anonyme de philosophie première, la métaphysique se voit maintenant comprise comme cette tâche de fonder, à partir de l'être, la vérité de l'étant – sans égard pour la vérité de l'être, de l'être lui-même. Elision historique de la question fondamentale : qu'en est-il de l'être lui-même ?, au profit de la question directrice de la fondation de la vérité de l'étant. L'être n'est rien d'étant, l'existence n'est rien d'existant, la réalité n'est rien de réel : différence ontologique. La méditation de la différence ontologique, qui apparaît premièrement nommée dans le cours de 1927, « Les problèmes fondamentaux de la phénoménologie », et qui est thématisée dans l'écrit en hommage à Husserl, *De l'essence du fondement*, conduit à situer la métaphysique (la philosophie elle-même dans ses décisions premières) à la fois dans cette différence et comme cécité à cette différence comme telle. La pensée de l'être, qui est pensée de la différence de l'être et de l'étant, est en ce sens « surmontement » de la métaphysique.

Ce « surmontement » est nécessairement pensée de la métaphysique (génitif objectif), délimitation de son essence, c'est-à-dire mise au jour de sa constitution dans son rapport ambigu à la différence ontologique. Cette constitution est baptisée par Heidegger du nom d'onto-théologie. L'onto-théologie est ce mouvement de recherche du fondement par lequel la métaphysique, interrogeant sur l'étant comme tel, dans sa généralité apriorique et pure (ontologie), se voit renvoyée, questionnant en direction de l'étant en totalité, vers la caractérisation d'un fondement premier de l'étant, pensé à son tour comme étant premier (théologie comme question de l'étant suprême dans l'optique du fondement dernier de l'étant en totalité). Par là, la différence est oubliée, et avec elle, l'être. Mais le discernement de cette structure, qui permet de penser une unité de la métaphysique en son histoire, est aussi la question même de son histoire, et du sens de cette histoire. Il faut penser sur deux versants : d'une part, ressaisir cette histoire même comme celle de la tradition de la philosophie elle-même, faire l'histoire de la métaphysique, ce qui poursuit, à partir d'un point de vue transformé, la tâche de la destruction de l'histoire de l'ontologie proposée dans *Etre et Temps*. Les cours et les textes nombreux que Heidegger consacre à l'explication avec les grands textes de la tradition sont le témoignage grandiose de ce mouvement de pensée. Mais il n'a de sens, d'autre part, qu'à suivre à la trace ce qui, dans ces « textes » s'oublie de manière de plus en plus accentuée. L'histoire de la métaphysique est histoire de l'être comme histoire de son oubli, dans une acception de l'« histoire » qui excède ce que permet de penser l'historicité du Dasein mise en évidence dans *Etre et Temps*.

On peut certes facilement se faire une « idée » simple de cette « histoire de l'être » : sur le fondement grec de la pensée logique de l'être comme présence constante, s'effectuerait aux Temps modernes, avec Descartes, le transit de cette ontologie indiscutée sur le terrain de la subjectivité consciente d'elle-même s'assurant d'elle-même et de l'objectivité qui, à partir d'elle, se déploie. Cette « métaphysique de la subjectivité » trouverait son accomplissement sous la forme d'un *janus bifrons* dans sa portée à l'absolutisation dans les pensées de Hegel et de Nietzsche. Cette histoire serait solidairement une histoire de la vérité et de sa mutation en certitude. En tant que, en elle, il n'est pas question de l'être, elle serait aussi bien histoire du « nihilisme » se déployant terminalement dans le règne de la technique. Rien n'est « inexact » dans cette présentation, mais sa « récitation » a à peu près autant de sens qu'une présentation de l'histoire de la philosophie selon Hegel, qui oublierait de préciser qu'elle n'est intelligible qu'à partir de la philosophie de l'esprit absolu. Heidegger n'est pas un « historien de la philosophie », et l'histoire de l'être n'a pas pour vocation de nous fournir un modèle maniable de l'histoire de la philosophie, clef qui ouvrirait toutes les serrures.

Il s'agira donc de réfléchir à une pensée de la philosophie (là encore, au sens du génitif objectif) qui n'est justement plus philosophique, ou, mieux, « métaphysique ». Pour Heidegger, philosophie et pensée font deux. Ou, pour être plus prudent (et il ne s'agit vraiment pas, ici, de simples étiquettes), le gigantesque travail d'exégèse des textes de la tradition est au service d'une pensée qui se défait de la métaphysique, et qui se trouve devant la tâche de toujours mieux la comprendre. Cette tâche, à son tour, doit être comprise comme celle de la compréhension de l'histoire de l'Occident – de l'histoire tout court. C'est-à-dire ? La métaphysique comme histoire de l'être, comme histoire de son oubli comme métaphysique n'est pas l'histoire de la pensée humaine, d'un secteur particulier de celle-ci, mais, pour le dire brutalement, de l'histoire de la « réalité » occidentale. Décision de Heidegger (et sans doute faut-il d'abord se mettre clairement devant cette « décision » avant de la rejeter ou d'y acquiescer béatement) : c'est dans et comme métaphysique que se donnent l'intelligibilité première et le principe de l'effectivité des « époques » de l'histoire de l'Occident. Penser cette histoire, dans son envoi et sa « clôture », c'est aussi penser dans l'ouverture d'une histoire à venir, répondre d'un à-venir possible et autre. Ce pourquoi, à une époque charnière de sa pensée, Heidegger peut écrire : « Nous *posons* la question : qu'en est-il de l'être ? quel est le sens de l'être ?, mais *pas* pour construire une ontologie de style traditionnel ou remarquer de façon critique les défauts des recherches antérieures. Il en va de tout autre chose. Il en va du Dasein historique de l'homme, et cela veut toujours dire en même temps de notre Dasein le plus propre à venir, il en va, dans la totalité de l'histoire qui nous est destinée, de la réajointer dans la puissance de l'être s'ouvrant originairement ; seulement bien sûr à l'intérieur des limites à l'intérieur desquelles le pouvoir de la philosophie peut quelque chose [3]. »

Notre parcours dans ce chapitre prendra donc d'abord en compte la tâche de la fondation de la métaphysique telle que Heidegger la comprend à l'époque de *Etre et Temps*. Deux textes seront sollicités : la conférence de 1929, *Qu'est-ce que la métaphysique ?*, et *Kant et le Problème de la métaphysique*. Dans le cadre de ce livre, nous ne pourrons malheureusement pas sonder le rapport de Heidegger à Kant dans son détail. Ensuite, présentant la pensée de la différence ontologique, nous suivrons la compréhension de l'histoire de la métaphysique comme oubli de l'être, principalement à partir des cours et des « traités » *[Abhandlungen]* sur et à partir de Nietzsche, qui s'étendent de 1936 à 1946. La métaphysique est reconnue par Heidegger à partir de sa constitution onto-théologique. Nous introduirons à cette constitution à partir de la conférence de 1957, « La constitution onto-théo-logique de la métaphysique », publiée dans le recueil *Identité et Différence*. On ne perdra pas de vue que ce que nous articulons dans ce chapitre se trouve repris dans le chapitre suivant : l'histoire de l'être requiert la pensée de l'*Ereignis*.

I. La fondation de la métaphysique

1. Qu'est-ce que la métaphysique ?

Qu'est-ce que la métaphysique ? est une leçon inaugurale que Heidegger donne en 1929, à l'université de Fribourg, devant l'ensemble des facultés réunies. Elle paraît la même année, qui est aussi l'année de la publication de *Kant et le Problème de la métaphysique* et de *De l'essence du fondement*. Ce texte de Heidegger est certainement celui qui est le plus à même de fonctionner comme « bien connu », du moins en France. Sa traduction et son édition par H. Corbin en 1937 dans le recueil du même titre, son succès sartrien, l'ont particulièrement « acclimaté » : il existe des éditions scolaires de ce texte qui rejette la philosophie d'école. On se gardera pourtant de le croire transparent.

Commençons par la fin. Qu'est-ce que la métaphysique ? La conférence répond dans son avant-dernier paragraphe : « Le Dasein humain ne peut se rapporter à l'étant que s'il se tient debout dans le néant. L'aller au-delà de l'étant advient historiquement *[geschieht]* dans l'essence du Dasein. Mais cet aller au-delà est la métaphysique même. De cela il suit : la métaphysique appartient à la "nature de l'homme". Elle n'est ni une case de la philosophie d'école ni le champ ouvert à des lubies arbitraires. La métaphysique est l'advenir fondamental dans le Dasein. Elle est le Dasein lui-même [4]. » Il ne s'agit vraiment pas, ici, d'un rapport disciplinaire entre l'ontologie fondamentale et la métaphysique, comme s'il s'agissait de rapprocher deux disciplines théoriques constituées. La métaphysique est le Dasein lui-même, et elle l'est comme l'advenir fondamental, en lui, de lui-même. Comment comprendre cela ? Comment comprendre cette étrange identification de « la métaphysique » et... du Dasein lui-même, ou de l'accomplissement du Dasein ? Et quels rapports subsistent encore entre ces vues et le concept traditionnel de métaphysique ? Comment ressaisir le parcours de la leçon qui arrive à ce résultat ? On pourrait le ressaisir en un terme : expérience. Ce que propose la conférence, c'est ni plus ni moins que de cerner la métaphysique en sa possibilité à partir d'une expérience, l'expérience métaphysique elle-même, propre au Dasein, le définissant dans sa saisie de lui-même. Essayons de comprendre ce que cela veut dire.

Dans son point de départ, la conférence se libère de toute considération disciplinaire. Il ne s'agit pas d'interroger de l'extérieur la « métaphysique », en ayant recours à telle ou telle doctrine métaphysique effective, ou à une définition traditionnelle de son essence comme espèce de la connaissance théorique, mais de poser effectivement une question métaphysique, dans la supposition que toute question métaphysique particulière, si elle est posée effectivement, entraîne toujours avec elle l'ensemble du questionnement métaphysique, et que toute question métaphysique met en question celui qui questionne lui-même. Sur ce point, si rien ne nous autorise encore à « identifier » la métaphysique et la question de l'être – nous savons au moins depuis *Etre et Temps* que la question du sens de l'être demande par excellence que soit mis en question l'être même du questionnant ! Question du sens de l'être et question : « qui suis-je » s'entre-appartiennent. En restant dans le cadre de la formalité existentiale : l'ontologie fondamentale répond à la question de l'ipséité propre du Dasein. La conférence va radicaliser cela, et comprendre la « métaphysique » comme l'événement même de la venue au propre du Dasein lui-même, soutenant le rapport à l'être. Le rapport qu'il y a, dans *Etre et Temps,* entre la compréhension pré-ontologique de l'être et sa configuration en une ontologie explicite est maintenant compris comme l'accomplissement, l'advenir de la « métaphysique naturelle » qui caractérise l'essence du Dasein. La conférence propose l'expérience de cette advenue. La « métaphysique » s'enracine ici dans l'existence elle-même. Montrons-le.

Mettre le questionnant en jeu dans la question, c'est le faire à partir de sa facticité propre. La conférence se tient devant les facultés réunies. Leur unité essentielle repose dans leur commune détermination par la science. Les sciences se rapportent à l'étant, dans son partage en régions objectivées, dans le comportement connaissant qui se donne pour consigne la découverte explicite de l'étant à chaque fois considéré. Le trajet semble balisé : des sciences, fondamentalement tournées vers l'étant, ontiques et positives, va se faire jour, suivant une voie toute traditionnelle depuis au moins Platon, l'exigence d'une fondation des sciences – en l'être. Cette fondation : la métaphysique. Ce n'est pourtant pas le chemin choisi. Heidegger écrit, après avoir caractérisé triplement le comportement scientifique comme rapport mondain *[Weltbezug]* à l'étant, fondé sur une libre attitude choisie comme telle et où s'effectue une « irruption » de l'existence humaine qui, le découvrant, fait « irruption » au sein même de l'étant :

« Ce à quoi *[worauf]* va le rapport mondain est l'étant même – et rien d'autre.

« Ce dont *[wovon]* toute attitude reçoit sa direction est l'étant même – et rien d'autre.

« Ce avec quoi *[womit]* advient l'explication de la recherche, dans l'irruption, est l'étant même – et rien au-delà [5]. »

Il semble qu'il n'y ait plus rien à dire. Mais justement : ce que la science laisse de côté, alors même qu'elle y fait pourtant référence comme ce dont il n'y a bien sûr pas à s'occuper, c'est le rien (ou le néant, le rien d'étant), qui sert de repoussoir à sa définition positive. Heidegger écrit : « La science ne veut rien savoir du néant. Mais non moins certain est ceci : là où elle cherche à exprimer sa propre essence, elle appelle le rien à l'aide. Ce qu'elle rejette, elle y a recours. Quelle essence double *[zwiespältiges]* se dévoile ici [6] ? »

Soit – acceptons la remarque. Mais quoi – du néant ? Qu'en est-il de ce néant énigmatique ? Pour faire un pas de plus, il faut que soient tenues une exigence négative – et une exigence positive. L'exigence négative est que le

néant dont il est question ici ne se ramène pas à la négation logique effectuée par l'entendement : que le néant
soit le fondement de la négation, et pas l'inverse. La
condition positive, proprement phénoménologique, qui
donne sens à la condition négative, c'est que le néant soit
donné. L'est-il, et comment ? Comment avons-nous accès
au néant ? Heidegger écrit : « Le néant est la négation
intégrale de la totalité de l'étant. Cette caractéristique du
néant ne donne-t-elle pas, finalement, une indication de
la direction à partir de laquelle, seule, il peut nous rencontrer [7] ? » Mais dans ce cas, à son tour, il faudrait que
l'étant en totalité nous soit donné. L'est-il, et comment ?
Oui, l'étant en totalité nous est donné, non pas, certes,
comme objet de connaissance, mais dans une disposition,
un sentiment, une tonalité. Il faut distinguer la totalité
objective de l'étant et la donnée du tout de l'étant telle
qu'elle est éprouvée dans un sentiment fondamental
[Grundstimmung], dans lequel le Dasein se trouve, vient
à la rencontre de lui-même *[sich befindet]* comme au
cœur même de l'étant, dans une donnée du tout de l'étant
qui n'a rien à voir immédiatement avec sa saisie théorétique. Au moins, nous savons cela depuis notre lecture
du § 29 de *Etre et Temps* : « *Le sentiment a déjà à chaque
fois ouvert l'être-au-monde en tant que totalité* [als
Ganzes] *et rend possible pour la première fois un se tourner vers* [8]... » Certes, la plupart du temps, cette puissance
ouvrante du sentiment est refermée dans la dispersion
propre à la préoccupation – le sentiment fondamental est
justement celui qui nous place dans son ouverture totalisante, et factice. Heidegger fait référence à l'« ennui profond » *[die tiefe Langweile],* auquel le cours de 1929-
1930, *Les Concepts fondamentaux de la métaphysique.
Monde, finitude, solitude,* consacrera une longue étude, et
à la joie [9]. Cependant, à supposer que dans ces sentiments
le Dasein se trouve, advient à lui-même au cœur de
l'étant, accordé à sa totalité – la donnée de la totalité de
l'étant n'est pas encore celle du néant.

Quel sentiment fondamental donne le néant, c'est-
à-dire donne le Dasein à lui-même dans son être-au-
monde plein « avec » le néant ? L'angoisse. La chose ne
doit pas surprendre. L'angoisse, dans *Etre et Temps,* per-

mettait d'abord l'intégration des moments structuraux de l'être-au-monde, parce qu'elle donnait cet être-au-monde lui-même dans sa pureté et sa nudité : expérience du monde comme possible, au-delà de l'étant intramondain, rien d'étant. L'angoisse monte : elle n'est provoquée par rien d'autre que l'être-au-monde lui-même, comme possibilité totale à exister finiment. Les analyses de *Être et Temps* sont ici radicalisées : l'angoisse est l'expérience du néant, soutenue par le Dasein. Cette expérience ne signifie pas que toutes choses s'évanouissent. Au contraire, pourrait-on dire, l'étant intramondain est bien toujours « là », mais plus rien en lui n'est relevant, il se montre comme ne nous incitant, de lui-même, à rien. Il n'est plus la source d'aucun possible déterminant – la familiarité qui le liait à nous est défaite. Dans l'angoisse, nous sommes dans l'inquiétante étrangeté, et toute identification de nous-mêmes à partir du monde devient impossible : isolement radical, singularisation, ressaisie d'une possibilité pour une propriété, pour la saisie en propre de notre être en vue de nous-mêmes. En ce sens, le néant, comme rien d'étant, n'est surtout pas le *nihil negativum,* une « expérience négative » de la vacuité de toutes choses – il est bien plutôt la ressource essentielle de l'existence.

Soit – mais en quoi cette analyse existentiale de l'angoisse et du néant qui s'y donne concerne-t-elle la métaphysique ? Reprenons. Ce qui distingue le plus la conférence des perspectives ouvertes par *Être et Temps* est cette idée que l'angoisse permet le « passage de l'homme à son Dasein », c'est-à-dire qu'elle nous permet de faire l'expérience de nous-mêmes *qua* Dasein, qu'elle est, dans une perspective radicalement temporelle, « événementielle », la venue à lui-même du Dasein. Comment ? Le néant n'est pas une chose, un étant. Pourtant, nous en faisons l'expérience ! Derechef, comment ? Le néant, qui n'est pas – néantit. Qu'est-ce que cela veut dire ? Heidegger écrit :

« Le néantir n'est pas un événement quelconque *[ist kein beliebiges Vorkommnis],* mais, comme renvoi répulsif *[als abweisendes Verweisen]* à l'étant dérivant dans son ensemble, il manifeste cet étant dans sa pleine étrangeté jusqu'alors celée comme l'autre purement et simplement – vis-à-vis du rien.

« Dans la claire nuit du néant de l'angoisse s'élève pour la première fois l'ouverture originaire de l'étant comme tel : que l'étant est – et non pas rien. Ce "et non pas rien" ajouté par nous dans le discours [suivant l'apparence], n'est pas une explication subsidiaire, mais la possibilisation préalable de la manifesteté de l'étant en général. L'essence de l'originaire néant néantisant repose en ceci : il porte premièrement le Da-sein devant l'étant comme tel [10]. »

Ce n'est donc qu'à partir du néant, expérimenté comme tel dans de rares manifestations angoissées, que le Dasein, advenant à lui-même, existant le là, comme le manifeste le tiret (Da-sein), est placé devant l'étant – comme tel, devant la manifestation de l'étant, qui lui est don et question. Ce n'est qu'à partir de sa tenue dans le néant que le Dasein revient à l'étant. Se tenant au-delà de l'étant, dans le rien d'étant, le Dasein peut à partir de là se rapporter à l'étant, manifeste. « Da-sein veut dire : instance *[Hineingehaltenheit]* dans le néant [11]. » Le Dasein est dans le dépassement de l'étant dans son ensemble, par où il y a accès : transcendance.

C'est précisément en tant que tel que le Dasein est métaphysique. Pourquoi ? Dans la conférence, Heidegger ne s'embarrasse guère pour effectuer ce rapport interne : « La métaphysique est le questionner qui se porte au-delà de l'étant *[das Hinausfragen über das Seiende]*, afin de reprendre celui-ci, comme tel et dans son ensemble *[sic !]*, dans la saisie conceptuelle [12]. » Or, précisément, dans l'angoisse, c'est ce passage au-delà qui advient, qui rend possible la métaphysique. L'analyse existentiale et phénoménologique donne à elle-même, rend possible la métaphysique qui y trouve un fondement « concret » – et son premier projet. C'est-à-dire ? La question du néant était une question particulière de la métaphysique, censée nous faire pénétrer dans l'ensemble des questions métaphysiques, les traversant et les embrassant. Comment le fait-elle ?

Heidegger procède à une rapide évocation de la question du néant dans « la métaphysique » (sans plus d'explication quant à ce nom qui rassemble une histoire) : de la conception antique du néant comme non-étant, « matière », à l'apport chrétien quant au néant. Cette rapide évocation, qui suit cependant les voies de la destruction de l'histoire de l'ontologie et qui n'est possible qu'à partir de l'acquis de la leçon, permet d'accéder au réel problème de la métaphysique. Il se montre que, si celle-ci, depuis le coup d'envoi grec, a bien posé le problème du néant, c'est toujours comme concept anti-thétique de l'étant, c'est-à-dire comme négation logique, sans interroger plus avant l'appartenance de l'être de l'étant et du néant. Or, cette question, elle peut et doit maintenant être posée. Comment le néant et l'être, au-delà de l'étant, s'appartiennent-ils l'un à l'autre ? Accusant les oppositions, Heidegger écrit : « "L'être pur et le néant pur, c'est donc le même." Cette formule de Hegel *(La Science de la logique)* est juste. Etre et néant appartiennent l'un à l'autre, mais non pas parce que les deux – vus à partir du concept hégélien de pensée – s'accordent dans leur indétermination et leur immédiateté, mais parce que l'être lui-même en son essence est fini et ne se manifeste que dans la transcendance du Dasein en instance dans le néant [13]. » Le néant dont il a été question, on l'aura compris, n'« est » pas négation de l'étant – il est l'autre de l'étant, à partir duquel l'étant se manifeste. Il va « avec l'être », dont on pourrait dire la même chose. Pourquoi l'être peut-il se donner comme néant ? L'être, certes, est autre que l'étant, mais que veut dire l'expérience de l'autre de l'étant comme rien – d'étant ? La question reste ouverte.

Récapitulons. Que savons-nous, à la fin de la conférence concernant la métaphysique ? La conférence pose et développe la question du néant. Dans cette position effective de la question, la métaphysique trouve son fondement concret : la transcendance du Dasein. La transcendance du Dasein n'est pas l'« état » d'une chose subsistante : elle est l'advenue de l'homme au Dasein. Cette advenue est en elle-même événement métaphysique, qui perce dans la position de la question elle-même. En ce sens, la « métaphysique » est toujours l'archi-historicité du Dasein lui-même. Mais la métaphysique est aussi la saisie conceptuelle de cet advenir, auto-compréhension de cette expérience, qui trouve sa ressource non pas premièrement dans une logique, mais dans un sentiment fondamental. L'advenue à soi du Dasein dans l'angoisse est sa rencontre avec le néant : le vers quoi de la transcendance est le néant. Mais le néant appartient à l'être, qui n'est rien d'étant. La métaphysique, comme performance explicite et saisie de la transcendance est donc question de l'être de l'étant, dans sa donation au Dasein et dans sa différence avec l'étant : question de l'étant comme tel (en son être), et en totalité (totalité mondiale antérieure au concept ontique de totalité, et ne renvoyant pas à la question de l'étant suprême). Cette question implique la finitude de l'être lui-même. Enfin, le néant ayant été montré comme la possibilité même de la manifestation de l'étant, la métaphysique se chargeant de comprendre cette manifestation comme telle, elle est le fondement des sciences positives, qui se donnent pour tâche de découvrir l'étant. Rassemblons tout cela : la métaphysique est l'accomplissement même de la transcendance – qui est compréhension de l'être, rien d'étant. Cela veut dire : fonder la métaphysique, c'est développer une analytique de la transcendance, du Dasein, déployer une ontologie fondamentale, qui permette l'édification de la métaphysique proprement dite, le déploiement de la question de l'être. Ontologie fondamentale et fondation de la métaphysique sont donc la même chose. En 1929, Heidegger est un métaphysicien en ce sens.

Finissons. Heidegger pose, à la fin de la conférence, la question leibnizienne : « Pourquoi est-il en somme de l'étant et non pas plutôt rien[14] ? » Cette question finale, assurément, n'aura pas facilité la compréhension de la conférence. Si nous avons bien lu, si le néant appartient à l'être, la question ne saurait se diriger sur un fondement, une raison, une cause, de l'étant ! Ce n'est pas une question théologique. L'introduction de 1949 à la conférence sous-titrée « Le retour au fondement de la métaphysique » commente longuement cette question d'abord surprenante. Elle la traduit en cette question : « [...] d'où vient que partout l'étant ait prééminence *[Vorrang]* et revendique pour soi tout "est", alors que ce qui n'est pas un étant, le néant ainsi compris comme l'être même, reste oublié[15] ? » D'une certaine manière, dès 1929, c'était en effet la seule façon de comprendre la question, question qui détournait de l'étant pour indiquer la nécessité de penser l'être, rien d'étant, hors d'une perspective théologique. C'était donc une tout autre question que la question leibnizienne. Mais Heidegger poursuit : « D'où vient qu'il n'en soit proprement rien avec l'être et que le néant ne déploie pas proprement son essence ? Est-ce d'ici que vient l'apparence inébranlée en toute métaphysique, que l'"être" se comprend de lui-même et qu'en conséquence le néant se fait plus facile que l'étant [16] ? » Cette fois, tout a changé : la métaphysique est rivée à l'apparence suivant laquelle l'être ne fait pas question. Ce qui devait réveiller la question, la métaphysique, est en fait ce qui maintient dans le sommeil. Heidegger n'est plus métaphysicien. Il faut comprendre cette métamorphose.

2. Kant et le problème de la métaphysique

Dans le cadre limité de ce livre, il ne peut s'agir pour nous de présenter l'interprétation heideggerienne de Kant, qui ne se laisse guère résumer [17]. On ne développera donc qu'une direction de pensée, essentielle, mais lacunaire. Nous venons de voir que *Qu'est-ce que la métaphysique ?* s'efforçait en quelque sorte de retrouver phénoménologiquement le sens même du « méta » de la métaphysique : c'est la transcendance du Dasein, qui enracine la possibilité de la métaphysique dans la chose même, et lui donne son fondement. C'est la voie courte : elle passe par-dessus le concept « traditionnel » de métaphysique, même si elle permet de le « détruire ». Dans le cours de 1929-1930, *Les Concepts fondamentaux de la métaphysique. Monde, finitude, solitude,* Heidegger déclare ce concept traditionnel superficiel, confus et dégagé du véritable problème de la métaphysique [18]. Qu'est-ce que le « concept traditionnel » de la métaphysique ? C'est toute la question, mais nous pouvons déjà indiquer deux traits généraux de ce concept : c'est le concept de métaphysique tel qu'il se forme, à l'écart de l'embarras authentique qu'il était pour Aristote, qui en ignorait bien sûr le nom, dans la scolarisation hellénistique des « acquis » de la philosophie platonico-aristotélicienne, qui, à l'écart du questionnement véritable, traite la « métaphysique » à partir de nécessités « disciplinaires », et ensuite, tel qu'il est sur-déterminé, et du même coup encore abandonné comme *problème* véritable, par l'invasion en lui de la dogmatique chrétienne. Thèse de Heidegger : ce concept de métaphysique devenu a-problématique se maintient dans la modernité. Non seulement la métaphysique ne rencontre pas son véritable problème, mais elle est incapable de devenir *pour elle-même* un problème. La saisie par Heidegger du questionnement métaphysique implique précisément de faire à nouveau de la métaphysique un « problème » : la « métaphysique », telle qu'elle est assumée par Heidegger à l'époque de *Etre et Temps,* implique la répétition de la question aristotélicienne, qui ne se dit pas encore « métaphysique », et la destruction de l'histoire de la métaphysique, de son concept « traditionnel », qui s'oppose à ce questionnement et à cette répétition. Et Kant ? Lisons : « Pour la première fois, *Kant* a réellement mis la main à l'ouvrage et tenté, lors d'un élan dans une direction déterminée, d'ériger *en problème la métaphysique elle-même*[19]. » Kant est, pour Heidegger, le seul qui, dans l'histoire de la métaphysique, se soit tenu au niveau de son questionnement problématisant initial. C'est dans cette optique, la problématisation kantienne du concept traditionnel de métaphysique, et sa répétition par Heidegger, que nous voulons rapidement interroger le *Kant et le Problème de la métaphysique.*

A. *Le concept scolaire de métaphysique*

Revenons donc sur la détermination du concept traditionnel de métaphysique, que Heidegger, à l'époque de *Etre et Temps,* entend détruire, pour un questionner authentiquement métaphysique. On sait que l'origine du mot même de métaphysique provient d'un problème de classement des traités aristotéliciens qui furent appelés « métaphysiques ». Que faire de ces traités disparates dans le cadre de la tripartition hellénistique de la philosophie en logique, physique et éthique ? Le méta de métaphysique doit d'abord se comprendre, avant même de signaler l'éminence de ses « objets », au sens de *post,* de ce qui vient, dans l'ordre des textes, après les traités physiques. Ce qui signifie que ce que, dans la *Métaphysique,* Aristote désigne par le terme de « philosophie première », que Heidegger comprend comme « philosophie proprement dite, philosopher en première ligne *[eigentliche Philosophie, Philosophieren in erster Linie]* [20] » est devenu, postérieurement, un embarras (il faut prendre cette thèse au sens fort : c'est la philosophie elle-même qui est devenue par là « embarrassante », de telle sorte qu'on ne sache plus trop où la mettre !). Mais cet « embarras » *[Verlegenheit]* a lui-même sa source dans le caractère inéclairci, obscur, des traités aristotéliciens quant à leur contenu. Immédiatement, en effet, la philosophie première (la philosophie elle-même) se présente suivant un dédoublement remarquable : « Elle est aussi bien "connaissance de l'étant en tant qu'étant" *(on hé on)* que connaissance du domaine le plus éminent de l'étant *(timiotaton genos),* à partir duquel se détermine l'étant en totalité *(katolou)* [21]. » D'une part, la philosophie première interroge l'étant en tant qu'il est étant, purement et simplement, en son être et ce qui est impliqué en cet être de l'étant, demandant ce que veut dire l'*ousia*, l'« étance » de l'étant, ce qu'on traduira ensuite dans le latin *substantia*, mais, d'autre part, elle reconduit au principe premier, étant, à partir duquel se détermine l'étant dans son ensemble, étant éminent qu'Aristote baptise du nom de *theion*. Soit : cet « embarras » est « bien connu ». Mais il ne s'agit pas pour Heidegger d'en proposer un « règlement » philologique ou doctrinal, d'y trouver une « solution ». Ce dont il s'agit, c'est de s'interroger sur la source même de ce dédoublement, et, pour cela, dans une répétition effective, de problématiser la philosophie première elle-même.

Posons que la métaphysique est « la connaissance principielle de l'étant comme tel et en totalité ». Ce qui se montre comme une question dans le « et » est précisément agissant et déterminant sans plus jamais devenir une question dans la tradition de l'élaboration de la métaphysique, de l'élaboration du concept « scolaire » de métaphysique. Qu'est-ce que le concept scolaire de métaphysique ? C'est celui dont Kant hérite, par exemple par l'intermédiaire de Baumgarten, et qui divise la métaphysique suivant ses

objets en une métaphysique spéciale, elle-même triplement articulée, et une métaphysique générale. Comment ?
Sur le fond de l'ignorance de l'état « digne de question et
ouvert [22] » de la problématique platonico-aristotélicienne,
deux motifs principaux ont joué [23]. D'une part : « Le premier motif concerne l'articulation interne de la métaphysique et dérive de l'interprétation croyante du monde du
christianisme [24]. » Que signifie l'interprétation chrétienne
du monde ? Le partage de l'étant en étant créé et incréé, et
au sein du premier, la singularité de l'homme pour qui il en
va de son salut et de l'éternité de son âme, dans le rapport
à Dieu. La nature, l'homme (du point de vue du salut et
de la liberté et de l'immortalité de son âme) et Dieu. On
aura reconnu ce qui devient objet pour une « métaphysique
spéciale » : théologie (naturelle et rationnelle), cosmolo-
gie et psychologie rationnelles. Métaphysique spéciale qui
se distingue de la métaphysique générale, qui traite de
l'étant en tant que tel, dans son concept le plus général
(étant entendu que Dieu, le monde et l'âme *sont*, quelle
que soit par ailleurs la manière dont on règle la question de
la différence de leur manière respective d'être) : ontologie, la science qui traite de l'étant en général, de l'*ens commune*. Ontologie : ce mot dont Heidegger, en un tout autre
sens, fait un usage surabondant, est de formation relativement récente [25]. En tout cas, s'il s'agit pour Heidegger de
se défaire du concept scolaire de métaphysique, cela veut
dire aussi : interroger le moment « théologique » de la
métaphysique à l'amont de l'investissement de la métaphysique par l'interprétation chrétienne du monde, se
défaire de la détermination chrétienne de la métaphysique.
D'autre part : « L'autre motif essentiel pour l'élaboration
du concept scolaire de métaphysique concerne son mode
de connaissance et sa méthode [26]. » La métaphysique est la
science qui nous concerne au premier chef. Elle est aussi,
comme on disait naguère, la « reine des sciences ». A ce
titre, elle doit développer une scientificité rigoureuse et
éminente. Autrement dit, elle doit être science rationnelle
pure, science par raison pure, dans laquelle rien d'empirique et de contingent ne doit venir se mêler. Il s'agira,
mettant en évidence ce motif, de le questionner.

B. *Le sens général de la fondation kantienne selon Heidegger*

Pour la première fois depuis les Grecs, dit Heidegger, Kant fait de l'ontologie un problème. Comment cela ? Ce à quoi la raison humaine est intéressée, c'est la métaphysique spéciale, qui répond aux questions de ce que l'homme peut connaître, de ce qu'il doit faire, de ce qu'il peut légitimement espérer. Or, la métaphysique spéciale est connaissance du supra-sensible. Comment cela est-il possible ? Pour éclairer cette possibilité, il faut d'abord poser la question de notre rapport à l'étant en général, poser la question de notre rapport à l'« objet ». Comment déployer cette question ? Suivant le sens de la révolution copernicienne mis en avant par Kant, et qui signifie pour Heidegger non pas une révolution dans la théorie de la connaissance, mais l'idée que la connaissance ontique – la connaissance de l'étant, du phénomène *[Erscheinung]* en vocabulaire kantien – suppose à son fondement une connaissance ontologique : les formes pures de l'intuition, l'espace et le temps, et les catégories de l'entendement, qui déterminent *a priori* la phénoménalité du phénomène, l'être de l'étant. La question de la possibilité des jugements synthétiques *a priori,* c'est la question de la synthèse pure de l'intuition pure et des formes de l'entendement, la question de la synthèse ontologique et de son fondement. La *Critique de la raison pure* n'est pas une « théorie de la connaissance », une théorie de l'expérience scientifique, mais une ontologie fondamentale. La question de la possibilité de la métaphysique spéciale reflue donc sur la question de la possibilité de la métaphysique générale.

A partir de quoi devient-elle un problème ? A partir de la prise en vue de la connaissance, du rapport à l'étant comme fini. Qu'est-ce que cela veut dire ? On sait que Kant désigne deux sources pour la connaissance : l'intuition et l'entendement. Mais l'intuition, notre intuition de l'étant, à la différence d'une intuition infinie, qui se donnerait l'étant alors même qu'elle l'intuitionne (l'intuition de Dieu, pour qui il n'y a pas d'ob-jet, de *gegen-stand*, d'objet extérieur devant lui, mais un *ent-stand*, dit Heidegger, chose prenant naissance en lui alors même qu'il l'intuitionne) est finie. C'est-à-dire sensible, réceptive. La finitude est d'abord celle de l'intuition sensible, ensuite celle de l'entendement, qui a pour tâche de déterminer l'intuition, qui est ordonné à l'intuition. En ce sens, le phénomène kantien est bien l'étant tel qu'il apparaît à la connaissance sensible – et la chose en soi n'est pas un autre étant « derrière » le phénomène, mais, inconnaissable pour nous, l'étant tel qu'il serait pour un intuitionner infini, qui se donnerait son « objet ». La question est alors celle de la structure *a priori* de notre réceptivité, qui configure l'être de l'étant apparaissant dans la synthèse pure.

On se contentera ici de donner le principe de l'interprétation heideggerienne : si Kant postule au départ de la *Critique de la raison pure* deux sources pour toute notre connaissance, ce n'est pas sans pointer dans la direction d'une possible unité obscure, source première. C'est cette source première que Heidegger s'efforce de retrouver, en l'exhibant comme l'imagination transcendantale. Le cœur de l'interprétation se trouve dans la lecture du chapitre de la *Critique de la raison pure* concernant le schématisme. L'œuvre de l'imagination transcendantale, dans la production du schème, est de temporaliser les catégories, de leur donner sens en leur permettant de se rapporter *a priori* à l'objet. En ce sens, avant même la partition entre un sujet défini par sa rationalité qui appliquerait cette rationalité à des objets se présentant temporellement-successivement, il y a, sous le nom d'imagination transcendantale, un temps plus originaire, qui est la possibilité même, avant tout sujet donné, de la « subjectivité » du sujet et de l'objectivité de l'objet. Par où le sujet « rationnel » est originé dans un sujet « temporel », qui n'est précisément plus seulement sujet, mais temporalité originaire. Ce que Kant découvre, sur la piste de la possibilité de la connaissance ontologique, c'est une question qui met le sujet en question en son « rapport » au temps, qui devrait permettre, à la fin, d'enraciner la subjectivité du sujet transcendantal, du « je pense », dans la temporalité elle-même. Mais c'est précisément en ce point, dit

Heidegger, que Kant « recule [27] » – recul qui serait visible dans la ré-écriture de la déduction subjective des catégories de la première édition de la *Critique de la raison pure* à la deuxième.

C. *Métaphysique, ontologie fondamentale et finité*

La quatrième section du *Kant et le Problème de la métaphysique* répète la fondation kantienne de l'ontologie, en ramenant l'ontologie fondamentale à une analytique de la finitude. La fondation de l'ontologie paraît revenir à la question « qu'est-ce que l'homme ? » (de même que la métaphysique spéciale, en ces trois questions : que puis-je savoir ?, que dois-je faire ?, que m'est-il permis d'espérer ?). Est-ce à dire que la métaphysique, ou encore l'ontologie, se ramène à une anthropologie ? Manifestement non, si on entend par « anthropologie » la science empirique de l'homme, qui l'a toujours-déjà compris au sein de l'étant en totalité comme un étant particulier sans interroger son mode d'être, c'est-à-dire qui ne fait pas de son essence une question pour lui-même. L'homme est ici visé, hors un ordre présupposé de l'étant, comme celui qui comprend l'être, qui est le lieu de la manifestation de l'étant, qui transcende l'étant en ce sens. Or, cette compréhension de l'être est finie. L'ontologie fondamentale doit donc interroger cette finité, qui n'est pas une détermination de l'homme parmi d'autres, qui le définirait (en un sens inéclairci) « négativement », mais la possibilité même de son essence en tant même qu'ouvert à l'être. La finité est la structure même de l'homme comme transcendance, ce par quoi la question de son essence ne peut se refermer sur lui-même comme étant, ce par quoi il en va, en lui-même, de l'être : c'est cette finité qu'il faut faire apparaître, qui doit devenir expressément un problème. L'ontologie fondamentale devient question de la finité en l'homme, implique sa finitisation et la saisie de cette finitisation dans le concept. Dans la leçon *Qu'est-ce que la métaphysique ?*, le « méta », dans son fondement réel, s'accomplissait originairement comme l'acte même de la transcendance. La transcendance est finie, s'accomplit comme finitisation. Mais cette finitisation est compréhension de l'être. C'est cette implication entre finité et question de l'être qu'il faut maintenant mettre en relief.

Dans le § 40, Heidegger procède, pour arriver à la question de la finité, à partir de la philosophie première aristotélicienne [28]. Dans le § 41, il poursuit le chemin inverse [29]. Suivons ces deux chemins. La philosophie première, dédoublée, est question de l'étant comme tel et en totalité. Or, dit Heidegger, la question de l'étant comme tel a un primat sur celle de l'étant en totalité. La question de l'étant comme tel est celle de l'être de l'étant. Cette question est elle-même richement articulée : elle implique au moins la question de l'origine de l'articulation du sens de l'être en essence et existence, et le lien entre être et vérité. Mais, afin de trouver au moins un horizon et une direction, elle implique qu'on pose la question du fondement de la possibilité de la compréhension de l'être. La position de la question de l'être chez Aristote est ici inopérante : il nous faut repartir de nous-mêmes, c'est-à-dire de la compréhension préontologique que nous avons de l'être. Mais comment cette compréhension s'avère-t-elle comme finité ? Dans le § 41, Heidegger procède d'abord à la description de la compréhension préontologique de l'être qui le caractérise, selon laquelle il est, comme existant. L'existence, nous le savons, est transcendance comme être-au-monde, au sens d'un événement fondamental : « Avec l'existence de l'homme advient *[geschieht]* une irruption *[Einbruch]* dans la totalité de l'étant par laquelle maintenant pour la première fois, l'étant, selon une ampleur, un degré de clarté et de certitude à chaque fois variables, devient manifeste en lui-même, c'est-à-dire comme étant [30]. » Soit : existence veut dire compréhension d'être. Mais cette compréhension d'être, sur le mode de la transcendance, est finie, le projet de l'être est jeté : « Existence signifie l'assignation à l'étant comme tel dans la remise à l'étant comme tel auquel l'existence est ainsi assignée [31]. » Quels rapports, donc, entre la compréhension d'être, à laquelle nous a renvoyé la question de l'être, et la finité ? Réponse de Heidegger : « Maintenant se montre ceci : nous n'avons pas à questionner sur le rapport de la compréhension de l'être et de la finité en l'homme, la compréhension de l'être est elle-

même la plus intime essence de la finité [32]. » Et c'est précisément en ce sens qu'il faut entendre la fameuse phrase :
« *Plus originaire que l'homme est la finité du Dasein en
lui* [33] », que nous pouvons expliciter ainsi : plus profond,
parce que le possibilisant dans son essence non indifférente, que l'« homme » de l'anthropologie, en son être
inquestionné et qui passe pour donné, est « en l'homme »,
c'est-à-dire advenant en lui comme son domaine d'origine, qui perce comme tel dans le questionnement métaphysique, la finité du Dasein, c'est-à-dire la compréhension de l'être, qui se donne toujours, temporellement,
comme factice, et à partir de laquelle se détermine l'humanité de l'homme. C'est cette dimension que l'analytique de la finitude explore, comme ontologie fondamentale, sous la figure d'une « métaphysique du Dasein », où
le génitif doit être principalement entendu « subjective-
ment ». Nous pouvons alors rejoindre la leçon *Qu'est-ce
que la métaphysique ?* :

« La "métaphysique" est l'advenir fondamental *[Grund-
geschehen]* de l'irruption dans l'étant, qui advient en
général avec l'existence factice de quelque chose comme
l'homme.

« La métaphysique du Dasein, qui se porte à une élaboration dans l'ontologie fondamentale, n'est pas comme
une nouvelle discipline à l'intérieur d'un cadre déjà subsistant et établi, mais en elle s'annonce la volonté d'éveiller l'idée que le philosopher advient comme transcendance
explicite du Dasein [34]. »

Résumons-nous. Qu'est-ce que la métaphysique, pour
Heidegger, en 1929 ? D'abord, par « métaphysique », il
ne faut pas entendre la reprise d'une « discipline » déjà
constituée. La « métaphysique » est dans la propre question de son essence, qui laisse sur place le « concept traditionnel » de métaphysique. La métaphysique n'est assumée par Heidegger qu'à la distinguer de ce qu'on appelle
traditionnellement sous ce nom. Elle ne se donne que
sous la répétition de la question aristotélicienne, que seul
Kant a répétée à sa manière. Par là, elle laisse sur place
toute détermination de provenance chrétienne de la métaphysique. Elle hiérarchise la question de l'étant comme

tel et la question de l'étant en totalité, différant donc le moment « théologique » au sens aristotélicien, et laissant subsister comme question le problème de l'allure dédoublée de la philosophie première aristotélicienne. Régressant de l'ontologie à l'ontologie fondamentale, elle se donne premièrement pour tâche l'élaboration d'une analytique de la finitude. Mais cette élaboration n'est pas seulement une « théorie » : elle est « réellement » possibilisée par l'événement de la transcendance finie, elle appelle en elle-même cet événement. Il advient comme angoisse, par où l'être est donné. Cette donation d'être est l'existence comme finie : la métaphysique n'est pas la connaissance de l'absolu, en ce sens, elle ne donne aucune « sécurité ». Bien plutôt, elle implique que nous mettions notre être en question, concrètement, dans la position d'une question métaphysique explicite qui mette au jour ce que nous sommes, en question en nous-mêmes avec l'être-même. La métaphysique est en ce sens l'équivalence de la question « qui sommes-nous ? » et de la question « qu'en est-il de l'être ? », questions qui transforment à chaque fois le questionnant.

II. La différence ontologique et la métaphysique

La métaphysique : la transcendance même. La transcendance est transcendance du Dasein. Vers quoi ? Formellement, non pas l'étant « extérieur », mais, en dépassement de l'étant en totalité, vers l'être de l'étant, le transcendant par excellence. Que veut dire, pour l'être, « être » le transcendant ? Tout simplement qu'il diffère de l'étant. Comment différer de l'étant – en totalité ? Tout simplement – en n'étant pas. Voici la différence ontologique.

La « différence ontologique » est une chose simple. L'être n'est rien d'étant. Seul l'étant est. On ne peut dire que l'être « est ». La différence est donc extrême : non pas entre un étant et un autre, mais entre tout étant – et l'être. « Entre » ? Mais « entre » l'étant, qui est, et l'être, qui n'est pas – il n'y a rien ! Que veut dire la différence comme telle ? Que veut dire qu'on puisse « faire » la différence ? Comment se rapportent l'un à l'autre, l'être et l'étant ? A partir de quoi ? Au profit dans la relation de quel « terme » ? La relation ne semble-t-elle pas pourtant simple ? L'être « est » en effet l'être de l'étant. Mais comment le génitif, ici, peut-il signifier au sein de la différence la plus extrême ?

La simplicité de la différence est en fait l'origine d'un fourmillement de questions. La différence désarçonne, inquiète, est le plus digne de question. Jamais Heidegger ne se lassera de mettre la différence sous les yeux, tant il est vrai que tous les étants mènent à la différence. La craie, la table, l'amphithéâtre du cours, la montagne, le fleuve, l'oiseau, l'ange, Dieu... tous ces étants, et bien d'autres, seront mille fois mis à contribution pour amener à penser que, s'ils sont, leur être, lui, n'est pas de la manière dont ils sont. L'être de la craie n'est pas, à son tour, comme est la craie elle-même, le blanc de la craie, etc. Et ainsi pour tous les autres. On se prend parfois soi-même au jeu, pour « expliquer Heidegger » au profane, et au bout de l'être de la table, qui n'est pas, celui-ci finit par dire : ce qui n'est pas n'est pas, donc l'être n'est pas, il y a là fumée, parlons d'autre chose. Et l'on est toujours soi-même un profane de l'être.

Si nous présentons les choses ainsi, ce n'est pas simplement pour jouer : ce à quoi amènent les inlassables et répétitives propédeutiques à la différence de Heidegger, c'est d'abord à la différence comme une question à penser, pas un fait à constater. La « différence ontologique » n'est pas un « bien connu » qui se laisserait ranger à côté d'autres vénérables concepts puisés à l'histoire de la philosophie. Ces précautions prises, tentons maintenant de nous introduire à la différence.

1. Différence ontologique et Dasein

La différence ontologique n'est pas nommée comme telle dans *Etre et Temps*. Le premier paragraphe de l'ouvrage dit cependant : « [...] l'être n'est pas quelque chose comme de l'étant. » La différence ontologique est thématisée comme telle, et ceci très rapidement, dans le cours de 1927 « Les problèmes fondamentaux de la phénoménologie », et nommée pour la première fois dans une publication dans *De l'essence du fondement* (1929). L'avertissement à la troisième édition (1949) de cet ouvrage dit ceci en son commencement :

« Le traité *De l'essence du fondement* parut en 1929, en même temps que la leçon "Qu'est-ce que la métaphysique ?". Celle-ci pense le néant, celle-là nomme la différence ontologique.

« Le néant est le rien d'étant, et ainsi l'être expérimenté à partir de l'étant. La différence ontologique est le néant entre l'étant et l'être. Mais aussi peu le rien d'étant est un néant au sens du *nihil negativum,* aussi peu la différence comme le néant entre l'étant et l'être n'est seulement le produit d'une distinction de l'entendement *(ens rationis)*[35]. »

On se propose donc de ressaisir d'abord ladite différence ontologique à partir de *De l'essence du fondement*. L'expression de « différence ontologique » apparaît dans la première partie du texte, qui, partant de Leibniz et du « principe de raison/fondement *[Satz vom grund]* », déplace la question de l'essence du fondement de ce principe à la discussion de la transcendance. Partant de la définition logico-prédicative de la vérité, Heidegger procède à une première régression : pour que l'énoncé concernant un étant soit vrai – encore faut-il que ce dernier soit d'abord manifeste. La vérité apophantique-prédicative suppose la vérité ontique, la découverte (dans le cas d'un étant sous-la-main) ou l'ouverture (dans le cas du Dasein) de l'étant lui-même, sa manifestation antérieure à la vérité du jugement, qui s'y confirme. Mais cette vérité ontique elle-même suppose l'être-dévoilé de l'être lui-même. *« L'être-dévoilé* [Enthülltheit] *de l'être rend premièrement possible la manifesteté de l'étant*[36]. » Soit : il n'y a rien là que nous ne sachions, à partir même d'*Etre et Temps*. Mais comment comprendre ce « rendre possible » ? Quels « rapports » entre l'être-dévoilé de l'être et la manifesteté de l'étant ? Abordant l'étant, par exemple cette chose matérielle, nous pouvons certes en tirer de nombreuses vérités ontiques, puiser en elle ce qui s'y manifeste. Elle est lourde, carrée, etc. Mais aussi bien, l'abordant ainsi, par exemple, mais ce n'est qu'un exemple, dans le cadre de notre perception sensible, précisément, nous l'avons déjà abordée, c'est-à-dire elle s'est déjà montrée à nous, comme... Comme quoi ? Comme chose matérielle, dans son être de chose matérielle, qui est en lui-même articulé. Sans « vérité ontologique », il n'y aurait aucun abord de la vérité ontique : la vérité ontologique s'est toujours déjà ouverte, possibilisant notre rencontre des choses et de nous-mêmes. Autrement dit :

« Le décèlement de l'être *[Unverborgenheit des Seins]* est toujours vérité de l'être *de* l'étant, que celui-ci soit effectif ou ne le soit pas. Réciproquement, dans le décèlement de l'étant, repose déjà à chaque fois un décèlement de son être. La vérité ontique et la vérité ontologique concernent à chaque fois de manière différenciée l'*étant en* son être et l'*être de* l'étant. Elles appartiennent essentiellement l'une à l'autre sur le fondement de leur rapport *[ihres Bezugs]* à *la différence de l'être et de l'étant* (différence ontologique) [37]. »

La différence, ici, n'est surtout pas présentée comme distinction entre deux « choses » qui les laisserait à part l'une de l'autre. La différence est dans le rapport de l'être à l'étant, de l'étant à l'être. La différence est le « de » et le « en » de l'être de l'étant et de l'étant en son être, dans l'événement même d'une manifestation nécessairement dimorphe. La différence rapporte l'un à l'autre, « est » le rapport lui-même et l'espace de son jeu, jeu de la vérité de l'être comme être de l'étant. Mais comment (la vérité de) l'être et (la vérité de) l'étant s'appartiennent-ils (elles) l'un (l'une) à l'autre ? Que veut dire cette mutuelle appartenance sur le fondement de la différence ? Qu'est ce fondement ? Comment advient-il ?

La différence n'est pas un « état subsistant » entre deux couches sédimentées, elle a le caractère d'une advenue, l'advenue même à partir de laquelle tout advient. Lisons : « Si d'autre part la caractéristique du Dasein repose dans ceci que c'est en comprenant l'être qu'il se rapporte à l'étant, alors *le* pouvoir-distinguer *[das Unterscheiden-können],* dans lequel la différence ontologique devient factice, doit avoir enraciné la propre possibilité de son fondement dans l'essence du Dasein. Ce fondement de la différence ontologique, nous l'appelons préalablement *la transcendance* [38]. » Ici, la différence n'advient que sur le fondement du Dasein. C'est le Dasein comme transcendance qui porte la différence, elle advient essentiellement en lui. Le Dasein est l'ouvrier de la différence. Essayons de reprendre ensemble plusieurs différences, qui s'entrelacent et se distinguent dans la pensée de Heidegger. D'une part, il faut distinguer des modalités d'être : être au sens d'être-sous-la-main, d'être-à-portée-de-la-main, de l'existence. A chaque fois, pour les étants concernés, être ne veut pas dire la même chose. Soit : mais ces distinctions de sens, de modalité, de donnée, pour ces différents étants en leur être, ne sont possibles que sur le fondement de la différence, singulière et advenante, entre l'être et l'étant. Mais cette différence, à son tour, n'advient qu'avec la transcendance du Dasein, qui manifeste donc que sa différence d'être, qui le différencie en son être de l'être, par exemple, du sous-la-main, n'est pas seulement une différence « régionale ». La différence de l'être du Dasein est justement qu'il se rapporte à LA différence, qu'elle est en jeu avec lui. Privilège insigne du Dasein. Soit – mais la question revient : comment s'y rapporte-t-il ? Comment en est-il le fondement ? Produit-il la différence ? La différence ontologique se ramène-t-elle, en dernière instance, au Dasein lui-même ? Est-il, comme configurateur du monde, la différence elle-même ? *Les Problèmes fondamentaux de la phénoménologie* accentuent ces questions. Heidegger écrit : « La distinction de l'être et de l'étant *est là* de manière latente *[latent]* avec le Dasein lui-même et son existence, même si elle n'est pas expressément connue. La distinction *est là,* c'est-à-dire a le mode d'être du Dasein, elle appartient à l'existence. Existence veut pour ainsi dire "être dans l'accomplissement de cette distinction". Seule une âme *[sic !],* qui peut faire cette différence, a la propriété de dépasser l'âme d'un animal pour devenir l'âme d'un homme [39]. » Le Dasein fait la différence.

2. La différence ontologique
comme l'impensé de la métaphysique

Dans cette « première époque » de la différence, la différence ontologique est l'advenue de la transcendance du Dasein. En ce sens, la pensée de la différence ontologique est la métaphysique elle-même comme saisie conceptuelle de la différence. « Position » qui va se voir transformée du tout au tout dans le parcours ultérieur de Heidegger, métamorphose qui se tient dans le tournant de la pensée de Heidegger, et qui signifie une plus grande écoute à la différence elle-même. Nous aborderons thématiquement ce thème du tournant dans le chapitre suivant. Il aboutit en tout cas à affirmer la thèse suivante : la « métaphysique », pensée cette fois de manière résolument historique veut dire : l'oubli de la différence. Comment cela est-il possible ? Comment « la métaphysique » peut-elle se constituer dans l'oubli de la différence, qui, à suivre la pensée de l'année 1929, lui était confiée en propre ? Que veut dire cette fois « métaphysique » ?

Reprenons pied au plus près de ce qui précède. Heidegger disait, juste avant le passage des *Problèmes fondamentaux de la phénoménologie* que nous citions :

« Mais il n'est pas nécessaire que le comportement vis-à-vis de l'étant, bien qu'il comprenne l'être de l'étant, distingue expressément l'être de l'étant ainsi compris de l'étant auquel il se rapporte, ni, *a fortiori,* que cette différence entre l'étant et l'être soit appréhendée conceptuellement. Au contraire, l'être est lui-même de prime abord pris comme étant et se trouve expliqué à l'aide de déterminations ontiques, comme c'est le cas au commencement de la philosophie antique. Lorsque Thalès, à la question : qu'est-ce que l'étant ? répond : l'eau, il éclaire l'étant à partir d'un étant, même si au fond il recherche ce qu'est l'étant *en tant qu'*étant. A travers cette question, il comprend l'être, mais dans sa réponse il interprète l'être comme un étant. Cette façon d'interpréter l'être restera longtemps encore en usage dans la philosophie grecque, même après les progrès décisifs accomplis par Platon et Aristote dans la position du problème, et cette interprétation est aujourd'hui encore courante en philosophie.

« Dans la question : qu'est-ce que l'étant *en tant qu'*étant ? l'être est pris pour un étant [40]. »

Ce texte dit donc, lu à partir de la différence ontologique, deux choses : le Dasein a tendance à comprendre l'être à partir de l'étant, comme un étant (ce qui doit s'interpréter, à partir de *Etre et Temps,* à partir de la déchéance), la philosophie a elle-même, à partir de cette tendance, une propension à rabattre l'être sur l'étant, à rater, du même mouvement, et l'être et la différence, l'être comme différent.

C'est cette situation que Heidegger, au milieu des années 30, va comprendre historiquement. « La métaphysique », dès lors, ne signifiera plus l'accomplissement et la saisie de la transcendance, de la différence. Ressaisie historiquement à partir de la différence, elle sera ce qui, au cœur de la différence, est structurellement aveugle à cette différence : la métaphysique devient la pensée en quête d'un fondement de l'étant, qui oublie au bénéfice de ce fondement de l'étant la différence, c'est-à-dire l'être en sa différence d'avec l'étant. Cette nouvelle pensée, qui n'oppose plus deux concepts de la métaphysique, le concept traditionnel et le concept problématique, permet d'une part de situer *Etre et Temps* par rapport à l'histoire de la métaphysique comme un effort d'anamnèse de l'être même oublié dans son histoire métaphysique, et de se donner alors pour tâche, non plus la ressaisie d'une possibilité métaphysique effective, mais le « surmontement » de la métaphysique. C'est cette nouvelle pensée qu'il nous faut maintenant prendre en charge.

Partons pour cela d'un texte de 1940, intitulé « Le nihilisme européen », qui se trouve recueilli dans le deuxième tome du *Nietzsche,* et que nous ne solliciterons que fragmentairement. Le Dasein, comme transcendance, est le pouvoir-distinguer de l'être et de l'étant. Cette proposition est remarquablement ambiguë : faut-il entendre que le Dasein est, comme existant, le fondement de la différence, ou bien plutôt qu'il n'advient à lui-même qu'à partir de la différence ? Heidegger demande :

« Toute métaphysique se fonde-t-elle sur la distinction de l'être et de l'étant ?

« Qu'est-ce que cette distinction ?

« Cette distinction se fonde-t-elle dans la nature de l'homme ou bien la nature de l'homme se fonde-t-elle sur cette distinction ?

« Cet ou bien – ou bien est-il en soi insuffisant ?

« Que signifie ici à chaque fois se fonder [41] ? »

Tentons d'appréhender ces questions. Partons de la façon dont la métaphysique se fonde sur la distinction de l'être et de l'étant – et, par métaphysique, il faudra entendre maintenant l'unité d'une histoire, celle de la philosophie, dont le coup d'envoi est déterminé par le questionnement grec de l'être. Certes, la philosophie première aristotélicienne est bien questionnement de l'étant en tant qu'étant, questionnement de l'*on hè on,* c'est-à-dire de l'étant en son être. Questionnant ainsi, la philosophie se réfère bien, fût-ce d'un coup d'œil oblique, à la différence – mais c'est pour aussitôt la perdre de vue. La question de l'étant en tant que tel ne vise l'être que pour déterminer l'étant : elle est question de l'être au regard de l'étant, question de l'être comme étantité *(ousia)* de l'étant, par où l'être n'est saisi à partir de l'étant que sous la figure de la généralité. L'être n'est pris en vue que comme être de l'étant (non pas que ce rapport ne lui soit pas essentiel), mais non pas comme... lui-même. Il nous faut donc distinguer deux questions, l'une ne vivant que de l'oubli de l'autre : la question directrice (de la métaphysique) : question de l'étantité de l'étant, question de l'être de l'étant, et la question fondamentale : la question du sens, ou de la vérité, de l'être. La question de la vérité de l'être lui-même est la seule question qui permette de poser la question de la différence comme telle, qui la prend en vue dans son ampleur. Autrement dit : « La distinction entre l'être et l'étant est la raison, inconnue et non fondée de toute métaphysique et néanmoins partout requise [42]. » Comment la métaphysique se fonde-t-elle sur la distinction de l'être et de l'étant ? Précisément en l'oubliant. D'une part, seule la différence donne à la métaphysique son espace de jeu, la possibilité même de la visée de l'être de l'étant, d'autre part, cet espace de jeu reste pour elle impensé. Et seule la loi étrange de cet impensé ouvre la possibilité du dédoublement de la métaphysique : comme question de l'étantité de l'étant, et comme question de l'étant en totalité qui vise le fondement étant de l'étant, l'étant éminent. Dès lors, dans ce dédoublement qui rabat l'être sur l'étant, la différence s'évanouit. Il faut donc maintenant distinguer, non pas entre le concept traditionnel de métaphysique et la métaphysique comme manifestation de la transcendance, mais entre la métaphysique en son concept traditionnel et la métaphysique pensée à partir de son origine dans l'oubli de la différence. Ce deuxième concept de la métaphysique, qui la comprend en son essence et sa provenance, et ainsi la délimite, n'est possible à son tour qu'à partir de la pensée de la différence. La différence ontologique est l'impensé de la métaphysique. Impensé ne veut pas dire tout simplement « ne pas penser à… », mais ce qui, restant celé, donne à la métaphysique la possibilité même d'être ce qu'elle est. L'impensé de la métaphysique, la différence de l'être et de l'étant, l'être comme différent, sont ce qui permet de penser une « essence » de la métaphysique, à elle-même dissimulée. Il ne s'agit plus de stigmatiser le concept scolaire de métaphysique, de détruire une traditionnalisation oublieuse de la problématicité interne du questionnement métaphysique pour le réanimer, mais bien de comprendre l'essence de la métaphysique comme située tout entière dans l'oubli de la différence.

Mais quoi de cette différence elle-même ? Comment la penser ? On peut bien dire que cette question implique tout le chemin de pensée de Heidegger à partir du milieu des années 30, chemin qui conduira à abandonner la différence elle-même, après l'avoir abordée sous des noms multiples, pour la penser à partir de ce que Heidegger appelle, dès les *Contributions à la philosophie (de l'événement appropriant)*, l'*Ereignis*, l'événement appropriant. Nous reprendrons ce point dans notre prochain chapitre. Indiquons cependant quelques directions. Penser la différence de l'être et de l'étant – c'est se donner à penser l'être comme tel, précisément comme différent. L'être ne se déploie *[west]* que comme le différent, dans le mouvement actif de la différence. La différenciation de l'être – ce qui lui appartient en propre, ce pourquoi la « pensée de la différence » et la question de l'être même, non plus seulement de l'être de l'étant, sont rigoureusement la même question. Mais comment ? La différence apparaît d'abord comme l'oubliée – de la métaphysique, c'est-à-dire de la philosophie. Cet oubli n'est pas maladresse malencontreuse des penseurs de la métaphysique – si l'être s'oublie dans la métaphysique, c'est qu'il lui appartient, précisément de se retirer. L'être diffère de l'étant. Mais dans cette différence, il apporte à l'étant d'être – en tant qu'étant –, de se manifester. Se retirant au profit de l'étant, l'être dote l'étant de sa manifesteté spécifique. L'être comme être de l'étant, c'est, du point de vue de la différence, le retrait de l'être. Le rapport de l'être et de l'étant, pensé à partir de la différence, est retrait de l'être (et nous le verrons, toujours sous une détermination historique, sous une frappe particulière de l'étantité de l'étant, la suite de ces frappes formant l'histoire propre de la métaphysique comme autant de manières différentes, pour l'être, de se retirer, et ainsi de faire époque).

Penser la différence, c'est d'abord suivre ce retrait, le préserver comme tel. Autrement dit : la manifesteté de l'étant indique, plutôt que la platitude du manifeste, la manifestation d'un retrait. En retrait de la manifesteté de l'étant, c'est d'abord un retrait comme tel qu'il faut manifester. Dès *Etre et Temps,* nous avons vu comment la question de l'être renvoyait en elle-même à la question de la vérité, ressaisie comme décèlement/*Unverborgenheit*, traduction pensante et questionnante de l'*aletheia* grecque. Heidegger disait, dans *De l'essence du fondement* : la vérité ontique suppose la vérité ontologique. Mais l'une et l'autre ne sont pas comme deux étages d'une procession à partir d'un principe : la vérité ontique n'est possible qu'à partir d'un événement de vérité dont le trait le plus propre est le retrait. A la vérité de l'être appartient le retrait, qui amène l'étant à sa vérité. Vérité ontologique et vérité ontique sont une dans cet événement inapparent. Penser la différence, c'est donc penser la vérité comme décèlement, événement de l'être lui-même qui se cèle en lui-même.

Ou encore, penser la différence comme le différent qui porte les différents l'un à l'autre, qui à la fois les tient distingués, mais qui, dans cette distinction, les tourne l'un vers l'autre de telle sorte qu'ils n'adviennent chacun en leur propre qu'à partir de la différence. Ce mouvement complexe est ce que Heidegger, baptisant la différence, appelle « *Austrag* ». Il est extrêmement difficile de traduire ce terme, la preuve en étant les traductions de Klossowski et de Préau : « différend » pour le premier dans la traduction du *Nietzsche* [43], « conciliation » pour le deuxième dans la traduction d'« Identité et différence [44] » ! Il ne s'agit pas là seulement de deux traductions « contradictoires », ou, plutôt, cette apparente contradiction des traducteurs entre eux montre toute la difficulté : penser la différence comme *Austrag*, c'est tenter de penser l'être (et l'étant) à partir de la différence de l'un et de l'autre à partir de laquelle il y a l'un, il y a l'autre. En ce sens, la différence est la dimension *[Unter-schied]* qui écartant (différend) rapporte l'un à l'autre (conciliation). La pensée de la différence comme cette dimension est la tâche dernière de la pensée de Heidegger : elle s'accomplit tant dans *Identité et Différence* que dans « Temps et être », et nous aurons l'occasion d'en reparler. Notre texte tiré du *Nietzsche* dit, quant à lui : « La "distinction" est plus convenablement dénommée par le terme de "différence", en quoi s'annonce que l'étant et l'être sont en quelque sorte portés à l'écart l'un de l'autre *[aus-einander-getragen]*, séparés, et tout de même rapportés l'un à l'autre, cela à partir d'eux-mêmes, non pas en raison d'un "acte" de la distinction. La distinction en tant que "différence" veut dire qu'une différence qui porte *[Austrag]* se tient entre l'être et l'étant [45]. » Nous pouvons entendre ce différend dans le « comme » de l'étant comme étant, qui signale comme une pliure de la manifesteté de l'étant, qui renvoie à l'être qui, dépliant ainsi l'étant, se replie en lui-même.

Mais dans tout cela, ce qui apparaît avec évidence, c'est que la différence n'apparaît dans son inapparence qu'à partir d'une histoire où elle s'oublie. L'ontologie fondamentale comme analytique de la finité semble ici « dépassée » au profit d'une histoire à laquelle le Dasein se rapporte, mais dont il n'est plus le fondement. Ou encore, l'advenue *[Geschehen]* du Dasein à lui-même semble maintenant pensée à partir même d'une histoire singulière, celle de la différence s'oubliant – et se remémorant dès lors que la question de l'être même comme différent est mise en route. Demandons simplement pour l'instant :

comment le Dasein se rapporte-t-il, maintenant, à la différence, au sein de cette histoire ? Heidegger écrit :

« Or, pourrions-nous jamais déterminer l'essence de l'homme (sa nature), sans avoir égard à la distinction de l'être et de l'étant ? Cette distinction résulte-t-elle seulement en tant que conséquence de la nature de l'homme ou bien la nature et l'essence de l'homme se déterminent-elles au préalable et d'une manière générale sur le fondement de cette distinction et à partir de celle-ci ? Dans le second cas, la distinction ne serait pas un "acte" que l'homme, déjà étant, accomplirait parfois parmi d'autres, bien plutôt l'homme ne pourrait être en tant que l'homme que pour autant qu'il séjournerait dans cette distinction, étant porté *[getragen]* par elle [46]. »

La différence n'advient pas avec la transcendance du Dasein, c'est plutôt cette dernière qui n'advient qu'à partir de cette différence. L'« homme », c'est-à-dire le Dasein, n'est pas le pouvoir-différencier, il est lui-même comme situé dans la différence, il a à être, à soutenir la différence telle qu'elle lui est envoyée en une histoire. Comment le penser ? Comment penser ce « retournement » qui, de l'ontologie fondamentale du Dasein, passe maintenant à un être historiquement situé du Dasein à partir d'une « histoire » de l'être à laquelle il a à correspondre ? Laissons cette question en suspens, que nous reprendrons dans le chapitre suivant, et qui orientera bien des interrogations de ce livre. Remarquons seulement que si le Dasein devient ici l'étant situé en son essence par son séjour dans la différence, qui doit donc en répondre dans la pensée de la différence, cette nouvelle « relation » du Dasein (ou de l'homme *qua* Dasein) à la différence, ou à l'être comme différent, dans son différer, est essentielle à la différence.

3. La métaphysique comme onto-théologie

Nous avons dit que situer la métaphysique dans l'oubli de la différence ontologique permettait d'en comprendre l'essence. Précisément, cette essence se dit : constitution onto-théo-logique de la métaphysique. Précisons-en les

traits à partir du texte de la conférence de 1957, recueillie
dans *Identité et Différence* : « La constitution onto-théo-
logique de la métaphysique », qui clôt un séminaire sur
Hegel. Distinguant sa pensée de celle de Hegel, Heidegger en vient à les différencier suivant le caractère de leur
dialogue respectif avec l'histoire de la pensée. Le caractère hégélien de ce dialogue est l'« *aufhebhung* ». Le
caractère du dialogue heideggerien est le pas en arrière.
Qu'est-ce que cela veut dire ? Réponse : « "Pas en arrière"
ne signifie pas un pas unique de la pensée, mais le mode
du mouvement de la pensée, et un long chemin. Pour
autant que le pas en arrière détermine le caractère de
notre dialogue avec l'histoire de la pensée occidentale, il
mène la pensée, d'une certaine façon, en dehors de ce que
la philosophie a pensé jusqu'alors. La pensée recule
devant sa Chose, l'être, et amène ainsi le pensé [le pensé
rassemblé de la métaphysique] à un en-face, où nous pouvons prendre sous le regard la totalité de cette histoire, et
par là nous pouvons considérer quelle source constitue
cette pensée en totalité, de quelle façon en général la
source dispose le domaine de son séjour [47]. » Or, ce
domaine, c'est précisément celui de la différence ontologique, de telle sorte que le pas en arrière, nous ramenant à
cette différence comme l'impensé de la métaphysique,
nous amène d'abord à considérer son oubli, s'accomplissant comme métaphysique. Maintenant, comment penser
la métaphysique à partir de son domaine d'origine, la
différence ?

Précisément, comme onto-théo-logie. Qu'est-ce que cela
veut dire ? La constitution *[Verfassung]* onto-théologique
de la métaphysique permet de penser l'unité de son
essence, de comprendre ce qui apparaissait d'abord comme
son dédoublement : science de l'étant comme tel et en totalité. Suivons ce problème à la trace au cours de la marche
sinueuse de la conférence. La constitution onto-théologique de la métaphysique peut d'abord apparaître comme
une structure : « La métaphysique pense l'étant comme tel,
c'est-à-dire dans sa généralité. La métaphysique pense
l'étant comme tel, c'est-à-dire en totalité. La métaphysique
pense l'être de l'étant, aussi bien dans l'unité approfondissante *[ergründenden]* de ce qui est le plus général, c'est-

à-dire de ce qui vaut également partout, que dans l'unité qui fonde *[begründenden]* la totalité, c'est-à-dire le plus haut au-dessus de tout [48]. » Cela veut dire : la pensée métaphysique fonde en deux directions et suivant deux sens : approfondissement de l'étant dans la visée de l'universel, fondation dans un étant dernier qui est principe pour la totalité de l'étant. L'être est dans ce sens toujours abordé comme fondement de l'étant, dans son atteinte comme fond premier (universalité) et dernier (principe). Si nous accentuons cet aspect, où l'être est envisagé dans la perspective du fond qui fonde, alors la métaphysique est onto-théo-logique, où la « logique » est d'abord cette compréhension préalable de l'être comme fondement, qui se présente de manière intriquée comme « approfondissement » suivant l'universel et fondement dernier suivant l'étant suprêmement étant. Dans cette onto-théo-logie, le divin est toujours visé suivant son être-fondement. Il ne s'agit donc pas, dans le moment théologique, d'une rencontre de la métaphysique et du Dieu de la foi, mais d'une contrainte interne du questionnement métaphysique, qui « fait entrer Dieu » en métaphysique suivant ses réquisits propres. Dieu ne peut entrer en philosophie que philosophiquement – mais si Dieu est atteint à partir de l'exigence du fondement dernier, alors son concept métaphysique par excellence, celui-là même qui l'incorpore totalement à la structure même de la métaphysique suivant son exigence de fondement est le concept moderne de *causa sui*.

Mais le problème demeure : décrire une structure n'est pas encore trouver le fondement de la possibilité d'une essence. Ce qui manque à la structure, c'est son unité. Nous avons dit précédemment que cette unité de l'essence de la métaphysique, à elle-même dissimulée, reposait dans la différence ontologique. Comment ? La conférence pense la différence comme *Austrag*, différence portant l'un à l'autre l'être et l'étant, pense l'être et l'étant à partir de cette portée de l'un à l'autre qui les donne l'un et l'autre. Répétons-nous : *Austrag* dit la portée de ce qui constitue l'entre-deux de l'être et de l'étant. Heidegger pense cet entre-deux qui supporte tout comme le jeu qui amène l'être, dans une formulation audacieuse, à « être » l'étant, où être doit être compris de manière transitive. L'être se déploie en se portant à l'étant, en lui donnant lieu d'être. L'être : donnant lieu à l'étant. Réciproquement, l'étant est pour autant qu'il arrive en ce lieu, se manifeste, entre dans le décèlement. La survenue *[Überkommnis]* de l'être : l'ad-venue *[Ankunft]* de l'étant. Lisons : « L'être se montre comme la survenue décelante. L'étant comme tel apparaît comme venue s'abritant dans le décèlement [49]. » Comment ce pur jeu de la différence comme *Austrag* peut-il nous aider à penser l'unité essentielle de la métaphysique, comment la métaphysique prend-elle son origine, à elle-même impensée, dans la différence ainsi pensée ?

Heidegger écrit : « Pour permettre d'apercevoir cela, nous considérons l'être, et en lui la différence et en celle-ci la différence qui porte *[Austrag]* à partir de cette empreinte de l'être, à partir de laquelle l'être comme *Logos*, comme le fond, s'est éclairci. L'être se montre dans la survenue décelante comme laissant s'étendre l'advenant, comme ce qui fonde dans les modes multiples de l'apport et de la mise en avant *[des Her- und Vorbringens]*. L'étant comme tel, l'advenant s'abritant dans le décèlement est le fondé, qui, comme fondé, c'est-à-dire comme effectué, fonde à sa manière, c'est-à-dire effectue, c'est-à-dire cause originairement *[verursacht]*. La différence qui porte ce qui fonde et le fondé ne tient pas les deux seulement l'un à l'écart de l'autre, elle les tient l'un tourné vers l'autre *[im Zueinander]*. Ils sont tenus à l'écart l'un de l'autre, et par là croisés *[verspannt]* dans la différence qui porte, de telle sorte que l'étant, de son côté et à sa manière, fonde l'être, il le cause. L'étant ne peut avoir cette puissance qu'en tant qu'il "est" l'être au sens plein : comme le plus étant [50]. »

Autrement dit, la différence qui porte est la condition même de l'espace de jeu de l'onto-théologie : c'est seulement dans leur rapport à partir de la différence, que l'être comme fond peut fonder l'étant, qui, à son tour, apparaissant à partir du fond, comme exigence de fondement, « fonde » au sens de la cause, de l'effectuation. La différence qui porte est l'ouverture de l'espace de jeu de l'être comme fondement – en tant que telle, elle ouvre carrière à la métaphysique, à l'onto-théo-logie. Mais précisément, cette provenance de l'unité de son essence, c'est ce que la métaphysique, elle-même, ne pense pas. La métaphysique ne pense pas la différence, l'a toujours déjà oubliée au profit de sa tâche de fondation, qui est fermeture à la différence. Et il ne s'agit donc plus, ici, de « fonder » dans une instance antérieure la métaphysique. Pourquoi ? Parce que la différence comme *Austrag* est précisément ce qui permet le jeu du fondement : elle laisse être l'être comme fondement. Elle délivre l'être – comme fond. Elle possibilise cette équivalence : être veut dire fondement. « Remonter » à la différence, cela ne se peut plus selon une démarche de fondation, mais cela permet de poser la question de l'être-fondement, à partir de la différence, qui s'exhausse elle-même du fondement. Penser l'essence de la métaphysique est penser l'exigence du fondement du côté d'une pensée dont l'exigence n'est plus celle de fonder.

III. Métaphysique et histoire de l'être

Dans ce qui précède, nous avons parlé de « la métaphysique ». La métaphysique est ontothéologie. Mais « la métaphysique » signifie aussi l'unité d'une histoire. Qu'est-ce que cela veut dire ? La métaphysique est oubli de la différence, c'est-à-dire de l'être comme différent de l'étant, et ceci au profit de la fondation de l'étant. Mais cette fondation elle-même s'effectue à chaque fois sous un envoi déterminé, l'unité de ces envois formant l'histoire même de la métaphysique. Cette histoire est l'histoire de l'être, comme histoire s'accentuant de l'oubli de l'être. La métaphysique vue à partir de l'histoire de l'être est cette histoire dans laquelle il n'est pas question de l'être lui-même, au profit de « frappes » déterminées de l'être qui, à chaque fois, délivrent l'espace d'apparition de l'étant, son régime général de visibilité. L'être est pensé comme « idée » par Platon, comme « *energeia* » par Aristote, comme « acte pur » par Thomas, etc., jusqu'à ces penseurs terminaux de la métaphysique que sont Hegel et Nietzsche.

A vrai dire, on se prendrait vite à « raconter » l'histoire de la philosophie selon Heidegger, à raconter l'histoire de l'être, grande fresque d'Anaximandre à Nietzsche. Et par-fois, Heidegger la présente exotériquement de cette façon : le texte de 1941, intitulé « La métaphysique comme histoire de l'être », commence par ces mots : « On pourrait saisir ce qui va suivre comme une relation histo-risante *[einem historischen Bericht]* de l'histoire du concept d'être.

« L'essentiel serait par là manqué [51]. »

Nous voulons donc éviter de produire, une de plus, une « relation historisante du concept d'être ». D'une part, dans le cadre limité de ce livre, il n'est pas question de reprendre pas à pas la discussion obstinée de Heidegger avec les penseurs de la métaphysique, voire avec cette aurore de la philosophie qu'est la pensée pré-platoni-cienne. Nous n'aboutirions qu'à un résumé sec et dogma-tique, bien loin du dialogue vivant et continuellement recommencé qu'est l'herméneutique de la tradition par Heidegger. Ce dialogue, il faut à chaque fois s'y engager soi-même, à partir des œuvres en cause. Mais, d'autre part, cette « histoire », par l'intermédiaire des cours de Heidegger, qui sont pour la plupart une lecture aventurée de la tradition philosophique comme cette histoire para-doxale de l'être s'oubliant, fait souvent partie, aujour-d'hui, du « bien connu », et est à ce titre rangée à côté d'autres « histoires de la philosophie », quand elle ne sert pas de point de départ indiscuté et indiscutable à bien des travaux d'histoire de la philosophie, ou, pire, à une défi-nition dogmatique et facile de cette histoire. Or, il ne s'agit pas, avec la métaphysique comme histoire de l'être, d'une « conception de l'histoire de la philosophie », ni non plus de travaux d'« histoire de la philosophie », quelle que soit la manière dont on comprend cette noble discipline – mais de tout autre chose. Quoi ? Tout simple-ment, d'une conception de l'histoire de l'« Occident », purement et simplement. Comment cela ? Par « métaphy-sique », on l'a compris, il ne faut pas entendre la disci-pline de la philosophie qui s'est un jour constituée comme telle, mais la philosophie elle-même en son fond portant. Mais à son tour, la philosophie comme métaphy-sique est comprise par Heidegger comme oubli de l'être. Cet oubli fait histoire : comme les différentes manières dont l'être s'éclaircit et se retire pour fonder l'étant. C'est-à-dire les époques de l'histoire de l'Europe, considérées à chaque fois comme une certaine manifesteté de l'étant à partir d'un destin de l'être dont les hommes historiques ont à chaque fois à répondre, à partir duquel ils sont ce qu'ils sont, dans leurs rapports à eux-mêmes, aux autres et aux choses. Mais comme cette histoire est aussi retrait de l'être, mieux, retrait de ce retrait, histoire où il n'est pas question, vraiment question, de l'être lui-même, elle est aussi histoire du nihilisme. L'histoire de la métaphysique comme histoire de l'être s'oubliant est le fond décisif de l'histoire. La thèse, on le sait bien, est énorme. Mais à vrai dire, si on n'en reconstitue pas ainsi le vrai sens, alors la compréhension de l'histoire de la philosophie comme histoire de l'être devient un vain jeu d'érudit. Il s'agit donc, dans cette histoire, de « nous-mêmes », de la question présente, orientée par l'à-venir, d'une possible correspondance à l'être : l'interprétation des penseurs de la tradition doit toujours se comprendre à partir de la question du sens de l'être telle qu'elle met en balance la possibilité d'une histoire à-venir. On se contentera donc ici de quelques notations brèves concernant cette histoire, reprenant la question dans le chapitre suivant à partir de l'*Ereignis*.

La notion d'une histoire de l'être est absente d'*Etre et Temps*. Ce qui y est présent, c'est la tâche d'une destruction de l'histoire de l'ontologie. Comme nous l'avons vu, cette destruction vise à défaire la tradition philosophique, la dé-construire, pour la ramener à l'interprétation grecque de l'être, qui la soutient dans son ensemble. Mais ce « retour » aux Grecs n'est pas un retour antiquaire aux anciens, mais un retour aux expériences originaires d'où provient la pensée de l'être comme présence constante, détermination inquestionnée de l'être par le temps, qu'il s'agit, dans la répétition, de questionner à nouveaux frais. Ce dont il s'agit, c'est, questionnant l'être dans l'horizon du temps, de questionner comme les Grecs ne l'ont pas fait, et, ainsi, de les mettre en question. Mais alors, ce qui reste énigmatique, dans *Etre et Temps,* c'est bien pourquoi la question de l'être, posée une fois dans un jour incertain, n'a vécu, dès l'origine, que dans la somnolence. *Etre et Temps* est « révolutionnaire » jusque dans sa reprise du passé – mais dans ce cas, pourquoi donc l'ancien régime dura-t-il si longtemps ? On l'a déjà remarqué, la réponse, dans *Etre et Temps,* qui excipe de la déchéance du Dasein, et de la tendance à interpréter l'être à partir de cette déchéance, revient à faire à l'ensemble de la tradition philosophique un procès assez curieux en... « inauthenticité ». C'est à partir du « tournant » dans la pensée de Heidegger, dont il sera question au chapitre suivant, que se met en place la notion d'une histoire de l'être. Disons, à partir d'*Etre et Temps* : si *Etre et Temps* est le réveil d'une question enfouie, il devient alors urgent de comprendre le « sommeil » qui précède, et qui permet de penser le réveil comme réveil de ce sommeil. Ou encore : si *Etre et Temps* part de l'expérience que de l'être il n'est pas question, et cela dès ses premières lignes, alors il devient urgent de se demander si cet oubli ne fait pas partie de la chose à penser, et comment, c'est-à-dire comment un oubli peut bien faire histoire. Dans *Etre et Temps,* l'histoire est abordée à partir de l'historicité du Dasein – il s'agit maintenant, accentuant la facticité du Dasein, de penser de façon élémentaire cette historicité comme ouverture à une histoire qui la détermine.

L'histoire de l'être est toujours, solidairement : une façon, pour l'être, de fonder la manifesteté de l'étant, et donc de se retirer, une façon, pour la vérité, de se déployer, et donc de se retirer, une façon, pour l'homme, de participer de cette donation d'être au profit de l'étant dans la vérité, et, donc, de se comprendre lui-même. L'histoire de l'être est l'histoire de la vérité et l'histoire du rapport à soi et aux choses de l'homme qui, en répondant, y trouve une consistance. A chaque fois, une époque de l'histoire de l'être entremêle ces traits décisifs. Le fond de cette histoire se détermine dans la compréhension de l'être comme présence. Présence, *Anwesen*, s'entend comme détermination de l'étant comme présent constant, perdurance dans la présence. L'« être comme présence », dans sa signification métaphysique, veut dire autant, en rapport à l'étant, que la perdurance constante – et n'est pas interrogé dans sa dimension temporelle plus originaire. Les époques de l'histoire de l'être, abstraction faite de leurs complexités propres, sont autant de figures de la présence, où l'être à la fois se donne et se retire. L'articulation centrale de cette histoire est son tournant moderne : l'être se donne premièrement dans et comme subjectivité, *cogito*. Penser l'âge de la subjectivité à partir de l'histoire de l'être veut dire : comprendre, comment, premièrement, dans l'auto-assurance de soi du sujet, se conserve à la fois le sens de l'être comme présence constante, s'opère en quelque sorte un transit du sens grec de l'être sur le terrain de la subjectivité ; deuxièmement, comment se destine une figure de la vérité, la vérité comme adéquation se déterminant maintenant comme certitude ; troisièmement, comment se destine une figure de l'homme se comprenant maintenant comme auto-assurance de soi du sujet représentant – et se représentant tout autre étant comme objet. L'âge de la subjectivité est l'âge de l'objectivité. L'installation absolue, c'est-à-dire auto-avérée de manière radicalement immanente, du règne de l'être comme subjectivité-objectivité est en quelque sorte le rythme fondamental des temps modernes, et s'accomplit radicalement dans la pensée hégélienne et dans la pensée nietzschéenne, toutes deux comprises comme les deux fins de la métaphysique. Pourquoi « fins » ? Dans la pensée hégélienne, se fait jour – le jour de la présence – l'absolutisation de la présence comme subjectivité absolue. Dans la pensée nietzschéenne, se fait jour le réquisit de se rendre maître absolument de l'étant, comme volonté de puissance se voulant elle-même dans le retour éternel. La fin de la métaphysique se comprend comme son accomplissement : les possibilités de l'être comme présence constante sont portées à leur achèvement absolu. Ce qui veut dire deux choses : d'une part, l'oubli de l'être se fait en quelque sorte total, et c'est depuis cet oubli s'achevant qu'est possible une récapitulation de l'histoire de la métaphysique dans son intégralité, étant posé que cette récapitulation n'a de sens qu'à partir d'une anamnèse de l'être dans sa différence d'avec l'étant comme l'oublié de cette histoire s'achevant ; d'autre part, l'achèvement de la métaphysique veut dire que le règne absolu de l'être comme présence constante se « réalise » comme maîtrise technique de la terre.

On a bien conscience de ce que ce « résumé » sec et
déconcertant a de dogmatique et d'insuffisant. Aussi
bien, il ne prendra vie, et ne quittera, nous l'espérons, son
aspect « dogmatique » que dans l'ensemble des chapitres
qui suivent.

*

Notes

1. La première phrase de *Etre et Temps* (002) fait allusion à un
livre de P. Wurst, dont nous avouons tout ignorer, *La Résurrec-
tion de la métaphysique*.

2. KPM (GA 3), 4e section, C, p. 231-246, trad. fr. p. 287-302.

3. EM, p. 32, trad. fr. p. 52-53.

4. W, p. 120, trad. fr. in *Questions I*, p. 71. On se reportera aussi
à la traduction de R. Munier dans les *Cahiers de l'Herne* consacrés à Heidegger, p. 47-56. Signalons une étrange bévue dans
cette traduction, par ailleurs très estimable : le « *einem* » de la
p. 51 n'est pas un « nous », mais bien un « un » (singulier, isolé).

5. W, p. 105, trad. fr. p. 50.

6. W, p. 106, trad. fr. p. 51.

7. W, p. 108, trad. fr. p. 55.

8. SuZ, p. 137.

9. W, p. 109-110, trad. fr. p. 56.

10. W, p. 113-114, trad. fr. p. 61-62.

11. W, p. 114, trad. fr. p. 62.

12. W, p. 117, trad. fr. p. 67.

13. W, p. 119, trad. fr. p. 69.

14. W, p. 121, trad. fr. p. 72.

15. W, p. 377, trad. fr. p. 45.

16. *Idem.*

17. L'interprétation heideggerienne de Kant se donne dans *Kant
et le Problème de la métaphysique,* mais cette interprétation est
d'abord esquissée dans le cours de 1925-1926, *Logique. La question de la vérité* (GA 21), et déployée dans le cours de 1927-1928,
*Lecture phénoménologique de la « Critique de la raison pure » de
Kant* (GA 27). Le cours de 1930, *De l'essence de la liberté
humaine. Introduction à la philosophie* (GA 31), aborde la question de la liberté pratique, le cours de 1935-1936, *Qu'est-ce
qu'une chose ?*, fournit une lecture de l'analytique des principes.
Le texte de 1961, « La thèse de Kant sur l'être », fournit un dernier aperçu de la lecture heideggerienne de Kant, reprenant le problème de « La thèse kantienne : l'être n'est pas un prédicat réel »,

abordé en 1927 dans *Les Problèmes fondamentaux de la phéno-ménologie.*

18. GA 29-30, p. 63-69, trad. fr. p. 72-77.

19. GA 29-30, p. 69, trad. fr. p. 77.

20. KPM (GA 3), p. 7, trad. fr. p. 67.

21. KPM, p. 7, trad. fr. p. 67.

22. KPM, p. 8, trad. fr. p. 68.

23. Dans le premier paragraphe de *Kant et le Problème de la métaphysique,* Heidegger procède à grands traits. Il reviendra finalement assez peu, dans la suite de son parcours, sur la formation du concept scolaire de métaphysique, se contentant de marquer des jalons pour une investigation, signalant par exemple l'importance de Suarez, à la charnière de la modernité (cf. J.F. Courtine, *Suarez et le Système de la métaphysique*). C'est que le concept scolaire, qu'il s'agit de « détruire », ne saurait être relevant pour fonder la métaphysique : la métaphysique comme *problème* précède la métaphysique comme *système.*

24. KPM, p. 8, trad. fr. p. 68.

25. Voir sur ce sujet J.F. Courtine, *Suarez et le Système de la métaphysique,* Paris, PUF, 1990, p. 405-457.

26. KPM, p. 9, trad. fr. p. 69.

27. KPM, p. 214, trad. fr. p. 271.

28. KPM, p. 222-226, trad. fr. p. 278-282.

29. KPM, p. 226-231, trad. fr. p. 282-286.

30. KPM, p. 228, trad. fr. p. 284.

31. *Idem.*

32. KPM, p. 229, trad. fr. p. 285.

33. *Idem.*

34. KPM, p. 242, trad. fr. p. 298.

35. W, p. 123.

36. W, p. 130, trad. fr. in *Questions I*, p. 96.

37. W, p. 132, trad. fr. p. 100.

38. W, p. 132-133, trad. fr. p. 100-101.

39. GPh, p. 454, trad. fr. p. 382-383.

40. GPh, p. 453, trad. fr. p. 382.

41. N.II (GA 6-*2*), p. 217, trad. fr. p. 193.

42. N.II, p. 187, trad. fr. p. 167-168.

43. N.II, p. 186, trad. fr. p. 167.

44. *Questions I*, p. 256, la note du traducteur renvoie au texte du *Nietzsche II* que nous venons de citer.

45. N.II, p. 186, trad. fr. p. 167.

46. N.II, p. 216-217, trad. fr. p. 192.

47. ID, p. 40, trad. fr. in *Questions I*, p. 284-285.

48. ID, p. 49, trad. fr. p. 292.

49. ID, p. 56, trad. fr. p. 299.

50. ID, p. 60-61, trad. fr. p. 303.

51. N.II, p. 353, trad. fr. p. 321.

CHAPITRE IV

Le tournant :
de la question du sens de l'être
à la pensée de l'*Ereignis*

Dans notre troisième chapitre, nous avons en quelque sorte profité de l'élan de *Etre et Temps,* qui se poursuivait dans les textes de 1929 comme une certaine réappropriation de la métaphysique. Mais cette réappropriation tourne vite court : il ne s'agit plus alors de penser métaphysiquement, mais de penser l'essence de la métaphysique. La pensée devient de plus en plus « historique », tourne, et le projet d'une ontologie fondamentale à partir de laquelle seule pourrait se développer une ontologie, le projet de faire, suivant une expression kantienne, « la métaphysique de la métaphysique » est laissé à lui-même au profit d'une énigmatique « histoire de l'être », que nous avons tout au plus « décrite » dans ses structures les plus manifestes. Il nous faut donc maintenant, gardant tout cela en tête, le penser plus rigoureusement : nous interroger sur le tournant dans la pensée de Heidegger. Et pour cela, reprendre à partir de *Etre et Temps,* que nous avions semblé laisser en plan. Où le reprendre ? Précisément là où il nous laisse lui-même en plan : à partir de son inachèvement.

Car *Etre et Temps* est inachevé. L'ontologie fondamentale, s'accomplissant comme analytique existentiale, devait ouvrir sur la détermination du sens de l'être – ayant montré que l'être du Dasein n'avait de sens qu'à partir de sa temporalité, il fallait ensuite montrer que l'horizon même de toute compréhension d'être s'accomplissait dans une perspective « temporale », montrer que l'horizon même, c'est-à-dire le sens de l'être, était la Temporalité. L'analytique de la temporalité *[Zeitlichkeit]* du Dasein devait ouvrir sur une monstration phénoménologique de la Temporalité *[Temporalität]* – que nous distinguerons en français par une majuscule – de l'être même. Pourtant, la troisième section de la première partie de *Etre et Temps* ne vit pas le jour. F.-W. von Hermann, dans sa postface à l'édition de *Etre et Temps*, dit tenir de Heidegger que celui-ci brûla cette section peu après l'avoir écrite[1], mais F. de Towarnicki se souvient que Heidegger lui présenta le manuscrit de cette section[2] : légendes autour d'un texte absent. Pourtant, cette troisième section était bien ce pour quoi tout l'ouvrage était écrit. Dans la *Lettre sur l'Humanisme*, Heidegger écrit : « C'est en ce point [la troisième section de la première partie de *Etre et Temps*] que tout se renverse *[Hier kehrt sich das Ganze um]*. Cette section ne fut pas publiée, parce que la pensée ne parvint pas à exprimer de manière suffisante ce tournant *[diese Khere]* et n'en vint pas à bout avec l'aide de la langue de la métaphysique[3]. » Il faut donc d'abord s'interroger sur cet inachèvement de *Etre et Temps,* qui ne développe pas ce vers quoi il était tout entier tendu, qui ne réussit pas à mener à bien un « tournant » que Heidegger, rétrospectivement, lui donne pour finalité ultime.

Inachèvement n'est pas échec, ou plutôt impasse, et le « tournant » en question doit aussi être compris comme un lacet de sentier de montagne, où la direction ne s'inverse que pour mieux parvenir au sommet en épousant le terrain. La pensée de Heidegger, après avoir en quelque sorte parcouru en tous sens le terrain de la question de *Etre et Temps,* dans les cours de la fin des années 20, effectua un « tournant » décisif, trouva en quelque sorte l'issue qui lui permette de tenir sa promesse. *« Kehre »,* tournant, c'est ainsi que Heidegger dénommera le mouvement le plus profond de sa pensée, qui le conduit de *Etre et Temps* à sa pensée ultérieure : la pensée de l'*Ereignis.* On ne comprendra pas les choses trop simplement, au sens d'une simple volte-face chronologiquement assignable dans la pensée, puisque la citation précédente de la *Lettre sur l'Humanisme* situe précisément le but de *Etre et Temps* dans la nécessité d'effectuer un certain « tournant » dans la pensée de l'être. Tout ici est « complexe », et ne se laisse pas enfermer dans une « chronologie » de la pensée de Heidegger : dès le cours de 1928, *Les Fondements initiaux métaphysiques de la logique à partir de Leibniz,* Heidegger, dans un appendice du cours décrivant l'idée et la fonction de l'ontologie fondamentale, et la comprenant dans l'unité de ses deux moments, l'interprétation du Dasein comme temporalité et le déploiement de la problématique temporale de l'être, assignait à un troisième moment d'accomplir un tournant (*Kehre,* mais aussi *Umschlag*), le comprenant à la fois comme l'auto-interprétation critique de la problématique ontologique et son retour à une « ontique métaphysique », sous la forme d'une étrange « méta-ontologie [4] ». Hapax, dira-t-on. Certes – mais qui montre au moins de quelle façon le projet de la constitution d'une ontologie appelle dès *Etre et Temps* l'horizon d'un « tournant » où ce projet se met en question. Quoi qu'il en soit, le témoin de ce tournant, non plus seulement projeté mais bien « réalisé », et qui est donc aussi un gigantesque débat avec le projet de *Etre et Temps* et son ultime dépendance des perspectives ontologiques de la tradition, est lisible dans le texte de 1936-1938, composé de 281 textes organisés en 8 parties, intitulé *Contributions à la philosophie (De l'événement appropriant) [Beiträge zur Philosophie (Vom Ereignis)],* publié en 1989, texte tout hérissé d'un combat presque parfois désespéré avec la langue, abrupt et sibyllin, écrit au fil d'une auto-méditation, cent fois remis sur le métier, et dont il nous faudra aborder, modestement, quelques perspectives décisives. La question du sens de l'être, s'y dégageant de la pensée héritée, y trouve sa propre langue, et s'y renverse en la pensée de l'*Ereignis* : c'est ce renversement, appelé par ce qui est à penser, métamorphose de la pensée pour correspondre à ce dont elle a à répondre qu'il nous faudra prendre en compte. Comprendre ce que le tournant de la pensée de Heidegger veut dire, c'est suivre le chemin qui va « de l'être à l'*Ereignis* ».

L'écueil, pour comprendre ce chemin, est de le comprendre trop simplement, comme si un vocable en remplaçait un autre. Mais non : d'une part, c'est pour rester fidèle à sa question initiale que se produit cette métamorphose de la pensée, qui n'est pas la succession d'une doctrine, ou d'une « position théorique » à une autre, mais bien l'endurance dans ce qui est originairement à penser, la patience dans la réponse à ce qui se montre à la pensée de l'être ; d'autre part, on se fourvoierait à chercher une « raison » ou une difficulté doctrinale particulière motivant le « tournant » : si la pensée de Heidegger « tourne », d'une certaine manière, c'est en chacun de ses points, de telle sorte que ce qui était d'abord conquis au fil de la question initiale se trouve « conservé », métamorphosé, dans la nouvelle pensée. Pour le dire autrement, à partir de ce qui est le plus extérieur : la succession d'un Heidegger I à un Heidegger II, pour reprendre la caractérisation que proposait à Heidegger de son parcours son commentateur Richardson[5], n'est pas à comprendre comme la succession d'un Heidegger « historique », pensant l'être à la lueur de son histoire métaphysique qui est l'histoire de son oubli, à un Heidegger « subjectif », pensant l'être à partir du Dasein. Le Dasein est rapport à l'être, de même que l'être « est » dans son rapport au Dasein. Ce rapport, comme la singularité même à penser, suivant la richesse constitutive de sa structure et de son histoire, est précisément ce qui entraîne le tournant, renversement du rapport. Ce qui veut dire aussi que nous ne nous astreindrons pas à une impossible exhaustivité pour le présenter : les « entrées » pour le comprendre sont multiples, et il nous arrivera d'en préférer certaines à d'autres. Ce qui correspond, croyons-nous, à l'extraordinaire pluri-dimensionnalité et plasticité de la pensée de Heidegger, dans ses mouvements même les plus décisifs. Si le texte des *Contributions à la philosophie...* donne parfois le vertige, c'est aussi parce qu'il se plie à cette pluri-dimensionnalité, n'élude jamais la difficulté de son difficile cheminement entre la profusion de ce qui se propose à penser, à recommencer, et la simplicité de sa Chose, et, aussi, la difficulté à la dégager de la tradition.

Il reste que la troisième section de *Etre et Temps*, brûlée ou précieusement conservée dans une malicieuse archive, fut bien « réalisée » : dans la conférence de 1962, « Temps et Etre », éclairée par un séminaire, et publiée dans l'ouvrage *Zur Sache des Denkens*. Sans doute la pensée de Heidegger trouve-t-elle là le maximum de son incroyable concentration. Nous terminerons donc ce chapitre par quelques indications concernant ce texte, grandiose récapitulation qui s'essaie de manière ultime à retenir tous les fils d'une pensée initiée par *Etre et Temps* et se renversant en « Temps et Etre ».

Une précision encore, avant de vraiment commencer ce chapitre. On ne se cache pas ce qu'a de difficile, d'escarpé et de désorientant la « pensée de l'*Ereignis* ». A prendre les choses de l'extérieur, on en viendrait vite à penser qu'il y a là surenchère verbale, une sorte de « montée » spéculative semblable à certains édifices néoplatoniciens, d'autant plus splendides qu'ils ne nous disent en vérité plus rien du tout. C'est pourtant une apparence, qui tient essentiellement, nous semble-t-il, à deux raisons principales. D'une part, une difficulté essentielle de langage, à laquelle Heidegger a dû se confronter durement : la pensée de l'*Ereignis*, débordant de toute part l'ontologie héritée, ne peut plus se dire dans le langage de cette ontologie, dans une grammaire elle-même clichée sur un certain sens de l'être. La difficulté était déjà patente pour *Etre et Temps*. Elle devient cruciale ultérieurement, et il s'agit moins d'un problème de « vocabulaire » que d'un problème de « syntaxe ». Si en effet l'énoncé apporte avec lui une perspective ontologique, qui est celle de l'être-sous-la-main, il ne saurait suffire à « dire » l'*Ereignis*. Le « dire de l'*Ereignis* » suppose donc un tout autre « usage » du langage que l'énoncé propositionnel, un tout autre ordonnancement de la langue à sa « Chose », à la question dont elle répond, et impose une nouvelle pensée de la langue. D'autre part, l'*Ereignis* est bien, d'une certaine façon, le domaine proprement post-métaphysique de la pensée de Heidegger : caractère inouï de cette pensée, qui demande un « saut » qui nous emporte loin des terres connues. Accompagner ce saut, tenter de penser à la suite vaut d'être tenté. On ne proposera donc ici que des considérations « introductives », au sens le plus plein, ou le plus pauvre, suivant l'avis du lecteur, du terme : montrer comment on peut au moins aborder la Chose en question. Sans doute pouvons-nous aussi le justifier autrement qu'en alléguant la difficulté de la tâche : les prochains chapitres proposeront, sous forme « thématique », des aperçus concrets sur la pluralité de phénomènes qui se déploient sous le nom d'*Ereignis*. Nouer ensuite tous les fils sans pour autant les ramener à un principe unitaire dont ils découleraient sera la tâche du lecteur. C'est aussi la tâche propre d'une pensée post-métaphysique, et ce en quoi elle répond encore, ultimement et de manière implicite, à un impératif « phénoménologique », que d'inventer une pensée qui réponde de la pluralité des phénomènes et de leur co-appartenance sans les ramener à un principe ultime.

I. Sur l'inachèvement de *Etre et Temps* : temporalité du Dasein et Temporalité de l'être

Que sait-on lorsqu'on referme la dernière page de *Etre et Temps* ? A vrai dire, beaucoup de choses : l'être du Dasein est le souci, dont le sens d'être est la temporalité. L'être du Dasein n'est donc pas l'être-sous-la-main, ni non plus l'être-à-portée-de-la-main, qui ne sont possibles, à leur tour, que sur le fondement de la temporalité du Dasein, qui possibilise l'unité de l'être-au-monde. La temporalité propre, elle-même, ne se donne que comme résolution devançante, où le Dasein advient à lui-même historiquement en propre… On pourrait allonger la liste. Mais le risque est de proposer tout cela comme autant d'« acquis », alors qu'il ne s'agit que de *membra disjecta* tant que l'analytique de l'existence n'est pas reprise explicitement comme fondation de la réponse à la question du sens de l'être. Le Dasein est, essentiellement, cet étant qui comprend l'être, ce qui veut dire, au moins, l'existence, l'être-sous-la main, l'être-à-portée-de-la-main, cette compréhension s'effectuant du point de vue de l'être-au-monde. Son être ayant été éclairci jusqu'à la temporalité qui le rend possible, et qui, donc, rend possible toute compréhension de l'être lui-même, il reste alors à proposer la « construction » d'une « ontologie » proprement dite, qui permettra aussi de répondre à la question de l'unité/multiplicité des sens de l'être, à partir de la temporalité du Dasein. Mais comment ? Comment « passe-t-on » de la temporalité du Dasein – à la Temporalité de l'être même ? Que signifie ce passage ? Le mot même de « passage » est-

il conciliable avec celui de « fondement » ? En quoi l'analytique existentiale est-elle le fondement de l'ontologie ?
Comment l'est-elle temporellement ? *Etre et Temps* s'interrompt sur cette question : « Un chemin conduit-il du
temps originaire au sens de l'*être* ? Le *temps* lui-même se
manifeste-t-il comme horizon de l'*être*[6] ? » Or, ce chemin
s'arrête, et cette manifestation ne se manifeste pas. Nous
savons donc beaucoup de choses après avoir refermé *Etre
et Temps*, et peu à la fois : l'essentiel est absent, le « sens
de l'être », à partir du « temps », reste indécidé. On voit
en tout cas que la difficulté tient au « rapport » de l'analytique existentiale et de l'ontologie proprement dite. Ce rapport n'est pas que doctrinal ou disciplinaire, il tient à
la chose même : au rapport que soutiennent l'être et le
Dasein, rapport qui est premier, et pas liaison après coup
de deux étants à part l'un de l'autre, qu'on se dépêcherait
de comprendre comme les rapports d'un sujet et de son
objet.

On peut donner une présentation de la difficulté en partant d'une indication que Heidegger donne dans le séminaire consacré à l'élucidation de « Temps et Etre ». Heidegger écrit donc, en 1962 :

« D'après *Etre et Temps*, l'ontologie fondamentale est
l'analytique ontologique du Dasein. "Ainsi, l'ontologie
fondamentale, d'où seulement peuvent jaillir toutes les
autres ontologies, doit-elle être nécessairement cherchée
dans l'analytique existentiale du Dasein." (*Etre et Temps*,
p. 13.) Par là, tout se passe comme si l'ontologie fondamentale était le fondement pour l'ontologie même,
encore absente, mais qui devrait se construire sur ce fondement. Mais s'il en va bien en effet de la question du
sens de l'être, si le sens est projeté, si le projet advient
dans et par le comprendre, si la compréhension de l'être
constitue le trait fondamental du Dasein, alors l'élaboration de l'horizon de compréhension du Dasein est la
condition de toute élaboration de l'ontologie, qui, comme
il semble apparaître, doit être construite sur l'ontologie
fondamentale. »

Or, un peu plus loin, Heidegger reprend : « Mais il n'en
est pas ainsi, bien qu'on ne puisse nier que dans *Etre et
Temps* même cela ne soit pas dit très clairement. *Etre et*

Temps est plutôt en <chemin, par-delà le chemin qui va de la temporalité du Dasein à l'interprétation de l'être comme temporalité, pour trouver un concept de temps, le propre du "temps", d'où "être" provient comme présence. Mais par là il est dit que le fondamental visé dans l'ontologie fondamentale ne supporte aucun construire-sur. Au lieu de cela, une fois éclairci le sens de l'être, l'analytique du Dasein tout entière devait être répétée plus originairement et d'une tout autre manière.

« C'est donc parce que le fondement de l'ontologie fondamentale n'est pas un fondement à partir duquel on puisse construire, n'est pas un *fundamentum inconcussum,* mais bien plutôt un *fundamentum concussum,* et parce que la reprise de l'analytique du Dasein appartient déjà à l'élan de *Etre et Temps,* que le mot de "fondement" contredit le caractère préparatoire de l'analytique et que le titre d'"ontologie fondamentale" fut abandonné[7]. »

Cette longue citation problématise d'une manière claire la contradiction interne qui menace *Etre et Temps,* et qui s'énonce dans l'expression d'« analyse fondamentale préparatoire du Dasein », qui est le titre de la première section d'*Etre et Temps.* Comment une analyse peut-elle à la fois être fondamentale – et préparatoire ? D'une part, certes, cette première section est d'abord répétée par la deuxième, mais l'analyse tout entière reste préparatoire pour la question du sens de l'être, dont elle doit pourtant assurer le fondement – alors même que, parvenue à ce qui est désiré, la réponse à la question du sens de l'être, elle devra être répétée à nouveau à partir de ce point. Comment comprendre, ici, ce que fondement veut dire, alors même qu'il est engagé dans une spirale herméneutique ? On peut essayer de problématiser cette question à partir de multiples « entrées » dans *Etre et Temps.* Nous choisissons de le faire à partir de sa plus grande exposition, qui est aussi son dessein revendiqué : la recherche du sens de l'être comme temps.

En effet, concrètement, notre question peut se formuler comme celle du rapport entre la temporalité *[Zeitichkeit]* du Dasein et la Temporalité *[Temporalität]* de l'être. Le § 5 de *Etre et Temps* avance programmatiquement ceci : « Le Dasein *est* selon une guise telle que, étant, il comprend quelque chose comme l'être. Cette relation étant maintenue, il faut montrer que ce à partir de quoi le Dasein en général comprend et explicite silencieusement quelque chose comme l'être est *le temps*. Celui-ci doit être mis en lumière et originairement conçu comme l'horizon de toute compréhension et explicitation de l'être. Et pour faire apercevoir cela, il est besoin d'une *explication originelle du temps comme horizon de la compréhension de l'être à partir de la temporalité comme être du Dasein qui comprend l'être* [8]. » Ce temps comme horizon de la compréhension de l'être est précisément ce que Heidegger appelle la Temporalité de l'être : « La tâche fondamentale-ontologique de l'interprétation de l'être comme tel inclut donc l'élaboration de *la Temporalité de l'être [der Temporalität des Seins]* [9]. » Résumons : temporalité signifie toujours la temporalité ekstatique du Dasein – Temporalité signifie le temps mis en évidence, sur le fondement de la temporalité ekstatique du Dasein, comme horizon de la compréhension de l'être même, comme sens de l'être. *Cette mise en évidence n'est pas effectuée dans* Etre et Temps, *qui ne réussit pas à dire la Temporalité comme sens même de l'être.* Elle est cependant tentée, du moins partiellement, dans le cours de 1927, *Les Problèmes fondamentaux de la phénoménologie,* cours qui se présente lui-même, dans une note de la première page, comme une « nouvelle élaboration de la troisième section de la première partie de *Etre et Temps* », ce qu'il n'est véritablement que dans sa deuxième partie, plus précisément, même, dans les deux derniers paragraphes de ce cours, qui se clôt bien avant d'avoir réalisé ce qu'il prévoyait. Juste un « échantillon », donc.

Reportons-nous aux *Problèmes fondamentaux de la phénoménologie*. Le § 20 du cours commence par cette phrase : « Il s'agit à présent de montrer que la temporalité est la condition de possibilité de la compréhension de l'être en général, que *c'est à partir du temps que l'être est compris et conçu*. Nous nommons Temporalité la temporalité qui joue ce rôle de condition de possibilité [10]. » Tentons une première approche, pour ressaisir la structuralité même de ce qu'il faut entendre par compréhension de l'être (et cette « structuralité, qui inclut en elle-même une multiplicité co-originaire phénoménale, est précisément ce que la deuxième partie des *Problèmes fondamentaux de la phénoménologie* tente constamment de prendre en vue). Le Dasein est en vue de lui-même, il se comprend en se tenant dans un de ses pouvoir-être. Ce pouvoir-être, il le comprend comme une possibilité d'être-au-monde, avec autrui, pouvoir-être à partir duquel il rencontre l'étant qui est autrement que lui-même, l'outil et le purement sous-la-main. Il se comprend : comme cet existant pour lequel il en va concrètement de son être. Il rencontre l'étant intramondain : comme tel ou tel étant. Dans cette compréhension ontique, à chaque fois est enveloppée une compréhension de l'être : de ce que veut dire l'existence, de ce que veut dire l'ustensilité, l'être-sous-la-main, etc. Etre ouvert à soi et aborder l'étant intramondain, c'est projeter à chaque fois l'étant compris, ouvert ou découvert, à partir de son être, et ceci du point de vue de l'être-au-monde. C'est-à-dire de la transcendance : le Dasein n'est ouvert à lui-même que pour autant qu'il advient temporellement à lui-même, étant proprement en ce sens au-delà de lui-même ; le Dasein n'est auprès de l'étant qu'il n'est pas lui-même que pour autant qu'il est au-delà de l'étant, qu'il a déjà ouvert un monde, pour venir auprès de l'étant à partir du monde. Ce qui possibilise cette riche structure de la transcendance, c'est donc la temporalité. Il n'y a monde que pour un étant, le Dasein, qui se temporalise. La compréhension de l'être est contenue implicitement dans l'être-au-monde. Comment la dégager à son tour ? On peut prendre la question par deux côtés, qui ramènent l'un à l'autre : expliciter la compréhension de l'être, c'est exhiber la temporalité comme condition même de l'être-au-monde, ou encore, si l'on considère que la structure de la compréhension est une structure de projet, il faut se poser la question : si comprendre l'étant, c'est le projeter en direction de son être, comprendre l'être, à son tour, c'est le projeter... vers quoi ? Réponse anticipée à cette deuxième question : la Temporalité. Mais qu'est-ce que cela veut dire ?

Formellement, la question thématique du sens de l'être semble impliquer une stratification de projets. Mais l'image, comme le reconnaît Heidegger [11], est égarante. Il en va bien plutôt d'expliciter l'implicite propre à toute compréhension ontique : l'ouverture ontologique. Et par là de fonder la « science ontologique » elle-même, ce que Heidegger appelle encore, à cette époque, la tâche d'« objectiver » l'être. Quoi qu'il en soit, si « sens » signifie l'horizon d'une compréhension – alors le sens de l'être nous renvoie *epekeinia*, au-delà de l'être. Faisant référence au sixième livre de la *République* de Platon, Heidegger écrit : « ce que nous cherchons, c'est l'*epekeinia tès ousias* [12] ». Cet au-delà, bien sûr, ne doit pas être compris comme un arrière-plan, « autre chose » que l'être, qui n'est pas une chose, mais bien comme l'advenir à soi de l'être-même, son ouverture, le mouvement même de sa compréhensibilité, son événement. Le sens de l'être, c'est l'être même se donnant. Cette donation est : Temporalité. Comment ?

La Temporalité, derechef, ne doit pas être comprise comme un « autre temps », le « temps de l'être », que la temporalité du Dasein. Au contraire : « La Temporalité, c'est la temporalisation la plus originaire de la temporalité *[Zeitlichkeit]* comme telle [13]. » Mais cette temporalisation, Heidegger ne cherche à la mettre en évidence que sur un seul cas : celui de l'être-à-portée-de-la-main. Suivons-le dans cette mise en évidence rien moins qu'évidente. Circonspect, nous avons à faire avec des outils, nous nous y rapportons. Temporellement, nous présentifions l'outil. C'est-à-dire : dans l'unité ek-statique des trois extases de la temporalité, resserrée dans la préoccupation, nous sommes à la fois tendus vers le pour-quoi de l'outil, à partir de cette tension attentive, nous revenons à ce qu'est l'outil, nous le retenons, et à partir de ce jeu, nous avons accès à lui comme présent, précisément le présent de la préoccupation. Mais que veut dire l'outil présent, la présence de l'outil ? Conservant-attentif-présentifiant, le Dasein se temporalise auprès de l'étant intramondain, par là le commerce avec cet étant est rendu possible, par là l'être-à-portée-de-la-main est compris. Nous questionnons maintenant sur la temporalisation du Dasein en tant même qu'elle rend possible cette compréhension de l'être spécifique, qu'elle amène à la présence de l'outil, ou à son absence dans le cas d'un outil manquant. Que veut dire cette « présence » ? Nous avions vu, au chapitre II, que les ekstases de la temporalité n'ouvraient pas sur le vide – mais à chaque fois sur des schèmes configurateurs d'horizons. La présence (et l'absence) qui caractérise l'être-à portée-de-la-main est précisément le schème propre à la temporalisation qui rend possible le commerce avec l'outil. Temporaliser, c'est schématiser – Quoi ? L'être même (ici en tant qu'être-à-portée-de-la-main) de telle sorte qu'ainsi il se donne comme présent, dans l'horizon schématique de ce que Heidegger appelle « *Praesenz* », que nous traduirons avec J.F. Courtine *praesens*. Reprenons : « présent », *Gegenwart,* est le titre formel pour désigner le présent ekstatique du Dasein, qui n'a de sens qu'à jouer dans l'unité de la triplicité ekstatique de la temporalité ; *Augenblick,* instant, est ce présent comme propre, originaire ; *Jetzt* est le maintenant exténué impropre. Et notre énigmatique *Praesenz, praesens* ? Il signifie ce sens de l'être vers lequel la temporalité du Dasein se présentifie, ultime terminus vers lequel s'extasie la présentification. Heidegger écrit :

« La *présentification*, qu'elle soit propre, au sens de l'instant, ou impropre, *projette ce qu'elle présentifie*, ce qui peut éventuellement venir à l'encontre dans et pour un présent, *en direction de quelque chose comme le* praesens. L'ekstase du présent est comme telle la condition de possibilité d'un passage déterminé "au-delà de soi", de la transcendance, du projet orienté sur le *praesens*. En tant que condition de possibilité de l'"'au-delà de soi", elle implique une *esquisse schématique* de *ce vers quoi* se dirige le passage "au-delà de soi". Le *praesens* est ce qui, *à titre d'horizon*, se tient au-delà de l'ekstase comme telle, en fonction de son caractère de transport extatique ; il est déterminé par ce caractère, ou, plus précisément, c'est lui qui détermine *la direction du mouvement de sortie et de passage au-delà*. Le présent se projette ekstatiquement dans soi-même en direction du *praesens*. Le *praesens* n'est pas identique au présent, mais, à titre de *détermination fondamentale du schème horizontal de cette ekstase*, il contribue à la complétude de la structure temporelle du présent. Il en va de même des deux autres ekstases de l'avenir et de l'avoir-été (répétition, oubli, rétention) [14]. »

Est-ce clair ? Il faut bien reconnaître que non. Cela ne tient pas seulement à la difficulté de la chose (aussi difficile qu'un autre « schématisme », celui de Kant, auquel Heidegger se confronte dans les suites du paragraphe), mais d'abord au caractère fragmentaire de l'analyse. Seul le sens temporal de l'être-à-portée-de-la-main est ici déterminé, sans qu'on puisse voir de quelle manière d'autres sens « temporaux » de l'être pourraient être mis en évidence, sans qu'on puisse voir non plus comment pourrait trouver sens une temporalité unitaire de l'être même qui permette de dominer la multiplicité de ses sens temporaux. Mais surtout, le sens même du *praesens* comme schème reste ici indéterminé. Si le *praesens* est schème propre à l'ekstase elle-même, configuration propre de la temporalité du Dasein – alors la Temporalité de l'être est « production » ultime de la temporalité du Dasein, et l'on voit mal comment elle nous ferait « sortir » du Dasein. Certes, le Dasein est originairement cette « sortie de soi » – mais que la sortie temporelle du Dasein l'amène à une « présence » de l'être lui-même semble une pure présupposition formelle. Si, en son fond le plus originaire, la temporalité du Dasein est « mue » par la Temporalité de l'être elle-même, ce mouvement originaire reste inexprimé, et ne semble guère pouvoir l'être dans les termes d'un schématisme. Ce qui veut dire : il faudra peut-être partir, la comprenant autrement, de la Temporalité de l'être, et non plus de la temporalité du Dasein. La comprendre « autrement », ce sera la comprendre comme histoire, irréductible à la temporalité du Dasein, qui, à son tour, ne pourra plus être comprise à partir de la formalité de l'analytique existentiale.

Donnons pour finir une indication de ce qui n'est encore qu'un programme obscur, en nous tenant encore « du côté d'*Etre et Temps* ». Dans le cours de 1930, *De l'essence de la liberté humaine. Introduction à la philosophie*, Heidegger procède à une interprétation de l'*ousia* grecque, pour montrer que le sens grec de l'être, impensé comme tel, est le sens temporel de la présence constante. Il écrit à la suite : « A l'évidence, de la légitimité de cette interprétation tout le reste dépend. Car à supposer que cette interprétation de l'être, *ousia*, comme présence constante ne soit pas pertinente, nous serions privés désormais de tout point d'appui pour développer une connexion problématique entre l'être et le temps, ainsi que la question fondamentale le requiert[15]. » Dramatisation : si l'interprétation de la pensée grecque de l'être comme présence constante s'avérait privée de fondement, toute l'entreprise d'*Etre et Temps,* c'est-à-dire le « et » de *Etre et Temps,* s'effondrerait. Une certaine histoire de l'être, en tout cas, ici, de la philosophie en son fond ontologique grec, ouvert à une nécessaire reprise, semble commander toute l'entreprise de Heidegger. Et pourtant (en 1930 !), non. Car Heidegger va à la ligne, et écrit : « Toutefois, si grande que soit la signification de la métaphysique antique en général et de la métaphysique occidentale postérieure pour notre problème, sa portée ne va quand même pas aussi loin. Supposé en effet que l'interprétation de l'être présentée par nous soit impossible à exécuter pour telle ou telle raison, il n'en resterait pas moins possible d'exposer immédiatement l'orientation affirmée de la compréhension de l'être à partir de notre propre comportement par rapport à l'étant. Aussi, il faut ici le dire, nous ne déployons point la question directrice de la métaphysique en question fondamentale (être et temps) parce que, dans l'Antiquité déjà et par la suite, l'être aurait été compris – quoique tacitement – à partir du temps, mais au contraire parce que, comme on peut le montrer, la compréhension humaine de l'être doit nécessairement comprendre l'être à partir du temps[16]. » Ce texte étonnant et limpide affirme la précellence de l'analytique existentiale sur toute « histoire de l'être » : on peut exposer immédiatement la nécessité de la problématique temporelle de l'être en partant de notre rapport à l'étant, l'analyse ontologique du Dasein, d'une certaine façon, suffit à fonder cette perspective temporelle. Affirmons-le : cette suffisance fondamentale du Dasein deviendra, après le « tournant » dont il va être maintenant question, impossible.

II. *Ereignis*

1. *D'un appel à l'autre*

Heidegger écrit en 1943, dans la postface à la conférence de 1929, *Qu'est-ce que la métaphysique ?* : « La disponibilité à l'angoisse est le oui à l'in-stance *[Inständigkeit]* pour accomplir le plus haut appel, qui ne concerne que l'essence de l'homme. Seul de tous les étants, l'homme éprouve, appelé par la voix de l'être *[angerufen von der Stimme des Seins],* la merveille des merveilles : que l'étant est [17]. » Partant de cette expérience, la pensée est ensuite ainsi caractérisée : « La pensée initiale est l'écho de la faveur de l'être *[der Widerhall der Gunst des Seins],* dans laquelle l'unique *[das Einzige]* se laisse éclaircir *[lichtet]* et advient à lui-même en propre *[sich ereignen]* : que l'étant est [18]. » Que faut-il entendre dans ces textes, par la locution de « voix de l'être » ? En quoi pouvons-nous être appelés par quelque chose comme une « voix de l'être », appel où se jouent notre essence et l'essence de la pensée comme réponse pensante à cet appel ? Cette question nous servira de dernière passerelle pour aller de *Etre et Temps* à la pensée de l'*Ereignis*.

Nous avions vu, dans notre deuxième chapitre, que le Dasein était essentiellement déterminé par un « appel ». L'appel était appel de la conscience, voix silencieuse me retirant du bavardage du On pour m'appeler à être moi-même en propre. Dans l'appel, et dans la « réponse » à l'appel, il en va d'une advenue à la propriété de moi-même. Cette advenue ne signifie pas un isolement égoïque, retrait dans l'intériorité – mais appel à être en propre comme être-au-monde, à me saisir proprement à partir de moi-même, soutenant ma finitude, de tous mes possibles. L'appel de la conscience, dans son renvoi de lui-même au devancement, me donne à être, me redonne le possible. Mais l'appel, avions-nous vu, est appel montant du Dasein lui-même, appel du Dasein se tenant dans l'inquiétante étrangeté, coupé de l'habituel et du rassurant, retiré de ses identifications intramondaines. L'appel de la conscience : appel à être. Etre, pour le Dasein, ne se peut sans ce trait appelant qui approprie à lui-même son avoir-à-être. Soit : mais justement, dans *Etre et Temps,* cet appel à être, silencieux, ne pouvait guère être dit « appel de l'être », ou « voix de l'être » ! D'une certaine manière, c'était encore le Dasein qui se donnait à être proprement ! La vérité de l'existence, l'ouverture du Dasein soutenue comme résolution anticipante : pointe qui donnait à être, vraiment. Dans *Etre et Temps*, l'être était porté par le Dasein. Comment, alors, « passe-t-on » de l'appel de la conscience à la voix de l'être ? Pourquoi peut-on dire que c'est l'« être » qui appelle ? Si nous posons la question de cette façon, en substantialisant les termes en référence réciproque, nous ne pourrons jamais y répondre. La différence, de *Etre et Temps* à la postface de 1943, est une différence d'accent. Le Dasein est bien défini, en son essence, par le rapport à l'être, et cela dès *Etre et Temps*. Essence excentrique du Dasein : il ne peut être compris que suivant le déport de ce rapport. Essence se décelant de l'être : il se donne et se retire à la fois comme ce rapport. Ce rapport, *Etre et Temps* se le donne à penser du point de vue du Dasein. Mais, nous l'avons vu, le Dasein ne peut être le fondement du rapport. Ce qui appelle à être – l'être. Ou encore, comme le dit la *Lettre sur l'Humanisme* : « Comment l'être se rapporte-t-il donc à l'ek-sistence, s'il nous est toutefois permis de poser une telle question ? L'être lui-même est le rapport, en tant qu'il porte à soi l'ek-sistence dans son essence existentiale, c'est-à-dire extatique, et la ramène à soi comme ce qui, au sein de l'étant, est le lieu où réside la vérité de l'être [19]. » Autrement dit, dans cette nouvelle pensée, ce qui est à penser, c'est ce rapport comme rapport de tous les rapports, comme relation où adviennent, temporellement, Dasein et être, dans leur propre, en vérité, dans l'appel et la réponse croisés de l'un à l'autre. L'être ne se donne plus à la pointe de l'ipséité conquise du Dasein, mais le propre du Dasein se trouve à répondre du propre de l'être. Pensée du propre de l'un et l'autre, de l'un par l'autre, qui se donne comme événement essentiel. L'événement de cette appropriation, où l'être de l'homme advient de par l'être, où l'être est gardé en sa vérité : c'est ce que Heidegger, à partir des *Contributions à la philosophie...*, appellera : *Ereignis*.

2. *L'être se déploie comme* Ereignis

Ereignis. C'est un mot, et la tentation est grande de céder à l'unicité du mot pour se contenter de le répéter comme une clef ouvrant toutes les serrures, maître mot. Nous voudrions nous garder de ce danger. Si la « pensée de l'*Ereignis* » dit sans doute le simple, si elle se propose, par un saut, de nous faire parvenir au plus proche de notre séjour, *Ereignis* dit aussi, justement comme « rapport de tous les rapports », un archi-domaine riche d'une pluralité de phénomènes. L'*Ereignis* est le cœur de ce qui est pensé par Heidegger, où mènent et ramènent tous les chemins, comme on le verra dans la suite de ce livre : celui de la pensée de la langue comme dite, celui du litige entre monde et terre, celui du dieu à venir, celui de la différence ontologique pensée comme « *Austrag* », etc. L'enjeu d'une pensée rigoureuse de l'*Ereignis*, qui est le domaine de la pensée de Heidegger, serait de montrer la cohérence profonde qui lie tous ses chemins. L'entreprise est colossale, et nous ne pouvons guère même l'esquisser. On ne pourra donner ici, plus que partout dans ce livre, que quelques pistes introductives fragmentaires.

D'abord – comment traduire ? Assurément, la chose n'est pas simple. Heidegger écrit, en 1957, dans *Identité et Différence* : « Le mot *Ereignis* doit maintenant, pensé à partir de la Chose qu'il montre, parler comme mot directeur au service de la pensée. Pensé ainsi comme mot directeur, il est aussi peu traduisible que le mot directeur grec *logos*, ou que le mot chinois *tao* [20]. » Il faut pourtant bien traduire : employé dans la langue courante allemande, le mot *Ereignis* veut dire événement. Certes, ce sens d'événement est bien présent dans l'usage heideggerien : penser l'être « à partir de l'*Ereignis* », c'est le penser comme radicale événementialité, c'est, d'une certaine façon, penser l'être radicalement à partir du temps. Mais comment penser cette « événementialité » ? Elle n'est pas un fait survenant, mais accomplissement d'une initiale possibilité, antérieure à tout événement ontique, advenue à la propriété. De quoi ? De l'être en sa vérité, du Dasein qui en répond et s'y fonde. L'*Ereignis* comme événement est le venir au propre croisé de l'être et du Dasein. Plus précisément, Heidegger, entend bien cette appropriation dans le mot, mais en faisant dériver le verbe *er-eignen* de la vieille forme *er-aügen*, qui veut dire : « saisir du regard *[erblicken]*, appeler à soi du regard, approprier *[an-eignen]* [21] ». Appropriation dans l'éclair d'un regard. Ressaisissant maladroitement ces sens entrelacés, que la méditation invente, nous proposerons sans originalité : « l'événement appropriant ». C'est dans les *Contributions à la philosophie...* que se fait jour la pensée de l'*Ereignis*, qu'elle s'accomplit d'abord, pour ne devenir publique que bien des années après, d'abord de manière inapparente dans la *Lettre sur l'Humanisme*, puis de manière décidée dans les conférences de 1949. Etrange jeu de l'ésotérique et de l'exotérique.

Les *Contributions à la philosophie* se composent comme une « fugue » de huit morceaux : à partir d'un regard en avant *(Vorblick)*, se déploient un écho *(Anklang)*, un prélude *(Zuspiel)*, qui demande un saut *(der Sprung)*, pensant de façon abyssale la fondation *(die Gründung)*, en vue de ceux qui sont à-venir *(die Zu-künftigen)*, dans l'attente du dernier dieu *(der letzte Gott)*, tout se rassemblant dans une pensée de l'Etre *(das Seyn)* qui n'est plus l'être de la métaphysique, mais se déploie à partir de l'*Ereignis*. L'*Ereignis* est le cœur de cette fugue qui se donne en 281 textes plus ou moins brefs, se répétant et se relançant. Heidegger écrit : « L'être se déploie comme l'*Ereignis [Das Seyn west als das Ereignis]* [22]. » Qu'est-ce que cela veut dire ? L'être est différent de l'étant. Il faut penser l'être sans égard pour l'étant : passer de la pensée de l'être comme être de l'étant, étantité de l'étant dans la perspective de la fondation de l'étant à la pensée de l'être même. Passer de la question directrice (qu'en est-il de l'être de l'étant) à la question fondamentale : celle de l'être même. Mais l'être « même », qu'est-ce que cela veut dire ? L'être n'est pas –

il n'« est » pourtant pas fumée, être de raison. Alors ? Il se déploie : l'étant est pour autant que l'« être » se « déploie » [*west*], s'ouvre. S'ouvrant, il se retire en son ouverture, alors même que l'étant « est », à partir de cette ouverture, qui reste absente pour le regard métaphysique. Autre regard : prendre dans le regard cette ouverture inapparente, qui se retire en elle-même, clairière de l'être, et pas seulement de l'étant. Dans cette ouverture qui se retire – l'être advient en son propre. Pur mouvement, qui donne être. Penser l'être dans le mouvement de son apparaître retiré : dans l'événement de la venue à lui-même : *Ereignis*. *Ereignis* signifie l'être lorsque celui-ci est pensé comme une pure mobilité, un advenir à soi comme décèlement. « Essence » de l'être comme le mouvement de son déploiement, *« Wesung »*, devenir-essentiel. Est-ce à dire que l'*Ereignis* est « le nom heideggerien de l'être », par où il succéderait à la suite des noms de l'être qui se font cortège comme histoire de la métaphysique vue comme histoire de l'être ? Un dernier nom ? Non. Justement : la libre suite des « frappes » de l'être, qui déclinent le sens grec de l'être comme présence, sont autant de déterminations de ce qu'être veut dire qui, du sein de la différence, ne pensent pas cette différence, pour qualifier l'étantité de l'étant. L'événement appropriant ne prend pas la suite.

Ce qui veut dire : il s'agit de passer du premier commencement, l'envoi grec de la détermination de l'être de l'étant comme présence, à un autre commencement. Mais cet autre commencement est la loi impensée du premier : les envois destinaux de l'être, qui configurent l'histoire de la métaphysique, dans la suite des déterminations de l'être, ne sont pensables qu'à partir de l'*Ereignis*, du venir à la propriété de l'être. Comment ? L'histoire métaphysique de l'être est l'histoire de son oubli, de son retrait de plus en plus grand. Le retrait n'est pas oubli contingent des penseurs, inattention fatale. Le retrait appartient à l'être lui-même, en faveur de l'étant. Penser l'être même, c'est le penser, lui qui n'est pas, comme se retirant en lui-même alors qu'il éclaire l'étant. La clairière de l'être, et non de l'étant, est la clairière du s'abriter de l'être. Prendre en garde le retrait de l'être inaperçu par toute la pensée métaphysique, dont c'est pourtant l'élément, c'est entrer dans le domaine d'advenue *à soi* de l'être, le *cœur* de son *histoire*. L'événement appropriant n'est pas un nom de l'être : c'est la réserve de son histoire, et aussi bien la possibilité d'une autre advenue. La réserve archi-ancienne est ici possibilité d'un à-venir. Penser l'être « comme *Ereignis* », c'est penser l'être *à partir de l'Ereignis*, de telle sorte que, comme le dira Heidegger plus tard : « On ne saurait arriver à penser l'*Ereignis* avec les concepts d'être et d'histoire de l'être ; pas d'avantage à l'aide du grec (qu'il s'agit précisément de "dépasser"). Avec l'être, disparaît aussi la différence [23]. » L'*Ereignis* : délivrance à elle-même de la métaphysique comme histoire, remémoration de l'être comme retrait, re-commencement.

Prenons les choses autrement. Heidegger écrit, dans le morceau 168 des *Contributions à la philosophie…* : « Dasein signifie appropriation *[Er-eignung]* dans l'*Ereignis* comme l'essence de l'Etre. Mais c'est seulement à partir du fondement du Da-sein *[auf dem Grunde des Da-seins]* que l'Etre vient à la vérité [24]. » Heidegger écrit Da-sein, et non plus tout uniment Dasein. Pourquoi ? Au Dasein, il revient bien encore d'être le lieu de l'être, le là de l'être. Mais cette dernière expression doit être pensée comme un génitif subjectif. Ce qui est requis du Dasein, ou de l'homme rejoignant son essence, c'est d'être, de tenir ce là qui est celui de l'être lui-même. Le rapport qui constitue le Dasein est un rapport qui n'est tenu qu'à s'ouvrir à l'ouverture de l'être lui-même. Mais cette ouverture est retrait. Y correspondant, le Dasein s'y tient sur le mode de la retenue *[Verhaltenheit]*. Ou encore : le Dasein, disait *Etre et Temps*, comprend l'être. Le comprendre est projet. Mais ce projet est jeté. Tournant : « ce qui » jette est à comprendre maintenant comme l'être lui-même. Ce qui ne veut pas dire que le Dasein est « produit » par l'être. Le moment de la facticité est ici tout aussi radical. Mais il ressort de l'être lui-même. Se rapportant ainsi à l'être, le Dasein ne saurait plus être fondement au sens d'un premier principe : la « fondation » est ici abyssale. L'être vient bien « à la vérité » à partir du Dasein, fondation de la vérité, mais de telle sorte que cette fondation soit réponse du Dasein à une ouverture qui l'appelle. La fondation est ici venir au propre du Dasein lui-même à partir de la correspondance à l'ouverture de l'être. On peut bien dire que « être il n'y a pas » sans l'épreuve qu'en fait le Dasein, se dégageant de l'étant – mais ce rapport n'est pas à penser comme rapport de deux termes à part l'un de l'autre : ce n'est que dans ce rapport que le Dasein vient à lui-même, au propre, alors même que l'être vient au propre. L'ipséité du Dasein est ici pure venue au propre à partir du propre de l'être : *Ereignis*, événement appropriant qui approprie l'un et l'autre, l'un par l'autre.

III. Temps et Etre

Nos indications précédentes, à partir des *Contributions à la philosophie...*, sont bien élémentaires. Aussi proposons-nous pour finir de reprendre la problématique de l'événement appropriant à partir de la conférence « Temps et être », prononcée en 1962 et recueillie dans *Zur Sache des Denkens*, après avoir été d'abord publiée et traduite en français dans le volume d'hommage à J. Beaufret, *L'Endurance de la pensée* [25]. Le recueil *Zur Sache des Denkens* fait suivre la conférence du protocole d'un séminaire qui l'éclaire. La conférence elle-même est précédée d'un prologue qui multiplie les avertissements concernant sa difficulté. En effet : nul texte de Heidegger n'arrive à ce niveau de concentration. On se gardera donc de prendre ce prologue pour une simple précaution oratoire.

1. Etre, présence

La conférence commence par une question, à vrai dire pas nouvelle : « Qu'est-ce qui donne lieu à nommer ensemble être et temps [26] ? » Soit, la philosophie a compris l'être comme présence, qui est bien un « nom du temps ». Mais qu'est-ce que cela veut dire ? Les difficultés, toutes celles que Heidegger a rencontrées sur son chemin, affluent. Certes, toute chose a son temps – mais justement, l'être n'est pas une chose, un étant. Certes, les choses sont dans le temps, temporelles, et le temps qui passe semble pourtant constant dans son passer, et ainsi déterminé par l'être comme présence, mais le temps à son tour n'est pas une chose. Etre et temps : deux non-choses qui semblent aller ensemble : l'être est déterminé par le temps, mais n'est pas une chose temporelle, le temps est déterminé par l'être, mais n'est pas un étant. L'être et le temps sont dans leur détermination réciproques mais non ontiques au moins une question. Non pas des choses *[Dingen]*, mais des Choses-en-question *[Sachen]*, des choses qui font question, des choses qui appellent qu'on en réponde. Etre et temps – ne sont pas. Nous ne pouvons donc pas dire : l'être est, le temps est. Quoi, alors ? Nous pouvons dire – mais le sens de ce dire est d'abord obscur, ne signale qu'une prudence – il y a être, il y a temps, *es gibt Sein, es gibt Zeit*, formations impersonnelles qui évitent au moins de penser être et temps comme des étants. Il y a – cela se dit en allemand, qui possède aussi la tournure « *es ist* », « *es gibt* ». Littéralement, ça donne. Ça donne être, ça donne temps. Nous ne sommes guère avancés. La question est : comment ? Que veulent dire, l'un en rapport à l'autre, être et temps, que « ça donne » ? Que signifie cette donation d'être et de temps, ensemble ? C'est le propos de la conférence de nous le faire entrevoir.

Partons d'abord – de l'être. L'être a été déterminé comme présence. Pourquoi, de quel droit ? A quelle expérience fait-on ici référence ? Réponse de Heidegger : d'une part, « la question vient trop tard ». La détermination de l'être comme présence est un fait, et nous y sommes liés, jusque dans la détermination ultime de la présence comme *Bestand*, fond de la relation technique à l'étant. Mais aussi bien, dans la caractérisation de l'étant qui nous entoure en son être, parlent, qu'il s'agisse de l'être-à-portée-de-la-main ou de l'être-sous-la-main, les modalités de la présence. Par ailleurs, l'être comme présence, cela signifie la richesse en métamorphoses des figures de l'être : son histoire. Soit : ça donne être, comme présence, sous les diverses figures de la présence. Mais que veut dire : ça donne ? Comment l'être se déploie-t-il sous les figures de la présence ? Comment ce déploiement se donne-t-il ? Penser cette donation – c'est ce que veut dire penser le « ça donne ». L'être n'est pas – tenir cette différence de l'être, c'est s'obliger à penser comment, pourtant, il advient. Reprenons : l'être (comme présence) se donne suivant les époques de son histoire sous ses figures métaphysiques. Mais précisément, dans cette histoire, ce qui reste en retrait, ce qui se retire, et reste impensé, c'est – la manière même dont cette histoire à nulle autre pareille a lieu, dont elle se donne. Histoire n'est pas ici ce qui arrive à l'être – mais la manière même, pour lui, d'arriver, d'être donné. Précisément, dans le don d'être comme... (comme *koinonia* des Idées, *energeia*, position, etc.), reste impensé le don comme tel, le ça donne, qui, restant ainsi soustrait détermine à chaque fois une époque de l'histoire. Epoque signifie de quelle manière l'être se prodigue pour l'étant en restant d'autant plus retiré en lui-même. Que veut dire ici donner ? Donner est destiner, envoyer, de telle sorte que le donner lui-même se retire, au profit de ce qu'il donne. L'être comme... est procuré comme être de l'étant, au profit de la fondation de l'étant, alors même que ce don comme tel – comme destin – reste inapparent. Manifester ce destin comme tel, c'est donc répondre de la modalité du donner du « ça donne » : destiner. Etre se donne, être « il y a », à chaque fois comme destin. Il s'agit, pensant ce destin comme tel, d'aller alors au-delà de l'être, non pas dans une « région » sur-éminente, mais dans le mouvement où l'être, destiné, est aussi par là approprié à lui-même : « le propre de l'être n'est rien du genre de l'être *[Das eigentümliche des Seins ist nichts Seinartiges]* [27] ».

Admettons. Néanmoins, toutes les figures destinées de l'être, qui indiquent vers un retrait plus secret, sont des modifications de la présence, de l'être-présence. Comment le penser, à son tour ? Etre veut dire présence. Et présence ? Présence, avons-nous dit, indique le temps, quelque chose du temps. Quoi ? Et quel temps ? Nouvelle question, cette fois : comment « ça donne » temps ? Que veut dire « temps », dans le mouvement même de sa donation, qui l'approprie ainsi à lui-même ? Présence, présenteté *[Anwesen, Anwesenheit]* doivent être distinguées du moment présent. Formellement compris, le « présent » se dit en allemand *Gegenwart*. Mais ce présent peut à son tour se comprendre soit dans l'ampleur de la présence *[Anwesen]*, soit dans le resserrement du présent ponctuel : le maintenant *[Jetzt]*. Et Heidegger écrit : « Seulement, le présent *[Gegenwart]* au sens de la présenteté *[Anwesenheit]* est de si loin distingué du présent *[Gegenwart]* au sens du maintenant *[Jetzt]* qu'en aucune façon le présent comme présenteté ne peut se laisser déterminer à partir du présent comme maintenant. C'est plutôt l'inverse qui semble possible (voir *Etre et Temps*, § 81). S'il en allait ainsi, alors le présent comme présenteté, et tout ce qui appartient à un tel présent, devrait être appelé le temps en propre *[die eigentliche Zeit]*, même s'il n'a plus rien en soi, immédiatement, du temps représenté habituellement comme succession de la suite calculable des maintenants[28]. » Le renvoi au § 81 de *Etre et Temps*, c'est-à-dire au paragraphe traitant de l'intra-temporalité et de la genèse du concept vulgaire de temps, montre qu'entre la présence comme temps propre et le maintenant ponctuel du temps unidimensionnel on doit établir la même hiérarchie du propre au dérivé qu'entre la temporalité originaire du Dasein et le temps comme suite de maintenant. Mais s'il s'agit bien du temps comme originaire – il n'est pas ressaisi ici comme temporalité du Dasein. Comment, alors ?

La présence n'est pas « un nom du temps ». Elle est le temps lui-même, en propre. Comment cela ? Que veut dire *Anwesen* ? pourquoi peut-on penser toute l'ampleur du temps comme *Anwesen* ? *Wesen*, écrit Heidegger, veut dire durer – « *Wesen heisst Wärhen*[29] ». Mais durer, à son tour ? Nous pouvons très bien saisir le durer à partir de la suite des maintenants, comme pur persister *(blosse Dauern)*. Mais nous pouvons aussi le comprendre comme séjourner, venir à un séjour, non pas simplement, pour un étant, se maintenir au fil du temps, mais se déployer, pour la présence elle-même, comme telle. Nous disions plus haut : dans cette pensée du temps, ce qui est évité, c'est de penser le temps à partir du Dasein. Certes – mais le Dasein est pourtant concerné par ce temps, par la présence comme venir en un séjour. Comment ? Heidegger affirme : « La présence [*An-wesen,* le venir à la présence] nous concerne, le présent [*Gegenwart,* ici le présent comme présence] veut dire : séjourner à notre encontre [*uns entgegenweilen,* on pourrait traduire aussi par : venir nous rencontrer], à nous – les hommes [30]. » Nous partons de l'essai de penser le propre du temps – comme présence, sachant que la présence est détermination de l'être. Or, la présence comme temps propre nous concerne essentiellement. Le concernement, ici, veut dire somme toute le rapport de l'être-présence, de l'être déterminé comme présence (que nous essayons de penser), à l'essence de l'homme. Dans le vocabulaire de *Etre et Temps* : nous essayons de penser le rapport au Dasein comme trait de la Temporalité de l'être, en partant de cette dernière. « Temps et Etre » accomplit bel et bien *Etre et Temps.* Cela dit, comment penser notre concernement par le pur temps comme présence ? Heidegger écrit d'abord : « Qui sommes-nous ? Répondant, nous devons rester prudents. Car il se pourrait que ce qui signe *[auszeichnet]* l'homme comme homme se détermine à partir de ce que nous avons ici à méditer : l'homme, celui qui est concerné par la présenteté, celui qui, à partir d'un tel concernement, est présent à sa manière pour tout pré-sent et ab-sent [*der Mensch, der von Anwesenheit Angegangene, der aus solchem Angang selber auf seine weise Anwesende zu allem An- und Abwesenden*] [31]. » Mais, encore une fois, comment ?

Heidegger écrit : « Présenteté veut dire : ce qui constamment, concerne l'homme, qui l'atteint et lui offre séjour. Mais d'où, alors, cette atteinte qui offre, à laquelle le présent comme présence appartient, pour autant que ça donne présenteté ? [*Anwesenheit besagt : das stete, den Menschen angehende, ihn erreichende, ihm gereichte Verweilen. Woher aber nun diese reichende Erreichen, in das Gegenwart als Anwesen gehört, sofern es Anwesenheit gibt ?]* [32]. » Penser la présence à partir de la manière dont elle nous atteint et nous offre séjour, qu'est-ce que cela veut dire ? Nous sommes concernés par ce qui est présent – et le plus souvent, sans égard pour la présence elle-même. Mais aussi par ce qui est absent – et là aussi, le plus souvent, sans égard pour l'absence elle-même. Mais ce qui est absent n'est pas seulement passé. Certes, il n'est plus présent *[nicht-mehr-Gegenwärtige]*, mais vient encore cependant à la présence, nous concerne, comme être-été. L'être-été appartient suivant son mode propre (une certaine absence qui n'est pas rien et qui est « constitutive » de la présence) à la présence, nous concernant : « Dans l'être-été la présence est offerte *[Im Gewesen wird Anwesen gereicht]* [33]. » Mais l'absence nous concerne aussi au sens de ce qui vient sur nous. L'avenir en ce sens est aussi un mode de la présence : « Dans l'à-venir, dans le venir-sur-nous la présence est offerte *[In der Zu-kunft, im Auf-uns-Zukommen wird Anwesen gereicht]* [34]. » Nous voyons donc que toute présence n'est pas nécessairement « présent » au sens du *Gegenwart* (mais qui n'est pas lui-même le maintenant), mais, bien sûr, le présent *[Gegenwart]* offre aussi la présence. Triple offre de présence dans les trois modes de l'être-été, de l'à-venir, du présent. Mais comment penser cette « offre » ? Heidegger pose une étrange question de laquelle tout le reste dépend : est-elle offre parce qu'elle nous atteint – ou nous atteint-elle parce qu'elle est offre, en elle-même ? Supposons que nous répondions par la première solution : cela signifierait qu'il faut penser les trois modalités de la présence à partir du Dasein, que temps il y a à partir de nous-mêmes. Mais c'est la deuxième solution qui est la bonne : l'espace d'un nous-mêmes est procuré par le temps pur d'abord, parce que le temps comme présence est en lui-même offre, et nous atteint alors en s'offrant à nous, et en nous offrant à nous-mêmes. Comment ? Offrir la présence, pour l'avoir-été, le présent et l'à-venir, c'est jouer ensemble dans une offre réciproque de l'un à l'autre qui unit le temps dans son déchirement même. L'à-venir : offrant et apportant l'être-été ; l'être-été : offrant et apportant l'à-venir – le rapport réciproque des deux offrant et apportant le présent. Cette unité de rapports, où l'un n'est que tendu vers l'autre, et ainsi ouvrant sur lui, et inversement, ce pur jeu du temps riche en modalisations, est ce que Heidegger appelle l'espace de temps, *Zeit-Raum*. Comment le comprendre ?

« L'espace de temps nomme maintenant l'ouvert *[das Offene]* qui s'éclaircit dans le s'offrir les uns aux autres

de l'avenir, de l'être-été et du présent [35]. » Espace, ici,
doit être pensé hors de toute « mesure du temps » linéaire,
hors même de tout espacement au sens courant, même si
Heidegger précise que cette ouverture première est la
condition de tout « espace ». L'espace du temps est l'ouverture s'ouvrant des trois dimensions du temps, qui,
ainsi, sont la Dimension même de toute apparition. On
se rappellera ici la phrase de *Etre et Temps,* pointe avancée de l'ouvrage, qui disait, soulignée par Heidegger :
« *La temporalité ekstatique éclaire le Là originairement
[Die ekstatische Zeitlichkeit lichtet das Da ursprün-
glich]* [36]. » Le Là était alors celui du Dasein, pensé
comme sa tenue – maintenant le Là, comme l'ouvert
s'ouvrant comme temps, présence, est ce à quoi le Dasein
se rapporte, ce qu'il a à soutenir : c'est à partir de cette
Dimension qui, s'offrant ainsi en elle-même, l'atteint,
qu'il peut précisément venir à lui-même. Le Dasein est ici
l'étant touché par le temps, qui trouve à être à correspondre à la déchirure du temps qui est Ouverture première. Cela dit, cette ouverture, nous la nommons suivant
une unité – le jeu des « offres » qui fait le présent est en
lui-même un jeu uni, structuralité première. Non seulement le temps originaire n'est pas successif et unidimensionnel, mais la tridimensionnalité du temps n'a de sens
qu'unie en elle-même suivant un jeu pur : le temps est
quadri-dimensionnel. Qu'est-ce que cela veut dire ? Heidegger écrit : « Ce qu'à la suite nous appelons la quatrième [dimension] est suivant la Chose la première,
c'est-à-dire l'offre déterminant tout. Elle apporte dans
l'à-venir, dans l'être-été, dans le présent la présence qui
leur est à chaque fois propre, éclaircissant, elle les tient
les uns hors des autres, et les tient aussi les uns pour les
autres dans la proximité, à partir de laquelle les trois
dimensions restent rapprochées les unes des autres [37]. »
La « quatrième dimension » du temps est ce qui, dans le
déchirement qu'est le temps, accorde les temps, donne la
possibilité d'un accord unissant. Cette unité unissante,
Heidegger la nomme d'un nom ancien encore en usage
chez Kant, « *Nahheit* », approchement, si l'on veut. Pourquoi ce nom ? Cet approchement est en même temps un
éloigner, l'ouverture d'une distance : l'être-été est ouvert

comme refus *[Verweigerung]* du présent (et réserve pour le présent), l'à-venir est ouvert comme retenue *[Vorenthalt]* du présent (et réserve pour le présent). Les rapports de l'être-été, du présent et de l'à-venir, en tant qu'ils impliquent refus et retenue, proximité comme distance, c'est ce qu'il faut entendre par l'approchement qui joue au cœur du temps. Le jeu de ces rapports a toujours déjà touché l'homme : il s'y tient. Heidegger écrit :

« Temps il n'y a pas sans l'homme. Mais que signifie ce "pas sans" ? L'homme est-il le donateur du temps *[der Geber der Zeit]* ou celui qui le reçoit *[ihr Empfänger]* ? Et s'il est ce dernier, comment l'homme reçoit-il le temps ? L'homme est-il d'abord l'homme, pour ensuite occasionnellement, c'est-à-dire en n'importe quel temps, accueillir le temps et assumer le rapport à lui ? Le temps propre est l'approchement unissant d'une offre triplement éclaircissante de la présence à partir du présent, de l'être-été et de l'à-venir. Il a déjà atteint l'homme comme tel, de telle sorte qu'il ne puisse être homme qu'en tant qu'il tient bon *[innesteht]* dans l'offre triple et soutient *[ausssteht]* l'approchement refusant et retenant qui le détermine. Le temps n'est pas une fabrication *[Gemächte]* de l'homme, l'homme n'est pas une fabrication du temps. Il n'y a ici aucun faire. Il y a seulement le donner au sens de l'offre éclaircissante de l'espace du temps [38]. »

2. *Présence*, Ereignis

Où en sommes-nous ? Etre et temps vont ensemble. Mais l'être n'est pas, et le temps n'est pas. Ça donne être, ça donne temps. Comment être et temps sont-ils donnés, quel est le mode de leur donation ? Dans des formulations très resserrées, Heidegger a déterminé ces donations comme destiner, pour l'être, et offre éclaircissante jouant comme l'espace même du temps s'ouvrant, pour le temps. Ainsi – ça donne temps, ça donne être. Admettons, c'est-à-dire relisons, et essayons de voir la Chose avec Heidegger. Mais « ça » – quoi ? ou qui ? Qu'est-ce qui est au principe de ces deux donations (qui, se déterminant l'une l'autre, sont une) ? Comment interpréter le *« es »* du *« es gibt »* ? Interroger ainsi est risqué, car il ne s'agit pas de remonter à un archi-principe, de revenir à une instance qui fonderait être et temps, les donnerait, et les donnerait l'un à l'autre. Alors ? que reste-t-il à dire ? Il semblerait que nous sommes arrivés à la fin de notre recherche. Si être veut dire présence, si la présence s'est éclairée comme le temps quadridimensionnel, alors on devrait dire : le destiner de l'être (les figures de la présence) est donné par le temps lui-même. C'est le temps, comme nous l'avons pensé, qui donne, qui est le *es*. Clairière de l'être : don de l'unité de la déchirure du temps. Et pourtant, non. Pourquoi ? Heidegger écrit : « Car le temps reste lui-même la donation d'un ça donne, dont le donner préserve le domaine dans lequel est offerte la présenteté [39]. » Comment comprendre cela ? Heidegger fait alors un pas décisif, dans cette conférence où ce qui compte est précisément de suivre pas à pas : « Dans le destiner du destin de l'être *[Im Schicken des Geschickes von Sein],* dans l'offrir du temps se montre une appropriation, une transpropriation *[ein Zueignen, ein Übereignen],* à savoir de l'être comme présenteté et du temps comme domaine de l'ouvert en son propre. Les deux, temps et être, en leur propre, c'est-à-dire en leur appartenance l'un à l'autre, nous la nommons : l'événement appropriant *[das Ereignis]* [40]. » Comment comprendre cela ? *Ereignis* signifie, à partir des Choses en question, dont nous venons d'éclaircir la donation, le *« Sachverhalt »,* non pas l'« état de chose », comme on traduit souvent cette expression en climat husserlien, mais ce qui rapporte temps et être, le tenant des deux, le « et » d'être ET temps. Comment penser cela, comment le dire ? Les difficultés s'accumulent. On ne peut, simplement, demander : qu'est-ce que l'*Ereignis* ?, ce serait partir en quête d'une essence *[Wesen],* d'un *quid [Was-sein],* or par *Ereignis,* nous entendons ce qui donne être ! L'*Ereignis* ne peut être déterminée à partir d'un caractère d'être, est au-delà de l'être en ce sens. On peut toujours mettre en évidence des relations de « dépendance », pour parler prudemment, et dire avec Heidegger, dans ce qui semble, mais n'est qu'une apparence, une « remontée au principe » : « Le destiner de l'être repose dans l'offre éclair-

cissante-celante *[lichtend-verbengenden]* de la présence
multiple dans le domaine ouvert de l'espace de temps.
Mais l'offrir repose en unité avec le destiner dans l'appropriation *[im Ereignen]*. Celle-ci, c'est-à-dire le propre de
l'événement appropriant, détermine aussi le sens de ce qui
est appelé ici le reposer [41]. » Mais par ailleurs, Heidegger
écrit : « l'*Ereignis* n'est pas le concept suprême embrassant tout, sous lequel l'être et le temps se laisseraient ordon-
ner. Des relations d'ordre pensées logiquement ne veulent
ici rien dire [42] ». Mais dira-t-on, insistant ainsi sur les difficultés qu'il y a à dire ce qui est ici en vue, et en disant
plutôt ce que n'est pas l'événement appropriant, ne lon-
geons-nous pas les procédures d'une sorte de « théologie
négative », ou d'hénologie néoplatonicienne ?

Non. Reprenons. Dans le destiner de l'être, s'est montré
à chaque fois un retrait, une halte : se destinant, l'être se
retient, se prodiguant en un sens déterminé pour fonder
en vérité l'étant, il se soustrait en lui-même. En affinité
avec cela, dans l'espace de jeu de l'offrir triplement articulé de la présence, se sont montrés un refus et une
réserve. Retrait. Dans la mesure où ce retrait repose dans
l'événement appropriant – alors celui-ci est marqué par le
retrait. Il l'est « en lui-même ». Dans l'événement appropriant règne une désappropriation *[Enteignis]*, le retrait.
Sans doute est-ce cela qui empêche de parler ici de
remonter au principe, de théologie négative, d'hénologie : l'événement appropriant est toujours à penser à partir du retrait, c'est-à-dire de la finité. L'événement appropriant dit l'archi-facticité d'une histoire unique, qui nous
atteint. Comment ? L'être comme présence nous concerne
et nous atteint, avions-nous vu. Ce concernement est soutenu, supporté, expérimenté quand nous nous tenons vraiment dans l'offrir du temps, quand nous comprenons que
le temps apporte et ne défait pas, et qu'ainsi purement
apportant il nous apporte à nous-mêmes. Mais ce concernement qui engage notre être même, appartenant à l'être
comme présence, repose lui-même dans l'événement
appropriant, comme appropriement du temps et de l'être,
destiner à partir du temps. Nous appartenons ainsi à
l'événement appropriant, en sommes, en notre être, les
répondants. « Dans » l'événement appropriant, l'homme

(s'ouvrant à l'être qui lui est destiné à partir du temps propre) et l'être (*qua* présence, indiquant en retrait) s'approprient l'un à l'autre.

A la fin de la conférence Heidegger s'interroge, et cette interrogation est douloureuse, pas seulement une objection rhétorique faite pour être aisément soufflée : n'y a-t-il pas là un vain poème d'idées, c'est-à-dire ni poème ni idées ? Et, de même, la conférence s'achève sur l'obstacle qu'est à une telle pensée le langage hérité. *Per augusta ad angustam*, le dernier mot de la conférence est cette étrange proposition, qui n'est plus une proposition : *Das Ereignis ereignet*, comme on voudra traduire.

Nous ne nous cachons pas, pour notre part, ce que peut avoir de difficile le bref parcours que nous venons de proposer dans la conférence, et, plus largement, le caractère escarpé de la pensée de l'événement appropriant. On aurait tort de croire, cependant, que la pointe presque silencieuse à laquelle nous arrivons, *das Ereignis ereignet,* représente une sorte d'exténuation de la pensée. La « pensée » de l'*Ereignis,* avons-nous dit, est le cœur de la pensée de Heidegger, où tous les chemins mènent. Quittons alors le sommet, et prenons ces chemins, en gardant en mémoire ce que nos quatre premiers chapitres ont articulé.

*

NOTES

1. *Etre et Temps,* trad. Vezin, Paris, Gallimard, p. 512.
2. *A la rencontre de Heidegger – souvenirs d'un messager de la Forêt-Noire,* Paris, Gallimard, 1993, p. 64.
3. HB, p. 68-69.
4. GA 26, p. 195-202.
5. « Heidegger, through Phenomenology to thought », p. XXII, trad. fr. in *Questions IV*, p. 188.
6. SuZ, p. 437.
7. ZSD, p. 33-34, trad. fr. in *Questions IV*, p. 61-62.
8. SuZ, p. 17.
9. SuZ, p. 19.

10. GPh, p. 389, trad. fr. p. 330.

11. GPh, p. 396, trad. fr. p. 336-337.

12. GPh, p. 404, trad. fr. p. 343.

13. GPH, p. 429, trad. fr. p. 363.

14. GPh, p. 435, trad. fr. p. 368.

15. GA 31, P. 74, trad. fr. p. 79.

16. *Idem.*

17. W, p. 305, trad. fr. in *Questions I*, p. 78.

18. W, p. 307-308, trad. fr. p. 81.

19. HB, p. 80-81.

20. ID, p. 25, trad. fr. in *Questions I*, p. 270.

21. ID, p. 24-25, trad. fr. p. 270.

22. GA 65, p. 30.

23. Séminaire du Thor, 1969, in *Questions IV*, p. 302.

24. GA 65, p. 293.

25. *L'Endurance de la pensée – pour saluer Jean Beaufret,* Paris, Plon, 1968, p. 12-69.

26. ZSD, p. 2, trad. fr. in *Questions IV*, p. 14.

27. ZSD, p. 10, trad. fr. p. 27.

28. ZSD, p. 12, trad. fr. p. 28.

29. *Idem.*

30. ZSD, p. 12, trad. fr. p. 28-29.

31. ZSD, p. 12, trad. fr. p. 29.

32. *Idem.*

33. ZSD p. 13, trad. fr. p. 30.

34. *Idem.*

35. ZSD, p. 13, trad. fr. p. 31.

36. ZSD p. 14-15, trad. fr. p. 32.

37. SuZ, p. 351.

38. ZSD, p. 16, trad. fr. p. 34.

39. ZSD, p. 17, trad. fr. p. 36.

40. ZSD, p. 18, trad. fr. p. 37.

41. ZSD p. 20, trad. fr. p. 40.

42. ZSD, p. 21, trad. fr. p. 42.

CHAPITRE V

Pensée, science et technique

« [...] La pensée ne commence que lorsque nous faisons l'expérience que la raison, glorifiée depuis des siècles *[die seit Jahrunderten verherrlichte Vernunft]*, est l'adversaire le plus obstiné *[die hartnäckigste Widersacherin]* de la pensée. » Cette phrase clôt le texte « Le mot de Nietzsche "Dieu est mort" », publié dans les *Holzwege*[1]. Le cours de 1951-1952, *Qu'appelle-t-on penser ?*, dit, dès sa première heure : « La science ne pense pas *[Die Wissenschaft denkt nicht]*[2]. » Il semble, à lire de telles phrases, qu'une discussion de la pensée de Heidegger de la « raison » et des « sciences » soit plutôt mal partie. Et de fait, les accusations contre la pensée de Heidegger menées au nom de la « Raison », ou de la dignité et vérité des sciences, ne manquent pas, qui épinglent de telles phrases. Irrationalisme, philosophie du sentiment, abus systématique du langage, mysticisme : bien des critiques s'avouant eux-mêmes « rationalistes » ont usé de ces qualificatifs pour stigmatiser la pensée de Heidegger, et la ranger du même coup dans une case commode, qui permet de lui imputer tout ce qu'en général on impute à une telle case, dogmatisme et violence. Un tel procès n'est pas fait pour clarifier les choses, surtout lorsqu'il s'agit avant tout de « dénoncer » une pensée, c'est-à-dire d'en recommander la non-lecture. Explicitement, pourtant, Heidegger s'est toujours défendu de tout « irrationalisme », si on entend par là la carrière laissée ouverte et sans bornes au « sentiment » dans sa propension à dogmatiser, ou le refus apeuré et inintelligent des sciences, de leurs procédures et de leurs résultats. Ce qui ne veut pas dire, cependant, que le « sentiment » n'ait pas une portée véritative, ni non plus que la norme inébranlable et inquestionnable de toute pensée, soit, une fois pour toutes, la raison immuable. Il s'agit plutôt pour Heidegger de poser à la raison la question de son sens et de sa provenance : « Tant que la *ratio* et le rationnel resteront encore inquestionnés dans ce qu'ils ont de propre, parler d'irrationalisme sera aussi dépourvu de sol [3]. » Questionner la raison, c'est aussi questionner le sens de l'« irrationnel », peut-être aussi la dépendance implicite, dans leur opposition têtue, de la raison et de l'irraison. La question amènerait alors à un en deçà de ce partage : « Peut-être est-il une pensée étrangère à la distinction du rationnel et de l'irrationnel [...] [4]. » Et dans ce cas, revenir ainsi en deçà de l'opposition pourrait amener à comprendre une situation où elle devient en vérité mixte confus : « Peut-être est-il une pensée plus sobre que le déferlement irrépressible de la rationalisation et l'emportement qu'est la cybernétique. C'est plutôt cet emportement qui pourrait bien être le comble de l'irrationnel [5]. » Au moins et préliminairement, s'il y a dans cette démarche un « privilège », c'est celui de la question. Pourtant, dira-t-on, les phrases que nous avons citées en ouverture de ce chapitre apparaissent bien peu questionnantes ! Aussi nous proposons-nous de les comprendre, non pas comme des énoncés dogmatiques et autoritaires, pièces faciles pour un procès, mais dans le mouvement de questionnement de l'origine de la raison et des sciences. A vrai dire, il y a là deux questions qui renvoient l'une à l'autre : premièrement, la contestation de l'abord « logique » de l'être, c'est-à-dire de son abord théorique au fil de l'énoncé, qui motive une interprétation du *logos* qui, dans le parcours de Heidegger, sollicitera de plus en plus le *logos* héraclitéen ; ensuite, sur le fond de cette destruction qui demande une autre interprétation du *logos,* la question de la fondation des « sciences », qui deviendra celle de l'interprétation du sens destinal, historique, de la science. La deuxième perspective renverra de plus en plus, dans le parcours de pensée de Heidegger, à l'autre, dans l'unité d'une histoire. Nous aborderons ce parcours complexe à partir du fil de la question des sciences.

Trois moments nous retiendront. A l'époque de *Etre et*

Temps, comme nous l'avons vu, la question du sens de l'être comprend en elle-même un projet de « fondation » des « sciences positives » dans la constitution rigoureuse des ontologies régionales sur lesquelles elles reposent. Ce projet est explicitement référé à Platon, dans son style et ses intentions, d'une part, et implique une dissymétrie entre les « sciences de la nature » et les « sciences de l'esprit », d'autre part. Il est aussi tributaire du projet de la constitution du « concept existential de science », et du partage de ce concept en « sciences positives » et « science ontologique ». Nous aurons donc d'abord à comprendre ce projet, et à le situer dans l'économie d'ensemble de la question du sens de l'être, qui certes le déborde. Il faudra comprendre ce débordement, comprendre comment et pourquoi le questionnement ontologique ne s'épuise pas dans cette tâche de fondation. Mais, postérieurement à *Etre et Temps*, cette tâche de fondation des sciences semble abandonnée à elle-même. Ce qui ne veut pas dire que la raison et les sciences ne soient plus pour Heidegger des objets de méditation. Mais cette méditation devient historique : les « sciences » sont ressaisies à partir de l'histoire de l'être, essentiellement dans la figure de leur instauration moderne. Comprendre le déploiement moderne de la science, c'est aussi bien comprendre le sens même de la « modernité ». Pour comprendre le sens de cette interprétation, nous prendrons principalement notre issue à partir du texte : « L'époque des conceptions du monde », texte publié dans les *Holzwege,* dont l'origine est une conférence tenue en 1938, elle-même enracinée dans plusieurs textes des *Contributions à la philosophie...* D'une certaine manière, la question de l'origine de la raison, de la raison comme destin historique dans la figure de l'emprise exponentielle des sciences dans l'organisation des rapports de l'homme et du « réel », puissance qui n'a souvent que peu à voir avec les espoirs mis par les Lumières dans le pouvoir de libération de la Raison, deviendra pour Heidegger une question de plus en plus urgente et principielle. Mais ce dernier caractère, le « principe » étant en vérité destin historique d'une « époque », métamorphosera la question : elle deviendra celle de l'essence de la technique, comme *Ge-stell*. C'est sur cette question terminale de la pensée de Heidegger, la question de la technique, que nous terminerons ce chapitre.

I. Fondations

1. *Philosophie et sciences : le projet d'*Etre et Temps

Les « sciences positives » font leur entrée dans *Etre et Temps* au § 3, qui établit la primauté ontologique de la question de l'être. Répondre à la question dc l'être, déterminer le sens de l'être « en général », comme le projette ce paragraphe, c'est se donner les moyens de fonder les ontologies régionales dont dépendent à leur tour les sciences positives. Qu'est-ce qui détermine la positivité d'une science ? Ceci, tout simplement, qu'elle s'occupe de déterminer l'étant, qu'elle trouve posé devant elle. Science positive est synonyme de science ontique. Mais que veut dire cette position de l'étant ? Tout simplement que l'étant lui apparaît préalablement comme tel, et toujours dans la particularité du domaine auquel il appartient. S'occupant de déterminer l'étant naturel, la physique pré-comprend toujours ce qu'il faut entendre par naturalité, faisant des recherches autour de tel événement historique, la science historique comprend ce qu'il en est de l'historicité de son objet. Certes, les sciences, dans leur travail « concret », aboutissant à des résultats, explorent toujours l'étant d'un domaine, sont bien « positives », mais leur domaine, à son tour, n'est ouvert que par la compréhension de l'être de l'étant dont elles s'occupent. Les sciences ontiques n'ont accès à leur objet que par la détermination préalable de l'être de cet objet : en leur fondement et condition de possibilité, elles sont ontologiques. Les concepts rendant compte de la constitution d'être de l'objet de chaque science sont ses concepts fondamentaux. Il faut donc distinguer le travail propre de chaque science, ses recherches proprement dites, et son mouvement le plus intime, par lequel elle s'instaure en posant son fondement : la détermination de ses concepts fondamentaux.

Ce mouvement d'instauration d'une science, Heidegger le comprend comme son moment de crise. Par là, il faut entendre deux choses : d'une part, le moment de vacillation des concepts hérités, et sa résolution par la position de concepts « nouveaux » (révolution scientifique), d'autre part, bien sûr, la désignation des crises historiquement réelles où s'instaure le sens des domaines des sciences. Le § 3 de *Etre et Temps* fait référence à sa propre actualité comme à un tel moment de crise : en mathématiques (« crise des fondements »), en physique (Heidegger a en vue la situation créée par la théorie de la relativité, mais *Etre et Temps* est strictement contemporain de l'instauration des principes de la mécanique quantique – 1925-1927 – qui ouvre peut-être une « crise » plus grande encore pour la physique « classique »), en biologie, pour les sciences de l'esprit (la référence est à Unger) et la théologie (en l'occurrence luthérienne et considérée comme science positive, partant du *positum* de l'existence croyante) [6]. Soit. Mais quel est au juste le rôle dévolu ici à la philosophie comme ontologie ? Les sciences procèdent à leur auto-fondation, c'est-à-dire à la délimitation et à la détermination de leurs concepts fondamentaux. De cette manière, elles accomplissent une visée ontologique. Quel besoin alors, encore, d'une ontologie « philosophique » ? Thèse de Heidegger : cette auto-fondation *[Selbstbegründung]* n'est pas suffisante. Pourquoi ? Parce qu'elle ne répond qu'au besoin ontique de la science considérée : ce qui compte, c'est de déterminer l'être de l'étant, objet de la science, en vue du déterminer de cet objet, de poser un fondement en vue et pour le fondé. La science, alors même qu'elle s'instaure en ses concepts fondamentaux, ne prend pas pour thème explicite le sens de ces concepts, c'est-à-dire l'être de son domaine. Sa positivité, son orientation vers la positivité lui est sa limitation – qui n'est pas un défaut, mais rend compte aussi du possible enivrement d'une science positive par ses « résultats », ses succès. Revenant sur l'actualité des diverses crises des fondements, Heidegger écrit dans

Les Problèmes fondamentaux de la phénoménologie, reprenant à son compte l'image platonicienne de la géométrie ne faisant que « rêver » autour de l'étant que seule la dialectique saisit anhypothétiquement : « Les concepts fondamentaux des sciences positives se mettent à bouger. On cherche à les réviser en retournant aux sources originelles où ils ont été puisés. Ou plus exactement, nous étions précisément dans une semblable situation. Celui qui aujourd'hui prête l'oreille et s'enquiert des véritables mouvements de la science, par-delà le vacarme extérieur et l'agitation de l'exploitation scientifique, devra reconnaître que les sciences ont recommencé à rêver, ce qui naturellement ne doit pas s'entendre comme un reproche s'adressant à la science et venant de la haute vigilance de la philosophie, mais comme la constatation du fait qu'elles sont déjà retournées à l'état ordinaire qui leur est approprié. On est mal à l'aise assis sur un tonneau de poudre et sachant que les concepts fondamentaux ne sont que des opinions exténuées. On en a déjà assez d'interroger les concepts fondamentaux, on veut être tranquille [7]. »

Comprenons bien : cela ne signifie pas que le scientifique ne peut pas « penser », qu'il est condamné aux basses œuvres ontiques, alors que le philosophe aurait le privilège de la hauteur. Plus même, l'opposition entre le positivisme têtu et la présomption philosophique est plusieurs fois analysée et stigmatisée par Heidegger, à l'époque de *Etre et Temps*. C'est bien Heidegger qui écrit, dans le cours de 1935-1936, *« Qu'est-ce qu'une chose ? »* (à la même époque, il discute avec Heisenberg et V. von Weizsäcker) : « [...] les têtes actuelles de la physique atomique, Niels Bohr et Heisenberg, pensent d'un bout à l'autre en philosophes grâce à quoi seulement ils instaurent de nouvelles manières d'interroger et se tiennent avant tout dans le questionnement [8]. » Il ne s'agit pas d'un problème de compétence ou de préséance, mais bien de thématiser ce que le scientifique, orienté par son souci positif, ne fait la plupart du temps qu'entrevoir : l'être de son objet. Autrement dit, de constituer un « système » d'ontologies régionales explicite [9]. Ce qui, d'autre part, ne peut s'effectuer seulement à partir des méthodes constituées : la détermination de l'être de l'objet mathématique, de l'objet physique, etc., ne peut être effectuée au moyen de concepts strictement mathématiques, physiques, etc. L'auto-fondation de la science a besoin d'une clarification, d'un élargissement, d'une considération qui prennent en vue le fondement pour lui-même : d'une fondation *(grundlegung)* philosophique. Comment la concevoir ? Négativement, il ne s'agit pas, dit Heidegger au début du cours de 1925, *Prolégomènes à l'histoire du concept de temps,* qui est une première rédaction du paragraphe 3 de *Etre et Temps,* d'une phénoménologie de la science (d'une théorie de la connaissance, ou d'une épistémologie, qui se donnerait à comprendre l'être d'une région – par exemple la nature – à partir même de la physique de fait), ni non plus d'une phénoménologie de l'objet de la science (qui, présupposant l'objectivité de l'étant comme seul mode d'accès à lui confondrait la question de la constitution de cette objectivité avec celle de l'être de l'étant objet), mais bien d'une phénoménologie de l'étant (en vue de son être) que la science connaît, qu'elle connaît même d'une certaine manière en son être, avant même que celui-ci ne devienne objet de connaissance scientifique [10]. Supposons qu'il s'agisse, en l'occurrence, de la nature et de l'histoire. Fournir des ontologies de ces deux régions, ce sera fournir, suivant les voies de ce que Heidegger appelle une logique productrice, une détermination de la naturalité de la nature, de l'historicité de l'histoire, qui ne présuppose pas la validité des sciences physiques et historiques, mais permette au contraire d'en comprendre la genèse et le sens. Voyons maintenant comment ce projet, d'allure « classique », jusque dans la référence platonicienne, trouve à se concrétiser dans *Etre et Temps.*

Si le projet de fondation que nous venons rapidement de retracer est bien une « logique productrice » antérieure même au projet de la connaissance, alors la rencontre de l'étant, des différentes régions de l'étant, dont il s'agit à chaque fois de saisir l'être régional, doit être elle-même pré-théorique. L'exploration de l'être de la nature et de l'être de l'histoire (si nous acceptons cette découpe), déterminés pré-théoriquement (c'est-à-dire à partir de la nature et de l'histoire telles qu'elles sont d'abord comprises pré-théoriquement), doit ensuite nous permettre de comprendre le sens et la genèse des sciences qui s'y rapportent objectivement. Dans la tâche de fondation est donc incluse la tâche de la compréhension phénoménologique du comportement connaissant lui-même, qui doit être installé dans son droit propre – et limité. D'autant plus que ce comportement passe, dans la tradition philosophique, comme le modèle unilatéral de tout rapport à l'étant et à l'être. Tel est le paradoxe : pour comprendre la connaissance, il faut d'abord briser l'unilatéralité du rapport théorique au « monde », « secondariser » le rapport de connaissance au monde. La constitution des ontologies régionales implique donc la constitution du concept existential de science, la compréhension de la connaissance comme comportement du Dasein existant, la genèse de ce rapport : pour le coup, l'apparence « classique » du projet de fondation se dissipe. C'est ce que montre le § 13 de *Etre et Temps* : on ne saurait saisir l'être-au-monde en partant seulement du rapport de connaissance du Dasein à l'objet, comme si ce rapport avait la primauté de notre rencontre des choses. Nous le savons : nous sommes d'abord au monde sur le mode de la préoccupation, qui dispose de son « savoir » propre, la circonspection, qui découvre l'étant au fil de son affairement quotidien. Précisément, c'est en nous retirant de cette préoccupation, en ne faisant plus que seulement séjourner auprès de l'étant que celui-ci se présente alors à nous sous la forme de son pur « aspect » [*aussehen* : ce qui traduirait le grec *eidos*] et qu'il peut être alors accueilli purement, déterminé, exprimé et conservé dans un énoncé. En ce sens, pour le dire simplement, la connaissance doit être comprise sur la base de l'être-au-monde, et pas l'inverse. Partons de notre être préoccupé, investi dans la production : nous sommes alors renvoyés à des matériaux qui nous ramènent à une « nature » qui se découvre à nous, à partir de l'horizon de la production, comme ce qui n'est pas à son tour produit, mais se donne comme matériau premier ou force naturelle : le vent dans les voiles, la rivière comme force hydraulique, etc. Cette nature ainsi découverte n'est pas encore la nature des sciences de la nature (ni non plus, écrit Heidegger, celle qui « croît et vit »), comme pur objet de connaissance. Comment comprendre, alors, son objectivation ?

2. Expliquer la nature

L'« exemple » dont nous sommes partis n'est pas innocent : le concept de nature des sciences de la nature. De fait, la constitution du « concept existential » de science poursuit, dans *Etre et Temps,* des objectifs divers : il s'agit de mettre en lumière non seulement la possibilité des sciences ontiques, mais aussi celle de la science ontologique elle-même, puisqu'en 1927 Heidegger parle encore, pour sa tentative, de *« Wissenschaft des Seins ».* Mais, à l'intérieur même des sciences « ontiques », il s'agit aussi de fonder, à partir de l'analytique existentiale, le partage entre « sciences de la nature », qui relèveraient de l'« expliquer » *(erklären),* et « sciences de l'esprit », qui relèveraient du comprendre *(verstehen).* Cette distinction, que Heidegger reprend à Dilthey, et qui est une question importante pour toute la modernité, n'est pas pour Heidegger un débat méthodologique, ou épistémologique : il s'enracine dans l'être même du Dasein. Montrons-le en partant des sciences de la nature. Heidegger affirme en effet au § 32 de *Etre et Temps,* et il y a là un jugement hiérarchisant, par proximité à l'origine : « Parce que le comprendre, en son sens existential, est le pouvoir-être du Dasein lui-même, les présuppositions ontologiques de la connaissance historique excèdent fondamentalement l'idée de rigueur des sciences les plus exactes. La mathématique n'est pas plus rigoureuse que l'histoire, elle est seulement plus étroite quant à la sphère des fondements existentiaux dont elle relève [11]. » Comment le comprendre ? Fondamentalement, les sciences de la nature qui s'occupent à déterminer l'étant intramondain sous-la-main procèdent d'une démondéanisation. Appréhender la « nature » subsistante théoriquement, au fil de l'énoncé déterminant, c'est se couper de la significativité mondiale, se couper du sens même ou de la possibilité du sens. Heidegger écrit dans le cours de 1925, *Prolégomènes à l'histoire du concept de temps* : « [...] l'expliquer est un mode éloigné, déchu de l'explicitation et de la découverte de l'étant. Toute explication, au sens où nous parlons de l'explication de la nature, est par là caractérisée comme se tenant dans l'incompréhensible. On doit même dire : l'expliquer est l'expliciter de l'incompréhensible, non pas que par cet expliciter, l'incompréhensible devienne compris, mais il reste fondamentalement incompréhensible. La nature est le principiellement explicable, et elle s'explique parce qu'elle est principiellement incompréhensible. Elle est l'incompréhensible purement et simplement, et elle est l'incompréhensible parce qu'elle est le monde démondéanisé, en tant que nous la saisissons comme étant dans le sens extrême de sa découverte par la physique [12]. » Ces propositions sont extrêmement importantes, elles disent le statut « exténué » de la connaissance de la nature, sa situation littéralement hors sens. La connaissance de la nature n'a pas affaire avec le sens. On le comprendra aisément, et dans cette compréhension confluent bien des fils de *Etre et Temps* : le pur regard théorique (dans le cadre des sciences de la nature) ne fait plus que simplement séjourner auprès de l'étant, il n'est plus un regard préoccupé, il ne se tient plus dans le jeu de renvois de la significativité, il ne s'articule plus dans le discours explicatif, mais dans le pur énoncé prédicatif-déterminant, il n'avise plus l'étant comme à-portée-de-la-main, mais comme pur sous-la-main, substance de ses propriétés. Avalanche de négations. La connaissance de la nature signifie l'indifférence d'un déterminer indéfini. Et on comprend d'autant mieux, alors, que si la connaissance ne peut renier son origine à partir de l'être-au-monde (elle n'est qu'un rétrécissement de cet être-au-monde), elle ne « fonctionne » pourtant qu'en s'en coupant, aveugle constitutionnellement à cet être-au-monde, ce pourquoi, du reste, en s'orientant sur le rapport théorique à l'étant, la philosophie ne pouvait qu'omettre le phénomène du monde. On remarquera à cet égard que Heidegger inscrit littéralement dans l'essence même des sciences naturelles ce qui sera pour Husserl le moment de la crise ouverte par l'oubli de son sens génétique de la « science galiléenne » de la nature.

Il y a là, il faut bien le comprendre, une vertigineuse dévaluation des sciences naturelles. Mais notre exposé est incomplet : d'une part, il fallait bien sûr souligner le moment négatif (genèse déficiente) dans la constitution des sciences de la nature, et le véritable virage ontologique qu'elles imposent. Mais cette négativité ne suffit bien sûr pas à en rendre compte : il ne suffit quand même pas de se retirer de la compréhension du monde pour connaître scientifiquement la nature (mais ce retrait les situe existentialement), d'autre part cette connaissance entre en concurrence avec les « sciences de l'histoire », dont les fondements sont « autres ». Pour commencer, donc, demandons : comment comprendre positivement (en son site négatif et restreint) la scientificité des sciences de la nature ? Le § 69 b se présente comme une réflexion préliminaire à la constitution du concept existential de science, qui implique aussi la présentation de l'Idée de la phénoménologie, destiné à remplacer son simple « pré-concept », et qui ne pourra être accompli qu'à partir de l'achèvement de *Etre et Temps* – et, donc, ne le sera pas. Il s'agit d'examiner de plus près le « virage de la préoccupation circonspecte pour l'à-portée-de-la-main en recherche du sous-la-main trouvable à l'intérieur du monde ». L'attitude théorique n'est pas pure abstention de la « praxis » : par exemple, la préoccupation dispose elle-même d'un regard particulier, détaché du maniement concret, mais qui est un moment de la circonspection : le *« Nachsehen »,* regard qui prend en vue ce qui vient d'être réalisé, qui fait le point, au sens aussi d'une réflexion délibérante. Par ailleurs, la recherche purement théorique manie, qu'il s'agisse du procédé expérimental ou du simple crayon. Théorie et pratique sont un couple insuffisant [13]. Heidegger rappelle d'abord (en en précisant le sens temporel) la différence, exhibée sur l'énoncé canonique « le marteau est lourd », des deux « comme », herméneutique et apophantique. Au cœur de la préoccupation, le sens de l'énoncé « le marteau est lourd » veut dire (c'est son sens, à partir du monde ouvert en projet) : il faut que j'en change, j'arrête de travailler, il faudra penser à en acheter un autre, ou que sais-je encore... « Le marteau est lourd » dans le cadre d'un énoncé de science physique (supposons que le professeur de physique utilise cet exemple pour expliquer aux élèves la gravité newtonienne) « veut dire » (mais justement, cela ne veut plus rien dire au sens précédent) : le marteau comme chose matérielle possède la propriété de la lourdeur. Le marteau comme chose matérielle : il n'a plus de place dans l'atelier, la « place » devient un pur emplacement spatio-temporel, qui doit précisément être pensé en relation avec la chose matérielle en tant que telle. La question est : quelles « relations » entre corps, espace, temps ? Ou encore : qu'est-ce qu'un corps ? Dans l'interrogation, l'étant intramondain est visé dans son tout, toute chose en tant que corps, et ce tout de l'étant intramondain subsistant et démondéanisé n'a plus rien à voir avec le monde comme totalité. Mais il doit être d'autant plus rigoureusement circonscrit, et en lui, on doit délimiter des « régions » : par exemple la région des corps purement corps, la région des corps « vivants », etc. Définir ontologiquement une région, c'est, à partir du tout de l'étant compris dans l'horizon de la *Vorhandenheit*, exposer les concepts fondamentaux qui la définissent *a priori*. Heidegger, pour le montrer, part de l'exemple (qui n'est bien sûr pas indifférent) de la physique mathématique moderne. Ce qui, pour elle, est « constituant », ce ne sont ni l'attention portée aux faits (plutôt qu'aux autorités) ni même l'exactitude comme mesure des faits, mais « le projet mathématique de la nature elle-même ». Comment le comprendre ? Comme un projet ontologique : « Ce projet découvre préalablement un étant constamment sous-la-main (matière) et ouvre l'horizon requis pour la considération directrice de ses moments constitutifs quantitativement déterminables (mouvement, force, lieu et temps) [14]. » A partir de ce projet, qui détermine la factualité même des faits, « se déterminent les fils conducteurs des méthodes, la structure de la conceptualité, la possibilité spécifique de vérité et de certitude, le type de fondation et de preuve, le mode d'obligation et le type de communication. Le tout de ces moments constitue le concept existential plein de la science [15] ». Ce tout dirigé par l'ouverture d'un *a priori* est ce que Heidegger appelle « thématisation ». C'est seulement à partir de cette thématisation qu'est possible, au sens plein, une objectivation. L'étant devient objet. Il était bien, préalablement, rencontré en face de moi, mais à partir du monde : pas comme un objet. Il n'y a, en ce sens, d'objet *(gegenstand)* qu'à partir d'une objectivation dans laquelle se résume la connaissance. Il n'y a d'objet que pour la connaissance, pour un Dasein qui n'est plus soucieux, à l'intérieur de son domaine d'objectivation, que de la découverte (vérité) des lois de ses objets. Heidegger écrit, en GA 25 : « Objectivation veut dire : faire de quelque chose un objet. Ne peut devenir objet que ce qui est déjà. Mais l'étant n'a nullement besoin, pour être ce qu'il est et comme il est, de devenir nécessairement objet. "L'étant devient objet", cela ne signifie pas que l'étant n'advienne qu'ainsi à son être, mais qu'il doit désormais venir en question pour le questionnement connaissant comme l'étant que justement il était déjà [16]. »

Cette genèse ontologique de la science, cliché sur la physique mathématique, Heidegger l'exposera souvent à partir des linéaments qu'en donne le § 69 b. A partir du « tournant », il ne s'agira plus d'un exemple : il faudra comprendre le « devenir objet » comme un destin. Nous y reviendrons. Mais répétons-nous : cette genèse ontologique de la science de la nature ne doit pas faire oublier l'étroitesse de ses fondements. Son sens ne saurait être, hors sens et hors monde, que la *Vorhandenheit*. De cette fondation, il faut donc distinguer, dans *Etre et Temps,* celle des sciences de l'histoire, qui développent un fondement plus large, qui sont plus proches de leur fondement, le Dasein comme être-au-monde historique. Comment l'entendre ? Comment entendre que les « sciences de l'esprit » soient plus rigoureuses que l'exactitude dévolue aux sciences de la nature ?

3. Comprendre l'histoire

Le § 76 met en évidence l'origine existentiale de l'enquête historique (*Historie* : l'histoire comme connaissance) à partir de l'historicité du Dasein. Fondant ainsi la connaissance historique par retour à son origine, en comprenant la possibilité, elle en projette l'Idée. Cette Idée trouve donc sa ressource dans l'historicité du Dasein elle-même : c'est parce qu'il est historique en son être qu'il peut se donner la tâche de connaître l'histoire. Il le peut : mais la connaissance historique, ne constituant pas son principe, l'historicité même du Dasein, n'est pas la « preuve » de l'historicité d'une époque, ce qui ne signifie pas pour autant qu'elle est inessentielle. Mais la restriction est de poids, et permet de dénoncer l'« historicisme » comme un faux problème : « En fin de compte, le surgissement du problème de l'"historicisme" est le signe le plus clair que la connaissance historique du Dasein ne demande qu'à s'aliéner de son historicité propre. Car celle-ci n'a point nécessairement besoin de connaissance historique. Telle époque, sous prétexte qu'elle est an-historisante *[unhistorische]*, n'est point comme telle déjà aussi an-historique *[ungeschichtlich]* [17]. » La fondation des sciences historiques ne trouve donc son point de départ ni dans les œuvres des historiens (ce n'est pas une « épistémologie » du discours des historiens) ni dans l'entreprise de constitution de l'objet historique à partir d'un idéal théorétique présupposé, mais elle n'en entre pas moins en discussion critique avec les multiples tentatives de compréhension des sciences historiques de l'Allemagne de l'époque, comme en témoigne du reste le § 77, qui commente longuement la correspondance de Dilthey et du comte Yorck von Wartembourg. Nous ne pouvons pas entrer dans cette discussion, que Heidegger abandonnera par la suite. Deux principes guideront notre lecture : d'une part, cette fondation des sciences de l'histoire est polémiquement dirigée contre la prépondérance de l'idéal théorétique des sciences de la nature, d'autre part, cette polémique ne revient pas à opposer deux « méthodes » différentes, l'« expliquer » et le « comprendre », mais à dégager, à partir de son fondement existential, l'engagement existentiel des sciences de l'histoire, tâche d'être plutôt que de connaître, à laquelle les sciences de la nature ne peuvent pas prétendre. La possible, mais non nécessaire, élaboration connaissante du rapport du Dasein à l'histoire, qu'il est en son être même, est finalement au service de son historicité, la connaissance historique est au service de l'intérêt proprement historique du Dasein pour lui-même et son monde, et c'est ainsi qu'elle se rat-

tache de manière spécifique et privilégiée à son fondement existential. L'« *Historie* » (la connaissance historique) se fonde dans la « *Geschichte* » (l'être-historique
du Dasein) de telle sorte qu'elle a pour tâche dernière
l'appropriation de son fondement, l'appropriation de son
histoire, de lui-même, par le Dasein. C'est ce que montre
la réappropriation finale de la seconde « Inactuelle » de
Nietzsche à la fin de notre paragraphe : il en va de l'utilité
et des inconvénients de la connaissance historique pour la
vie, c'est-à-dire pour le Dasein, historique en son être [18].
Autrement dit, et en aiguisant l'enjeu : la connaissance
historique a finalement pour motif dernier moins la
« connaissance » que l'existence historique même du
Dasein en son présent possibilisé par son avenir. La
reprise connaissante du passé n'est jamais qu'en grâce de
l'avenir d'une existence.

  Heidegger, pour dégager l'Idée de la connaissance historique, prend son point de départ dans le Dasein de l'historien qui se lie à cette Idée, fût-ce implicitement, dans sa
modalité « propre », suivant donc son être résolu. Pourquoi ? On le comprendra aisément si on se rappelle que la
caractérisation dernière de l'impropriété quotidienne est,
précisément, l'historicité impropre, le déni de l'historicité.
Si l'historicité n'est pas un « état » du Dasein, mais, proprement, sa compréhension de lui-même comme historique, soutenue, existée comme telle, comme destin, alors,
la fondation de la connaissance historique à partir de l'historicité du Dasein ne saurait signifier que la mise en évidence de la connaissance historique comme une modalité
possible de ce destin. Il faut y insister, car ce point est
d'importance : la « hiérarchie fondationnelle » entre l'historicité propre du Dasein de l'historien et son activité de
connaissance signifie la compréhension de la connaissance
à partir de son « accomplissement » comme historique.
Accomplissement, et pas « insertion » dans l'histoire
objective, où la question se poserait de l'« objectivité »
impartiale de la « vision » du passé, au sens de Ranke. Justement, il s'agit de comprendre la connaissance historique
autrement qu'à partir d'une « vision théorique » ou à partir d'une temporalité nivelée ! Précisons. Les sciences historiques procèdent par thématisation de ce qui est d'abord

appréhendé pré-thématiquement. C'est-à-dire ? Tout simplement ce qui est ouvert sur le fondement de l'être-été du Dasein, qui est proprement ouvert sur le mode de la répétition. Autrement dit, l'« objet » propre de l'historien, dont le rapport propre au passé est la répétition, c'est le Dasein ayant-été là, le Dasein « passé », mais tel qu'il apparaît au sein du rapport historique qui le lie à l'historien : comme un possible répétable, que la connaissance doit manifester comme tel. La facticité de l'« objet » historique est donc d'ordre existential, elle ne saisit les « faits » qu'en les comprenant en se dirigeant sur le possible ayant-été là. En ce sens, l'« objet » de l'historien n'est pas la singularité de l'événement unique fermée en elle-même, sous-la-main, ni non plus d'hypothétiques « lois de l'histoire » qui feraient des faits un ensemble de cas, mais, si l'on peut dire, la singularité du possible. Mais cette singularité de l'existence passée n'apparaît qu'à partir de la répétition qui la lie d'abord à l'historien, c'est-à-dire à partir du présent de ce dernier, qui s'annonce à partir de son avenir comme devancement. Dialogue des destins : « La *"sélection"* [*Die "Auswahl"* : le choix] de ce qui doit devenir pour la connaissance historique son objet possible est *déjà impliquée* dans le *choix* factice, existentiel de l'historicité du Dasein, d'où seulement la connaissance historique prend naissance et *est*[19]. » Mais, dira-t-on, ne s'expose-t-on pas ici au risque du pur arbitraire ? Si c'est à partir de l'histoire propre du Dasein de l'historien que son « objet » se montre à lui, tout ne dépend-il pas de sa « décision » ? Mieux, ne voit-on pas renaître ici le spectre de l'historicisme ? Heidegger répond à cette objection de manière générale : « L'ouverture de la connaissance historique, fondée dans la répétition destinale, du "passé", est si peu "subjective" que c'est elle seule au contraire qui garantit l'"objectivité" de la connaissance historique. Car l'objectivité d'une science se règle primairement sur ce critère : est-elle capable d'apporter à découvert au comprendre l'étant thématique concerné selon l'originarité de son être ? Il n'est point de science où la "validité universelle" des normes et les revendications d'"universalité" élevées par le On et son entente puissent moins s'imposer comme critères de la "vérité" que dans la connaissance historique propre [20]. » Soit. Mais l'on voit que la charge de la preuve ne réside nullement sur un critère épistémologique, mais tout entière sur le caractère existentiel de la connaissance de l'histoire, qui seul permet d'écarter des revendications épistémologiques inadéquates, et qui permet de donner un nouveau sens à ces critères : « C'est seulement parce que le thème central de la connaissance historique est à chaque fois la *possibilité* de l'existence ayant-été là, c'est seulement parce que celle-ci, facticement, existe toujours de manière mondo-historiale, qu'elle peut exiger d'elle-même une orientation inexorable sur les "faits" [21]. »

Singulière « scientificité » que celle des sciences de l'histoire ! D'une part, avons-nous dit, elles ne sont pas « nécessaires », d'autre part, fondées dans l'historicité du Dasein, elles n'ont finalement d'intérêt qu'à configurer la figure à chaque fois singulière de celle-ci. Fondées dans l'être historique du Dasein, ayant pour tâche de l'y engager en l'approfondissant, le moment de la « connaissance », en elles, n'est jamais l'essentiel. C'est un moment évanouissant. La vérité (de la compréhension de soi comme historique) tend à s'écarter de toute visée gnoséologique. La « méthode » des sciences historiques s'efface devant la vérité historique, qui est l'existence engagée dans l'histoire [22]. Ce pourquoi aussi, sans doute, le § 76 de *Etre et Temps* sera toujours décevant pour tout historien qui y chercherait des « consignes » épistémologiques. Et Heidegger, qui ne reprendra guère ce projet d'une fondation des sciences de l'histoire après *Etre et Temps,* sinon pour effacer la distinction hiérarchisante et de sens ontologique entre « sciences de la nature » et « sciences de l'histoire », sera amené très vite à souligner l'inadéquation entre l'histoire comprise ontologiquement et la « connaissance historique ». Ainsi, dans le cours de 1935, *Introduction à la métaphysique.* Heidegger, après avoir souligné que la philosophie et la métaphysique ne peuvent être des « sciences » précisément parce que leur questionner est intégralement historique, revient sur la question de la « science historique », en accumulant les restrictions concernant son rapport à l'histoire : « La science de l'histoire de son côté ne détermine pas du tout, en tant que science, le rapport originaire à l'histoire, mais présuppose un tel rapport. Par là seulement la science historique peut, ou bien déformer, mésinterpréter le rapport à l'histoire, qui est toujours lui-même historique, et le réduire à la simple connaissance antiquaire, ou bien elle peut fournir des vues essentielles au rapport déjà fondé à l'histoire et nous laisser faire l'expérience de l'histoire dans notre être-engagé en elle. Un rapport historique de notre Dasein historique à l'histoire peut devenir objet et état élaboré pour le connaître, mais il n'y a là rien de nécessaire [23]. » Ce texte ne dit rien qui ne puisse être rapporté au § 76, même s'il énonce plus « durement » la subordination de la connaissance historique. Mais Heidegger ajoute : « En outre, tous les rapports à l'histoire ne peuvent pas être objectivés scientifiquement ni établis scientifiquement, et, justement, ceux qui sont essentiels ne le peuvent pas [24]. » Demandons, alors, ce que sont ces rapports essentiels, et comment ils peuvent être compris, ou encore comment nous pouvons soutenir vraiment notre rapport à l'histoire. Heidegger, un peu plus loin, écrit : « C'est parce que c'est seulement dans la philosophie – *à la différence de toute science* – que se constituent toujours des rapports essentiels à l'étant, que ce rapport *peut*, et même *doit*, pour nous aujourd'hui être originairement historique [25]. » Le paysage a changé : la philosophie configure historiquement les rapports essentiels à l'étant. Se rapporter essentiellement à l'étant, c'est s'y rapporter historiquement, parce que les rapports essentiels à l'étant se donnent comme histoire de la philosophie. Le vrai rapport à l'histoire, c'est la philosophie elle-même, c'est-à-dire la méditation historique, qu'on doit distinguer de toute considération historiographique. En quoi ? La méditation historique est le rapport à l'histoire comme répétition authentique : créatrice. Le cours de 1937-1938, *Questions fondamentales de la philosophie, problèmes choisis de logique,* dont on lira tout le § 13, qui s'emploie à distinguer la « méditation historique » et la « connaissance historique » dit, y voyant un rapport révolutionnaire à l'histoire comme répétition du commencement et critique du présent : « La méditation historique est fondamentalement différente de la considération historiographique. La connaissance historique a, certes, sa propre utilité comme éducation, médiation connaissante et comme recherche et présentation, et suivant cela elle a aussi ses propres limites. La méditation historique, au contraire, n'est possible, et même nécessaire, seulement que si l'histoire est saisie créativement et co-formativement – dans la création du poète, de l'architecte, du penseur, de l'homme d'Etat [26]. » Dans ce cas, la connaissance historique est totalement laissée sur place : l'histoire considérée « méditativement » – comme reprise et création du « sens » historique – ne saurait l'être par une thématisation objectivante, mais bien seulement dans et par un lien vivant d'accomplissement temporel qui *est* l'histoire : la connaissance historique ne pourra, dans la mesure limitée qui est la sienne, qu'éclairer un rapport qu'elle n'institue pas – que la « méditation historique », rendue nécessaire du sein de l'histoire elle-même, institue, et jamais comme « connaissance ».

II. Délimitations

Le texte recueilli en 1949 dans les *Holzwege,* « L'époque des conceptions du monde *[Die Zeit des Weltbildes]* », prononcé sous forme de conférence en 1938, et qu'on peut rapporter au texte 76 des *Contributions à la philosophie…,* « Propositions sur la science [27] », fournit une méditation de ce qu'il faut entendre par « science ». Cette méditation ne doit plus s'entendre sous la forme d'une fondation philosophique des « sciences », mais comme une situation de leur essence historique : la science doit s'entendre ici en son sens purement « moderne », essentiellement différent de la « doctrine » médiévale ou de l'*episteme* antique. Plus précisément, étant accordé qu'une époque historique se caractérise en relation à l'essence de l'étant et à l'essence de la vérité telles qu'elles y sont métaphysiquement instituées, la méditation de l'essence de la science comme phénomène moderne (parmi d'autres) doit nous permettre de remonter à la détermination métaphysique de l'époque et d'en pénétrer le sens, de comprendre la science moderne comme un phénomène déterminant de l'histoire métaphysique de l'être, c'est-à-dire de l'histoire s'approfondissant de son oubli. Pour le dire autrement, l'essence de la science est ici pleinement historique, elle manifeste le trait décisif d'une époque, les temps modernes, trait qui ne devient compréhensible qu'à le ramener à sa condition métaphysique, qui permet seule de comprendre vraiment l'époque comme telle. Cela ne veut pas dire que Heidegger, pour comprendre l'essence de la science, se confierait maintenant à l'« histoire des sciences » en renonçant au projet d'une fondation systématique. Précisément, la nouvelle insistance sur la « modernité » de la science est ce qui permet, par exemple, de la comprendre dans sa différence de nature d'avec l'*episteme* antique. En tant que la physique aristotélicienne repose sur une tout autre entente de l'étant et du savoir, il est dépourvu de sens de la déclarer fausse par rapport à la physique galiléenne. Comprendre la détermination moderne de la science, c'est en montrer le caractère révolutionnaire. Mais à son tour, cette révolution, l'instauration d'un nouveau sens du savoir, ne se comprend qu'à partir de l'histoire de l'être, elle signifie le déploiement, inaperçu en tant que tel, de ce qu'être veut dire. Ce déploiement prend la figure d'un monde, le nôtre, qui se détermine à partir de la force agissante de la connaissance scientifique, qui arrête la figure même de l'étant, s'assure absolument de son arrêt, et étend à partir de là sa puissance, dans ce qui devient pro-duction du monde dans son effectivité. Autrement dit, si la science devient phénomène fondamental d'une époque, c'est que cette époque se détermine essentiellement à partir même de la connaissance scientifique, et qu'elle peut finir par se comprendre comme « ère atomique », ce qui est tout autre chose qu'une simple dénomination. Ce qui est à comprendre, c'est l'« âge de la science », comme un événement, et pas comme le terme d'un progrès normal de l'humanité.

Heidegger pose que la science moderne doit être comprise comme recherche [28]. A son tour, on peut comprendre la recherche scientifique selon trois traits. La recherche n'est possible qu'à l'intérieur d'un projet fondamental du domaine de recherche qui en trace par avance l'esquisse fondamentale, qui lie la recherche en lui donnant le mode même de sa rigueur propre ; la recherche rigoureuse se meut à partir du projet de son domaine suivant la méthode qui seule donne sens à l'expérimentation ; la recherche se meut suivant un mode constant de réorganisation d'elle-même dans lequel c'est à partir de ses résultats qu'elle restructure à chaque fois ses méthodes et ses buts, ses programmes de recherche. Essayons de préciser ces trois traits, étroitement entrelacés. L'ouverture en projet d'un domaine est le procédé *[Vorgehen]* fondamental de la recherche scientifique. Il détermine comment et comme quoi les phénomènes doivent être compris : ce qu'est et comme quoi on doit saisir un phénomène naturel, par exemple. La physique moderne se caractérise classiquement comme mathématique. Cela ne signifie pas (seulement) que les phénomènes naturels doivent être compris à partir de l'outil mathématique, ou des sciences mathématiques. Il nous faut distinguer le mathématique de la mathématique. Le mathématique est ce qui est connu *a priori* et qui donne accès à l'étant : du corps, la corporéité, du vivant, la vie, etc. Au sein du mathématique ainsi compris, les nombres, dit Heidegger, se mettent singulièrement en avant : la triade n'est pas induite de ma rencontre avec trois pommes, elle est déjà comprise pour que je puisse les rencontrer comme telles. Ce n'est qu'en relation au caractère « mathésique » du savoir que l'exigence de traiter mathématiquement les phénomènes naturels peut se faire entendre [29]. Comment ? Méthodiquement, c'est-à-dire suivant la règle de viser l'étant selon son objectivité possible, c'est-à-dire suivant sa légalité calculable. Le projet scientifique de la nature est le projet d'une légalité. L'expérimentation ne prend sens qu'à partir de cette représentation de la loi que doivent vérifier les phénomènes. L'expérimentation n'a de sens qu'à partir de cette représentation de la loi, qui, elle-même, dépend de l'esquisse fondamentale du plan du domaine de l'étant naturel. L'expérience au sens moderne de l'*Experiment* signifie : « représenter une condition d'après laquelle un ensemble de mouvements peut être suivi dans la nécessité de sa consécution, c'est-à-dire peut d'avance être rendu apte au contrôle du calcul [30] ». Enfin, ceci ne se réalise qu'à travers ce que Heidegger nomme : *der Betrieb* [31]. Les traducteurs des *Holzwege* proposent comme traduction de ce mot : le mouvement de l'exploitation organisée. On pourrait presque traduire, en ayant même dans l'oreille l'inflation contemporaine de ce mot : l'entreprise. Heidegger écrit : « On entendra d'abord par là tout d'abord le phénomène selon lequel une science, qu'elle soit science de la nature ou science de l'esprit, n'atteint de nos jours vraiment à l'autorité de science que lorsqu'elle est capable de s'organiser selon des instituts [32]. » Il n'y a là, malgré l'apparence, rien d'extérieur. L'organisation en « instituts » signifie plutôt la capacité proliférante de la science de s'organiser, si l'on veut de s'auto-organiser, à partir de ses résultats, de restructurer à partir de là son procédé. Précisément, le savoir devient « résultats », mais non bien sûr comme amoncellement de « faits ». Les « faits » ne sont tels que pour autant que, communiqués (pour faire une image, on pensera ici à la naissance d'Internet à partir de l'exigence de mise à la disposition des résultats de la recherche pour la communauté des savants), ils sont réemployés suivant un développement méthodique et expérimental nouveau. Les « résultats » deviennent partie intégrante de la recherche, comme le dispositif expérimental qui permet la fission de l'atome est « théorie congelée ». Victoire du procédé méthodique sur l'étant, c'est-à-dire sur l'étant considéré selon son être spécifique : l'objet scientifique se fait le géométral constamment déplacé des différentes disciplines qui s'y recoupent, recoupement qui produit du même mouvement une spécialisation accrue et des croisements nouveaux (mouvement que Heidegger essaiera de penser plus tard à partir du réseau global de cette objectivité en devenir, la « cybernétique »). Sans doute, à partir de là, la figure du « savant » disparaît. Le chercheur est bien plutôt technicien. Résumons avec Heidegger : « La science moderne se fonde et en même temps se spécialise dans les projets de domaines d'objectivité déterminés. Ces projets se déploient dans le procédé correspondant, assuré par la rigueur. Le procédé s'organise en mouvement d'exploitation. Projet et rigueur, procédé et exploitation organisée constituent dans leur interaction continuelle l'essence de la science moderne, et en font une recherche [33]. »

Soit, dira-t-on. Mais qu'y a-t-il là de nouveau par rapport au projet précédent de fondation existentiale de la connaissance scientifique ? L'esquisse fondamentale n'est-elle pas ici le projet de l'être de l'étant du domaine de recherche ? Justement non. La science moderne renvoie certes en son essence à une appréhension de l'étant en son être et à un concept de vérité, mais au sens d'un fondement métaphysique-historique. Comment ? La vérité propre à la recherche scientifique est la certitude : la recherche vise à s'assurer de son objet, elle vise la certitude quant à l'objet. Pour cela, elle doit d'abord s'assurer d'elle-même. Le projet d'objectivité ne peut en quelque sorte se déployer en l'air, il demande d'abord à se fonder. Le mathématique, comme projet préalable d'un plan fondamental à partir duquel la recherche rencontre ses objets, doit d'abord se poser lui-même en son fondement certain. Qu'est-ce qui peut être le fondement d'un tel projet d'objectivité ? Manifestement, rien d'autre que ce projet lui-même tel qu'il se donne à représenter l'étant comme objet, c'est-à-dire le sujet même de cette représentation, le sujet de la représentation lui-même, co-posé au fondement de toute position d'objet, s'assurant lui-même en sa propre certitude. Ce sujet insigne, à partir duquel l'étant en totalité prend figure d'objet, est l'homme lui-même comme sujet de la représentation, amené à s'assurer de lui-même et de son monde – d'objets. Représenter traduit ici le mot allemand *Vorstellen* : poser devant soi l'étant de telle sorte qu'il ne soit qu'ainsi, rassemblé dans la totalité de sa constance calculable, à partir d'un sujet qui est comme certitude de soi au fondement de la représentation, co-posé au fondement de toute représentation. Si la science comme recherche s'assure de l'être de l'étant de son domaine dans l'esquisse fondamentale qu'elle projette, c'est en tant qu'être veut dire ici être-représenté, objectivité. Etre signifie : condition de possibilité de l'objet. Mais, à son tour, cette condition ne s'auto-assure d'elle-même que dans la certitude du sujet de la représentation, se pensant lui-même et ainsi se posant comme fondement de toute objectivité. Etre veut dire : subjectivité. Ou encore, l'être n'est plus ici que sous la forme unilatérale de l'être même de la représentation, qui étend son règne au sein de l'étant, en même temps que l'« homme », sous la figure du sujet de la représentation, se pousse au centre de l'étant. Ce à quoi renvoie, donc, la science moderne, c'est à la détermination du sens de l'être comme subjectivité représentante, tout étant n'acquérant sa constance objective qu'à partir du représenter propre au sujet. Nous voici ramenés à l'instauration cartésienne [34]. On comprend dès lors pourquoi, à partir de cette assignation, le projet d'une fondation existentiale des sciences par la production d'ontologies régionales ne saurait plus tenir, ni non plus la différence entre les sciences de la nature et les sciences historiques. Si les sciences historiques ont leur mesure propre, qui n'est pas l'exactitude, il reste qu'elles comprennent l'histoire, précisément, comme un objet, et l'expliquent à des fins de consolidation de la certitude de soi de la conscience historique. Si la constitution d'ontologies régionales est insuffisante à éclairer le sens de la science moderne, c'est que cette dernière ne connaît plus de telles régions, qui n'ont plus de sens qu'à partir du réquisit général d'objectivité se ramifiant en méthodes.

Mais si la subjectivité s'assurant d'elle-même et de son monde comme son objet est en elle-même encore une figure déterminée de l'être, la question qui se pose est alors celle, historique, du sens même de l'être ainsi déterminé. Il s'agit bien, encore, « de l'être », mais justement, sous la figure exténuée de la représentation, c'est-à-dire de l'être en tant que tout questionnement le concernant soit mis hors jeu. Le sujet certain de lui-même et déployant cette certitude dans le projet de maîtrise de l'objectivité ne laisse rien, en effet, hors de lui, qui soit encore questionnable. Alors, la tâche de la pensée n'est plus de fondation, elle doit tenter de questionner cette étrange inquestionnabilité. Elle ne peut le faire, en ce qui la concerne, qu'à côté des sciences, et sans jamais prétendre les « maîtriser ». D'une part, ce que nous avons montré, elle est méditation historique, ressaisissant la science comme un destin de l'être. Mais aussi bien, elle doit penser « au sein des sciences », c'est-à-dire à l'âge de la science. « Penser au sein des sciences veut dire : prendre par rapport à elles de la distance, sans les mépriser [35]. »

Que veut dire ici « prendre de la distance » ? Au moins deux choses. D'une part, réanimer le sens de la question : ce qui, du côté des sciences, ne saurait être vu que comme leur ombre portée, la question de leur triomphe sans question. Questionner ce triomphe, c'est poser la question de l'origine de la raison, qui remonte plus loin encore que l'assignation, à partir de l'histoire de l'être, du moment cartésien : nous suivrons cette interrogation suivant une direction, l'interrogation de l'essence de la technique. D'autre part, il faut penser ce qui échappe, alors même qu'elle le dénie, à l'objectivation, et qui, pourtant, même pour elle, pourrait bien être incontournable (ce qui ne veut pas dire qu'elle le sache). Et qu'est-ce qui est ainsi incontournable, et qui appelle à penser, qui ouvre, non pas la méthode de la recherche (qui ne s'ouvre jamais qu'à partir d'elle-même), mais un chemin pour la pensée (qui dépend toujours d'une requête advenant à la pensée) ? Dans le texte « Science et méditation », conférence de 1953 recueillie dans *Essais et Conférences*, Heidegger écrit : « La nature, l'homme, l'histoire, le langage demeurent pour les sciences indiquées [la physique, la psychiatrie, la connaissance historique, la philologie] l'incontournable qui déjà règne à l'intérieur de leur objectivité et à quoi elles sont assignées à chaque fois, mais que pourtant, par leur mode de représentation, elles ne peuvent jamais cerner dans la plénitude de son essence [36]. » Or, cet « incontournable » est inaccessible aux sciences elles-mêmes. Pourquoi ? Non pas parce qu'elles seraient redevables d'une fondation ontologique de leurs objets, mais bien justement parce qu'elles se tiennent dans le cercle s'auto-instituant et s'assurant lui-même de l'objectivité. La science se tient dans l'inaccessibilité à ce qui, de son objet, n'est précisément pas objet, et pas l'inverse. Ou encore : l'objectivité n'est qu'un mode de présence (d'être), historiquement déterminé, de l'étant. Comprendre cela, c'est déjà se tenir dans un régime autre de la pensée, pour lequel la domination de cette figure de l'être devient une question. Une question, et pas le motif d'un refus, comme si la figure risible d'une pensée qui se poserait « contre la science » pouvait avoir le moindre sens. Mais alors, ce dont il s'agit, c'est de préserver, et d'exercer, une pensée « autre », autre que la pensée calculante-objectivante, précisément ce que Heidegger nomme la pensée méditante. L'accès à l'incontournable n'est plus alors méthode, mais chemin appelé par ce qui lui fait question, à savoir ce qui, hors la connaissance objectivante, *est* l'homme, la nature, l'histoire, le langage, et se donne à nous dans un lien d'appartenance que la pensée doit arpenter. Il faut donc distinguer la pensée calculante de la pensée méditante, ce qui signifie aussi se libérer de la philosophie, si celle-ci veut dire la tâche même de la fondation certaine du savoir. Il ne s'agit donc plus du tout de fondation, bien plutôt d'une délimitation, qui permet un exercice autre de la pensée.

III. La question de la technique

1. *Le* Gestell

Dans la représentation, résonne l'appel à l'objectivation. Cet appel n'est pas seulement la carrière ouverte à la connaissance désintéressée. Règne en elle le déploiement d'une puissance qui organise l'étant, dont l'homme devient « comme le maître et possesseur ». Que signifie cet intéressement fondamental de la connaissance, cet entrelacement de la connaissance et du projet de la maîtrise de l'étant, qui donne figure à un monde ? Cette question trouve sa formulation terminale dans la pensée de Heidegger sous la forme de la « question de la technique ». « La question de la technique », c'est le titre du premier texte du recueil *Essais et Conférences*, paru en 1954, qui est la version transformée de la deuxième conférence du cycle de quatre conférences tenu au « club de Brême » en 1949 sous le titre général de *Regard dans ce qui est,* et dont le titre était : « *Das Ge-Stell.* » Ce dernier titre nous conduit immédiatement à la chose : Heidegger pense en effet l'essence de la technique comme « *Gestell* ». Ce mot, qui signifie couramment en allemand quelque chose comme une étagère ou un échafaudage, mais aussi la structure d'une chose au sens banal de son « châssis », de son « bâti », de son squelette ou de sa charpente, est plus ou moins heureusement traduit en français, depuis la traduction d'A. Préau des *Essais et Conférences,* par le mot « arraisonnement », qui a fait fortune dans le vocabulaire philosophique français courant. F. Fédier propose « dispositif », ou, dans une locution développée : « le dispositif unitaire de la consommation [37] ». Dans ce problème de traduction, il en va bien sûr de la compréhension d'un sens. Aussi demanderons-nous : que signifie que l'essence de la technique moderne repose dans le *Gestell ?*

Que signifie l'expression d'« essence de la technique » ? Au début du texte « La question de la technique », Heidegger affirme : « La technique n'est pas la même chose que l'essence de la technique [38]. » On peut d'abord comprendre cette affirmation banalement : l'essence de l'arbre n'est pas un arbre. L'essence de la technique serait alors classiquement « ce qu'est » la technique, ce qui régit généralement tout processus reconnu comme technique. A quoi il serait déjà répondu : technique signifie en général ce qui est vu comme le moyen d'une fin, ce qui est construit comme dispositif instrumental pour effectuer une fin, et ceci par l'homme. Conception instrumentale-anthropologique de la technique, qui peut ensuite être comprise de multiples manières. Cette conception essentialiste n'est pas fausse, elle a même pour elle le privilège de l'exactitude : du galet taillé à la centrale atomique, on peut en effet comprendre l'histoire des techniques sous ce schème. Mais ce qui pose problème, dans cette conception courante, c'est justement... son « essentialisme ». La compréhension de Heidegger de l'« essence » de la technique revient paradoxalement à refuser une telle conception générale, et l'entente de la technique moderne, qui seule est pleinement concernée par sa détermination comme *Gestell,* implique de se tenir à l'écart d'une telle continuité historique ou universelle de la technique. Précisément, la technique comme *Gestell* est profondément différente de toute « technique » précédente : le barrage sur le Rhin est essentiellement distinct du pont sur le Rhin qui lui a laissé la place, pour ne rien dire du galet taillé. L'essence doit donc d'abord être pensée ici autrement. Comment ? On répondra (mais comme on le verra, c'est tout l'enjeu du texte de nous amener à cette compréhension) : l'essence doit être ici comprise historiquement, au sens d'un certain destin de l'être et du décèlement. Demandons donc : comment la « technique moderne » pourrait-elle être une figure destinale de l'être ? Pour le dire autrement : comment le « technique » pourrait-il être un mode suivant lequel l'étant est comme tel, son trait ontologico-historique moderne ? Et que signifie ce trait – comme *Gestell* ?

Heidegger procède d'abord à une analyse de la *technè* grecque, sur le fond d'une analyse de la *poiesis* [39]. Ce qu'il importe de voir concernant la manière grecque de penser la *technè*, c'est qu'elle ne fait pas immédiatement référence à la sphère du fabriquer, mais d'abord à celle du savoir. Le faire de l'artisan est un genre de production qui, se fixant sur le savoir préalable de ce qui apparaît, dé-celé, comme préalable à la venue à la présence du produit, à savoir sa forme, sa matière propre, sa fin et son usage, amène à partir de là le produit à se tenir, dé-celé, dans la présence. Autrement dit : « Le point décisif, dans la *technè*, ne réside aucunement dans l'action de faire et de manier [ce qui ne veut pas dire, bien sûr, que le faire et le manier en soient absents, mais précisément, régis de fond en comble par ce qui les rend possibles, le savoir qui se meut à partir de l'*aletheia*], pas davantage dans l'utilisation de moyens, mais dans le décèlement dont nous parlons. C'est comme décèlement, non comme fabrication, que la *technè* est une production [40]. » Autrement dit, si l'on veut, l'*Homo faber* n'est possible que parce que la « technique » est un mode de l'*alétheuien*, c'est-à-dire une des façons multiples qu'a l'homme de se tenir, dans un savoir, dans l'*aletheia*, c'est-à-dire le caractère dé-celé de l'étant.

Soit. La question qui se pose alors est : qu'a donc à voir avec cette détermination aristotélicienne de la *technè* la technique moderne ? Peut-on la penser comme un certain dé-cèlement de l'étant, où celui-ci prend sa figure en vue d'une production humaine ? En l'occurrence, ne doit-on pas marquer l'écart qu'il y a entre l'artisan antique et sa compréhension philosophique et le moderne technicien ?

Entre les sandales d'Empédocle et les baskets Nike ?
Assurément. Mais la différence ne se montre que dans la
mêmeté, à savoir (et c'est le point décisif), si nous tenons
qu'à sa façon la technique moderne est encore un mode,
historique et destinal, du dé-cèlement, que le faire technique moderne dépend d'un apparaître spécifique de
l'étant (et d'un destin de l'être) qui le rend possible et où
il prend ses consignes et son savoir propre. La question
est alors : quel est ce mode spécifique de décèlement, qui
distingue la technique moderne, et comment l'homme
moderne y prend-il part ? Quelle est ici la « nouveauté »,
au sens radical d'un événement historique incomparable ?

La technique moderne n'aborde plus l'étant dans
l'optique de la production, émergence dans la présence
du produit, mais réquisitionne la nature. Cette réquisition
[*Herausfordern* – on peut aussi traduire ce terme par
« provocation »] doit presque être comprise au sens d'un
défi, d'un challenge, celui, précisément, de rendre disponible tout étant pour une commande consommatrice.
Citons : « Le décèlement qui régit complètement la technique moderne a le caractère d'une installation *[des Stel-
lens]* au sens d'une réquisition. Celle-ci a lieu lorsque
l'énergie cachée dans la nature est libérée *[aufgeschlos-
sen],* que ce qui est ainsi libéré est transformé, que le
transformé est accumulé, l'accumulé à son tour réparti et
le réparti à son tour commué. Libérer, transformer, accu-
muler, répartir, commuer sont des modes du décèlement [41]. » Autrement dit, la « réquisition » – et non la
« production » au sens antique, mais justement, la « production » moderne est à comprendre à partir de la « réquisition » – est l'ensemble articulé et mouvant du dispositif
qui, partant de la nature comme réservoir d'énergie,
amène à rendre disponible tout étant pour une consommation, qui elle-même n'est pas la satisfaction d'un
« besoin naturel », mais un moment d'un processus pour
lequel et dans lequel les « besoins » sont eux-mêmes produits. Maintenant, si la réquisition ainsi décrite joue bien
à l'intérieur d'un décèlement, est encore un advenir de
la vérité (de l'être), il nous faut demander : quelle
« vérité » ? Comment l'étant apparaît-il au sein du décèlement technique moderne ? L'étant décelé à partir de la

réquisition technique l'est comme « *Bestand* », stock ou fonds disponible [42]. Qu'est-ce que cela veut dire ? L'étant apparaît pour les modernes comme objet (pour un sujet). L'avancée contemporaine de la technique permet de dire : la manière de se tenir de l'étant, d'être en vérité, d'apparaître, n'est précisément plus l'objectivité, mais bien la disponibilité, la possibilité d'être à tout moment employé et consommé. La disponibilité dans le cadre de l'extrême fluidité organisée du processus technique, tel est l'horizon à partir duquel se décèle tout étant.

Maintenant, si l'objectivité se fonde dans la figure de l'homme comme sujet, quelle figure de l'homme correspond au décèlement de l'étant comme disponibilité ? Ou encore, s'il s'agit bien d'un destin du décèlement, à qui est-il adressé ? Ce décèlement singulier compris comme destin est précisément ce que Heidegger caractérise par le nom de *Gestell. Gestell* doit être compris comme le rassemblement *(Ge-)* de tous les modes du *Stellen* (du mettre en place pour rendre disponible) qui jouent ensemble dans la réquisition technique. L'essentiel est de comprendre que le « *Gestell* » est l'essence de la technique, c'est-à-dire la technique vue comme un destin du décèlement, vue comme une époque de l'être. *Gestell*, c'est le sens ontologico-historique de la technique, ce qui veut dire que l'homme, précisément, se trouve lancé dans ce destin, se comprend et s'ordonne comme technicien au sens le plus large, et déploie ainsi la puissance technique en disposant partout l'étant à la disponibilité. Mais reposons la question : cet appel, comment l'homme le reçoit-il ? Comment est-il lui-même « disponible » pour cette disponibilité ? Tout le problème, si on nous permet de jouer sur ce mot, serait précisément que l'homme, à l'intérieur du *Gestell*, soit lui-même – disponible seulement, et, pour le coup, indisponible pour une autre disponibilité, concernant son essence propre. Qu'est-ce à dire ? Précisément que l'homme pourrait à son tour être une simple pièce parmi d'autres du grand cycle s'intensifiant de la disponibilité : matériel humain, ressources humaines, consommateur-cible, voire l'homme comme produit du génie génétique. Ce qui menace, dans la technique, au-delà même des perspectives de destruction pure et simple, c'est pour Heidegger cette clôture du processus sur lui-même, y englobant l'homme comme disponible dans une sorte d'immanence dépourvue de sens, nihilisme vertigineux. Le danger concerne donc précisément l'essence même de l'homme, c'est-à-dire d'être le répondant de l'être même !

2. La technique comme danger

La technique comme *Gestell* est « danger suprême ». Qu'est-ce que cela veut dire ? Evacuons d'abord un malentendu : Heidegger n'est pas « contre » la technique, et méditer le *Gestell* comme « danger suprême » ne revient pas à le « dénoncer », ni non plus à se réfugier dans la nostalgie du vieux pont sur le Rhin (ou plutôt : soyons généreux. Oui, « opposition » et « nostalgie » sont aussi des pentes du texte de Heidegger, et de son pathos. Mais on peut, et on doit, nous semble-t-il, lire les textes selon une autre pente). Ce qui est périlleux, dans la technique, est tout simplement que, répondant à son appel sans en être conscient, l'homme s'y comprenne à son tour comme disponible, à son tour une pièce parmi d'autres de la disponibilité générale. Manifestement, c'est à l'homme qu'est envoyé le destin du décèlement comme disponibilité, il est d'abord celui qui est requis à accomplir cette manifestation inédite de l'étant. A cet égard, comme celui qui est d'abord ainsi requis à accomplir la réquisition de l'étant, sa mise à disponibilité, il n'est pas lui-même simple pièce du stock du disponible. Mais cela ne signifie pas pour autant qu'il soit le maître du dispositif : tout au contraire, si la « maîtrise technique » est elle-même un élément du dispositif, c'est précisément à se comprendre comme seigneur de la terre que l'homme se livre le plus à devenir tendanciellement une simple pièce du dispositif qu'il prétend maîtriser. Première ambiguïté : alors même que l'homme pourrait bien ne plus apparaître que comme un matériau disponible, il se conçoit comme « seigneur de la terre ». La maîtrise technique est aussi bien le signe d'une impuissance fondamentale, d'une impropriété fondamentale de toute maîtrise, dans laquelle l'homme s'en-chevêtre (et, sans doute, dans cette figure du retourne-ment de la maîtrise en esclavage, du contrôle en désastre, etc., on pourra loger bien des perplexités et des interro-gations contemporaines, dont la pointe inquiète repose sur la question : plutôt que d'en être un accident, ces retournements n'appartiennent-ils pas à l'essence même de la raison, se réalisant dans la techno-science et la maî-trise ambiguë de la nature ?). Mais justement, deuxième ambiguïté : alors même qu'il donne pour ainsi dire les pleins pouvoirs à l'appel du *Gestell,* allant jusqu'à y conformer son être, c'est cet appel comme tel, c'est-à-dire comme destin du décèlement que l'homme n'entend pas, ne considère pas. Ou encore : le caractère ontologico-his-torique de la technique comme un destin de l'être lui échappe résolument. Que le *Gestell* soit « encore » un des-tin de l'être s'évanouit, et par là toute chance de le com-prendre et de poser vraiment la question du mode d'une correspondance possible à ce destin. Par là, c'est l'es-sence même de l'homme qui risque de sauter en l'air, c'est-à-dire, justement, sa correspondance historique à l'être même, qui lui est question à lui-même adressée, question de son essence propre. En ce sens, l'époque de la technique pourrait être le règne du sans-question, l'évi-dence équivoque d'une fonctionnalité parfaite où la maî-trise humaine de la nature serait le leurre par excellence.

L'essence de la technique, dit Heidegger, n'est rien d'humain. Il faut s'entendre : cela ne signifie pas qu'elle est une fatalité venue d'on ne sait où. Aussi bien, l'essence de l'homme, à son tour, n'est rien d'humain, c'est-à-dire de centré sur soi : l'essence de l'homme est son rapport historique à l'être. Que l'essence de la technique ne soit rien d'humain veut dire qu'on ne saurait la comprendre « anthropologiquement », et, positivement, qu'elle est bien un destin de l'être. Ce n'est pas l'« homme » qui, à partir de lui-même, produit le règne de la disponibilité. Mais il a à en répondre, à y correspondre, à la penser : c'est là le domaine même d'une liberté. Paradoxalement, ce n'est que lorsque la technique est pensée non anthropologique-ment que l'homme peut aussi y trouver à sauvegarder son essence, c'est-à-dire le rapport à l'être et au décèlement qui s'y manifeste encore, alors qu'à suivre une ligne exclusivement « anthropologique » il risque de s'y « perdre », c'est-à-dire à perdre le rapport à l'être même. Voici l'ambiguïté sur quoi tout repose, qui tient à la concurrence de deux écoutes, ou à la concurrence d'une écoute et d'une surdité : ou bien entendre dans le destin technique... le destin de l'être, ou bien se conformer à l'appel du *Gestell*, et ceci d'autant plus qu'on ne l'entend pas comme tel, et se fermer au rapport à l'être même, constitutif de l'humanité même de l'homme. L'ambiguïté est aussi le domaine d'une décision, qui recoupe les voies de la pensée calculante et de la pensée méditante, et dont l'enjeu est le rapport à l'être comme essence de l'homme. Nous sommes à la croisée des chemins. Pour la signifier, Heidegger cite et médite ces vers de Hölderlin : « Mais là où il y a danger, là aussi / Croît ce qui sauve [43]. »

Bien, dira-t-on. Il s'agit donc de nous « sauver », c'est-à-dire, comme l'écrit Heidegger : « reconduire dans l'essence, afin de faire apparaître celle-ci, pour la première fois, de la façon qui lui est propre [44] ». Mais comment la pensée de l'essence de la technique comme *Gestell,* comme envoi de l'être, pourrait-elle nous « sauver » ? Le danger a été circonscrit : il concerne l'essence même de l'homme, son rapport possible à l'être, et aussi bien, à partir de ce possible fondamental, l'ensemble de ses possibles. Le danger n'est pas contingent : c'est l'être même, qui, comme *Gestell*, se tourne vers nous et nous concerne ou se détourne de nous. L'être même en ce sens est le danger. Ce qui permet à Heidegger de dire que les effets destructeurs visibles de la technique ne sont pas le plus inquiétant : « On ne considère pas que ce que les moyens de la technique nous préparent, c'est une agression contre la vie et contre l'être même de l'homme, et que, au regard de cette agression, l'explosion d'une bombe à hydrogène ne signifie pas grand-chose. Car c'est précisément si les bombes de ce type n'explosent pas et si l'homme continue à vivre sur la terre que l'âge atomique amènera une inquiétante transformation du monde [45]. » Mais, dira-t-on, se tourner vers le *Gestell* et le méditer – en quoi est-ce que cela nous « sauve » ? Quelle est la sphère de puissance de la pensée méditante ? Justement, il ne s'agit pas de « puissance ». Si, radicalisant les enjeux, Heidegger écrit : « Aucun individu, aucun groupe humain, aucune commission, fût-elle composée des plus éminents hommes d'Etat, savants ou techniciens, aucune conférence des chefs de l'industrie et de l'économie ne peut freiner ou diriger le déroulement historique de l'âge atomique. Aucune organisation purement humaine n'est en état de prendre en main le gouvernement de notre époque [46] », c'est bien en supposant que ces « organisations purement humaines » sont elles-mêmes dépendantes d'un mode de pensée et d'agir radicalement dépendant de la technique elle-même, mais ce n'est assurément pas pour prendre leur place. Il s'agit plutôt, par la pensée, de préparer et de sauvegarder les possibilités d'une pensée autre que la pensée calculante, de penser autrement, au sein du monde de la technique, de notre monde, le rapport de l'homme à l'être, à partir même de cette époque. Mais penser autrement – quoi ? Comment ? A la fin de « La question de la technique », revenant sur la pensée de l'essence qui a dirigé tout le texte, Heidegger distingue l'essence pensée sous le mode métaphysique, et l'essence comme ce qui, historiquement, dure, parce qu'il a été accordé, jouant de la proximité du *Wesen*, au sens verbal, du *wärhen*, durer, et du *fortgewärhen*, accorder [47]. En ce sens, la méditation de l'essence de la technique, pensée comme destin de l'être, nous conduirait au durer de ce qui a été accordé, approprié dès l'origine : *Ereignis*. Le *Gestell* serait le prélude, pour une pensée qui s'y risquerait, de l'*Ereignis*. Revenant aussi sur le sens de la *technè* grecque, Heidegger remarque que ce mot qualifiait aussi jadis ce que nous appelons aujourd'hui les beaux-arts. *Poiesis* veut aussi dire poésie [48]. L'art serait un domaine d'explication avec la technique moderne, capable de fonder un autre habiter, une autre essence que la non-essence technique.

Tout cela est peu et beaucoup à la fois. Nous voulons dire : si on attend de la « pensée de la technique » de Heidegger des consignes pour enrayer la destruction violente de la planète, on fait fausse route. De même, si on y cherche un refuge nostalgique pour fuir l'époque et la vilipender, il est bien sûr qu'on le trouvera, et qu'on ne sera pas plus avancé pour autant. L'essentiel ne nous semble pas là. Où, alors ? Au moins, la pensée de Heidegger peut nous aider à formuler une question (ce qui ne veut pas dire y trouver une réponse). Comment, au sein même d'un monde de plus en plus décisivement marqué, transformé et déterminé par les techno-sciences, chercher et trouver le lieu d'un questionnement qui n'élude pas cette prégnance technique et qui en fasse un problème, sans être pour autant une pièce du « dispositif » qui régit ce monde ? Comment, au sein même du développement de la puissance technique, de la maîtrise du monde et des hommes – interroger, au-delà même de la sphère de la puissance et de ses réquisits, en vue d'une liberté ? Si la puissance n'est pas la liberté, quel est, au sein d'une époque marquée par la puissance, le lieu « effectif » de la liberté, de notre « essence » ? Nous ne pensons pas que la pensée de Heidegger fournisse une batterie de réponses toutes faites à cette série de questions qui soutiennent son interrogation sur l'essence de la technique. Qu'elle puisse aider à les poser est l'essentiel.

*

Notes

1. Hw, p. 247, trad. fr. p. 322, Paris, Gallimard, coll. « Idées ».
2. WhD, p. 4, trad. fr. p. 26.
3. ZSD, p. 79, trad. fr. in *Questions IV*, p. 137.
4. ZSD, p. 79, trad. fr. in *Questions IV*, p. 138.
5. ZSD, p. 79, trad. fr. in *Questions IV*, p. 138.
6. SuZ, p. 9-10.
7. GPh, p. 75, trad. fr. p. 78.
8. FnD, p. 51, trad. fr. p. 79.
9. Autour du problème de la causalité, cf. GA 31, § 15 b ; autour du problème de la vie, cf. GA 29-30, § 45 b. Pour aborder les problèmes de la physique quantique telle que Heidegger la considère, on se reportera à l'article de C. Chevalley, « La physique de Heidegger », in *Les Etudes philosophiques,* juillet-septembre 1990.
10. GA 20, p. 2.
11. SuZ, p. 153.
12. GA 20, p. 298.
13. SuZ, p 357-358.
14. SuZ, p. 362.

15. SuZ, p. 362-363.

16. GA 25, p. 27, trad. fr. p. 46.

17. SuZ, p. 396.

18. SuZ, p. 396.

19. SuZ, p. 395.

20. SuZ, p. 395.

21. SuZ, p. 395.

22. Cette approche du problème des « sciences humaines » délimite le sens de la pensée herméneutique de Gadamer, telle qu'elle se déploie dans son ouvrage *Vérité et Méthode*.

23. EdM, p. 33, trad. fr. p. 54, Paris, Gallimard, coll. « Tel ».

24. EdM, p. 33, trad. fr. p. 55.

25. *Idem.*

26. GA 45, p. 43.

27. GA 65, p. 145-159.

28. Hw, p. 71, trad. fr. p. 102.

29. Hw, p. 71-72, trad. fr. p. 103.

30. Hw, p. 74, trad. fr. p. 106-107.

31. Hw, p. 77, trad. fr. p. 110; et *Complément 2,* Hw, p. 90, trad. fr. p. 127-128.

32. Hw, p. 77, trad. fr. p. 110.

33. Hw, p. 79-80, trad. fr. p. 113.

34. Hw, p. 80-89, trad. fr. p. 113-125.

35. Hw, p. 195 (« Le mot de Nietzsche "Dieu est mort" »), trad. fr. p. 256.

36. VuA, p. 60, trad. fr. p. 72.

37. Cf. Fédier, « Causerie chez les architectes », in *Regarder voir,* Paris, Les Belles Lettres, 1995. Sur ce sujet et le problème de la traduction de *Gestell,* cf. aussi D. Janicaud, *La Puissance du rationnel,* Paris, Gallimard, 1985, p. 270-271.

38. VuA, p. 9, trad. fr. p. 9.

39. Pour une analyse développée de la *techné* aristotélicienne, ressaisie à partir du sixième chapitre du livre VI de l'*Ethique à Nicomaque,* on lira le § 7 du formidable cours de 1924-1925, *Le Sophiste de Platon* (GA 19) et, plus généralement, toute sa partie introductive.

40. VuA, p. 17, trad. fr. p. 19.

41. VuA, p. 20, trad. fr. p. 22.

42. VuA, p. 20, trad. fr. p. 23.

43. VuA, p. 32, trad. fr. p. 38.

44. *Idem*

45. *Gelassenheit,* trad. fr. in *Questions III,* p. 174.

46. *Ibid.,* p. 175.

47. VuA, p. 47, trad. fr. p. 40-41.

48. VuA, p. 38, trad. fr. p. 46.

CHAPITRE VI

La langue

Se retournant sur son chemin de pensée dans le dialogue intitulé « A partir d'un entretien de la langue entre un Japonais et un questionnant », écrit en 1953-1954 à l'occasion de la rencontre avec le professeur Tezuka, et publié dans le recueil *Acheminement vers la langue,* Heidegger écrit ceci : « […] c'est seulement vingt ans après l'écrit d'habilitation [le travail de 1915 sur *Le Traité des catégories et de la signification chez Duns Scot*] que je me suis risqué dans un cours à situer la question en quête de la langue. Cela se passait à l'époque où pour la première fois j'ai communiqué dans des cours des interprétations d'hymnes de Hölderlin. Durant le semestre d'été 1934, je fis un cours dont le titre était : "Logique". C'était en fait une méditation sur le *logos,* où je cherchais l'essence de la langue. Puis, presque dix ans passèrent encore jusqu'à ce que je sois en mesure de dire ce que je pensais – le mot approprié fait encore aujourd'hui défaut [1]. » Ce texte fournit bien plus qu'une périodisation commode pour traiter de la lente genèse de la pensée de l'« essence de la langue » *[« Wesen der Sprache »]* chez Heidegger. En effet, à le lire, une chose, d'abord, saute aux yeux : dans ce regard en arrière, une station manque de façon criante : *Etre et Temps.* Qu'en est-il donc de la question de la langue dans l'œuvre inaugurale ? Heidegger a pris le soin de déclarer dans la réplique précédant celle que nous venons de citer : « Je ne sais qu'une seule chose : c'est parce que la méditation de la langue et de l'être oriente depuis le début mon chemin de pensée que l'examen de leur site demeure autant à l'arrière-plan. Peut-être est-ce le défaut radical du livre *Etre et Temps* que je me sois trop tôt aventuré trop loin [2]. » Nous avons bien lu : l'auto-interprétation de Heidegger met à l'origine de son chemin de pensée la question des « rapports » entre langue et être (ce qui ne veut pas dire, sans plus, que le temps est « remplacé » par la langue, bien sûr !), question qui, restant à l'arrière-plan en raison même de son initialité, rend compte de l'avancée trop aventureuse de *Etre et Temps*. Comment comprendre, à partir même de ce que *Etre et Temps* articule (et n'articule pas) quant à la « langue », ce jeu entre la réserve d'une question et l'avancée trop aventureuse d'une démarche ? Mais notre périodisation dit plus que ce statut étonnant de *Etre et Temps* quant à la question de la langue : se remémorant sa première situation de l'essence de la langue, Heidegger fait référence à un cours du semestre d'été 1934, intitulé *La Logique comme question de l'essence de la langue* (récemment publié comme tome 38 de la *Gesamtausgabe*, nous n'avons pas pu en tenir compte). Qu'est-ce qui légitime le passage d'une « logique », de la question du *logos*, à la question de l'essence de la langue ? Comment comprendre ici la « logique », et que signifie la recherche de l'« essence de la langue » ? En tout cas, cette dernière ne signifie pas une « linguistique » (ce qui ne signifie pas pour nous que la ou les linguistiques doivent être sans plus « récusées », mais bien que les déplacements de sens des concepts et les ruptures, par rapport aux entreprises linguistiques, doivent être repérés et fournir le thème d'un « travail aux limites), et pas non plus une « philosophie du langage ». Pour, au moins, deux raisons : d'une part, la langue et la question de son essence sont ici prises en vue et questionnées à partir même de la question « langue et être », et non pas comme la question thématique s'enquérant de l'essence d'une région particulière, « la langue » ou, encore, le « et » signifie que ce qui vient en question, sous le titre de l'essence, ou de l'être de la langue, c'est aussi bien la question de la langue de l'être, de la langue comme « maison de l'être », comme l'écrira Heidegger dans la *Lettre sur l'Humanisme* ; d'autre part, la question de l'essence de la langue *(Sprache),* ce n'est pas la question de l'essence du « langage » : langue dit ici, toujours, une langue de fait, « historique », telle qu'elle est parlée et parlante, dans des œuvres de parole singulières, et pas la capacité universelle des sujets parlants à parler, à s'exprimer, à signifier. Mais qu'est-ce que cela veut dire ? Nous pouvons retenir une autre indication de notre texte : cette problématique de la langue, elle s'est fait jour dans le voisinage de la lecture de Hölderlin, à l'écoute de la poésie. Il n'y a pas là une rencontre fortuite : sans la rencontre pensante de la poésie, plus précisément de celle de Hölderlin (puis de quelques autres, rares), la pensée de la langue, la pensée « ontologique » de la langue, n'aurait pas été possible.

Ces brèves indications, qui sont donc autant de questions, organiseront notre réflexion en trois moments. Nous traiterons d'abord de la problématique (en retrait et aventurée) de la langue dans *Etre et Temps*. Le fondement existential de la langue est ce que l'ontologie fondamentale nomme « discours ». La problématique du discours et de la discursivité (qui ne se limite pas au difficile § 34, mais conquiert son phénomène propre dans l'analyse phénoménologique de l'appel de la conscience) se déploie dans un horizon complexe de problèmes, où entre aussi en jeu la question de la discursivité propre de la recherche phénoménologique, que nous essaierons d'abord de débrouiller. Ensuite : comment comprendre la question de l'essence de la langue, telle qu'elle se fait jour à partir de la lecture de Hölderlin, et le « renversement » qu'elle implique de la perspective de *Etre et Temps* ? La conférence de 1936, « Hölderlin et l'essence de la poésie », dit *« Nur wo Sprache, da ist Welt [...]* [3] *»*, ce qu'on peut traduire de manière développée et maladroite : c'est seulement où il y a langue qu'un monde est là. La perspective propre à *Etre et Temps* est autre : si la structure de l'ouverture au monde est bien discursivement structurée, il n'en reste pas moins que la langue n'est « là » qu'à partir de l'ouverture du monde. L'« ordre d'implication » est inverse. Nous aurons donc à comprendre ce « renversement », et ce que signifie cette ouverture-en-langue du monde. Enfin : il n'y a pas de « philosophie du langage » chez Heidegger, disions-nous plus haut. La raison dernière en est avancée avec force par Heidegger dans *Acheminement vers la langue* : il ne s'agit pas de fournir un discours théorique objectivant sur, à propos de la langue, mais de penser à partir de la langue, à l'écoute de la langue, y correspondant, de faire l'expérience de l'essence de la langue. Nous aurons donc à comprendre ce que signifie cette expérience à partir de quelques lieux énigmatiques et splendides d'*Acheminement vers la langue*. On remarquera que dans les trois moments proposés de la réflexion, ce qui est sans doute le plus difficile n'est pas de comprendre d'hypothétiques « énoncés positifs » de Heidegger sur la langue ou les phénomènes discursifs (d'autant qu'il s'agira toujours de déborder l'horizon strictement énonciatif-propositionnel de la compréhension logico-grammaticale, indexée sur le sens de l'être comme réalité, de la langue), mais bien de réformer notre rapport à la langue, de combattre nos habitudes héritées, d'aborder la langue non métaphysiquement.

I. Le discours

1. Discours et langue

Au § 18 de *Etre et Temps,* au terme provisoire de la mise en évidence de la mondanéité du monde, dans sa fixation dans le concept de significativité, *Bedeutsamkeit*, Heidegger écrit ceci, qui vaut pour une approche existentiale de la signification : « Mais la significativité elle-même, avec laquelle le Dasein est à chaque fois déjà familier, abrite en elle la condition ontologique de possibilité permettant que le Dasein compréhensif, en tant qu'il est également explicitatif, puisse ouvrir quelque chose comme des "significations" qui, de leur côté, fondent à nouveau l'être possible du mot et de la langue [4]. » Nous avons là une hiérarchie fondationnelle assez simple. Le Dasein se comprend comme être-au-monde, cela veut dire : il se donne lui-même à comprendre dans tel ou tel pouvoir-être en se renvoyant au monde qu'il tient ouvert comme significativité, c'est-à-dire comme totalité articulée de sens. Pour autant que, de tel ou tel point de vue, au cœur de sa préoccupation, il explicite à chaque fois ce qu'il comprend, l'explicité venant expressément à la présence, la totalité de sens qu'est le monde s'analyse en significations. Ces significations sont elles-mêmes la possibilité du mot et de la langue. De la significativité, du monde, à la langue, la conséquence est bonne. Il restera à comprendre comment, mais, en tout cas, il s'agit bien d'une « conséquence » : le monde est ici pré-langagier (ce qui ne veut pas dire qu'il n'a pas toujours déjà été exprimé, en fait, en une langue de fait, mais ce fait est ouvert en sa possibilité à partir de sa condition, qui est le monde). La relation entre le monde et la langue est certes essentielle : dans le cours de 1923-1924, *Prolégomènes à l'histoire du concept de temps,* Heidegger écrit en effet du choix du terme *Bedeutsamkeit* pour exprimer la mondanéité du monde : « […] je conviens volontiers que cette expression n'est pas la meilleure, mais je n'ai rien trouvé de mieux depuis des années, et avant tout rien qui exprime mieux la relation essentielle du phénomène avec ce que nous désignons par signification au sens de la signification de mot *[Wortbedeutung],* de telle façon que le phénomène se tienne dans une relation interne avec la signification de mot, le discours. Cette relation entre discours et monde est peut-être encore maintenant entièrement obscure[5]. » Mais cette « relation interne » est exprimée dans le même cours de la manière suivante : « La significativité est d'abord le mode de présence à partir duquel tout étant du monde est découvert. La préoccupation comme constamment orientée, en tant que déterminée par sa vue et sa compréhension, vit d'abord dans les complexes de significations primaires, ouverts par la circonspection explicitante préoccupée. Pour autant que le Dasein est déterminé essentiellement par ceci qu'il parle *[dass es spricht],* qu'il s'exprime langagièrement *[dass es sich ausspricht],* qu'il est discourant, qu'il laisse voir, ouvrant et découvrant en tant que parlant, il est par là compréhensible qu'il y a par là quelque chose comme des mots qui ont une signification. Non pas qu'il y ait d'abord des mots-sons, et qu'avec le temps ces mots deviennent pourvus de significations, au contraire, ce qui est primaire, c'est l'être-au-monde, c'est-à-dire le comprendre préoccupé et l'être dans le complexe de significations, lesquelles significations, à partir du Dasein lui-même, viennent à l'ébruitement, au son et à la communication sonore. Ce n'est pas le son qui devient signification, mais au contraire les significations s'expriment dans les sons[6]. » Là aussi, la signification est première, d'abord idéalement hors langue, et le problème de la genèse existentiale de la langue n'est que le devenir-mot de la signification. Le problème est celui de… l'ébruitement. Mot et langue sont ici secondarisés. Il y a là un premier exemple de la trop grande avancée de *Etre et Temps* : en effet, en note de son exemplaire de *Etre et Temps*, à la phrase du § 18 que nous citions en ouverture, Heidegger a inscrit manuellement ceci, qui vaut comme une des rétractations les plus sèches de toutes ces notes : « Faux. La langue n'est pas ainsi sédiment dernier [*aufgestockt*, une dernière "couche"], mais est l'essence originaire de la vérité comme là[7]. »

Mais le dernier texte cité a avancé une détermination du Dasein : celui-ci est parlant, il discourt. Comment comprendre le discours ? Le § 34 de *Etre et Temps,* « Dasein et discours. La langue *[Da-sein und Rede. Die Sprache]* », comprend le discours comme un existential fondamental du là. Le deuxième alinéa de ce paragraphe dit en effet : « Le discours est existentialement cooriginaire avec la disposition et le comprendre[8]. » Et en tant que tel, il est le fondement ontologico-existential de la langue. Déterminons d'abord ce qu'il faut entendre par discours. Le discours est l'articulation de la compréhensivité, du compréhensible. Comment comprendre cette « articulation », mot que Heidegger reprend à W. von Humboldt, cité à la fin du paragraphe ? Comment le discours, le Dasein discourant, articule-t-il le compréhensible ? Heidegger écrit : « Le discours est l'articulation "significative" de la compréhensivité de l'être-au-monde auquel l'être-avec appartient et qui se tient à chaque fois en une guise déterminée de l'être l'un avec l'autre préoccupé. Celui-ci est discourant en ce sens qu'il acquiesce, décline, requiert, avertit – en tant qu'il débat, confère, intercède – en tant qu'il dépose et parle au sens précis du "discours"[9]. » Insistons : le discours est compris ici comme

concept rassemblant tous les modes pragmatiques possibles du discours. Le discours, même, est abordé à partir de cette « pragmaticité » ramenée à autant de possibilités discourantes pour le Dasein existant. Cela veut dire
d'abord : le discours sur le mode de l'énoncé *(Aussage)*
n'est qu'un mode parmi d'autres de discours. Il est très
important de le remarquer : le § 34 fait suite à deux paragraphes qui ont traité de l'explicitation et de ce mode
dérivé de l'explicitation, l'énoncé, dans un souci de
secondariser l'énoncé, d'en exhiber la dérivation existentiale, permettant ainsi la critique de l'abord logico-énon-
ciatif de l'être. Originairement, l'explicitation n'a pas
besoin de l'énoncé (dans la forme S est P). Explicitant,
c'est-à-dire découvrant tel ou tel outil, le découvrant,
donc, à partir du monde comme significativité, comme
l'outil qu'il est, le comprenant ainsi dans sa signification,
c'est-à-dire comme lui-même, je ne le thématise pas, je
n'ai pas besoin de l'aborder au fil de l'énoncé. Tout au
contraire, l'abord énonciatif opère une démondéanisation
de l'outil : « Le marteau est lourd », cela signifie (dans
une entente purement énonciative, car cela peut aussi être
une exclamation, un regret, un avertissement à celui qui
travaille avec moi pour lui dire de faire attention) « A la
chose marteau (comme *vorhanden*) comme sujet appartient la propriété de la lourdeur [10]. » Le « comme » originairement herméneutique, explicitant au cœur de la préoccupation, a cédé la place au « comme » apophantique,
et la situation ontologique a entièrement viré : l'abord
énonciatif de l'étant, et de l'être, a pour seul horizon
ontologique la « réalité ». Soit. Mais l'explicitation anté-
prédicative, anté-énonciative-propositionnelle, ne signifie
pas qu'elle est anté-discursive, que par exemple l'anté-
prédicatif est le royaume de l'intuitif-sensible. Tout au
contraire ! Le deuxième alinéa du § 34 dit en effet : « [Le
discours] repose déjà au fondement de l'explicitation
et de l'énoncé. » Ce que l'explicitation explicite, et
pas d'abord en énoncés, et fût-ce silencieusement, est
donc déjà du compréhensible discursivement articulé. Il
est très important de le remarquer. Car la destruction de
l'abord « logique » de l'être, de son abord à partir du
logos entendu comme énoncé ne signifie pas que l'être se

trouve « livré au sentiment », mais bien la libération
d'autres formes « pragmatiques » de discursivité (on n'a
pas trouvé d'autre façon de formuler la chose) qui, du
coup, de la rhétorique où elles étaient traditionnellement
exilées, se retrouvent investies d'une portée véritative.
Cela vaut éminemment, comme on le verra, de l'appel. Et
c'est aussi le sens du souhait de Heidegger à la fin du
§ 34 : il faut libérer la grammaire de la logique, c'est-à-
dire ne pas comprendre le *logos* en général à partir d'un
logos particulier, l'énoncé prédicatif, ce qui à la fois
rétrécit le champ du discours, et le comprend à son tour
dans l'horizon ontologique de la réalité. Et, écrit Heidegger, « Dans cette perspective, il s'impose de s'enquérir
des formes fondamentales d'une articulation significative
possible du compréhensible en général, et non pas seulement de l'étant intramondain tel qu'il est connu dans une
considération théorique et exprimé dans des propositions [11] ». Mais nous avons anticipé. Reposons la question : de quelle façon le discours, le Dasein discourant,
articule-t-il le compréhensible, ce qui est ouvert dans le
comprendre (et, aussi bien, dans la disposition) ?

Reprenons, au risque de nous répéter, nos analyses du
premier chapitre. Le discours est une structure à quatre
pôles. A tout discours, c'est-à-dire à toute performance
discourante du Dasein (nous partons bien ici d'un abord
« sémantique » au sens de Benveniste, même si ce « rapprochement » demanderait à être longuement réfléchi ; en
général, la phénoménologie du discours à l'œuvre dans
Etre et Temps amène immanquablement à ce rapprochement avec Benveniste, et aussi avec les théoriciens du
« *speech act* »), il appartient un « ce sur quoi », ou un « ce
dont » on discourt ; un « discouru », « ce qui est dit » de
ce dont on parle ; une « communication », un partage de
ce qui est dit ; et une fonction d'annonce, d'expression de
ce qui est dit. Ces quatre pôles forment structure, sont
indissociables. Là aussi, il faut faire attention. Si cette
structure du discours l'assigne à référer, à signifier, à
communiquer et à exprimer, il faut comprendre cette qua-
druple fonction existentialement. Si nous partons de l'expression : elle ne signifie pas la profération d'un dedans
au-dehors, mais le devenir-exprès de l'être-au-monde

comme être-au-dehors. De même, la communication n'est pas l'entrée en communication de deux sujets isolés, mais doit être pensée sur le fondement du partage du monde commun. A leur tour, signification et référence doivent être pensées, non pas à partir de la représentation signitive, mais à partir de la transcendance du Dasein et de son être auprès des « choses ». Tout est métamorphosé. Mais il y a plus. En effet, les quatre pôles structuraux du discours doivent être à chaque fois compris suivant leurs diverses modalités pragmatiques possibles. Le « ce sur quoi » et le « ce qui est dit » d'un appel, par exemple, ou d'une prière, ou d'un ordre, comme tels, ne sont pas le « ce sur quoi » et le « ce qui est dit » d'un énoncé ! Enfin, en tant que le discours est un existential, que l'existence est mienne, que j'ai à être moi-même, le discours devra être modalisé en propre et impropre.

Au discours, il appartient l'entendre. Heidegger écrit : « Rien ne manifeste mieux la connexion du discours avec le comprendre que cette possibilité existentiale qui appartient au discours lui-même : l'entendre [12]. » Qu'est-ce que cela veut dire ? Entendre veut dire « comprendre », ou, plutôt, si nous partons d'une situation de discours, « entendre » le discours de l'autre, c'est toujours le comprendre, c'est-à-dire être auprès de la chose dont on me parle selon ce qu'on m'en dit. Alors même qu'on me parle, bien sûr, je ne suis pas en train d'ouïr un fouillis sonore que j'aurais ensuite à animer d'une intention de signification. Je suis auprès de la chose qui m'est dite. L'entendre n'est jamais l'accueil de pures données sonores, l'entendre, même lorsqu'il ne s'agit pas d'un « discours », perce immédiatement vers la chose. Comme le dit Heidegger, ce que j'entends, ce n'est pas d'abord un pur bruit sensible, mais la « moto », la « voiture », etc. [13]. Sur cet entendre, se fondent un écouter possible, et toutes ses modalités. Soit. Mais ce que cet exemple montre, aussi, c'est que, discourant, si je ne suis pas auprès, d'abord, d'un pur bruit, je ne suis pas non plus auprès d'une pure signification. La priorité de l'entendre ne signifie pas le privilège du « signifié ». On veut dire par là : entendre, c'est entendre la chose même, certes selon ce qui en est dit, et certes, en tant que chose comprise, découverte à partir même de l'ouverture du monde qui est totalité de significations. Mais la « signification », ici, ce n'est justement pas un signifié, pas non plus un sens idéal. Ou encore : ce qui est entendu, c'est-à-dire compris, c'est bien la chose dans sa signification, mais cela veut dire : la chose elle-même, comme la chose qu'elle est. La « signification », cela veut dire, ni plus ni moins, la « chose » dans la modalité de sa donnée, de son être découvert, dans sa vérité – « comprise ». La « signification », cela ne veut pas dire une « couche » surajoutée à la chose, mais bien la chose même, à découvert. On ne peut guère, ici, aborder dans sa complexité la « doctrine » de la signification et du sens à l'œuvre dans *Etre et Temps*. On dira seulement : tout ce qui est du registre du sens ou de la signification, dans *Etre et Temps,* doit être compris à partir du comprendre, c'est-à-dire de l'ouverture du Dasein, c'est-à-dire à partir de la vérité. L'abord du discours, dans *Etre et Temps*, n'a rien à voir, au fond, avec une doctrine de la signification qui prendrait pour thème premier la signification dans son idéalité (et telle qu'elle s'élabore, d'une manière d'abord restreinte, dans la première *Recherche logique* de Husserl), et encore moins avec une sémiologie (et, à cet égard, le § 17, « Renvoi et signe », qui n'a aucun rôle « positif » dans toute l'économie de l'ouvrage, laisse perplexe), ce qui, du reste, pose la question de la possibilité de la fondation de telles doctrines sur le fondement existential du discours, telle qu'elle est demandée par Heidegger à la fin du § 34.

Jusqu'à présent il a été question du « discours ». Quelle langue parle le discours ? Le fait est qu'il en parle une, qu'il parle en une langue, mais de telle sorte, comme le disent les *Prolégomènes à l'histoire du concept de temps,* qu'« Il y a langue seulement parce qu'il y a discours, et pas l'inverse [14] ». Comment le comprendre ? Heidegger reconnaît le caractère provisoire de la recherche existentiale à cet égard : la fin du § 34, après avoir déclaré que l'être de la langue restait obscur, finit par déclarer, seulement : « La recherche philosophique devra ici renoncer à une "philosophie du langage" pour s'enquérir des "choses mêmes", et se mettre ainsi dans l'état d'une problématique conceptuellement clarifiée [15]. » Que nous dit cependant ce paragraphe de la langue, telle que la fonde existentialement le discours, la discursivité propre au Dasein compréhensif? La langue est le mode mondain du discours. Heidegger écrit, et c'est tout ce qui nous sera dit sur le sujet dans *Etre et Temps* :

« Si le discours, l'articulation de la compréhensivité du Là, est un existential originaire de l'ouverture, et si celle-ci est primairement constituée par l'être-au-monde, alors le discours doit lui aussi avoir essentiellement un mode d'être spécifiquement mondain. La compréhensivité affectée de l'être-au-monde s'exprime langagièrement comme discours *[spricht sich als Rede aus]*. Le tout de signification de la compréhensivité vient à la parole *[kommt zu Wort]*. Aux significations, des mots s'attachent, ce qui ne veut pourtant pas dire que des choses-mots soient pourvues de significations.

« L'être exprimé *[Die Hinausgesprochenheit]* du discours est la langue. Cette totalité de mots où le discours a un être "mondain" propre devient alors, en tant qu'étant intramondain, trouvable comme un à-portée-de-la-main. La langue peut être morcelée en choses-mots sous-la-main. Le discours est existentialement langue, parce que l'étant dont elle articule significativement l'ouverture a le mode d'être de l'être-au-monde jeté, assigné au "monde"[16]. »

Ce long morceau valait d'être cité en entier : il décrit plus une situation problématique qu'il ne cherche à la comprendre. Que veut dire que le compris dans le discours vient au mot, vient à être dit en une langue ? La chose est laissée dans l'obscurité. C'est-à-dire : le « rapport » du Dasein à la langue n'est pas exploré plus loin. Il est à cet égard très impressionnant que, reprenant apparemment cette description du venir au mot, le texte de 1957, « L'essence de la langue », dira : « C'est uniquement parce que, dans notre parler quotidien, la langue elle-même ne se porte pas à la parole, mais se retient en soi que nous pouvons, grâce à cela, parler une langue, c'est-à-dire traiter dans le parler de quelque chose à propos de quelque chose[17]. » Continuité et métamorphose de cette problématique : c'est précisément dans l'expérience de « ne pas trouver ses mots » que le « rapport à la langue » pourra, fugitivement, nous effleurer, en ceci qu'il nous précédait en son retrait même. Mais précisément, dans *Etre et Temps*, ce « rapport » ne nous précède pas. D'abord, il y a le discours qui articule le compréhensible, et « ensuite », dans un ordre de fondation, bien sûr, il y a le discours en langue. Mais d'où vient la langue, que nous trouvons avec nous ? Précisément, de notre facticité, de l'être-jeté : le déjà-là de la langue est le déjà-là de notre être-jeté dans le monde. Nous trouvons avec nous une langue « maternelle ». Mais comment la trouvons-nous ? Que veut dire : la trouver, c'est-à-dire, une fois de plus, « trouver ses mots », dans cette langue qui est avec nous, et qui n'est pas seulement un ensemble de mots-choses et pas non plus seulement un « système de signes » ? Bien sûr, la langue (comme totalité de mots, formulation prudente et bien générale) peut être trouvée comme un outil, voire comme un étant sous-la-main, comme le dit notre texte, et faire ainsi l'objet d'une considération « objective », oublieuse de sa provenance existentiale. Mais comment concevoir son existentialité propre ? Heidegger n'en dit rien. Le § 34 se termine par une question, destinée à la fondation d'une « science de la langue » qui amènera en fait une métamorphose de la pensée même de Heidegger : « Est-elle [la langue] un outil à-portée de la main à l'intérieur du monde, ou bien a-t-elle le mode d'être du Dasein – ou ni l'un ni l'autre[18] ? » On peut rêver, instruit de la suite, sur ce « ni l'un ni l'autre ». Mais il n'y a là, pour *Etre et Temps*, qu'une question ouverte sans réponse. Reconnaissons que la périodisation retracée par l'entretien avec le Japonais pouvait, à cet égard, faire l'élision de *Etre et Temps*.

2. Du bavardage et du silence

La fenêtre ouverte sur la question de la langue au § 34 ne s'ouvrira plus, essentiellement, dans tout *Etre et Temps*. En revanche, la problématique du discours s'épanouit bien au-delà dans l'ouvrage. En effet, le § 34 annonce les deux modalisations possibles, suivant la question de la propriété du Dasein, du discours : bavardage ou faire-silence. Nous serons plus prolixes sur le silence que sur le bavardage. Le faire-silence est en effet l'« œuvre » du discours comme appel (de la conscience), et le dégagement de la structure de l'appel a une importance cardinale pour toute la suite de la pensée de Heidegger.

Dans le § 34, en effet, est esquissée une possibilité insigne du discours, le *« Schweigen »*, le « faire-silence », qui « brise le bavardage » : « Pour pouvoir faire-silence, le Dasein doit avoir quelque chose à dire, c'est-à-dire disposer d'une ouverture propre et riche de lui-même. C'est alors que le silence gardé *[Verschwiegenheit]* manifeste et brise le "bavardage". Le silence gardé en tant que mode du discours articule si originairement la compréhensivité du Dasein que c'est de lui que provient le véritable pouvoir-entendre et l'être l'un-avec-l'autre lucide. » Comment le comprendre, et d'abord, qu'est-ce que le bavardage en tant que mode impropre du discours ? Nous avons déjà rencontré le phénomène dans notre premier chapitre, et on se contentera d'en accentuer quelques traits. Le bavardage *[das Gerede]* est le discours du On, discours de personne, « universel reportage », qui instaure l'horizon aveugle à lui-même d'un être-explicité-public, sens commun déjà-là à partir duquel je me comprends, comprends toute chose et tout autre, en tant qu'à partir de lui je discours à mon tour, c'est-à-dire reprends le déjà-dit, le re-dis, un tour de plus, un tour pour rien, rumeur s'enflant d'elle-même. Cette possibilité, du côté du discours, est possibilisée par l'importance que prend un pôle de sa structure : celui de la communication. Le discours communique – quelque chose sur quelque chose. Dès lors que la communication devient directrice, elle instaure son propre réquisit : que le message passe (et repasse), et peut dès lors permettre que ce qui importe soit alors « ce qui est dit » (ce qui vaut universellement de la chose, opinion dominante, « bien connu »), à l'écart de la chose dont on parle. On s'entend d'autant mieux qu'on ne sait plus de quoi on parle, faute d'en faire une expérience propre. Ce dont on parle vaut pour tacitement accordé. Le discours, « déraciné », c'est-à-dire coupé d'une relation originaire à sa chose, se vide, plane à la dérive. Le Dasein est en suspens, son discours est ce suspens, dans lequel il flotte, dans lequel on flotte. Ce qui compte est alors, à l'extrême, le pur *dictum*, le on-dit, autorité du « il a dit », il a été dit. Précédence de ce bavardage : tout discours « propre » se voit contraint, d'abord, de rompre avec cet horizon d'autant plus prégnant qu'il est imperceptible. Tout discours propre est retrait de cet espace public, tout « enracinement » d'un discours « vrai » est ré-enracinement. L'« enracinement » n'est jamais simplement donné, le discours est d'abord sourd et aveugle. Et toute « communication véritable » (car il ne s'agit pas d'une critique de la communication, du « partage », en tant que tels) n'est possible que par le détour de cette brisure. Soit. Mais comment s'effectue-t-elle ?

Par et dans le « faire-silence ». Le faire-silence est le mode discursif d'appropriation de soi, comme retrait du bavardage et possibilité retrouvée d'un rapport propre à autrui, d'entente et d'écoute d'autrui dans sa singularité. Or, cette discursivité essentielle, qui instaure en général une propriété de soi, c'est-à-dire la possibilité d'un discours propre, d'un discours « enraciné », et d'une réelle communication avec autrui, par la brisure de l'écoute impropre, c'est celle de la conscience (on ne reviendra pas sur nos analyses de la conscience au chapitre II, on voudrait centrer les analyses présentes sur la dimension discursive, sous la forme de l'appel, de la conscience). Ou, plus précisément, « la conscience », attestant pour le Dasein l'exigence de sa propriété, est un certain discours, un mode de discursivité dans lequel le Dasein se parle à lui-même, s'appelle à être lui-même. Et à partir de là, l'appel de la conscience, discours appelant à la propriété, est la possibilité même, la source et la ressource de toute discursivité « vraie ». Au fondement de tout « enracinement » du discours, il y a un discours singulier, m'appelant à la vérité de moi-même. On pourrait dire : il n'y a de « vérité discursive » possible que parce que, discursivement, retentit un appel à la vérité, qui m'appelle. C'est le propre du discours qui, ainsi, se fait aussi entendre. Le point de départ de l'analyse de la conscience, c'est en effet la situation de celle-ci comme voix qui donne à comprendre. Ce que nous appelons conscience : rien d'autre qu'une certaine voix. Il ne s'agit pas là d'une métaphore, d'une « image », comme le serait, par exemple, la figuration kantienne de la conscience comme tribunal. La conscience est une voix qui appelle, et qui doit être ressaisie dans la dynamique même de son appel, suivant son sens discursif et pragmatique propre. Formellement, tout discours est discours sur, ou à propos de quelque chose. Mais, pour un appel, le « ce sur quoi » signifie l'appelé à... (il y a du reste un très grand inconfort à rendre compte descriptivement et énonciativement de la forme performative de l'appel de la conscience). Celui qui est ainsi appelé, nous le savons, c'est le Dasein en tant qu'il est appelé, qu'il s'appelle à être lui-même. Mais, derechef, à quoi (moment de la « signification ») est-il concrètement appelé ? Nous le savons aussi – à rien, rien au sens d'un événement du monde. « Ce qui » est recelé dans l'appel, c'est l'intimation à être proprement le pouvoir-être que le Dasein est, et ceci, accordé à l'angoisse, en tant qu'aucune signification intramondaine ne saurait être relevante. L'appel passe toute signification intramondaine puisée dans le On. L'appel, en ce sens, est voix de l'être-au-monde lui-même, appelant à l'assumer en propre. L'appel ne prend pas thématiquement en vue un étant particulier ou même un pouvoir-être particulier. Il passe tout étant intramondain comme signifiant, possibilité d'orienter ma propre compréhension. En ce sens, l'appel est appel de l'être, voix de l'être. Appel (de l'être) à être, appel à être en vérité. On dira que cette lecture est exorbitante, qu'elle en appelle en sous-main à la pensée ultérieure de Heidegger. Et pourtant non. Le § 57 détermine l'appelant (le « *Es* » du « *Es ruft* ») comme le Dasein dans son inquiétante étrangeté. La voix de la conscience est en ce sens voix étrangère, voix de « l'être-au-monde originellement jeté en tant qu'hors-de-chez-lui, il est le "que" nu dans le rien du monde [19] ». Cette étrangèreté de la voix de la conscience, de la conscience comme voix, est bien étrangèreté extrême, celle de l'(avoir à) être pur et nu, celle du monde comme possibilité, non-étant. Mais, dira-t-on, cette « voix », elle est bien voix de la conscience, et Heidegger ne la détermine pas comme voix « de l'être ». Sans doute, mais nous savons qu'il ne faut pas, d'une part, substantialiser cette « conscience » : elle ne se donne que comme voix, et, d'autre part, « la conscience », cela « veut dire », tout bonnement : s'appeler à être du fond de la transcendance expérimentée dans l'inquiétante étrangeté ouverte dans l'angoisse. Ce que nous voulons dire : la thématique existentiale être (et non pas étant) et discours (et pas encore : langue) est phénoménologiquement abordée dans *Etre et Temps* au cours de l'analyse de l'appel de la conscience. Ce que nous avions vu dans notre quatrième chapitre, qui témoignait du « passage », dans la pensée de Heidegger, d'un appel à l'autre [20], se confirme ici du point de vue de la question du discours. Mais justement, c'est le passage à une pensée de la langue qui permettra de « passer » véritablement à une thématisation des rapports de la langue et de l'être, qui les pensent à partir de l'*Ereignis*. Et dans cette analyse, se mettent en place des structures qui, bouleversées (à partir d'une nouvelle pensée de la langue), commanderont la pensée de la langue (on le montrera concrètement).

Nous avons dit que la « voix de la conscience » n'était en rien une métaphore. A une condition : c'est qu'une voix puisse être silencieuse. Ou encore, qu'au « discours » l'« ébruitement » ne soit pas nécessaire. Heidegger écrit en effet, pour caractériser l'appel de la conscience comme communication : « L'appel se passe de tout ébruitement. Il ne se porte surtout pas à des paroles *[Er bringt sich gar nicht erst zu Worten]* – et pourtant, il reste rien de moins qu'obscur et indéterminé. La conscience parle uniquement et constamment sur le mode du faire-silence [21]. » Comment comprendre ce qui est déterminé ensuite comme « défaut de formulation verbale *[Fehlen einer wörtlichen Formulierung]* [22] » ? D'une part, le faire-silence peut être compris de manière simple : la voix de la conscience ramène du bavardage, le faisant apparaître pour la première fois comme tel, elle l'éteint, le fait taire, en un sens, en ceci qu'il n'est plus relevant, qu'il ne fait plus sens, qu'il n'est plus qu'inanité sonore. Et comment donc cela pourrait-il s'accomplir autrement qu'en se taisant soi-même – afin de retrouver la possibilité d'une parole autre, et autrement risquée, d'établir une autre « communication », d'isolé à isolé ? Soit. Mais à tout prendre, il n'y aurait là qu'un éloge de la taciturnité, bien connu de maintes disciplines spirituelles (et aussi de beaucoup d'apologies bavardes de toutes sortes de « taiseux »). Il faut voir aussi que l'appel qui intime cela est en lui-même silencieux. Le silence est intimé – par une voix silencieuse. Le silence (comme modalité du discours, et non pas comme simple négativité de l'absence de profération) est au cœur du discours, l'appel appelle silencieusement au silence, et n'est qu'ainsi la ressource de toute discursivité vraie. Le silence est parlant. Ou encore : l'appel au silence est appel du silence, et il s'agit là d'une modalité discursive. Certes, il est toujours scabreux de produire des discours autour d'un appel silencieux, et l'on voit bien, ici, que tout « rapprochement » avec quelque linguistique que ce soit devient impossible. Aussi bien, mais ce n'est là qu'aiguiser la difficulté phénoménologique de l'entreprise, tout dépend à vrai dire de l'entente qui est en nous de la voix de la conscience ! La voix de la conscience est d'abord le témoignage ontique, montant du Dasein lui-même, de sa possibilité d'être lui-même, dont le phénoménologue dégage les conditions de possibilités ontologiques. Mais ce phénomène, la conscience comme voix, dépend tout entier d'une entente, d'une écoute, qui certes n'est pas thématique, mais suit l'appel suivant sa vection propre. Tout dépend d'une écoute, qui est une certaine expérience, expérience d'une voix intimant d'être soi-même en vérité, et qui est silencieuse. Ainsi appelle la voix étrangère. Dès lors que la langue, dans sa précédence, ouvrira en vérité le monde dans le poème, et que sa facticité deviendra point de départ, il ne s'agira plus, alors, que de cette écoute, que de cette expérience. Ce que nous allons voir.

A tous les égards, en tout cas, la position de *Etre et Temps* quant à la question de la langue est absolument remarquable : la langue est bel et bien secondarisée au profit du discours, la question de son être reste obscure. Mais par ailleurs, l'élargissement de la discursivité au-delà de l'énoncé propositionnel, la prise en vue de l'appel silencieux de la conscience, qui peut être interprété comme appel de, à, l'être, et comme une première thématisation de l'ordonnancement ontologique du « langage », installent des structures de pensée qui, alors même que le paysage sera entièrement bouleversé, animeront encore la pensée de Heidegger.

II. La langue dans le poème

Etre et Temps laisse indécis l'être de la langue. Au contraire, la conférence de 1936, « Hölderlin et l'essence de la poésie » est on ne peut plus tranchante : « La langue n'est pas un outil disponible *[ein verfügbares Werkzeug]*, mais cet événement appropriant *[dasjenige Ereignis]* qui dispose de la plus haute possibilité de l'être-homme[23]. » A vrai dire, à lire cette conférence, qui suit cinq « paroles directrices » tirées de Hölderlin, on ne peut qu'être surpris du style péremptoire qui s'y fait jour. On a dit que Hölderlin avait « délié » la langue de Heidegger. On dirait mieux : il lui a ouvert un chemin vers l'essence de la langue. Il faut comprendre cette « déliaison » dans sa radicale singularité historique. C'est trop peu dire, encore, que de parler de la mise en route de la question de la langue, chez Heidegger, à partir de la rencontre de « la poésie ». La poésie, Heidegger l'a rencontrée à même Hölderlin, de manière radicalement historique. C'est-à-dire : dans la poésie de Hölderlin, œuvrant la langue allemande, comme ouverture d'un à-venir historique allemand. La rencontre de la langue sera toujours rencontre d'une langue, enfoncement dans une singularité de langue qui affleure seulement dans la singularité d'une langue historique, affleurant elle-même dans la singularité d'une œuvre poétique, et qui pose la question du dialogue éventuel des langues (et, singulièrement, le « dialogue » de la langue grecque et de la langue allemande), le problème de la traduction. Passer du « discours » à la langue, ce n'est pas passer d'une linguistique du « discours » (sémantique au sens de Benveniste) à une linguistique de la langue au sens « formel » (sémiotique au sens de Benveniste). C'est passer d'un préalable à la langue encore « formel », au sens de l'ontologie fondamentale, le discours, à la langue factice, historique, dans laquelle le discours, toujours-déjà, s'exprime, et dans laquelle il a la possibilité poétique de « s'exprimer ». C'est en ce point que tout se retourne : œuvrant poétiquement la langue, le Dasein ne « s'exprime plus », il ne porte plus au langage ce qui était préalablement compris. Dans l'œuvre de langue, radicalement, le monde s'ouvre, le poème en langue parle un monde. Dans le poème, la langue trouve son espace originaire : fondation d'un monde, langue (historique) de l'être (historique). C'est en ce sens que, en sa pointe originaire, la langue peut être dite : langue de l'être, témoin de l'être. On est passé de l'appel de la conscience, qui témoigne, avère le Dasein en sa possibilité propre, à la langue de l'Etre, comme ouverture performante d'un monde historique. Etre, ici, veut dire : ouverture d'un monde historique. La problématique « être et langue » est en fait transformée en celle-ci : comment un poème singulier ouvre-t-il un monde singulier ? Et aussi bien, la position de la question est elle-même transformée : il ne s'agit pas de répondre « théoriquement » de cette question, de parler « de » la poésie, mais de répondre de cette ouverture. C'est en ce point qu'on fausse définitivement compagnie à toute « philosophie du langage ». La pensée est ici dialogue pensant avec la poésie, elle se met sous la puissance ouvrante de la poésie, elle accepte d'en recevoir sa fondamentale donnée, elle œuvre elle-même à l'ouverture de ce que le poème a ouvert, en grâce d'une histoire à venir. Il n'y a pas plus ici de « philosophie de la poésie » que de linguistique. Le renoncement à une philosophie du langage implique aussi le renoncement à tout abord « esthétique » de la poésie. Cette « décision », qui implique l'authentique « rencontre » de la pensée et de la poésie doit être comprise dans sa plus grande radicalité. Bien sûr, cette radicalité est aussi sa difficulté : on ne peut dissimuler que le penseur laisse entièrement l'initiative au poète, et que la pensée de la langue du poème ne vise en dernière extrémité qu'à rendre la parole, entière, au poète. L'interprétation pensante n'est pas un « commentaire », elle est un acheminement vers ce que dit le poème afin de s'abolir dans ce dit. Essayons maintenant de comprendre cette nouvelle position de la question de l'essence de la langue.

Reprenons. « Ce n'est pas nous qui possédons la langue, c'est la langue qui nous possède, pour le meilleur et pour le pire [24] », affirme Heidegger dans son premier cours public consacré à Hölderlin. A partir de ce que nous avons déjà dit, au moins une chose est claire : cette thèse n'est pas une thèse « structuraliste » affirmant la constitution du « sujet » au travers de la langue comme système. Pourquoi ? D'abord parce que la langue est ici abordée à partir du poème, comme œuvre de langue. Cette œuvre est comprise comme fondation historique du Dasein, du Dasein d'un peuple (ce qui, certes, pose bien des problèmes, que nous aborderons dans notre chapitre consacré à la « politique » de Heidegger). Mais que veut dire que la langue « nous » possède ? Qui est ce « nous » ? Il s'agit de nous comme Dasein historique fondé dans le poème comme instituant un monde. Au début de la deuxième partie de la conférence de 1936, Heidegger écrit : « Qui est donc l'être humain ? Celui qui doit témoigner [zeugen] de qui il est. Témoigner signifie d'abord un annoncer [Bekunden] ; mais signifie du même coup : se tenir, pour l'annoncé, dans l'annonce. L'homme est celui qu'il est dans l'attestation de son Dasein propre [in der Bezeugung des eigenen Daseins] [25]. » Problématique de l'attestation de soi, de l'être soi dans et comme cette attestation. *Etre et Temps* disait à cet égard : « Mais l'attestation d'un pouvoir-être propre est donnée par la conscience [26]. » Pensant plus historiquement, c'est-à-dire non plus à partir des conditions existentiales de l'historicité, mais à partir de l'histoire singulière comme événement originaire de la levée d'un monde, la conférence de 1936 comprend cette attestation de soi comme création d'un monde historique, qui atteste du même coup de l'appartenance de l'homme historique à la terre. Cette création d'un monde historique est advenue de l'histoire originaire [27]. Mais cette instauration d'un monde historique, d'où tout étant reçoit son apparaître, cette histoire originaire, est précisément l'œuvre même de la langue : là seulement où il y a langue, il y a monde. A son tour, cette thèse n'est pas une thèse « générale », mais bien une thèse historique, singulière. La langue, comme fondant un monde, est langue du poème, mise en œuvre dans le poème. Le Dasein a bien son fondement dans la langue, dans sa langue, à condition d'ajouter : comme Dasein historique, à l'écoute de la langue originaire, le poème.

On dira pourtant : mais enfin, la langue déborde de toute part le poème. Certes. Mais tout dépend de notre point de départ quant à la langue : soit nous partons des énoncés du « langage ordinaire », soit nous partons de là où il est « purement » parlé. Il est purement parlé dans le poème. Mais qui décrète qu'il est purement parlé dans le poème ? Rien d'autre que le poème lui-même, c'est-à-dire l'écoute du poème. Pourtant, insistera-t-on, il y a langue hors du poème. On parle, on discourt autrement qu'en poème. Oui, bien sûr – mais la question est alors : comment comprendre cet « autrement » ? La décision de Heidegger est on ne peut plus tranchée : la distinction qui séparait le discours comme bavardage du discours propre de l'appel de la conscience se déplace, dans la langue, entre deux « usages » (mais il ne s'agit pas simplement d'« usages », il y a plutôt, d'un côté, la langue œuvrée poétiquement, et, de l'autre, la langue dont on use) de la langue, l'usage poétique et l'usage ordinaire. C'est en ce sens que, commentant Hölderlin, Heidegger détermine la langue comme le plus périlleux des biens. Comprenons comme péril l'être-exposé de la langue dû à son essence même, c'est-à-dire au jeu de son essence et de sa « contre-essence ». Ce péril est double. Le péril est d'abord celui de la fondation. Œuvrant le poème, le poète se tend à l'extrémité du pouvoir de la langue, il dit le monde de manière inaugurale, il projette un monde dans l'infrayé. Péril de la création. Mais le péril veut dire aussi : la langue, qui est ainsi langue essentielle, est aussi exposée au péril de son déclin. La langue essentielle est déploiement de la langue, son événement originaire. Mais le cours de 1934-1935 dit : « Le caractère périlleux de la langue, c'est la détermination la plus originelle de son essence. Son essence la plus pure se déploie initialement dans la poésie. Elle est la langue primitive d'un peuple. Mais le dire poétique décline, il devient "prose", d'abord de manière propre, puis médiocre, et pour finir, bavar-

dage. La conception scientifique de la langue et la philosophie du langage partent de cette utilisation quotidienne
de la parole et donc de sa forme dégradée, et elles consi-
dèrent de ce fait la "poésie" comme l'exception à la règle.
Tout est donc sens dessus dessous [28]. » Et c'est précisément en raison de cet abord que la perspective « scientifique » sur la langue la comprend à partir du concept de
signe, vocal ou graphique, signifiant une signification qui
se réfère à une chose. Cette perspective n'est pas fausse.
Seulement, elle se cantonne à partir de ce qui, de la
langue, est sa retombée. Ou, pour le dire autrement : on
s'est souvent étonné d'une « conception heideggerienne
de la langue » qui semble superbement ignorer toute
« sémiologie ». Mais c'est qu'il ne s'agit pas du tout de
cela pour Heidegger, mais de la ressaisie, pour le dire
ainsi, de la racine même de toute « signifiance », comme
les noces premières de l'Etre et du poème. Le poème
fonde un monde, cela veut dire : il ne dit pas après coup
des choses déjà là, il ne signifie pas, il ouvre un monde.
Ce que *Etre et Temps* comprenait comme *Bedeutsamkeit*,
le monde comme totalité de signification une et entière,
est proprement historiquement installé à partir de l'œuvre
poétique, qui devient son foyer. Le poème est origine de
toute « signification » historique, langue du monde. Mais
cette origine peut aussi bien se dissimuler à son tour,
n'être pas entendue. Comment ? Le poème lui-même peut
être pris comme un énoncé, ou, encore, le poème peut être
à son tour repris dans le langage « inessentiel ». Heidegger écrit : « Le poème se laisse répéter, relater sous forme
d'un résumé de son contenu, et cela d'une façon correcte.
Une transformation en compte rendu factuel est possible
pour tous les dires. Par exemple, une prière qui s'adresse
aux dieux peut être rendue proposition par proposition :
l'homme parlait au dieu, et sa prière a tel et tel contenu.
De même un dire questionnant peut être rendu par une
relation du contenu de la question [29]. » On avait insisté,
concernant *Etre et Temps*, sur la libération de formes
pragmatiques autres que celles de l'énoncé propositionn-
nel, ce qui formait le projet d'une « libération de la grammaire » de la logique (de l'énoncé propositionnel). On
voit ici que le péril propre à la langue, comme déclin

possible, c'est bien le péril interne de l'unilatéralité de l'énoncé, ou plutôt, ici, du compte rendu. C'est-à-dire une possibilité toujours là d'une fonction strictement objectivante de la langue, non respectueuse de sa pragmaticité propre, perdant, de la langue lorsqu'il s'agit du poème (ou de la prière), son adresse à nous-mêmes, son être adressé à nous, et le comment de cet être-adressé. Péril qui guette aussi bien tous les « énoncés » de Heidegger à propos de Hölderlin, et aussi bien tous ceux que nous pouvons à notre tour produire quant à ces énoncés. On comprend mieux pourquoi la dimension de l'expérience pensante de la poésie est ici aussi radicale que menacée. A vrai dire, on peut encore invoquer la figure de l'appel de la conscience : de même que l'appel ne demandait que sa bonne « réception », qu'on le suive et qu'on ne s'engage pas dans un colloque infini avec soi, de même ici la dimension de l'adresse propre au poème doit être ce qui nous enjoint premièrement. En tout cas, cela nous amène à la « thèse » suivante, qui doit être prise comme point de départ de toute la méditation ultérieure de Heidegger sur l'être de la langue : « [...] jamais la poésie ne se saisit de la langue comme d'un matériau sous-la-main, mais c'est bien la poésie elle-même qui possibilise d'abord la langue [30]. »

Mais si la langue en poème ouvre ainsi un monde, est le foyer du monde, alors, cette parole originaire se trouve être la condition même de tout entendre et de toute écoute ultérieurs. La troisième partie de la conférence de 1936 part de ces vers de Hölderlin :

> L'homme a expérimenté beaucoup.
> Des célestes nommés beaucoup,
> Depuis que nous sommes un dialogue
> Et que nous pouvons entendre les uns des autres.

Heidegger écrit à la suite : « L'être de l'homme se fonde dans la langue ; mais celle-ci advient historiquement proprement d'abord dans le dialogue *[im Gespräch]*. Celui-ci n'est pourtant pas seulement une modalité pour la langue de s'accomplir, la langue n'est essentielle que comme dialogue [31]. » Que signifie ici ce

« dialogisme » inhérent à l'accomplissement de la langue ? Justement pas le dialogue de l'un avec l'autre, justement pas la langue vue comme médiateur, dans le dialogue, de l'être l'un avec l'autre. Au contraire, pour pouvoir entendre l'autre, pour pouvoir, du même coup, entendre et discourir avec l'autre, il faut déjà que la langue nous ait été adressée. Le discours et l'entendre se fondent dans la langue, et non l'inverse. Renversement une fois de plus vérifié par rapport à *Etre et Temps*. Mais alors, que veut dire au juste « dialogue », si le dialogue essentiel n'est pas un dialogue de l'un avec l'autre, de Dasein à Dasein ? Heidegger écrit (et sans doute est-ce en ce point que tout « dialogisme » au sens des « philosophies du dialogue » se trouve refusé) : « Nous sommes un dialogue – et cela veut dire : nous pouvons entendre les uns des autres. Nous sommes un dialogue, cela signifie en même temps toujours : nous sommes UN dialogue. Mais l'unité d'un dialogue consiste en ce que, à chaque fois, l'un et le même soit manifeste dans la parole essentielle, à partir duquel nous nous unissons, sur le fondement duquel nous sommes nous-mêmes, unis, et ainsi en propre [32]. » Cela veut dire : c'est seulement à partir de l'unité du monde fondée par le poème que se donne la possibilité d'un dialogue de l'un à l'autre, qui puisse être éventuellement controverse, débat, conflit. Mais ce « dialogue » est déjà accordé par un dialogue qui est en vérité monologue, ouverture historique du monde dans le poème, à partir du poème, « ce qui demeure ». Ou encore, comme le dit la cinquième partie de la conférence : « Le fondement du Dasein humain est le dialogue comme advenir historique propre de la parole. Mais la langue originaire est la poésie comme instauration de l'être [33]. » En ce sens, ouvrant historiquement un monde, instaurant l'Etre, dans le poème, c'est bien la langue elle-même, ainsi à nous adressée, qui parle et nous donne la possibilité de discourir.

On a pu apprécier le chemin vers l'essence de la parole, de *Etre et Temps* à la conférence de 1936, ou au cours de 1934-1935, qui en est la première élaboration. Rupture, événement, pour la pensée : la rencontre de Hölderlin. Il s'agit bien d'une rupture, violente, qui s'inscrit dans le tournant de la pensée de Heidegger. Mais si la langue-en-poème est ouverture du monde, instauration de l'être, comment comprendre l'être même de la langue ? C'est la question unique du recueil *Unterwegs zur Sprache*.

III. « *Die Sprache spricht* »

1. La parole donnée

Le recueil *Unterwegs zur Sprache* rassemble six textes élaborés et parfois prononcés sous forme de conférences qui vont de 1950 à 1959. Comme son titre l'indique, tous les textes de ce recueil tentent de s'acheminer vers la « langue », de faire l'expérience de son essence. Nous ne pouvons guère, ici, entrer dans le détail de ces textes labyrinthiques, autonomes et renvoyant chacun l'un à l'autre dans la dimension d'une « expérience » de l'essence de la langue, dans le voisinage de la poésie : celle de Trakl, de George et de Hölderlin. Plus que jamais, ce que nous écrivons a fonction d'« introduction » : il ne s'agit que de porter une faible lumière sur des textes encore réservés. Au cœur de ces textes, et reprenant leur enjeu fondamental, se trouve un « renversement », qui nous invite à comprendre « l'essence de la langue » comme « la langue de l'essence », à faire l'expérience pensante, en somme, de cette caractéristique de la langue formulée dans la *Lettre sur l'Humanisme* : la langue est la « maison de l'être ». Ici aussi, il s'agit d'entendre le mot d'essence, *Wesen*, non pas comme un concept général, mais au sens verbal. *Wesen* signifie une chose dans le déploiement de son être, advenant à elle-même dans son propre événement. En ce sens, l'essence de la langue, c'est la langue comme telle, se montrant et s'installant en son origine. Ce déploiement de la langue nous concerne : il est à nous adressé, il « est » dans le rapport que nous entretenons à la langue. Ce rapport n'est pas rapport entre, d'un côté, une langue, et de l'autre un « sujet ». Dans le déploiement de la langue comme telle, le rapport à nous, qui parlons la langue, se trouve inclus.

Comment le comprendre ? Il faut en faire l'expérience. Dans *Unterwegs zur Sprache,* cette dimension d'expérience, propre à la pensée de la langue, est essentielle. Comment comprendre une expérience qui est aussi un cheminement ? L'expérience est faite comme ce cheminement : il s'agit de trouver un chemin, d'accomplir un chemin qui nous permette de faire l'expérience du déploiement de la langue, dans lequel nous nous trouvons toujours déjà. L'expérience de la pensée, ici, retrouve le déploiement de la langue dans lequel, en tant qu'être parlant, nous sommes déjà engagés. Le déploiement de la langue, et le rapport que nous entretenons avec lui, nous ont toujours déjà précédés. C'est d'abord en ce sens que la langue parle, et non d'abord nous-mêmes. Bien sûr, nous parlons, mais la possibilité de cette parole se trouve dans l'adresse que la langue, se déployant, nous a toujours déjà tendue, adresse qui, la plupart du temps, reste celée, alors même que nous sommes adroits à parler. Il s'agit d'abord de retrouver le sens de cette adresse celée. La situation est à tous égards difficile : il est plus facile d'affirmer formellement une « précédence » que de la penser rigoureusement, c'est-à-dire d'y être pensivement fidèle. Le début de la deuxième conférence consacrée à « L'essence de la langue » dit : « Nous parlons, et nous parlons à partir de la langue *[Wir sprechen und sprechen von der Sprache].* Cela, de quoi nous parlons, la langue, est toujours déjà en avance sur nous *[ist uns stets schon voraus].* Constamment, nous ne parlons qu'à sa suite. Ainsi, nous sommes perpétuellement suspendus après cela que nous devrions avoir rattrapé et ramené à nous pour pouvoir en parler. C'est pourquoi, parlant de la langue, nous restons empêtrés dans une parole sans cesse trop courte [34]. » Il faut prendre en compte cet empêtrement, cette situation qui nous situe dans la puissance de la langue, sans échappatoire du côté d'une objectivation de la langue, du côté d'une linguistique. Faisant de la langue un objet théoriquement déterminable, ce qui est certes toujours possible, nous nous couperions de l'avance que la langue a sur « nous », nous perdrions toute possibilité de comprendre cette avance prévenante. Il faut en quelque sorte rester sur place, ou revenir à cette place, sans la possibilité d'une échappatoire du côté d'une méta-langue. Mais comment faire ? La langue nous précède : elle nous précède en son déploiement. Parlant de la langue, écrivant à propos de la langue, nous parlons toujours et écrivons à partir de la langue. Pensant la langue, nous pensons en langue, en une langue singulière. Il faut s'enfoncer dans cette simplicité plutôt que de tenter d'y échapper. Il faudrait donc, persistant dans la recherche de ce déploiement nous précédant, trouver la voie de la langue même de cette précédence, comprendre ce qui apparaît d'abord comme un chiasme et un obstacle. C'est le voisinage avec la poésie qui est cette voie. Le texte que nous venons de citer continue en effet, et dit : « Cet enchevêtrement nous bloque l'accès de ce qui doit se donner à connaître à la pensée. Seulement, cet enchevê-trement, que la pensée n'a jamais le droit de prendre trop à la légère, se dénoue dès que nous portons attention à ce que le chemin de pensée a de propre, c'est-à-dire aus-sitôt que nous portons notre regard à l'entour, dans la contrée où la pensée trouve séjour. Cette contrée, de par-tout, est ouverte sur le voisinage de la poésie [35]. »

La poésie : langue à l'état pur, se disant en sa pureté, venant ainsi à se dire elle-même. Sans cet événement, l'avance de la langue resterait une pure affirmation for-melle, aisément récupérable par une visée objectivante de la langue. Comment dire cette avance ? Heidegger avance le terme de *Zusage*. On pourrait traduire : parole donnée (F. Fédier traduit par fiance, ou dire fiançant et fié). Hei-degger écrit : « Tout questionnement qui va questionner auprès de la chose de la pensée, tout questionnement qui questionne auprès de son essence, est déjà porté par la parole donnée de ce qui doit venir en question [36]. » Cette parole donnée signifie un double mouvement : d'une part, nous sommes toujours-déjà compris dans ce qui s'est donné à nous, donné en s'y disant, et ainsi nous sommes donnés à nous-mêmes dans la donation de ce pré-don, et, d'autre part, cette donation première nous lie, nous fait tâche de la comprendre, d'y correspondre, d'en répondre. La langue nous promet : à nous-mêmes, à elle-même. La reconnaissance de cette situation implique ce qui n'est pas une rétractation, mais plutôt un approfondissement qui déplace le geste de la pensée. La première conférence dit en effet : « Qu'apprenons-nous quand nous pensons et repensons assez cela ? Que ce n'est pas questionner qui est le propre geste de la pensée, mais : entendre la parole donnée de ce qui vient en question [37]. » Mais comment, ici, entendre et écouter ? La parole donnée de la langue est simultanément son adresse à nous-mêmes. Cette adresse, il faut bien que nous l'entendions, puisque nous parlons, partout et toujours, que nous sommes dans la langue. Seulement, cette adresse est le plus souvent en retrait. Mais elle se dit : l'essence de la langue, son déploiement, en avance, s'adressant à nous, à son tour, comme le plus réservé du déploiement de la langue, doit s'être dit. Ce qui se dit là est la langue de l'essence. La consigne première de penser la langue à partir d'elle-même nous amène à l'écoute de la langue de l'essence, de la langue du déploiement premier : « La langue doit elle-même selon son mode nous adresser, parole donnée, son essence *[ihr Wesen uns Zusprechen]*. La langue se déploie *[west]* comme cette adresse *[als dieser Zuspruch]*. Constamment nous l'entendons déjà, mais nous n'y pensons pas. Si nous n'entendions pas partout *[überall]* l'adresse de la parole, nous ne pourrions faire usage d'aucun mot de la langue. La langue se déploie comme cette adresse. L'essence de la langue s'annonce *[sich Bekundet]* comme ce parlé *[als Spruch]*, comme la langue de son essence [38]. »

Nous étions en quête de l'essence de la langue. Tout s'est « retourné » : il en va maintenant de la langue de l'essence. La parole directrice de la conférence est en effet ce chiasme séparé par deux points : « l'essence de la langue : la langue de l'essence *[Das Wesen der Sprache : Die sprache des Wesens]* [39] ». Ce « retournement » n'est pas un jeu formel. La deuxième partie du chiasme accomplit la première, qui était une question, en métamorphosant les termes et le sens même de la question. En effet, dans la deuxième partie du chiasme, et compte tenu de ce que nous avons dit, *Wesen* prend tout son poids « verbal » et singulier. Heidegger écrit :

« Nous entendons essence comme verbe *[Zeit-wort]*, essence se déployant comme se déployer en présence, se déployer en absence [la phrase est radicalement intraduisible, elle dit dans sa langue, et comment le dirait-elle autrement ? : *"'Wesen' hören wir Zeit-wort, wesend wie anwesend und abwesend"*]. "Essence" signifie durer, séjourner. La tournure *"es west"* dit plus que seulement : cela dure et persiste. *"Es west"* signifie : cela vient à la présence, durant, cela nous concerne en nous abordant, nous met en chemin et nous intente. L'essence ainsi pensée nomme la durance *[das Während]*, qui en tout nous concerne, parce qu'elle met tout en chemin[40]. »

Si nous entendons vraiment le *Wesen* en ce sens (la traduction impuissante par « déploiement » n'étant qu'un moyen de fortune), si nous entendons dans ce sens « verbal », événementiel, l'être lui-même comme venue à lui-même, venue à son propre, *Er-eignis*, contenant en lui-même le rapport à nous-mêmes comme notre propre appropriement, alors le renversement chiasmatique de la locution signifie (au moins) que, cherchant à entendre la « langue de l'essence » là où elle est parlée, donnée, nous cherchons à entendre le « rapport » de la langue et de l'être, tel qu'il se donne et nous implique. Mais où se donne-t-il, ce rapport, dans lequel nous sommes, parlant à partir de lui ? en quelle « parole » se donne-t-il ? Nous l'avons déjà dit : dans le poème.

2. Langue et monde

Les trois conférences que nous lisons prennent pour issue le poème de Stefan George, appartenant à son dernier recueil, *Le Nouveau Royaume,* intitulé « Le mot »[41]. Ce poème sera aussi lu dans la conférence intitulée « Le mot », qui suit dans le recueil les trois conférences que nous lisons. Le voici :

Le mot

Prodige du lointain ou songe
Je le portais à la lisière de mon pays

Et attendais jusqu'à ce que l'antique Norne
Le nom trouvât au cœur de ses fonts –

Là-dessus je pouvais le saisir dense et fort,
A présent il fleurit et rayonne par toute la Marche…

Un jour j'arrivai après un bon voyage
Avec un joyau riche et tendre

Elle chercha longtemps et me fit savoir :
« Tel ne sommeille rien au fond de l'eau profonde »

Sur quoi il s'échappa de mes doigts
Et jamais mon pays ne gagna le trésor…

Ainsi appris-je, triste, le résignement :
Aucune chose ne soit, là où le mot faillit.

Heidegger concentre son écoute sur les deux derniers vers, sur l'expérience qui vient à se dire à la fin du poème : expérience, dans la tristesse, d'un « résignement ». Ce néologisme est forgé par F. Fédier pour traduire le mot allemand *Verzicht*. Heidegger comprend ce *Verzicht*, résignation, renoncement (mais ces mots sont trop « négatifs »), comme *Entsagen*, mot dans lequel à son tour il faudrait entendre le radical *sagen*, dire. Il faut donc comprendre la « résignation » dont il s'agit ici comme un dire qui renonce à dire, mais qui ainsi, dans la retenue, dit. Dit quoi ? Le « résignement » est métamorphose : le poète renonce à son rapport antérieur à la langue, poétisé dans les trois premières strophes, pour s'ouvrir à un nouveau rapport (ce pourquoi cette « résignation » ne doit pas être comprise unilatéralement comme une expérience « négative ») à la langue. Ce nouveau rapport est une injonction (qu'il faut entendre comme telle, et non comme un simple constat) sous laquelle se place le poète, à laquelle il obéit : « Aucune chose ne soit, là où le mot faillit. » Cette expérience nouvelle d'un nouveau rapport, le poète l'a apprise par le défaut du nom approprié pour le « joyau » qu'il rapportait. Qu'est ce joyau, différent d'un « prodige du lointain » ou d'un « songe » ? Heidegger écrit : « le poète, parlant du "joyau riche et tendre", aurait-il des fois en vue le mot lui-même [42] ? » A partir de cette conjecture, ce qui ferait défaut au poète serait alors le mot pour le mot, le mot pour dire poétiquement l'essence de la langue. Ce défaut, à son tour, ne doit pas être compris négativement : ce demeurer-manquant du mot pour le mot, que la pensée doit à son tour interpréter, serait la réserve même de la langue, le signe de son adresse nous précédant. Le silence du poète, son devenir silencieux serait le signe du « rapport » que la langue entretient avec nous. Mais cette réserve résonne alors dans un appel : « Aucune chose ne soit (*sei*, et non pas *ist*), là où le mot faillit ». Cet appel, à son tour, fait signe vers le « rapport » du mot et de la chose, mais encore une fois, non pas comme un « constat », mais plutôt comme une loi qui doit être comprise. Comment comprendre ce « rapport » ? Non pas comme le rapport entre deux « choses » à leur tour déjà installé en elles-mêmes avant d'être mises en rapport, comme si la chose, étant de son côté, devait aussi être nommée, mais comme le rapport entre le mot et l'être même de la chose. Le « mot » instaure l'être de la chose. Ce qui est indiqué dans cette loi dernière du poète qu'il a apprise, c'est le rapport que le mot est en lui-même « entre » le dire et l'être même. Le mot est lui-même le rapport : « Ce rapport assaille la pensée d'une manière si confondante qu'il s'annonce en un seul mot : *logos*. Ce mot parle simultanément comme nom de l'être et nom du dire [43]. » Mais dans ce cas, si le mot porte lui-même le rapport qui amène la chose à son être, si le mot amène à l'être, donne être – alors, quant à lui, il faut dire qu'il n'« a pas » d'être. Le renversement de la question de l'essence de la langue à l'écoute de la langue de l'essence nous amène à ceci : « le mot, le dire n'a pas d'être [44] ». Pourtant, dira-t-on, le mot « est » ! Nous entendons les mots, les lisons, il y a là des choses parmi les choses.

Certes. Mais à ressaisir le mot comme ce rapport même à l'être de la chose, qui, lui non plus, n'est pas, à ressaisir le mot en tant même qu'il porte au mot l'être même, alors nous devons penser : le mot donne. Quoi ? L'être. Lui, le mot, donne être : *Es, das Wort, gibt, das Sein.* Mais comment ?

En instaurant un monde. Donner, pour le mot, c'est nommer. Mais nommer n'est pas pourvoir une chose d'une étiquette, ni la signifier. Nommer est l'appeler à l'être en la dotant d'un monde. Le mot, nommant, donne le mode à la chose. Lisons à cet égard ce que dit le premier texte d'*Acheminement vers la langue*, en partant cette fois de la première strophe du poème de Trakl, « Un soir d'hiver » :

> Quand il neige à la fenêtre,
> Que longuement sonne la cloche du soir,
> Pour beaucoup la table est mise
> Et la maison bien pourvue.

Heidegger, donc, écrit :

« Qu'appelle *[Was ruft]* la première strophe ? Elle appelle des choses, leur demande de venir. Où ? Non pas de venir comme présentes parmi ce qui est présent ; comme si la table appelée dans le poème avait à prendre place au milieu des rangées de sièges que vous occupez [l'adresse est à ceux qui assistent à la conférence]. Dans l'appel est co-appelé un site pour une venue, présence abritée dans l'absence. C'est à une telle venue que l'appel nommant demande de venir. Le demander est inviter. Il invite les choses, comme choses, à aborder, le concernant, l'homme. La neige tombante porte les hommes sous le ciel qui entre dans l'obscurité de la nuit. Le son de la cloche du soir les porte comme mortels face au divin. La maison et la table lient les mortels à la terre. Ainsi appelées, les choses nommées rassemblent auprès d'elles le ciel et la terre, les mortels et les divins. Les quatre sont l'un pour l'autre en une unité originaire. Les choses laissent séjourner le cadre des quatre *[das geviert des Vier]* auprès d'elles. Ce laisser séjourner rassemblant est l'être-chose des choses *[das Dingen der Dinge]*. Nous nommons ce cadre uni en son séjour du ciel et de la terre, des mortels et des divins, portant l'être-chose des choses : le monde [45]. » On lira la suite du texte pour comprendre comment, nommant, le mot se déploie dans la donation du monde aux choses et des choses au monde, appelle de multiples façons dans cet advenir d'une différence du monde et des choses qui les rapporte en même temps l'un aux autres. Retenons seulement ceci, et sans prendre en compte ce nouveau sens du « monde », hors métaphysique, comme *Geviert* : si le « mot » donne l'être, c'est comme un nommer qui approprie les choses au monde, le monde aux choses, et qui, dans ce mutuel appropriement, nous approprie à nous-mêmes. La langue a ainsi son lieu dans l'*Ereignis*. Comment caractériser cet avoir-lieu ? Reprenant le mot à George, Heidegger le nomme : « *die Sage* », la dite (ordinairement, ce mot signifie : légende). Cette dite, ou légende, est précisément la langue en tant même qu'elle donne le monde : « La langue est, comme légende mettant en chemins le monde le rapport de tous les rapports. Elle rapporte, tient ensemble, offre et enrichit le vis-à-vis les unes pour les autres des contrées du monde, les tient et les préserve, alors qu'elle-même – la légende – se tient en soi [46]. » Ce rapport, comme tel, est silencieux. Nous revenons, finalement, au silence : la langue donnant monde, légende, est ce qui, ayant toujours déjà accordé tout accord, est « *das Geläut der Stille* [47] », vibration de la paix. La langue est d'abord ce silence premier, qui donne à penser et à poétiser. En tant que telle, elle parle, et non pas premièrement, nous-mêmes. Nous ne parlons que dans son sillage, de quelque manière, toujours, brisant le silence premier. La brisure du silence, qui garde rapport à lui, est ce qui garde le rapport, qui nous donne à nous-mêmes, à la langue.

Dans ce chapitre consacré à la pensée heideggerienne de la langue, nous sommes partis de *Etre et Temps* pour arriver à *Acheminement vers la langue*. On pourrait faire le chemin inverse, et insister encore plus sur ce qui, sur ce chemin, persiste et se transforme. On ne se cache pas ce que la méditation terminale de la langue peut avoir de déconcertant, de difficile, de heurté. On a essayé de se garder de la fascination que peut trop aisément procurer cette méditation, proposant un timide parcours dans un paysage qui reste encore à inventer.

*

NOTES

1. UzS, p. 93, trad. fr. p. 93.
2. UzS, p. 93, trad. fr. p. 93.
3. EzHD, p. 35, trad. fr. p. 48.
4. SuZ, p. 87.
5. GA 20, p. 275.
6. GA 20, p. 287.
7. SuZ, p. 442, apostille c à la page 87.
8. SuZ, p. 161.
9. SuZ, p. 161.
10. SuZ, p. 161.
11. SuZ, p. 166.
12. SuZ, p. 163.
13. SuZ, p. 163.
14. GA 20, p. 365.
15. SuZ, p. 166.
16. SuZ, p. 161.
17. UzS, p. 161, trad. fr. p. 145.
18. SuZ, p. 166.
19. SuZ, p. 266-267.
20. Cf. chapitre IV, p. 162-164.
21. SuZ, p. 273.
22. SuZ, p. 273.
23. EzHD, p. 35, trad. fr. p. 48.
24. HHGuR, p. 23, trad. fr. p. 35.
25. EzHD, p. 34, trad. fr. p. 45.
26. SuZ, p. 234.
27. Cf. notre chapitre consacré à l'œuvre d'art.
28. HHGuR, p. 64, trad. fr. p. 69.
29. HHGuR, p. 65, trad. fr. p. 70.
30. EzHD, p. 40, trad. fr. p. 55.
31. EzHD, p. 36, trad. fr. p. 49.
32. EzHD, p. 36, trad. fr. p. 49.
33. EzHD, p. 40, trad. fr. p. 55.
34. UzS, p. 179, trad. fr. p. 163.
35. UzS, p. 179, trad. fr. p. 163.
36. UzS, p. 179-180, trad. fr. p 163-164

37. UzS, p. 175, trad. fr. p. 199.

38. UzS, p. 180-181, trad. fr. p. 165.

39. UzS, p. 181, trad. fr. p. 165.

40. UzS, p. 201, trad. fr. p. 186.

41. Heidegger met ce dernier recueil, alors même que George serait sorti de son « cercle », cette aventure étrange et inquiétante, dans la sphère d'influence de Hölderlin, ce plus grand cercle ouvert par les publications de N. von Hellingrath de 1910 et 1914, qui, dit Heidegger, « [...] furent pour nous autres, étudiants, un tremblement de terre » (UzS, p. 182, trad. fr. p. 167). Ce qui fut à l'époque pour George « impulsions décisives » fut dans le même temps pour Heidegger – et quelques autres étudiants – séisme. Disant cela, Heidegger – avare quant à une « situation de la poésie de George » – dessine une communauté de pensée, un partage, entre George et lui-même.

42. UzS, p. 192, trad. fr. p. 176.

43. UzS, p. 185, trad. fr. p. 169.

44. UzS, p. 192, trad. fr. p. 176.

45. UzS, p. 21-22, trad. fr. p. 23-24

46. UzS, p. 215, trad. fr. p. 201.

47. UzS, p. 215, trad. fr. p. 202.

CHAPITRE VII

Art, poésie et vérité

Le § 34 de *Etre et Temps* disait lapidairement : « La communication des possibilités existentiales de la disposition, autrement dit l'ouvrir de l'existence peut devenir le but autonome du discours "poétique"[1]. » C'était la seule mention de la poésie ou de l'art dans tout l'ouvrage, où rien ne laissait entendre qu'une œuvre d'art puisse servir de fil conducteur à la question du sens de l'être. *Les Problèmes fondamentaux de la phénoménologie* appelaient Rilke à la rescousse pour témoigner de cette « communication » : un passage des *Cahiers de Malte Laurids Brigge*, poétisant la vie s'accrochant encore aux murs mis à nu d'appartements voués à la destruction révélait la compréhension du Dasein à partir de son monde. La poésie valait là comme un mode autonome de « la découverte progressive de l'existence comme être-au-monde ». « Venue-à-la-parole élémentaire[2] » de la manière dont le monde luit à même les choses, mais qui n'était appelée, dans le cours, que comme une illustration, un témoignage permettant de mieux saisir, sous la juridiction de la philosophie, le concept de l'être-au-monde propre au Dasein. La puissance explicitante et illuminante propre à la poésie, à l'écart de la philosophie, sa compréhension propre de l'« existence » étaient laissées inéclaircies, et rien ne laissait supposer la force contraignante qu'allaient représenter pour la pensée de Heidegger, à partir de 1934, la rencontre de la poésie et la question de l'être-œuvre.

Hans Georg Gadamer assistait, en 1936 à Francfort, aux conférences qui devaient devenir le texte publié dans les *Holzwege*, « L'origine de l'œuvre d'art », œuvre qu'il devait ensuite préfacer dans une édition séparée. Il a dit dans ses souvenirs combien ces conférences et leur langage avaient surpris les auditeurs d'alors, rompus au langage d'*Etre et Temps* : « Il était en effet peu commun d'entendre parler de la terre, du ciel et de l'affrontement qui les opposait l'un à l'autre, comme s'il s'était agi de concepts de la pensée analogues à ceux de matière et de forme, livrés par la tradition métaphysique. Des métaphores ? Des concepts ? Une énonciation de pensées ou l'annonce d'un nouveau mythe païen [3] ? » Sans doute, Gadamer fut amené à dépasser son étonnement embarrassé du moment, mais celui-ci est une marque de la soudaineté de la transformation de la pensée de Heidegger à la rencontre de la question de l'œuvre d'art, de la question que peut être pour la pensée la tâche d'une détermination de l'être de l'œuvre d'art, qui n'est pas seulement une question « régionale », et encore moins celle de la rédaction d'une « esthétique philosophique ». Mais cette question, à son tour, n'en est vraiment une qu'à partir de la rencontre de l'œuvre elle-même et de la pensée, du choc de cette rencontre, singulière, c'est-à-dire pleinement historique, et de ses effets déroutants. Avant toute « pensée de l'art », il y a la sollicitation de la pensée par l'art où l'une et l'autre se confrontent. Cette confrontation fut avant tout pour Heidegger, en 1934, la confrontation avec l'œuvre poétique de Hölderlin, qui est, en sa singularité, l'orient du texte « L'origine de l'œuvre d'art ». Bien sûr, on peut tirer de ce texte un certain nombre de propositions générales, de thèses, sur l'être d'une œuvre, sur l'essence de l'art, sur les « rapports » de l'art et de la vérité, etc., et s'interroger sur les rapports de ce qui est l'un des derniers grands textes philosophiques sur l'art avec d'autres textes, d'autres positions philosophiques concernant l'art, voire d'autres pensées de l'art propres aux artistes de notre temps.

Cependant, l'intérêt est ailleurs. A la fin de « L'origine de l'œuvre d'art », Heidegger demande : « Nous posons la question de l'essence de l'art. Pourquoi la posons-nous ? Nous la posons pour pouvoir plus proprement questionner : l'art est-il, en notre Dasein historique, une origine, ou ne l'est-il pas, et à quelles conditions peut-il et doit-il l'être [4] ? » La postface, partant du célèbre mot de Hegel sur l'art comme chose du passé, réitère la ques-

tion : « Seulement, la question demeure : l'art est-il encore,
ou n'est-il plus, une manière essentielle et nécessaire
qu'a la vérité d'advenir historiquement, décisive pour
notre Dasein historique [5] ? » La question de l'art est une
question historique. Mais il ne s'agit pas d'histoire de
l'art. Au contraire, il s'agit de la puissance historique
de l'art lui-même, et, au premier chef, de la poésie, au
sens où l'art fonde l'histoire, ouvre un monde, et, ainsi,
accomplit un advenir de la vérité elle-même. Question en
grâce de l'avenir, comme toute question historique pour
Heidegger : quelle œuvre doit être aujourd'hui « sue »,
« gardée », c'est-à-dire écoutée, qui ouvre un avenir ? Et
qui, ainsi ouvrant un avenir, configure l'être d'un peuple
possible, en l'occurrence, le peuple allemand (dans la
première version de « L'origine de l'œuvre d'art », une
conférence prononcée à Fribourg en 1935, publiée et traduite par les soins d'E. Martineau, le terme de *Volk*,
peuple, est véritablement proliférant [6]) ? Disons-le de
manière plus générale et plus nette encore : la question de
l'art n'est pas pour Heidegger une question accessoire,
pas plus que la rencontre avec la poésie de Hölderlin, qui
en est le sommet directeur. Il en va dans cette question de
l'histoire même, comme histoire de l'être, d'une possibilité essentielle de cette histoire comme advenir historique
de la vérité (de l'être), d'un monde et d'une « terre » à
venir, qui répète un possible archi-ancien. L'art et, plus
encore, la poésie seront devenus, à partir de 1934, la ressource essentielle de la pensée de Heidegger.

Bien sûr, rien de tout ceci ne va de soi ! Il faut donc
demander : que signifie cette archi-historicité de l'art ?
Comment penser cette archi-historicité comme une des
modalités de l'historicité intrinsèque de la « vérité », c'est-
à-dire de l'être ? Comment la penser dans sa singularité,
poétique, hölderlinienne ? Et surtout, ce qui n'est pas la
question la moins difficile : comment ces « thèses », qui
apparaissent en premier lieu comme l'interprétation ontologico-historique de l'expérience de l'art par le penseur
peuvent-elles ne pas trahir cette expérience, recueillir le
sens immanent des œuvres elles-mêmes ? La revendication première de Heidegger est en effet de « laisser la
parole » aux œuvres elles-mêmes, de se laisser instruire

par elles, d'éviter la « déduction » philosophique d'une essence de l'art, régionalement circonscrite à partir d'une ontologie générale, implicite ou explicite. Le refus d'une « esthétique », d'une compréhension esthétique de l'art a aussi ce sens de libérer une expérience de l'art qui ne la surplombe pas, mais qui, au contact de l'œuvre, certes dans un « savoir » de l'œuvre dont elle est le seul principe, se mette en quelque sorte à son service. Sans doute ce point aura été le plus discuté, autour de l'interprétation de Hölderlin, et, emblématiquement, autour d'une paire de chaussures peinte par Van Gogh...

Cette question est première, c'est la question de l'accès à l'œuvre. Que veut dire pour Heidegger ce que nous avons appelé l'expérience de l'art ? Négativement, cette expérience n'est pas « esthétique ». Ce qui veut dire : d'abord, elle doit être libérée de la manière d'aborder les œuvres qui naît explicitement au XVIIIᵉ siècle, et qui signifie autant un certain rapport aux œuvres qu'une discipline philosophique, à savoir l'Esthétique. Mais ce n'est pas tout : la consigne de quitter la sphère esthétique du sujet de goût pour comprendre l'œuvre n'est pas un retour à une conception pré-moderne de l'art. La destruction (qui est toujours libération d'une expérience) se poursuit en deçà. Ce dont il s'agit de se départir, c'est aussi des concepts fondamentaux platoniciens et aristotéliciens qui, du fond d'une longue histoire, dirigent l'abord des œuvres d'art et leur pré-compréhension. Cette destruction est solidaire de la destruction de l'histoire de l'ontologie : la compréhension de l'être est solidaire d'une certaine compréhension de l'être-œuvre. Nous aurons d'abord à le montrer. Mais on peut renverser les choses : positivement, une compréhension de l'œuvre qui ne soit pas grevée d'une précompréhension inquestionnée de l'être, sa compréhension métaphysique, permet à son tour une nouvelle entente de ce qu'être veut dire.

Puissance de l'expérience de l'art revenue à son origine quant à la question du sens de l'être. Rien ne le montre mieux que la vue de l'être-œuvre comme mise-en-œuvre, advenue historique, événement de la vérité. Oui, monstre au regard de la tradition de la pensée métaphysique de l'art, l'œuvre est – une advenue de la vérité. C'est ce que nous aurons à comprendre à travers une lecture de « L'origine de l'œuvre d'art ». Mais, nous l'avons dit, l'art insigne entre tous en tant même que puissance d'une advenue de vérité, c'est la poésie. Il ne s'agit pas là d'une hiérarchie des arts, ou pas seulement. En effet, que l'œuvre d'art soit un des modes de l'événement de la vérité conduit à penser suivant cet événement, en respectant sa singularité. Non pas, donc, la poésie en général dans un classement général des arts, mais une poésie singulière, celle de Hölderlin. Toute la pensée heideggerienne de l'art est portée par la rencontre avec la poésie de Hölderlin. C'est donc sur le sens de cette rencontre que nous finirons ce chapitre.

Un mot encore : nous avons dit que la pensée de l'art n'était pas limitée à une considération « régionale ». L'œuvre est puissance avérante d'un monde. Comme poème : langue essentielle, singulière, en œuvre. La pensée de la langue est donc essentielle à la pensée de l'œuvre. Ouvrant un monde, le poème configure un peuple, qui en répond : lien essentiel du poème et du « politique ». On ne s'étonnera donc pas si ce dont nous traitons dans ce chapitre déborde dans d'autres.

I. L'origine de l'œuvre d'art

1. Qu'est-ce qu'une paire de souliers ?

L'origine d'une chose est la provenance de son essence. Quelle est la provenance essentielle de l'œuvre d'art ? On répond : l'artiste. Mais l'artiste ne se montre qu'à partir de son œuvre. L'un et l'autre se tiennent sous la puissance de l'art. Mais qu'est-ce que l'essence de l'art ? Elle se montre à même l'œuvre. Mais l'œuvre se montre à partir de l'art, de sa précompréhension comme œuvre d'art. Ce cercle est premier : nous ne pouvons pas le briser en partant de l'art compris comme principe déterminé philosophiquement pour légiférer sur ce qui est œuvre et ce qui ne l'est pas (déduction), ni non plus rassembler par sommation un grand nombre d'œuvres d'art (car comment les reconnaîtrions-nous ?) pour constituer le concept de l'art (induction). Il faut donc d'abord entrer dans le cercle, faire l'expérience pensante du cercle : c'est à même l'œuvre et sa singularité que nous comprendrons ce qu'il faut entendre par son être d'œuvre d'art. Mais comment faire l'expérience de l'œuvre ? Se rapporter à elle, c'est la laisser être, la laisser déployer son être. Mais comment ? Toute la première partie du texte des *Chemins qui ne mènent nulle part,* « L'origine de l'œuvre d'art[7] », s'achemine vers ce laisser-être, vers ce qu'on pourrait appeler à bon droit une phénoménologie de l'être-œuvre, et ceci en empruntant une voie surprenante.

Quoi qu'on puisse dire d'une œuvre d'art, elle semble d'abord une chose, chose parmi les choses. Les quatuors de Beethoven sont entreposés à la cave comme les sacs de pommes de terre, et le tableau est accroché au mur comme un fusil de chasse, dit en substance Heidegger[8]. Soit, mais l'œuvre n'est pas « seulement une chose ». Peut-être. Il reste qu'elle est aussi une chose, et que si on veut faire ressortir ce par quoi elle n'est pas seulement une chose, il faut d'abord comprendre son « côté chose ». C'est-à-dire d'abord se demander : qu'est-ce qu'une chose ? Qu'en est-il de la choséité de la chose, de l'être d'une chose ? Cette interrogation, nous ne pouvons la mener qu'au fil d'une destruction de ce que la tradition philosophique a pensé de l'être de la chose. Qu'en a-t-elle pensé ? Heidegger distingue trois directions majeures d'élucidation : la chose (telle est la transformation latine de la pensée grecque de l'être de la chose, de l'être de l'étant) est sujet de ses propriétés, la chose est unité de ses qualités sensibles, la chose est unité de matière et de forme. Ces trois déterminations sont phénoménologiquement inadéquates (au moins, nous le savons depuis *Etre et Temps* !). Elles offusquent la choséité de la chose, lui tombent dessus en l'attaquant sans lui laisser la parole *[überfallen].* Pourquoi ? D'une certaine manière, il faudrait rien de moins que tout le déploiement de la question du sens de l'être pour le montrer. On peut pourtant le dire suivant une voie courte : la première interprétation nous laisse dans l'indifférence de l'universalité vide, toute chose, tout étant sont passibles d'être ainsi traités. Solidarité de l'interprétation « logique » de l'être et de l'unilatéralité de l'interprétation indiscutée de l'être comme *Vorhandenheit*. La deuxième interprétation, qui prétend assurer les droits de l'immédiateté (sensible) est en définitive trop « proche », c'est-à-dire manque à la vraie proximité, de la chose : jamais nous n'entendons un bruit pur, ou, en général, nous ne percevons des qualités sensibles, mais bien... la chose elle-même. Ladite « perception sensible » n'est pas la couche fondamentale pour l'abord de la chose : cette proximité n'est que construite. La conception hylémorphique semble, enfin, restreinte à un secteur des « choses », celui de l'outil *[Zeug],* et pas celui de l'étant « naturel [9] ». Mais, au moins, cette troisième interprétation défaillante nous offre un fil directeur. D'une part, on peut remarquer que, dans la riche histoire des interprétations de la choséité de la chose, elle prédomine (et nous savons depuis *Etre et Temps* que le fil conducteur traditionnel de l'interprétation de l'être de l'étant est précisément, ontiquement, l'outil, les choses de l'usage dans l'optique de leur production, interprété ontologiquement dans l'optique de la *Vorandenheit*). D'autre part, cela nous donne la consigne d'interpréter à nouveaux frais l'être-outil de l'outil, ne serait-ce que pour comprendre positivement et critiquement sa prédominance dans la recherche de la choséité de la chose. Mais aussi afin d'élucider l'être-œuvre de l'œuvre, en son rapport et sa distinction d'avec la chose, et ceci d'autant plus que l'œuvre et l'outil semblent manifester une parenté encore plus grande que l'œuvre et la « simple chose » : après tout, l'artiste semble bien « produire » ses œuvres, comme l'artisan produit des outils.

Partons donc d'un outil, en essayant de tenir à l'écart les précompréhensions qui l'offusquent, fruits d'une tradition devenue aveugle quant aux expériences fondamentales dont elle provient. Un outil, une chose de l'usage produite en vue de cet usage : par exemple une chaussure. Comment comprendre l'être d'une chaussure (et sans doute, cette chaussure, ou plutôt cette paire de souliers de paysan dont il va être question, n'est pas plus incongrue ici que le lit appelé à la rescousse par Platon pour élucider l'essence de la mimésis) ? On pourrait répondre à cette question à partir de *Etre et Temps* : au fil de l'analytique existentiale du Dasein, la chaussure se montre comme outil à-portée-de-la-main, qui renvoie en dernière instance à la mondanéité du monde. Mais ce n'est justement pas la voie choisie. Ou plutôt, Heidegger, au fil d'une rhétorique qui semble d'abord anodine, propose, pour se mettre la paire de souliers « sous les yeux », de procéder à partir, illustration commode, d'une paire de souliers de paysans peinte par Van Gogh. Sans plus, Heidegger écrit : « Nous choisissons à cet effet un célèbre tableau de Van Gogh, qui a souvent peint de telles chaussures [10]. » Et qu'y voyons-nous ? Non seulement que l'être de l'outil repose dans son utilité *[Dienlichkeit]*, mais que cette utilité repose dans la sûreté *[Verlässichkeit],* la confiance accordée à l'outil, qui, au sein de l'usage, « tient debout », assure cet usage, le rapport à l'étant dans l'usage. Et cette sûreté, à son tour, sur quoi repose-t-elle, ou qu'assure-t-elle ? Une habitation du monde. Comment cela ? Lisons :

« Dans l'obscure intimité du creux de la chaussure est inscrite la fatigue des pas du labeur. Dans la rude et solide lourdeur du soulier est affermie la lente et opiniâtre marche à travers champs, le long des sillons toujours semblables, s'étendant au loin sous le vent. A même le cuir règnent l'humidité et la richesse du sol. Par-dessous les semelles s'étend la solitude du chemin de campagne qui se perd dans le soir. A travers ces chaussures vibre l'appel silencieux de la terre, son don silencieux du grain mûrissant, son secret refus d'elle-même dans l'aride jachère du champ hivernal. A travers cet outil repasse la muette inquiétude pour la sûreté du pain, la joie sans mots de survivre à nouveau au besoin, le frémissement de la naissance imminente, le tremblement sous la mort qui menace. Cet outil appartient à la terre, et il est à l'abri dans le monde de la paysanne. Au sein de cette appartenance protégée, l'outil repose en lui-même [11]. »

L'outil rassemble le monde et la terre. Qu'est-ce à dire ? Nous sommes, pour caractériser l'outil, remontés au-delà de l'utilité et de la fabrication qui impose, en vue de cette utilité, une forme à une matière jusqu'à l'habitation d'un monde sur une terre, que la simple caractérisation hylémorphique de l'outil oublie et efface. Mais l'essentiel est le mode par lequel l'être-outil de l'outil s'est montré. Par le tableau. Heidegger écrit en effet : « Nous n'avons rien fait que nous mettre en présence du tableau de Van Gogh. C'est lui qui a parlé. La proximité de l'œuvre nous a soudain transporté ailleurs que là où nous avons coutume d'être [12]. » Autrement dit, ce qui, dans *Etre et Temps,* montrait fugitivement la mondanéité du monde à même l'outil cassé, inopportun ou manquant, se montre cette fois à partir du tableau, qui révèle un monde et une terre. L'ailleurs dans lequel nous sommes transportés, c'est l'ouverture du monde qui rend possible son habitation coutumière. La lente recherche de la mondanéité du monde, qui, dans *Etre et Temps*, et en partant d'une analyse de l'outil, aboutissait dans une première réponse au concept de significativité, a été ici comme précipitée par le témoignage du tableau.

Reprenons souffle. L'apparence était que le tableau de Van Gogh était une illustration commode pour se mettre sous les yeux une paire de chaussures, pour offrir une image de cette paire. L'apparence s'est renversée. Sans le tableau, l'être de l'outil ne serait pas venu au paraître. Ou, pour être plus prudent : l'œuvre est une manière pour cet être de paraître. Ce que le tableau montre, c'est la vérité de l'outil dans sa portée de monde. Nous étions à la recherche de l'être de l'outil, de l'être de la chose, afin de penser l'être de l'œuvre, et l'œuvre elle-même nous a montré ce qu'était l'être de l'outil, en l'inscrivant dans son monde. C'est donc à partir de l'œuvre, de sa portée monstrative, que l'outil et peut-être la choséité de la chose peuvent être pensés. Mais pour autant que la pensée, justement, se mette à l'écoute de l'œuvre, qu'elle entende que dans l'œuvre la vérité advient, l'étant s'ouvre dans son être, advient à lui-même historiquement. Ce qui, derechef, veut dire au moins, quant à l'œuvre, que celle-ci n'a pas d'abord à voir avec le beau d'une esthétique, mais avec le vrai d'une histoire : ce qui ne signifie pas l'exclusion de la beauté pour aborder et penser l'œuvre, mais, au moins, la tâche de penser la beauté autrement qu'à partir du plaisir esthétique du sujet de goût. Et qu'ensuite, l'œuvre n'est pas image ou copie de

la « réalité » ou de la « nature », n'est pas pensable à partir du concept de mimésis, mais qu'au contraire la vérité
du « réel » et de la « nature » y est primordialement donnée. L'allure de détour de la première partie du texte que
nous lisons s'abolit à la rencontre de l'œuvre, à condition
qu'on lui donne l'initiative d'une réponse à une question
que les concepts de la tradition bouchaient. Si tout s'est
retourné, c'est, d'une certaine manière, parce que la pensée s'est mise à l'école de l'œuvre d'art : ce n'est plus le
philosophe qui détermine l'être de l'œuvre, c'est l'œuvre
qui lui permet de découvrir l'être de l'outil. Découverte
de l'œuvre d'art dans sa portée véritative et ontologique.

On pourra contester cette radicalité revendiquée qui
laisse la parole à l'œuvre. Après tout, que l'œuvre elle-
même ait parlé, c'est le penseur qui le dit, et même qui y
insiste : « Ce serait la pire des illusions que de croire que
c'est notre description, en tant qu'activité subjective, qui
a tout dépeint ainsi pour l'introduire ensuite dans le
tableau [13]. » Mais enfin, ne peut-on accorder un peu à
cette « illusion » ? La « description » du monde et de la
terre de la paysanne à partir des chaussures peintes, n'est-
ce pas le plus bel exemple de projection du penseur, avec
armes et bagages (en l'occurrence un goût très particulier
pour le monde paysan, exprimé dans une rhétorique sur-
chargée), dans le tableau ? Et la question de fait, adressée
à Heidegger par M. Schapiro [14], à savoir si ces chaussures
sont ou non des « chaussures de paysan », n'est-elle pas,
dans son apparente modestie, une question essentielle ?
Oui et non. Oui, bien sûr, le risque est immense, en abordant ainsi une œuvre, d'y entendre des contenus d'aventure. Mais, en même temps, il vaut d'être tenté : qu'est-ce
qu'une herméneutique des œuvres d'art qui ne prendrait
pas sa source, en dernière instance, dans l'œuvre elle-
même ? On se gardera bien de penser que cette attitude
évacue toute critique. Au contraire : voudrions-nous
même soupçonner l'interprétation que Heidegger fournit
de la toile de Van Gogh que nous devrions toujours en
dernière instance la référer à rien d'autre que cette toile
elle-même.

2. *L'œuvre et le combat du monde et de la terre*

Il faut donc partir de l'œuvre elle-même. Mais comment ? Ou encore, de quelles œuvres singulières partirons-nous, comment les rencontrerons-nous ? Au musée, dans une exposition. Mais l'œuvre, si elle nous fait ainsi face, si elle peut être saisie comme un objet digne de considération n'est pas pour autant approchée à partir de son propre maintien en elle-même. Pourquoi ? C'est qu'elle est ainsi retirée de son monde. Mais comment penser le rapport de l'œuvre et de son monde ? Elle est l'ouverture originaire de ce monde, et ne se tient en elle-même que pour autant qu'elle accomplit cette ouverture. Et pour continuer la comparaison que nous faisions entre la découverte de la mondanéité au fil de l'outil dans *Etre et Temps* et la brusque révélation de la vérité mondiale de la paire de souliers par le tableau de Van Gogh, on peut encore ajouter ceci : outre les visées différentes des deux analyses, il faut remarquer que le tableau de Van Gogh ne dit pas quelque chose comme la mondanéité du monde, mais présente la *singularité* d'un monde ; ensuite, cette révélation est événement instaurateur, il ne « représente » pas un monde, ne porte même pas à l'explicite un déjà-là implicite, mais l'institue, et nous reporte dans le lieu même de cette institution. Il s'agit moins de l'annonce du « phénomène du monde » que de la naissance du monde. Comment le penser, et comment penser cet accomplissement de l'œuvre, cette performance, comme un événement de vérité ?

Heidegger, pour ce faire, part du « temple grec » (et il s'agit bien « du » temple grec, sans plus de précision). Qu'est-ce qu'un temple grec ? Le temple enclôt le dieu et à partir de cette présence délimitée, ordonne un monde : « Le temple comme œuvre joint pour la première fois et rassemble en même temps autour de lui l'unité des voies et des rapports, dans lesquels naissance et mort, malheur et prospérité, victoire et défaite, endurance et déchéance pourvoient l'essence humaine en son destin de sa figure et de sa course. L'ampleur régnant de ces rapports dans leur ouverture est le monde de ce peuple historique. A partir d'elle et en elle, il revient primordialement à lui-même pour accomplir sa destination *[seiner Bestimmung]* [15]. » Le monde ouvert par le temple est l'unité d'un monde historique qui y trouve sa loi, et qui donne à un peuple sa destination. Mais le temple se dresse sur le rocher, sur une terre, qu'il fait ressortir dans sa gratuité, témoin des saisons, des jours et des nuits, des éléments et des choses naturelles. Cet ensemble qui ne devient visible en lui-même qu'à partir du temple, c'est ce que Heidegger nomme *Erde*, terre. Terre est ce sur quoi se fonde, se dresse un monde, qui advient par là comme sol natal, possibilité d'un chez-soi. Comment comprendre cela ? Le monde, nous le savons, n'est rien d'étant : il se déploie, est l'événement fondamental à partir duquel tout étant se donne en son sens. Mais le monde est toujours, radicalement, monde historique, destin advenant. Cet événement inaugural d'un monde, c'est ce que l'œuvre accomplit, non pas après coup, témoignage ou expression. L'œuvre *est* cet événement démesuré qui donne mesure : elle est l'installation *[Aufstellung]* d'un monde, et en ce sens, elle est radicalement historique, origine de l'histoire [16]. Mais cette installation est installation à partir d'une terre. Le temple est en marbre, et fait ainsi ressortir le marbre, mais aussi bien ordonne autour de lui toutes les choses terrestres, qui se montrent dans la gratuité même de leur fait ou la violence de leur déchaînement à partir du temple. Ainsi le temple pro-duit la terre, c'est-à-dire l'amène à la présence *[Herstellung]* [17]. Comme quoi ? Comme ce qui se retire, se referme en soi, et ainsi s'abrite en soi-même, fermeture essentielle d'avant toute objectivation scientifico-technique. Dans l'ouverture du monde, la terre apparaît comme ce qui est essentiellement fermé, brille en sa fermeture offerte et refusée, *Physis* aimant le cèlement. L'œuvre est cette adversité, elle est l'ouverture d'un combat, d'un litige entre monde et terre [18]. Elle l'est : en elle et par elle, ce combat est mené. Elle n'en rend pas compte, elle en est l'espace et le mouvement.

Mais alors, comment comprendre l'œuvre comme mise-en-œuvre de la vérité si l'effectivité de l'œuvre réside dans ce combat ? La vérité est en elle-même litige.

C'est le sens de la phrase : la vérité est, en son essence, non-vérité. Vérité veut dire l'événement d'un décèlement : clairière, *Lichtung*. Mais cette clairière du décèlement de l'étant n'est pas scène uniformément ouverte : le décèlement n'est que dans son rapport préservé au cèlement, et cela depuis *Etre et Temps* et l'assomption de la facticité de l'existence. Le cèlement peut être cèlement essentiel, refus *[Versagen],* ou simple apparence, dissimulation *[Verstellung]* : « A l'essence de la vérité comme le décèlement appartient ce refus *[Verweigern]* dans les modes du double cèlement [19]. » Autrement dit, l'opposition originaire entre clairière et cèlement règne dans l'essence même de la vérité, qui est ainsi dans son adversité intime et mouvementée le combat originaire. Bien, dira-t-on, à la clairière, il « correspond » le monde, et au cèlement, la terre. Non : le monde (historique) lui-même, comme source de toute décision, soutient en lui-même, quand il est ainsi « agi », le rapport à une non-maîtrise radicale, et la terre n'apparaît comme telle, justement, comme cèlement, qu'à partir du monde. L'un porte l'autre, a besoin de l'autre, sans quoi il n'y aurait justement pas de litige essentiel. Nous comprenons mieux, maintenant, comment, en tant que combat entre monde et terre, l'œuvre peut être la mise-en-œuvre de la vérité. Insistons : il ne s'agit pas d'une portée « gnoséologique » de l'œuvre, ce qui se met-en-œuvre en elle est bien la vérité elle-même, dans l'événement de son litige, apportant alors à l'étant, depuis le foyer transcendant de l'œuvre, son ordre en son apparaître essentiel. L'étant devient vrai grâce à l'œuvre. Murmure de Heidegger à cette occasion : « L'apparaître ajointé dans l'œuvre est le beau. La beauté est un mode du déploiement de la vérité [20]. »

3. Art, vérité et histoire

Il reste que deux questions semblent se poser. D'une part, la question qui interrogeait la choséité de l'œuvre est restée sans réponse. Une œuvre est quand même une chose, ou, plus prudemment, il appartient à une œuvre d'être créée. Que veut dire cette création ? Mais surtout : si on comprend comment l'œuvre peut être mise-en-œuvre de la vérité, on ne comprend pas pourquoi. Le rapport entre la vérité et l'œuvre, si l'une et l'autre ont manifesté une affinité, est resté inessentiel. Il faut encore se demander : en quoi la vérité, d'elle-même, manifeste-t-elle le besoin de l'œuvre ? Question singulière et historique : qu'en est-il pour le présent historique (et pour qui ?) du besoin de l'art ?

La vérité est l'événement d'une ouverture qui est combat. Elle est pleinement historique : elle n'est pas un universel qui flotte en l'air : elle est toujours singulière. Comment assume-t-elle cette singularité ? En trouvant lieu, en ayant lieu. Avoir-lieu, c'est configurer, en un étant, l'ouverture elle-même, d'où elle puisse être soutenue. Ainsi du tableau de Van Gogh, et de son apparition même dans le texte de Heidegger : besoin de l'œuvre pour la pensée de la vérité. Plus généralement : besoin, pour la vérité elle-même en sa manifestation litigieuse, de s'installer dans l'œuvre. En ce sens, la vérité s'instaure dans l'œuvre, qui est, vue depuis le couramment étant, en un sens insolite, exceptionnelle singularité à nul autre étant pareil. La vérité est ainsi tirée vers l'œuvre : elle s'y instaure et donne ainsi la mesure de son ouverture. C'est à partir de là que doit être pensée la création, comme instauration d'un lieu étant pour le combat qu'est la vérité. Deux traits sont alors essentiels pour dire la création, et cela à partir de l'œuvre elle-même et de sa nécessité : d'une part, le trait, le tracé ouvrant comme configuration de la figure, qui ne revient justement pas, comme dans la production artisanale, à informer une matière, à travailler un matériau. Le trait trace sans user d'un « matériau », il s'inscrit dans le bois, la pierre, la couleur, qui apparaissent comme tel, c'est-à-dire dans leur fermeture, à partir du trait [21]. D'autre part, l'être-créé s'annonce lui-même dans l'œuvre. La production s'efface dans l'outil prêt à l'emploi, c'est même sa caractéristique première que de fournir un outil prêt à l'usage, fini, qui s'engloutira dans l'usage. Le marteau de *Etre et Temps,* qui se tient en retrait dans son être-à-portée-de-la-main. Au contraire, l'œuvre s'impose dans sa facticité. Qu'elle soit, voilà d'abord le miracle inespéré et énorme qui se propage à partir d'elle à chaque rencontre de l'œuvre. Don inépuisable de l'œuvre, choc singulier et dépaysant[22].

Ce choc doit être soutenu, l'œuvre « reçue », comme on dit, c'est-à-dire qu'elle doit nous renverser. C'est-à-dire ? L'œuvre nous sort de nos rapports ordinaires à l'étant, nous expose à la singularité exceptionnelle du monde même, à partir de laquelle nos rapports aux choses du monde, à autrui et à nous-même sont transformés et trouvent une mesure. Ce séjour renversant auprès de l'œuvre (qui est autre que l'angoisse, mais qui est aussi une « expérience ontologique », mais singulièrement historique, à partir, non pas du néant, mais de l'œuvre, non pas du « rien du monde », mais d'UN monde de fait, c'est-à-dire de possibles destinés, factices, qui rendent caduque l'appréhension ordinaire de l'étant, mais ouvrent des possibilités singulières) est un savoir, qui est aussi un vouloir : résolution, mais pour un monde singulier. Ce savoir résolu sauvegarde l'œuvre. Cette sauvegarde est le fait des « gardiens » de l'œuvre : ceux qui soutiennent son épreuve de vérité[23]. Elle fonde l'être avec les autres comme singularité d'un peuple historique, sujet que nous aborderons dans notre chapitre consacré à la « politique ». Il ne s'agit pas, vraiment pas, d'une « expérience esthétique », mais de la fondation d'une histoire. Et, en ce sens, elle est pleinement « politique » (et sans doute, cette « politicité » est, dans le texte des *Chemins qui ne mènent nulle part,* plus en retrait que dans la version du texte prononcé en 1935). Le savoir de l'œuvre, qui la laisse être, c'est-à-dire la comprend, se laisse transformer par elle et transmet, pour une communauté, les possibles qu'elle configure, lui est aussi essentiel que son créateur : en ce sens, Heidegger est le gardien du poème hölderlinien. La sauvegarde de l'œuvre est ce qui maintient son « effectivité », déploie son « pouvoir d'action ». Mais en quoi tout ceci répond-il à la question initiale (et lancinante, mais dans le renversement de la question se manifeste tout l'enjeu de la pensée de l'œuvre) de la choséité de l'œuvre ? L'œuvre n'est pas une chose : on ne peut rien savoir de l'œuvre en la comprenant comme chose, et

même en substituant au côté chosique un côté terrestre.
Mais, à l'inverse, on peut comprendre la choséité de la
chose à partir du savoir de l'œuvre : comme appartenance
conjointe, en elle, du monde et de la terre. Il y a là
l'ébauche de la pensée ultérieure du monde (comme
Cadre) et de la chose. L'œuvre est bien, pour la pensée,
sa ressource.

L'œuvre est un advenir de la vérité. En ce sens, la
vérité est poématisée, mise en poème, tout art comme
laisser-advenir la vérité est en son essence poésie *[Dich-
tung]* [24]. Cela signifie au moins deux choses : d'abord,
poématiser *[dichten]* la vérité, cela veut dire faire advenir, au-delà de l'étant, l'ouverture de son être. La poématisation est un projet qui perce jusqu'à l'être, compris
pleinement comme monde historique. Ensuite, cela permet de singulariser un « art » particulier, à savoir la poésie. D'une part, l'architecture, la sculpture, la musique
sont des modes du poématique *[Dichtung]*, comme la
poésie *[Poesie]* au sens restreint. Mais d'autre part, la
poésie est, au sein du poématique, un art insigne. Pourquoi ? Parce que la langue elle-même est « *Dichtung* » au
sens essentiel [25] : ce point a déjà été abordé dans notre
chapitre sur la langue. Comment comprendre, pour finir,
l'art comme poématisation ? Comme institution *[Stiftung]*
de la vérité. Et comment comprendre cette « institution »,
ou cette « instauration » ? Comme un donner, un fonder
et un commencer [26]. Démesure de l'œuvre : elle n'est
jamais compréhensible à partir du familièrement étant,
qui n'offre pas de chemin qui puisse la rejoindre, c'est en
ce sens du surcroît, de l'excédentaire, qu'elle est donation, d'elle-même purement. Portée fondative de
l'œuvre : elle ouvre un monde pour un peuple à venir en
lui révélant « sa » terre. Le projet poématique projette un
monde qui se fonde, de manière adverse, sur une terre où
un peuple est déjà jeté. Fondation abyssale et litigieuse :
si ainsi une terre s'approprie, devient possibilité d'un
« chez-soi », terre natale, ce n'est jamais au sens d'un
donné brut, mais au sens d'un venir à la lumière de ce qui
se tient en réserve (au sens d'un fond où puiser : créer,
c'est puiser, dit Heidegger) qui, du même coup, révèle
l'obscurité de cette réserve (au sens d'un refus). L'œuvre

configure un projet jeté, qui forme, adressé à ses « gardiens », la destination *[Bestimmung]* historique d'un peuple. L'œuvre commence, elle est coupure, disruption que rien n'annonce, soudaineté du saut, et, du même coup, elle détient en elle l'appel à en répondre. Le commencement, en ce sens, rassemble en lui les deux autres modalités de l'art comme institution : il donne et destine, fulguration et écho.

Heidegger indique, à la fin de « L'origine de l'œuvre d'art », sans se référer pour cela à des œuvres précises, les quelques grands commencements artistiques de l'histoire de l'Occident, qui correspondent tous à une mutation de la compréhension de l'être. A la fondation première et rectrice de l'être chez les Grecs, à la transformation de cette compréhension à partir de la création divine au Moyen Age, à l'objectivité des temps modernes – à chaque fois répondrait une manière, pour la vérité, de se mettre en œuvre. « Histoire » de l'art pensée à partir de l'histoire de l'être [27]. Mais le texte, qui se termine par deux vers de Hölderlin, demande pour finir (et cette question donne à tout le texte sa situation vraie) : « Nous posons la question de l'essence de l'art. Pourquoi la posons-nous ? Nous la posons pour pouvoir plus proprement questionner : en notre Dasein historique, l'art est-il une origine ou non, et sous quelles conditions peut-il et doit-il l'être [28] ? » La postface au texte, revenant sur l'affirmation de Hegel dans ses *Leçons sur l'esthétique*, que nous annoncions au début de ce chapitre, et qui dit : « L'art est et demeure pour nous quelque chose de passé », demande à son tour : « Seulement la question demeure : l'art est-il encore, ou n'est-il plus, une manière essentielle et nécessaire en laquelle advient la vérité décisive pour notre Dasein historique ? Et s'il ne l'est plus, la question demeure de savoir pourquoi [29]. » Dans le cours sur Nietzsche de 1936, « La volonté de puissance en tant qu'art », Heidegger avait déjà dit, se rencontrant formellement (mais seulement formellement) avec Hegel : « Parallèlement à l'élaboration du règne de l'esthétique et de la relation esthétique à l'art on assiste dans les temps modernes au déclin *[Verfall]* du grand art dans le sens indiqué. Ce déclin ne consiste pas en

ce que la "qualité" deviendrait moindre et le style baisse-
rait, mais en ce que l'art perd son essence, l'immédiat
rapport à sa tâche fondamentale qui est de représenter
l'absolu, c'est-à-dire de le situer en tant que tel de façon
normative dans le domaine de l'homme historique [30]. » Le
texte des *Holzwege* avait quant à lui précisé qu'il ne trai-
terait que du « grand art ». Or donc, ce grand art est fini.
L'œuvre d'art, à en croire le diagnostic qu'en fait Heidegger dans les « Six faits fondamentaux tirés de l'histoire de
l'esthétique » n'est plus la mise en œuvre de la vérité, elle
n'institue plus un monde sur une terre. Le besoin de
l'œuvre est tari. Comment le comprendre, et comment
comprendre, pour finir, la situation de la pensée qui pose la
question du sens de ce tarissement ?

La pensée heideggerienne de l'art n'est pas une philosophie de l'art. Et cela, d'abord, parce qu'elle ne
recherche aucune essence générale de l'œuvre d'art, pas
plus qu'elle ne fait de l'œuvre un objet à connaître ou à
déterminer conceptuellement. Bien sûr, on peut isoler de
tels moments dans le texte des *Holzwege,* voire transformer la pensée de Heidegger sur l'œuvre d'art en un
ensemble de thèses. Mais l'essentiel n'est pas là. Où,
alors ? Si vraiment l'œuvre est ouverture inaugurale et
destinale d'un monde, si ce destin dont il faut répondre,
qui demande, comme tout destin, correspondance, est la
singularité même, alors la pensée se tient elle aussi sous
la loi de cette singularité. Pour elle, être capable, comme
pensée, d'un savoir de l'œuvre, c'est répondre à l'envoi
singulier d'une œuvre, sauvegarder cette œuvre en annonçant ce qu'elle configure, quelle figure pour quel monde,
quelle terre, quel peuple. Toute détermination « générale » de l'essence de l'œuvre d'art est au fond au service
d'une telle tâche et s'y dissout. Tâche à vrai dire tita-
nesque (et dont le siècle n'offre que la caricature grima-
çante, sous les espèces de l'esthétisation du politique opé-
rée par les régimes totalitaires) : la correspondance à une
fondation poétique de l'histoire qui ne peut être que singulière, y compris dans le rapport qu'elle entretient avec
d'autres fondations singulières. Dans la question de l'origine de l'œuvre d'art, il en va pour Heidegger de la destination du peuple allemand. L'« enjeu » de la question de

l'art n'est rien de moins. Si la « fin de l'art » peut être une question et pas une affirmation rationnellement fondée, comme pour Hegel, et si la question n'est pas loin de renverser l'affirmation, c'est précisément parce que Heidegger peut se tenir dans la sphère de puissance d'une œuvre d'art, d'une poématisation de la vérité qui appelle à sa sauvegarde, c'est-à-dire à la libération de son effectivité. Certes, la pensée de Heidegger, avions-nous dit, « rencontre » l'art. Il reste que cette rencontre, singulière, répond à l'appel d'une œuvre, qui rend caduc le constat de l'épuisement de l'art et de l'absence de son besoin, qui permet donc de surmonter l'époque de l'esthétique et qui se manifeste comme un nouveau commencement : la poésie de Hölderlin. Commencement de quoi ? D'un avenir, d'un monde, d'une histoire, pour un peuple singulier, le peuple allemand. C'est donc cette rencontre entre Heidegger et Hölderlin qu'il nous faut maintenant prendre en charge.

II. Heidegger et Hölderlin : pensée et poésie

Heidegger a donné un premier cours sur les hymnes « Le Rhin » et « La Germanie » en 1934-1935, un deuxième cours sur l'hymne « Mémoire » en 1941-1942, un troisième cours sur l'hymne « L'Ister » en 1942. En 1951, les *Eclaircissements sur la poésie de Hölderlin* réuniront quatre textes allant de 1936 (la conférence de Rome « Hölderlin et l'essence de la poésie ») à 1944 (« Retour »). La quatrième édition de ce recueil ajoutera deux conférences respectivement datées de 1960 et 1968. Cette revue des textes de Heidegger consacrés exclusivement à Hölderlin n'est pas complète : il faudrait par exemple encore y ajouter le texte « L'homme habite poétiquement » des *Essais et Conférences*. Mais cette énumération ne dit pas l'essentiel : d'une certaine manière, la plupart des textes de Heidegger sont, à partir de 1934, littéralement aimantés par la proximité constante de Hölderlin. Il ne s'agit donc pas du compte des textes, mais d'une rencontre avec la singularité de la poésie de Hölderlin qui transforme radicalement la pensée de Heidegger, lui donne son orient. Il ne s'agit bien sûr pas pour nous de suivre à la trace, dans son ampleur et sa complexité, cette « transformation », qui touche aussi à la langue propre de Heidegger. On se contentera donc ici de donner les quelques points de repères essentiels qui permettent de s'introduire au « dialogue » de Heidegger et de Hölderlin, plutôt que d'entrer dans l'interprétation heideggerienne proprement dite de Hölderlin. Aussi bien, nous avons déjà rencontré Hölderlin dans le chapitre précédent, et nous le rencontrerons nécessairement dans les deux chapitres qui suivent : Hölderlin est au cœur de la pensée heideggerienne de la langue, comme ouverture en poème d'un monde historique qui rassemble un peuple (politique), dans la nomination des dieux et le dire du sacré. La poésie hölderlinienne est pour Heidegger le lieu de l'entrecroisement de la langue, de l'histoire et du rapport aux « dieux ». On se contentera donc, dans ce chapitre, d'indiquer les « lois » du dialogue entre la pensée de Heidegger et la poésie de Hölderlin, la présentation de ce que la poésie de Hölderlin poématise étant « distribuée » dans le chapitre précédent, et dans les chapitres consacrés à la « politique » et à la question de(s) dieu(x). Encore une fois, il ne s'agit pas là d'une malheureuse dispersion : Hölderlin est presque constamment « à l'œuvre »... dans l'œuvre de Heidegger.

On ne saurait donc exagérer l'« importance » de la poésie de Hölderlin pour Heidegger. Il serait certainement juste de dire que Heidegger lui-même, à partir du choc de la rencontre de cette poésie, en est venu à concevoir sa propre pensée comme une préparation à l'écoute de Hölderlin, comme une manière de lui faire place, d'en faire à nouveau une puissance agissante, de contribuer à cette « puissance ». Par là, la « lecture » heideggerienne de Hölderlin vérifie l'affirmation de « L'origine de l'œuvre d'art » : « Aussi peu une œuvre ne peut être en général sans avoir été créée, tant il lui faut les créateurs, aussi peu le créé lui-même ne peut être sans les gardiens *[die Bewahrenden]* [31]. » Il ne s'agit, avec les « éclaircissements » proposés par Heidegger, ni d'histoire littéraire (de contribuer aux « recherches hölderliniennes », ce qui ne veut pas dire les ignorer), ni de la recherche d'une « essence générale » de la poésie. Mais la pensée de Heidegger, à l'écoute de Hölderlin, ne se transforme pas en poésie. « L'origine de l'œuvre d'art » disait aussi : « Mais l'instance de la garde est un savoir [32]. » La « garde sachante » de l'œuvre, qui la reçoit, implique qu'entre l'une et l'autre il y ait « dialogue » *[Gespräch]*, qui respecte les singularités de l'une et de l'autre. Quelle est la loi de ce dialogue ? La postface de 1943 à la leçon *Qu'est-ce que la métaphysique ?* dit ceci :

« La pensée de l'être garde la parole *[hütet das Wort]* et accomplit dans une telle garde sa destination *[seine Bestimmung]*. Elle est le souci pour l'usage de la langue. A partir du mutisme *[Sprachlosigkeit]* longuement gardé et à partir de l'éclairement soucieux du domaine en lui éclairci vient le dire du penseur. D'une semblable provenance est le nommer du poète. Mais parce que le semblable *[das Gleiche]* n'est semblable que comme le différent *[das Verschiedene]*, si le poétiser et le penser sont semblables le plus purement dans le soin apporté à la parole, ils sont tous les deux en même temps séparés en leur essence de la manière la plus vaste. Le penseur dit l'être. Le poète nomme le sacré. Maintenant, comment, pensé à partir de l'essence de l'être, le poétiser et le remercier et la pensée renvoient l'un à l'autre et sont en même temps distincts, cela doit rester ouvert. Il est probable que le remercier et le poétiser surgissent en des modes divers de la pensée originaire, dont ils font usage, sans qu'ils puissent être pour eux-mêmes une pensée.

« On connaît beaucoup de choses sur les rapports de la pensée et de la poésie *[der Poesie*, la "poésie" comme genre littéraire, et pas la *Dichtung* dans ce qu'elle a d'originaire]*. Mais nous ne savons rien de l'entretien *[Zwiesprache]* du poète et du penseur, qui "habitent proches sur des monts éloignés" [33]. »

On ne commentera pas tout ce texte difficile. Commençons par la fin : le « dialogue » entre poète et penseur n'est pas les rapports que peuvent entretenir entre eux deux modalités différentes du discours, l'un assigné à la découverte du vrai, l'autre à la production du beau. *Dichtung* n'est pas « poésie » au sens, par exemple, de sa distinction de la prose. *Dichtung* n'est pas à comprendre comme un secteur de la littérature déjà dûment comparti- mentée, n'est pas à comprendre, en général, à partir de quelque secteur de l'étant que ce soit, supposant déjà un certain ordre de l'être inquestionné, puisque, en dehors même de cet ordre, la « poématisation » a pour mission d'instituer un monde. En deçà de tous les ordonnance- ments déjà fixés de « poésie » et « philosophie », le dia- logue, s'il veut être effectif, doit se mettre sous une plus haute loi. Laquelle ? Poésie et pensée, dit Heidegger, ont toutes deux le « soin de la langue ». Mais pour autant qu'on comprenne la langue comme langue de l'être, et qu'on comprenne que ce soin de la langue doit être com- pris comme ce qui, de la langue, se donne à nous de telle sorte que nous devions y correspondre, pour, dans notre réponse, fonder un « monde ». Or, la poésie et la pensée y correspondent de manières différentes : la poésie dit le sacré, la pensée dit l'être. Admettons ces « destinations », que nous considérerons dans notre dernier chapitre. En tout cas, nous voyons que si « dialogue » il y a, c'est en raison d'une commune provenance de la poésie et de la pensée. Commune provenance ne veut pas dire « iden- tité » : elle signifie que le « dialogue » dont il est question est lié par le rapport au « même » qu'entretiennent poésie et pensée comme à leur source. *Le dialogue est déjà amené au dialogue sous la supposition de ce même, le dialogue n'est vraiment qu'en référence à une source une.* C'est elle qui fait toute la « proximité » dont il est question à la fin du texte, et non pas seulement un « inté- rêt » du philosophe pour la poésie. On avait signalé, dans notre lecture de « L'origine de l'œuvre d'art », à quel point la pensée heideggerienne de l'art pouvait « révo- lutionner » les « rapports » de la philosophie et de l'art. Ici, sur pièce : en deçà de la séparation traditionnelle de la pensée et de l'art, leur origine dans une source pre- mière.

Quel est, cependant, ce même qui les ajointe originaire- ment dans leur diversité ? Tenons-nous du côté de la poé- sie, et reportons-nous encore une fois à « L'origine de l'œuvre d'art ». Heidegger écrit : « Le dire projetant *[Das entwerfende Sagen]* est poésie *[Dichtung]* : le dire *[die Sage]* du monde et de la terre, le dire de l'espace de jeu de leur combat et par là le site de toute proximité et de tout éloignement des dieux. La poésie est le dire du décèlement de l'étant [34]. » L'essence de la poésie (où s'accomplit l'essence de l'art), c'est l'instauration de la vérité, comme décèlement de l'étant à partir de l'être. Le même, donc, d'où proviennent poésie et vérité, c'est l'être même compris comme ouverture d'un monde. La loi du dialogue est ici, pour le dire de manière rapide : l'être même. De manière « rapide » : il en va en effet ici de l'histoire elle-même. La citation qui clôt le texte de 1943 que nous citions est une citation de l'hymne de Hölderlin, « Patmos ». Le cours de 1934 cite cet hymne : les « sommets » dont il est question sont, dans l'hymne, rapportés aux « cimes du temps », à l'histoire originaire comme fondation d'un monde sur une terre, pour le dire comme Heidegger. Il écrit : « Nous avons déjà appris que le Dasein des peuples, leur ascension, leur apogée et leur déchéance jaillissent de la poésie, et qu'en jaillit aussi le savoir authentique, au sens de la philosophie ; et des deux à la fois jaillit l'actualisation par l'état du Dasein en tant que peuple – la politique [35]. » Trois sommets, ou trois cimes : « […] ces cimes sont fort proches les unes des autres, de même que les créateurs qui doivent y résider, chacun y accomplissant sa vocation, dans la plus intime compréhension des autres, chacun sur son sommet. Et pourtant, au sein de cette proximité, ils sont justement les plus séparés par les abîmes qui béent entre les montagnes où ils se tiennent [36]. » Le dialogue des différents à partir du même est le dialogue des créateurs à partir de l'unité destinale et originaire de l'histoire. C'est à partir de leurs rapports « créateurs » à l'histoire que le poète et le penseur trouvent à dialoguer. Ce qui, à son tour, n'est pas une « vérité » générale, mais doit s'entendre au cœur même du dialogue et de la singularité de ce qu'il cherche à faire apparaître : une histoire à venir pour l'Allemagne ! Si ceci n'est pas mis en évidence, alors le « dialogue » perd toute sa portée. On doit encore faire un dernier pas pour comprendre la singularité de ce « dialogue » entre la pensée de Heidegger et la poésie de Hölderlin. Heidegger écrit en effet dans le cours de 1934, après avoir rappelé la mission instauratrice du poète dans la figure d'Homère, ceci :

« Avec la singularité de notre situation dans l'histoire du monde – et en général –, il est impossible de dire à l'avance et de programmer comment la poésie de Hölderlin va se mettre à la parole et à l'œuvre dans l'ensemble de l'effectuation de notre destination historique. Tout ce qu'on peut dire, c'est ceci : le Dasein historique occidental est inéluctablement et insurmontablement de l'ordre du *savoir*. [...] Comme notre Dasein est sachant – savoir, ici, ne peut pas être réduit au décompte des opérations d'entendement –, il n'y aura donc plus jamais pour nous de Dasein *purement poétique*, pas plus que de Dasein *purement pensant*, mais pas non plus de Dasein *seulement agissant*. Ce qui va être exigé de nous, ce n'est pas d'arranger des compromis acceptables et courants entre les puissances poétiques, pensantes et agissantes, mais bien de prendre au sérieux leur séparation et leur isolement dans le retrait de ce qui se trouve à la cime, et en cela d'éprouver le secret de leur coappartenance originaire, afin de les configurer originairement en une conjonction nouvelle et jusqu'ici inouïe de l'Etre [37]. »

Par là, la pensée reste la pensée – elle ne verse pas dans la poésie. Il s'agit bien de penser à partir de la puissance de la poésie. Mais aussi de telle sorte que la pensée se rende capable de désigner le point d'où pensée et poésie sont appariées. La pensée doit se rendre en ce point que la poésie n'indique pas par elle seule, que la pensée ne peut aussi créer par elle seule, où l'être devient à nouveau histoire. Séparation et conjonction.

Mais ce dialogue, comment s'effectue-t-il ? Heidegger a fait précéder les *Eclaircissements sur la poésie de Hölderlin* d'un court avant-propos, dans lequel il écrit : « Quoi que puisse et que ne puisse pas un éclaircissement, ceci vaut toujours à son propos : afin que ce qui dans le poème est purement poématisé *[Gedichtete]* se tienne là un peu plus clairement, le discours éclaircissant et sa tentative doivent chaque fois se briser *[zerbrechen]*. En vue du poématisé, l'éclaircissement doit tendre à se rendre lui-même superflu. Le dernier pas, mais aussi le plus difficile, de toute interprétation *[Auslegung]* consiste à s'évanouir avec tous ses éclaircissements devant le pur se tenir là du poème [38]. » Cette exigence est présente dès le cours de 1934, qui dit : « Notre entreprise est tout juste au plus semblable à ces échafaudages de cathédrale, qui n'existent que pour être démolis [39]. » Comment comprendre cette apparente « modestie » ? De manière simple : il s'agit de se mettre dans la sphère de puissance de ce que la poésie poématise, d'entendre, non pas le poème comme belle construction de langage, mais de se tendre vers ce qui est proprement poématisé dans le poème, pour en répondre, alors même qu'il nous transforme. En un sens, toutes les « lectures » de Hölderlin par Heidegger visent à laisser agir le poème, sur « nous ». Nous – qui ? Si l'on prend conscience que ce « nous » n'est pas le « lecteur » amateur de poésie, mais que ce que le poème poématise est précisément un « nous », ou l'espace possible pour la détermination d'un « nous » historique, alors l'abolition finale de l'éclaircissement est vraiment l'entrée dans la sphère de la poésie.

*

NOTES

1. SuZ, p. 162.
2. GPh, p. 244, trad. fr. p. 211.
3. *Années d'apprentissage philosophique*, trad. fr., Paris, Criterion, 1992, p. 260.
4. Hw, p. 65, trad. fr., Gallimard, coll. « Idées », p. 88.
5. Hw, p. 67, trad. fr. p. 91.
6. « De l'origine de l'œuvre d'art, première version inédite », Paris, Authentica, 1987.
7. Hw, p. 10-28, trad. fr. p. 17-41.
8. Hw, p. 9, trad. fr. p. 15.
9. Hw, p. 12-20, trad. fr. p. 20-30.
10. Hw, p. 23, trad. fr. p. 33.
11. Hw, p. 23, trad. fr. p. 34.
12. Hw, p. 24, trad. fr. p. 36
13. Hw, p. 24, trad. fr. p. 36.

14. « L'objet personnel, sujet de nature morte. A propos d'une notation de Heidegger sur Van Gogh », in *Style, Artiste et Société,* trad. fr. Gallimard, coll. « Tel », p. 349-360. Voir aussi J. Derrida, « Restitutions de la vérité en pointure », in *La Vérité en peinture,* Paris, Flammarion, 1978, p. 291-436.

15. Hw, p. 31, trad. fr. p. 44.
16. Hw, p. 33, trad. fr. p. 47.
17. Hw, p. 34, trad. fr. p. 48.
18. Hw, p. 37, trad. fr. p. 53.
19. Hw, p. 42-43, trad. fr. p. 58-60.
20. Hw, p. 44, trad. fr. p. 62.
21. Hw, p. 51-52, trad. fr. p. 71.
22. Hw, p. 53, trad. fr. p. 73.
23. Hw, p. 54, trad. fr. p. 75.
24. Hw, p. 59, trad. fr. p. 81.
25. Hw, p. 60, trad. fr. p. 82.
26. Hw, p. 62-63, trad. fr. p. 84-87.
27. Hw, p. 63-64, trad. fr. p. 87.
28. Hw, p. 65, trad. fr. p. 88.
29. Hw, p. 67, trad. fr. p. 91.
30. N I, GA 6-*1*, p. 82, trad. fr. p. 82.
31. Hw, p. 54, trad. fr. p. 75.
32. Hw, p. 54, trad. fr. p. 76.
33. W, p. 309-310, trad. fr. *in Questions I*, p. 83-84.
34. Hw, p. 61, trad. fr. p. 83.
35. HHGuR, p. 51, trad. fr. p. 58.
36. HHGuR, p. 52, trad. fr. p. 59.
37. HHGuR, p. 184, trad. fr. p. 172.
38. EzHD, p. 7-8, trad. fr. p. 8.
39. HHGuR, p. 23, trad. fr. p. 35.

CHAPITRE VIII

Etre et *polis*

D'avril 1933 à avril 1934, Heidegger fut le recteur nazi (adhérent au parti national-socialiste) de Fribourg. Son intronisation fut l'occasion du *Discours de rectorat*, « L'auto-affirmation de l'Université allemande ». Au long de cette année, il commit plusieurs appels hérissés de « *Sieg Heil* », et de « *Heil Hitler* ». L'avant-dernière phrase de l'« Appel aux étudiants » du vendredi 3 novembre 1933 dit : « Le Führer lui-même et lui seul est la réalité allemande d'aujourd'hui et du futur, ainsi que sa loi [1]. » Ces proclamations diverses sont écrites dans un jargon héroïco-vantard creux et exalté, qui mêle la rhétorique nationale-socialiste de l'époque, purgée cependant de son racisme, et le vocabulaire de *Etre et Temps*. Après sa démission du rectorat, Heidegger reprit ses cours. Il s'y expliqua avec l'époque, et donc aussi avec son lien particulier avec son époque. Une chose est cependant à noter : jamais, de 1939 à 1945, son désaccord avec le régime nazi ne l'amena à dissocier absolument celui-ci du destin historique de l'Allemagne, et à comprendre la Seconde Guerre mondiale autrement qu'en termes patriotiques. La preuve en est, par exemple, le texte du semestre d'hiver 1942, consacré à l'hymne de Hölderlin, « L'Ister », à l'entrée en guerre des Etats-Unis : « Nous savons aujourd'hui que le monde anglo-saxon de l'américanisme a résolu d'annihiler l'Europe, c'est-à-dire la patrie, et cela veut dire le Commencement du monde occidental. Tout ce qui a le caractère du commencement est indestructible. L'entrée en guerre de l'Amérique dans cette guerre planétaire n'est pas son entrée dans l'histoire ; plutôt, c'est l'ultime acte américain de l'anhistoricité et de l'auto-dévastation américaines[2] », ou encore le dialogue : « Entretien vespéral dans un camp de prisonniers de guerre en Russie entre un plus jeune et un plus vieux », daté expressément... du 8 mai 1945, « Au jour », nous citons, « où le monde fête sa victoire et n'a pas encore reconnu qu'il est depuis des siècles le vaincu de son propre soulèvement[3] ». La *Lettre sur l'Humanisme* dira encore, comme l'avait déjà dit le texte de 1943 « Retour », que « les jeunes Allemands qui avaient connaissance de Hölderlin ont pensé et vécu en face de la mort autre chose que ce que la publicité a prétendu être l'opinion allemande[4] ». Donc : comment penser « ça », qui, d'abord, afflige ?

Il faut sans doute le penser, c'est-à-dire éviter la polémique entre la « défense » de Heidegger, qui sauve l'insauvable, s'aveugle dans l'apologie et finit par ne plus lire, et la volonté de condamner définitivement Heidegger à l'indignité, qui fait aussi, cette fois-ci explicitement, barrage à la lecture. Les polémiques surgissant périodiquement sur la question du « nazisme de Heidegger » se résument malheureusement aux termes d'un tel procès, aggravé par quelques pièces annexes. Pour autant, nous ne voulons pas pratiquer le « ni-ni ». Au contraire : Heidegger fut un grand penseur, et il s'engagea activement dans le mouvement national-socialiste, et, probablement, ses différents jugements d'après coup sur ce qui fut autre chose qu'un épisode sans conséquences (y compris concernant sa pensée) ne furent jamais des rétractations. C'est donc le « et » qui fait problème. Précisons encore une chose. Le problème n'est pas à nos yeux : est-il bon, est-il méchant ? On ne prétend pas sonder les reins et les cœurs. Il reste néanmoins que, au-delà même de la lecture, au-delà du nécessaire effort de compréhension, qui ne vaut pas excuse, mais cherche au moins ce qui n'a pas empêché, voire a rendu possible, dans la pensée, le mariage de la pensée de l'être et du nazisme, fût-ce pour un instant, certains textes donnent la nausée, font durablement honte. Il ne s'agit pas d'une erreur, mais d'une faute, énorme. Du reste, Heidegger a toujours soutenu, et montré par son propre exemple, que la philosophie était une affaire d'existence, que peut-être c'était l'affaire par excellence de l'existence, et que le penseur s'y avérait tout entier, autrement qu'en risquant seulement de « se tromper ». Les tentatives de « disculpation » nous ont toujours semblé à cet égard bien peu adéquates à leur objet.

On ne proposera pas ici d'« interprétation » de l'engagement de Heidegger. Il faudrait pour cela une attention scrupuleuse aux « faits », que nous ne pouvons pas développer. On interrogera les textes pour comprendre comment ils ont pu rendre possible (plus prudemment : ne pas empêcher) l'engagement de 1933. On proposera donc un parcours dans l'œuvre, qui est aussi un parcours dans l'histoire, que l'œuvre s'illusionne parfois à croire dominer, qui s'interrogera sur la « politique » de Heidegger. Autrement dit : que dit Heidegger du « politique », de l'essence du politique, et comment cette pensée de l'essence du politique permet-elle de penser les liens de cette pensée à la politique « réelle », ou encore, à l'histoire ? L'engagement de Heidegger fut, en 1933, un engagement au nom et pour le « peuple » allemand. On se demandera donc, d'abord : qu'est-ce qu'un « peuple » ? Que nous dit, du peuple, l'analytique existentiale ? Et ensuite : qu'est-ce qui autorise le philosophe à parler – au nom du peuple ?

I. Le peuple

1. Etre avec autrui et être isolé

Le Dasein est avec autrui. Cette proposition n'est pas seulement un constat ontique, qui pourrait être contesté en avançant des cas de solitude ou de misanthropie. Etre avec est une caractéristique ontologique du Dasein. Comment le comprendre, à partir de *Etre et Temps* ? Autrui, avions-nous dit dans notre premier chapitre, apparaît à partir du monde. Je ne suis pas d'abord dans un monde ambiant privé, qui serait privé de tous rapports à autrui, qui s'établiraient ensuite par la survenue d'autrui comme tel, comme toi. Autrui est déjà présent dans la provenance implicite de l'outil, produit par un autre, la destination de l'ouvrage, la propriété des murs de l'atelier, et si toutes ces références de fait manquent à Robinson dans son île, elles ne lui manquent que sur la base de son être-avec autrui. Autrui apparaît à partir du monde, c'est-à-dire à partir du complexe de renvois dans lequel, quotidiennement, je me tiens. Le monde n'est pas seulement monde ambiant d'un Dasein « isolé », il est toujours d'emblée monde commun, partagé. Cela dit, si autrui apparaît, dans un apparaître non théorique, à partir du monde, comme un outil, comme un étant à-portée-de-la-main, il n'est pas pour autant un outil ou un étant à-portée-de-la-main. Qu'est-il ? Qu'est-ce que l'autre Dasein ? Une conscience autre, opposée à la mienne ? L'énigme d'un autre moi ? Non. L'autre Dasein apparaît à partir du monde, avons-nous dit. Cela veut dire : à partir de ce qu'il fait, à partir de la préoccupation, qui est la mienne et qui peut être, à partir du monde que nous partageons, la sienne. Autrui n'apparaît pas comme l'autre du moi, ni comme autre moi, parce que je ne me donne pas d'emblée à moi-même comme moi dans mon vécu propre, mais comme être auprès des choses du monde, avec autrui, qui est par là aprioriquement présent pour moi, comme je suis présent pour moi. L'autre Dasein est aussi présent : « le "aussi" désigne une mêmeté d'être comme être-au-monde préoccupé de manière circonspecte ». Avant de me « préoccuper » d'autrui, je me préoccupe avec autrui, et dans cet être l'un avec l'autre se donnent aussi bien le soi et l'autre. La plupart du temps, d'ailleurs, de manière « indifférente », mais justement, cette « indifférence », celle, par exemple, qui peut être celle de personnes se côtoyant sur un même lieu de travail « sans du tout se connaître », n'est pas du tout l'indifférence de la simple survenue de deux choses seulement subsistantes, c'est une modalité possible de l'être l'un avec l'autre. Mais comment comprendre cet être-avec ? Etre avec l'autre Dasein, avec le co-Dasein, n'est pas le même rapport d'être que la préoccupation dans laquelle se donne l'étant à-portée-de-la-main, même si c'est à même cette préoccupation que se donne la plupart du temps autrui avec qui je suis. Ce « rapport d'être », cet être, est sollicitude, *Fürsorge*. Comment comprendre cette sollicitude, ce lien d'être à l'être de l'autre comme structure même de mon existence comme être-au-monde ?

Heidegger décrit deux modalités possibles de cette sollicitude, qui se distribuent suivant la modalisation même de la mienneté, de la question de l'ipséité[5]. Ce qui veut dire : je puis être proprement avec l'autre, c'est-à-dire être avec le propre de l'autre, ou je puis être improprement avec l'autre, c'est-à-dire avec l'autre dans son impropriété. Ou encore : c'est à partir de la relation propre à moi-même, de l'être soi en propre, que se décide la relation propre au propre de l'autre, à l'autre en propre. Cela fait beaucoup de propriétés, pour penser... autrui. Détaillons et abordons les deux modalités de la sollicitude, la sollicitude substitutive-dominatrice, et la sollicitude devançante-libérante. Soit, dit Heidegger, je me substitue à autrui, je m'occupe pour lui, à sa place, de ce dont il y a à s'occuper, et dans cette substitution je le « domine ». Dès lors, la « vue » qui conduit la sollicitude, l'égard et l'indulgence tourne à l'absence d'égards et à la tolérance indifférente. Comment penser cette « domination » ? Il ne s'agit pas de la domination de l'un sur l'autre, de l'un par l'autre, mais de l'espace de l'être l'un avec l'autre comme espace de la domination de l'un, des uns par « les autres en général », de l'espace du On. Aussi bien, je m'ouvre quotidiennement à moi-même à partir de cet espace de domination générale (qui éteint la possibilité d'une propriété, la mienne et celle de l'autre). La sollicitude impropre se constitue en espace public, où les uns et les autres sont donnés à eux-mêmes comme on. Cet espace est l'espace de ce dont on se préoccupe, de ce dont on parle. A l'opposé, écrit Heidegger, « [...] existe la possibilité d'une sollicitude qui ne se substitue pas tant à l'autre qu'elle ne le devance en son pouvoir-être existentiel, non point pour lui ôter le "souci", mais au contraire et proprement pour le lui restituer. Cette sollicitude, qui concerne essentiellement le souci propre, c'est-à-dire l'existence de l'autre, et non pas quelque chose dont il se préoccupe, aide l'autre à se rendre lucide dans son souci et à devenir libre pour lui[6]. » L'égard et l'indulgence propres à la sollicitude sont alors attention vraie à l'autre, et distance respectueuse, sollicitude tenue proprement. Qu'est-ce que cela veut dire (et il faut bien reconnaître qu'il ne nous sera pas dit grand-chose de plus dans *Etre et Temps* de cette possibilité d'un rapport propre au propre de l'autre, d'abord en raison du point de départ de l'analyse du chapitre IV de *Etre et Temps*, la quotidienneté, et son objectif, la percée vers le On) ? Formellement, il s'agit d'une sollicitude, non pas pour ce que l'on peut faire avec l'autre, mais pour son existence même, d'un possible être en vue pour l'être en vue de l'autre, qui l'aide à être en vue de lui-même, respect pour l'autonomie d'autrui, et sens de la distance, de la liberté de l'autre. Soit. Mais que veut dire devancer le pouvoir-être existentiel de l'autre ? Comment cela est-il possible, dès lors que le devancement, justement, isole à l'extrême ? Le devancement est l'isolement lui-même s'accomplissant, dans ma déliaison d'avec les autres ! On le verra, cela n'est possible que pour autant que ce devancement soit d'abord devancement de mon propre pouvoir-être.

Le monde est monde commun. Cette communauté est la plupart du temps puisée dans l'espace public de la préoccupation : « L'être l'un avec l'autre se fonde de prime abord, et même souvent exclusivement, dans ce qui fait l'objet d'une préoccupation commune de cet être [7]. » Il y a là méfiance. A l'inverse, « l'engagement commun pour la même chose *[Sache]* est déterminé par le Dasein à chaque fois saisi de manière propre. C'est seulement cette solidarité propre qui rend possible la pragmaticité *[Sachlichkeit]* réelle qui libère l'autre, sa liberté, vers lui-même [8] ». La question qui se pose est dès lors la suivante : qu'est-ce qui fonde, et comment, la communauté de l'« engagement commun », qu'est-ce que « s'engager pour une chose commune » ? Quelle chose ? En bref : la première figure d'une « communauté » possible pour le Dasein est la figure du On, qui ne laisse pas place pour une propriété de soi, ni non plus un rapport propre à l'autre. Cette « communauté » se réalise par excellence dans la « publicité », l'être-public. Mais cela ne signifie pas que toute communauté, bien sûr, soit condamnée à cette impropriété. Au contraire : il faut penser la possibilité d'une communauté propre. Pour cela, il faut poser deux questions : d'une part, que signifie la possibilité d'une « communauté » des isolés, si on ose dire, qu'est-ce que le rapport à autrui à partir de l'isolement, d'autre part, que signifie ici communauté ? La première question demande quel est le sens du solipsisme existential, la deuxième interroge le sens du « peuple », du destin *(Geschick)* historique dans *Etre et Temps*.

L'expression « solipsisme existential » se trouve au § 40 de *Etre et Temps*. Elle ne signifie pas un solipsisme subjectif, où ne serait certain que le pur *cogito* en toutes ses *cogitationes*, toute transcendance, y compris celle d'autrui, étant douteuse. Le solipsisme est l'isolement expérimenté dans l'angoisse, qui me jette d'autant plus dans mon être en vue de moi-même que toute significativité de fait du monde y devient non relevante. L'isolement est isolement au monde, est même la possibilité que le monde, c'est-à-dire mes relations à l'étant intramondain et à autrui, soit pris en main à partir de moi-même. Le solipsisme est le retrait de l'être public, de son bavardage, de sa curiosité et son équivocité, l'événement de la sortie de l'identification à partir du On. C'est en ce sens qu'il « coupe les liens » avec autrui, et que, du même coup, il peut aussi bien me redonner autrui, non plus comme puissance du On, mais à partir de moi-même. Le juste rapport à l'autre n'a de sens qu'à partir d'une brisure du rapport antérieur avec les autres, plutôt, de la brisure de mon rapport à moi-même et aux autres comme On. Seul un tel « rapport », s'originant dans l'isolement, peut laisser être l'autre comme tel. Mais comment cela ? L'isolement dans l'inquiétante étrangeté, expulsion du chez-soi (et ici, le chez-soi est toujours public !), est précisé dans un des traits du devancement. Dans le devancement, dit Heidegger, « tous les rapports *[alle Bezüge]* à d'autres Dasein sont pour lui dissous [9] ». Caractère irrelatif, délié *[unbezügliche]* [10] du devancement. Le devancement isole en tant qu'il singularise mon pouvoir-être, le donne dans son unicité. Soit. Mais encore une fois, si, à partir de là, je me donne à moi-même proprement, c'est toujours en me coupant de toute relation aux « autres ».

Comment cette coupure, cette déliaison peuvent-elles être la source d'un nouveau lien ? Comment l'être pour la mort isolant pourrait-il être la source d'une communauté ?

2. La communauté des isolés.
Peuple, destin et sacrifice

L'être-pour-la-mort et la communauté se trouvent conjoints dans *Etre et Temps* au § 74. A partir du devancement se donne la possibilité d'assumer, de se transmettre, de reprendre un héritage, qui n'est que dans cette reprise : « La finitude saisie de l'existence arrache à la multiplicité sans fin des possibilités immédiatement offertes de la complaisance, de la légèreté, de la dérobade et transporte le Dasein dans la simplicité de sa destinée [11]. » Mais à ce niveau, il ne s'agit encore que d'une destinée « individuelle ». Mais il y a plus : « Mais si le Dasein en sa destinée, comme être-au-monde, existe essentiellement dans l'être-avec avec autrui, son advenir-historique est un co-advenir-historique, il est déterminé comme *destin* [*Geschick*, le partage, la communauté et le rassemblement des destinées], terme par lequel nous désignons l'advenir-historique de la communauté, du peuple. Le destin ne se compose pas de destinées individuelles, pas plus que l'être l'un avec l'autre ne peut être conçu comme une co-survenance de plusieurs sujets. Dans l'être l'un avec l'autre dans le même monde et dans la résolution pour des possibilités déterminées, les destinées sont déjà guidées. C'est dans la communication et dans le combat que se libère premièrement la puissance du Destin. Le destin conforme aux destinées dans et avec sa "génération" constitue l'advenir-historique plein, propre du Dasein [12]. » C'est ici que se trouve répondu à la question de l'être l'un avec l'autre propre : il s'agit du peuple comme communauté destinale. Ce qui veut dire que c'est du même coup qu'on répond à la question du rapport propre au propre de l'autre et à la question de la communauté (c'est la même question, ce qui ne laisse pas d'inquiéter). Pas plus que l'être-avec ne signifie la co-subsistance de fait de sujets isolés, le « peuple », ici, ne se compose des individus (cette *Gemeinschaft* n'est pas une *Gesellschaft*). Plus précisément, c'est à partir de la mêmeté du monde qui forme leur commun héritage que l'engagement pour une même chose (y compris dans le « combat ») peut se réaliser, et chacun avec les autres y mettre en balance son existence entière.

Mais, dira-t-on, n'y a-t-il pas là que la figure, fort banale au demeurant, d'une communauté d'enracinement et de destin ? Ne s'agit-il pas de l'importation dans *Etre et Temps* d'un cliché « idéologique » qui n'a pas grand-chose à voir avec l'analyse existentiale ? Répondre par l'affirmative serait bien précipité. Certes, on peut être sensible à la fois à un ton et à la reprise de thèmes qui, au moins, placent Heidegger à l'opposé de tout « libéra-lisme » au sens le plus large (au sens du contrat social entre des individus universellement et naturellement égaux). Mais par ailleurs, cette communauté de destin implique la plus radicale individualisation. Comment est-ce possible ? Est-ce le mariage de la carpe et du lapin ? Heidegger, pour donner une figure concrète de ce que peut signifier un destin (populaire, communautaire), ren-voie en note au concept diltheyen de « génération[13] ». Si nous nous reportons au texte de Dilthey, nous ne pouvons être que déçus : « [...] une génération forme un cercle assez étroit d'individus qui, malgré la diversité des autres facteurs entrant en ligne de compte, sont reliés en un tout homogène par le fait qu'ils dépendent des mêmes grands événements et changements survenus durant leur période de réceptivité. [...] Sous l'action de ces conditions se forme un ensemble homogène d'individus[14]. » On lira le texte en entier pour juger de sa relative banalité, mais, surtout, Dilthey présuppose ce qui est à montrer, à savoir l'homogénéité de la « génération », depuis l'exposition aux mêmes contenus. Ou encore, c'est l'identité des contenus qui forme le caractère communautaire de la génération. Or, il ne saurait en aller de même pour Hei-degger. Pourquoi ? Parce que l'héritage n'est ce qu'il est que répété, que pour autant que les « individus », devan-çants, se soient jetés dans la répétition de ce qui leur devient un héritage. Question de « *Wie* », et pas de « *Was* ».

A penser simplement la communauté de destin, le peuple, à partir d'un enracinement commun comme fait pur et simple instaurant de fait un horizon de communauté, on déterminerait l'historicité à partir de l'histoire objective, ce que Heidegger veut à toute force éviter. Par ailleurs, bien sûr, il ne s'agit pas, pour l'analytique existentiale, d'importer des « contenus », mais de s'interroger sur le sens qu'ils ont à être existés. On interroge ici sur le sens existential de la forme communautaire que peut prendre un contenu dans sa « destinalisation », le rassemblement qu'il opère des destinées. La communauté est communauté des destinées, c'est-à-dire de chacun répétant une possibilité trouvée là en la choisissant à partir de son devancement. On dira : au moins, la possibilité trouvée là est facticement la « même » pour tous ! D'une part, ce n'est pas si évident, et d'autre part, on ne voit toujours pas, à le supposer, ce qui pourrait ici suffisamment unir les destinées en destin populaire.

Heidegger peut-il nous fournir un exemple d'une telle communauté ? Oui. Dans un long texte de 1934, moment du cours du semestre d'hiver 1934-1935 qu'il consacre aux deux hymnes de Hölderlin, « La Germanie » et « Le Rhin », Heidegger écrit ceci :

« Depuis que nous sommes un dialogue, nous sommes exposés à l'étant dans son ouverture, depuis lors, seulement, l'être de l'étant en tant que tel peut nous rencontrer et nous déterminer. Mais le fait que l'étant est d'abord manifeste pour chacun de nous dans son être constitue le présupposé qui permet à l'un d'entendre de l'autre, à savoir d'entendre quelque chose sur un étant, qu'il s'agisse d'un étant que nous ne sommes pas – Nature – ou que nous sommes nous-mêmes – histoire. Le pouvoir entendre ne crée pas la relation de l'un à l'autre, la communauté, mais au contraire la présuppose. Cette communauté originelle ne naît pas d'une entrée en relation réciproque – seule la société naît ainsi ; mais au contraire la communauté est grâce à la liaison primordiale de chaque individu *[Einzelnen]* avec ce qui, à un niveau supérieur, lie et détermine chaque individu. Quelque chose doit être manifeste, qui n'est ni l'individu à lui seul ni la communauté en tant que telle. »

Qu'est donc cette chose ? Heidegger reprend : « Chez les soldats, la camaraderie du front ne provient pas d'un besoin de se rassembler parce que d'autres personnes dont on est éloigné ont fait défaut, ni d'un accord préalable pour s'enthousiasmer en commun ; sa plus profonde, son unique raison est que la proximité de la mort en tant que sacrifice a d'abord amené chacun à une identique annulation *[Nichtigkeit]* qui est devenue la source d'une appartenance inconditionnée. C'est justement la mort que chaque homme isolé doit mourir pour lui seul et qui isole à l'extrême chaque individu, c'est la mort et l'acceptation du sacrifice qu'elle exige qui créent avant tout l'espace de la communauté dont jaillit la camaraderie. La camaraderie a-t-elle donc sa source dans l'angoisse ? Oui et non. Non, si, comme le petit-bourgeois, on entend par angoisse le tremblement éperdu d'une lâcheté qui a perdu la tête. Oui, si l'angoisse est conçue comme une proximité métaphysique de l'inconditionné qui n'est accordée qu'à l'autonomie et à l'acceptation suprêmes. Si nous n'intégrons pas de force à notre Dasein des puissances qui lient et isolent de façon aussi inconditionnée que la mort comme sacrifice librement consenti, c'est-à-dire qui s'en prennent aux racines du Dasein de chaque individu, et qui résident d'une façon profonde et entière dans un savoir authentique, il n'y aura jamais de "camaraderie" : tout au plus une forme particulière de société [15]. »

Si on a cité si longuement ce texte, c'est qu'il offre explicitement la figure de la communauté propre, la communauté des isolés, ou encore, il montre comment le devancement, à la fois isole et lie, comment l'isolement dans l'être-pour-la-mort peut être la source d'un lien. Seulement, il s'agit (et bien sûr l'exemple n'est pas indifférent, ni non plus la reprise de l'opposition *Gemeinschaft-Gesellschaft*, ni le pathos : l'emportement contre l'esprit « petit-bourgeois », qualification surprenante pour le On anonyme !) de la camaraderie du front, la communauté est en guerre, et l'isolement est liant – en tant qu'exposition au sacrifice. La communauté est sacrificielle. Qu'est-ce que cela veut dire ? Le sacrifice n'est pas absent de *Etre et Temps*. Au § 53, il apparaît comme caractérisant le troisième trait du devancement, l'indépassabilité. Heidegger écrit :

« La possibilité la plus propre, irrelative, est *indépassable [unüberholbar]*. L'être pour elle fait comprendre au Dasein que le sacrifice de soi, à titre de possibilité extrême de l'existence, est imminent. Mais le devancement n'esquive pas l'indépassabilité comme l'être-pour-la-mort impropre, mais il se rend *libre pour* elle. Le devenir libre devançant pour la mort propre libère de la perte dans les possibilités qui ne se pressent que de manière contingente, et cela en faisant comprendre et choisir pour la première fois proprement les possibilités factices qui sont en deçà de la possibilité indépassable. Le devancement ouvre à l'existence, à titre de possibilité extrême, le sacrifice de soi et brise ainsi tout raidissement sur l'existence à chaque fois atteinte. En devançant, le Dasein se préserve de retomber derrière soi et son pouvoir-être compris, et de "devenir trop vieux pour ses victoires" (Nietzsche) [16]. »

Le devancement dans le sacrifice est ce qui voue, destine, mesure toute possibilité de fait à l'aune d'une démesure. Le Dasein peut ainsi, héroïquement, « choisir son héros ». Peut-être. Il reste que l'unité rêvée de la communauté des héros ne se fait, là aussi, qu'à postuler l'unité d'un contenu, trouvé là, facticement. La vocation voue à l'aventure ! Qui décrétera l'unité « populaire » de ce destin ? Et qui ne sait que bien des « militants » se vouèrent aux dépens de leur vie à des « causes » qui, assurément, ne les valaient pas ? Un front, pour revenir à la « camaraderie du front », a deux côtés, de ce côté-ci et de ce côté-là. Et même, d'un seul côté d'un front, il y a diversité, pour des vocations opposées et contradictoires [17]. Puisque Heidegger prend son exemple, dans le texte de 1934-1935, dans la littérature du front de l'après-Première Guerre mondiale, on dira lapidairement : Rosa Luxembourg et Ernst Jünger, assurément, ce n'est pas le même monde, ni le même héritage. Ou encore : l'unité de la communauté, du « peuple », reste introuvable. Ce qui veut dire aussi : la pensée d'une « politique », en ce qu'elle demanderait qu'on prenne en compte une « pluralité humaine » irréductible, reste chez Heidegger impensable. Mais ce manque est bien un manque : il est lisible comme tel dans le texte, et permet de remarquer autant de « forçages », c'est-à-dire, aussi, l'appel indiscuté à des

contenus dogmatique. Anticipons : en 1943, Heidegger,
dans son discours consacré à l'hymne de Hölderlin,
« Retour », écrit ceci : « Etant posé donc que ceux qui ne
sont qu'installés sur le sol du pays natal sont ceux qui ne
sont pas encore rentrés dans le secret du pays ; posé d'un
autre côté aussi qu'il appartient à l'essence poétique du
Retour d'être, par-delà la simple possession contingente
des choses domestiques et de la vie particulière, ouvert à
l'origine de la joie, les fils du pays alors, qui loin du sol
de la patrie, mais le regard tourné vers la Sérénité de la
patrie qui luit à leur rencontre, emploient leur vie pour le
fonds encore réservé et la prodiguent en sacrifice, ne
sont-ils pas alors, ces fils de la patrie, les plus proches
alliés du poète ? Leur sacrifice accueille en soi l'appel
que le poète adresse aux préférés en la patrie pour que le
trésor réservé puisse demeurer tel [18]. » Le sacrifice, ici, est
accueil adéquat du destin. Mais le Destin est l'appel de
Hölderlin, poétisant la Germanie. Mais le sacrifice est
engagé en une guerre bien déterminée, déclarée par un
régime bien particulier, qui incluait dans le paquetage de
ses soldats un recueil de morceaux choisis de Hölderlin.
Nous ne voulons pas dire que la lecture de Hölderlin par
Heidegger soit la même que l'utilisation nazie du poète.
Seulement, dans la guerre, l'une et l'autre se rencontrent.
Et l'exposition sacrificielle sanctifie à bon compte cette
rencontre. Les différences que voudrait maintenir le philosophe se mêlent. On voudrait maintenant suivre cette
mêlée au-delà de 1933, dans l'interprétation insistante
que Heidegger fait, dans le sillage de l'*Antigone* de
Sophocle, de l'essence du politique.

II. Qu'est-ce que la politique ?

1. La politique de l'inquiétante étrangeté

Dans le premier cours public qu'il consacre à Hölderlin, pendant le semestre d'hiver 1934-1935, Heidegger

déclare ceci : « poète du poète en tant que poète des Allemands, il [Hölderlin] n'est pas encore devenu puissance
dans l'histoire de notre peuple. Et comme il ne l'est pas
encore, il faut qu'il le devienne. Y contribuer est de la
"politique" au sens le plus haut et le plus propre, à tel
point que celui qui arrive à obtenir quelque chose sur ce
terrain n'a pas besoin de discourir sur le "politique" [19] ».
Ce texte est porteur, d'abord, d'un enseignement qui
se lit à toutes les pages des lectures de Hölderlin par
Heidegger : s'il y a une « politique » de Heidegger, après
son engagement du Rectorat, c'est-à-dire après son action
politique, elle se trouve investie dans sa lecture de Hölderlin. Mais en quel sens est-elle encore « action » ? C'est
tout le problème, qui revient à demander : que veut dire la
politique au sens le plus haut et le plus propre ? Il est
répondu à cette question en de multiples lieux de l'œuvre
de Heidegger. On suivra ici d'abord trois délimitations de
l'essence de la « politique », qui, pour lapidaires qu'elles
soient, démentent la légende de l'« apolicité » de Heidegger. Il s'agit à chaque fois d'une lecture de Sophocle,
dans l'*Introduction à la métaphysique* de 1935, dans
le cours de 1942 consacré à l'hymne de Hölderlin, « L'Ister [20] », et dans le cours de 1942-1943 consacré à Parménide [21].

L'interprétation de 1935 (dont on peut supposer qu'elle
est hantée par l'épisode du rectorat) aborde thématiquement la question de l'essence de la *polis* dans le premier
parcours de la lecture du premier chœur d'*Antigone* [22].
Les deux premiers vers du chœur projettent poétiquement
l'être de l'homme : il est ce qu'il y a de plus inquiétant et
étrange, *unheimlichste* [23], Heidegger traduisant le *deinon*
par l'*Unheimlichkeit*, que nous avions vu au cœur d'*Etre
et Temps*. Ici, l'inquiétante étrangeté doit être comprise
comme caractérisant l'essence même de l'homme comme
rapport à l'être : d'une part, l'inquiétante étrangeté est
celle de l'être même, au sens de son règne sur-puissant
expérimenté dans l'angoisse, d'autre part, l'inquiétante
étrangeté est la possibilité de la réponse, de la correspondance de l'homme à cette sur-puissance, dans ce que Heidegger appelle son activité violente *(Gewalt-tätigkeit)*. Ce
vocabulaire de la violence (fondatrice, frayante) est omni-

présent dans ce cours. Advenant à lui-même dans cette
activité violente, le Dasein est hors de l'habituel, du familier, de la sécurité. *Unheimlich.* Il ne s'agit pas ici, dit
Heidegger, d'une « caractéristique » de l'homme, d'un de
ses prédicats – mais de « la définition proprement
grecque de l'homme [24] ». Le mot de définition ne doit pas
non plus égarer : il s'agit pour Heidegger de la manière
même qu'a l'homme grec d'advenir à sa propre histoire.
Ici, tout doit être compris historiquement. Admettons.
Mais enfin, que veut dire, pour le Dasein, être situé dans
l'activité-violente ? Comment cette « violence » peut-elle
être une réplique à l'inquiétante étrangeté de l'être lui-
même ? C'est ce que montre l'interprétation du vers 370 :
l'homme (ressaisi à partir de son inquiétante étrangeté)
est *upsipolis apolis* [25]. Le vers est construit comme le
vers 360, qui déclarait l'homme *pantoporos aporos*, sans
issue, sans chemin, en tant même qu'il doit d'abord
frayer les chemins, ses propres chemins dans son rapport
même à l'étant en totalité. Comment comprendre ici la
polis ? Heidegger traduit le vers « *upsipolis apolis* » par
les mots : « *Hochüberragend die Stätte, verlustig der
Stätte* », « dominant de haut le site, exclu du site. » *Polis*
est traduit par « *Stätte* », site, lieu (au sens où l'on parle,
aussi, des « Lieux saints »). Comment le comprendre ?
Heidegger écrit : « On traduit *polis* par l'Etat ou la cité
[Staat und Stadtstaat] ; cela ne rend pas le sens plein.
Polis signifie plutôt le site, le là *[die Stätte, das Da],* dans
lequel et par lequel le Da-sein est historique [26]. » En
somme, la *polis* n'est rien d'autre que ce que Heidegger
appelait dans *Etre et Temps* le destin, le partage des destinées, comme advenir-historique fondamental du Dasein.
La *polis* est le lieu, l'espacement originaire (c'est-à-
dire l'ouverture du là, la tenue de cette ouverture) de
l'histoire communautaire du Dasein. Il n'y a de « politique » qu'historique. Qu'est-ce que cela veut dire ? Que
la *polis* est l'*unité* d'un monde commun.
    Cela signifie négativement que la « politique » comme
provenant ainsi de son essence, le lieu de l'histoire, n'est
pas d'abord ce que nous entendons comme « la politique », ce qui est en rapport avec « un homme d'Etat, un
stratège, et les affaires de l'Etat [27] ». Pouvoir, guerre,

Administration, le tout centré sur l'Etat, ce n'est pas ce qùi est primairement politique, la politique n'est pas un « secteur » de l'action humaine, pas primairement centré sur l'Etat ou la question du pouvoir, pas non plus sur la question de la justice ou de la légitimité du pouvoir. Mais qu'est-ce qui appartient alors essentiellement à la *polis* ? Heidegger écrit : « La *polis* est le site du destin historique *[Geschichtsstätte],* le là, *dans* lequel, *à partir* duquel et *pour* lequel l'histoire advient. A ce site de l'histoire appartiennent les dieux, les temples, les prêtres, les fêtes, les jeux, les poètes, les penseurs, le roi, le conseil des anciens, l'assemblée du peuple, la puissance de combat et la flotte [28]. » Autrement dit : ce site, comme unité d'un monde historique commun, a l'ampleur d'un monde. Archi-politicité de Heidegger ! Mais comment ce monde est-il déterminé ? On avait vu précédemment que le destin, le partage des destinées devaient être pensés, à partir de *Etre et Temps* et au-delà, à partir de l'être pour la mort, de l'isolement. La question est maintenant, c'est la même question : comment le site (la *polis*, le lieu pour une histoire communautaire) peut-il être proprement déterminé, et préservé, en relation à l'essence de l'homme, qui repose dans l'inquiétante étrangeté comme modalité de son rapport à l'être : violence de l'être et violence de la correspondance de l'homme à cette violence première ? Comment l'unité du site peut-elle entrer en résonance avec l'inquiétante étrangeté ? Voici la réponse : « [...] tout cela [les dieux, les temples, etc.] est politique, c'est-à-dire appartient au site du destin historique en tant que les poètes sont *seulement* mais effectivement des poètes, en tant que les penseurs sont *seulement* mais effectivement des penseurs, en tant que les prêtres sont *seulement* mais effectivement des prêtres, en tant que les rois sont *seulement* mais effectivement des rois. Qu'ils le *soient*, cela veut dire : qu'ils usent de la violence en tant que s'activant dans la violence, et qu'ils deviennent proéminents *[Hochragende]* dans l'être historique comme créateurs, comme hommes d'action *[Täter]* [29]. »

Qu'est-ce que cela veut dire ? Toujours négativement : il y a là une contestation de la « politisation de la science » de l'époque, et aussi un souvenir cuisant du Rectorat, qui rappelle la phrase du cours de 1934-1935 que nous citions en ouverture de nos analyses. En substance : je n'ai pas été seulement un penseur, et en cela j'ai manqué à l'être effectivement. Soit. Mais ce n'est sûrement pas le plus marquant. En effet, nous sommes partis d'une question portant sur la possibilité d'une communauté historique, plus précisément de la possibilité de son unité. Or, la déterminant, nous tombons maintenant sur un quatuor, celui du poète, du penseur, du prêtre et du roi, qui deviendra bientôt trio, puis duo, qui a pour mission de la créer, de l'instituer. En novembre 1935, dans la première version de la conférence « L'origine de l'œuvre d'art », Heidegger nommera l'artiste (le poète), l'homme d'Etat : « une autre modalité de l'origine est l'acte du fondateur d'Etat, qui porte historiquement la vérité à l'action, au geste et au dessein [30] », et le penseur comme les trois qui font advenir historiquement la vérité, c'est-à-dire l'unité d'un monde historique singulier, celui d'un peuple singulier qui y trouve sa singularité historique (la version publiée dans les *Holzwege* de la conférence ajoutera à ces trois modes d'advenue de la vérité la proximité du plus étant dans l'étant et… le sacrifice essentiel). Les uns et les autres ne se contentent pas d'être à partir de la *polis* préexistante, ils en donnent la mesure, instituent le site. Ce pour quoi : « Proéminents dans le site du destin de l'histoire, ils sont à la fois *apolis,* sans feu ni lieu *[onhe Stadt und Stätte],* esseulés *[Ein-same],* inquiétants et étranges *[Un-heimliche],* sans issue au sein de l'étant en totalité, à la fois sans position ni frontières, sans structure ni ajointement, parce que, en tant que créateurs, ils doivent d'abord fonder tout cela une première fois [31]. » C'est un portrait de Hölderlin, « ce Dasein sans profession, sans feu ni lieu, sans succès ni renommée, c'est-à-dire cette somme de malentendus qui s'accumule autour d'un nom [32] ». Cette figure des fondateurs exclus de tout ordre car ayant à le fonder, exclus aussi de ce qu'ils fondent, solitude, implique que le devancement, l'endurance dans l'inquiétante étrangeté, la propriété, le soi en propre ont été en quelque sorte réalisés dans une « politique de l'esprit » qui signifie que le « site », c'est-à-dire la *polis,* c'est-à-dire le lieu de l'histoire comme assise pour un destin communautaire, c'est-à-dire l'unité d'un peuple, c'est-à-dire le rassemblement des destinées, sont dans les mains de quelques-uns, qui font l'expérience de l'inquiétante étrangeté, l'expérience de l'être (dans son destin historique), et, ainsi, fondent le « peuple ».

La fondation du penseur et celle du poète seront infiniment plus « précisées » que celle de l'« homme d'Etat », de celui qui « agit ». Et il en va de même de leur « entente » sur la base de l'Unité du monde qu'ils instaurent ! Dans le cours de 1934-1935, *Les Hymnes de Hölderlin : « La Germanie » et « Le Rhin »,* Heidegger écrira : « Les puissances de la poésie, de la pensée, de la création d'Etats agissent, surtout aux époques de déploiement de l'histoire, aussi bien dans un mouvement d'avancée et de recul, et elles échappent par nature à tout calcul. Elles peuvent durant longtemps agir inaperçues et sans liaison les unes à côté des autres et pourtant les unes pour les autres, en fonction des divers déploiements de puissance de la poésie, de la pensée et de l'action politique, et en se manifestant publiquement auprès de cercles d'ampleur variée. Ces trois forces créatrices du Dasein historique engendrent ce à quoi seul nous pouvons accorder de la grandeur [33]. » Dans le même cours, un peu plus loin, et à propos de la situation de l'Allemagne du moment, Heidegger écrira, ayant reconnu que : « [...] le Dasein historique occidental est inéluctablement et insurmontablement de l'ordre du savoir [34] », ceci, que nous avons déjà cité dans notre chapitre précédent : « Ce qui va être exigé de nous, ce n'est pas d'arranger des compromis acceptables et courants entre les puissances poétiques, pensantes et agissantes, mais bien de prendre au sérieux leur séparation et leur isolement dans le retrait de ce qui se trouve à la cime, et en cela d'éprouver le secret de leur coappartenance originaire, afin de les configurer originairement en une conjonction nouvelle et jusqu'ici inouïe de l'Etre [35]. » Conjonction inouïe, en effet, qui faisait dire à Heidegger, en 1935 : « Le vrai, le chaque fois unique dirigeant *[Führer]* fait signe, en son Etre, incontestablement vers le domaine des demi-dieux [36]. »

Résumons-nous : dans *Etre et Temps,* la quotidienneté rassurée, le chez-soi comme on, etc., était le mouvement premier de toute existence, mouvement déjà là d'un se laisser tomber où l'on est déjà tombé – la possibilité d'un être-soi-même en propre. Il n'y avait là nul privilège héroïque, nulle élection : la déchéance et la quotidienneté étaient la face d'ombre poursuivant tout Dasein en tant que tel. La détermination de la politique au sens essentiel implique de déterminer, d'héroïser : se tenir dans l'*Unheimlichkeit* devient le privilège des fondateurs historiques. Le Destin est correspondance fondative de quelques-uns qui, l'instituant, instituent de ce fait le « peuple ». L'essence de la politique est ici la récusation violente de tout espace politique au sens de l'espace ouvert d'un débat, d'une question, d'une pluralité. L'essence de la politique, le Site d'un monde historique commun, unifie sans questions la « communauté », qui reçoit sa loi du poète, du penseur, du prêtre, de l'homme d'Etat.

Cette dernière phrase pourrait choquer. En effet, dans le cours de 1942 que Heidegger consacre à l'hymne de Hölderlin, « L'Ister », il insiste sur le caractère digne de question, *Fragwürdig,* par excellence, de la *Polis*. Le cours fournit une détermination de la *polis* à partir du même vers d'Antigone. La *polis* ne doit pas être pensée à partir de ce qui apparaît « politique », ce serait penser le principe à partir du principié. La *polis*, une fois de plus, est présentée comme le site. Ce site peut être pensé comme le pôle, l'axe autour duquel tout tourne. Qu'est-ce que cela veut dire ? « [...] que ce qui est essentiel dans l'être historique de l'homme repose dans le rapport axial de toutes choses au site du séjour, le site de l'être chez soi au sein de l'étant en totalité. De ce site, à partir de là, est accordé ce qui a statut et ce qui ne l'a pas, ce qui est ajointé et ce qui est désajointé, ce qui est destiné et ce qui ne l'est pas. Car ce qui est destiné *[das Schickliche]* détermine le destin *[das Geschick],* et un tel destin détermine l'histoire [37]. » Autrement dit, une fois de plus, la *polis* (et le recours au *polos,* à l'axe, accentue la chose) est l'unité d'un monde historique, à partir de laquelle se détermine le rapport multiple de l'homme à l'étant, c'est-à-dire à son être. La politique est le rapport mondo-historique de l'homme à l'être, ce que disait déjà le cours de

1935. Et c'est ce que le cours sur Parménide accentuera de manière plus tranchante encore : « Dans ce site essentiel se rassemble originairement l'unité de tout ce qui, en tant que décelé, vient à l'homme et lui est dispensé comme ce à quoi il est assigné en son être [38]. » Et c'est en tant que telle que la *polis* est le plus digne de question : en tant qu'elle est une possibilité de la question du sens de l'être ! Négativement, cela veut dire : contre la politisation qui fait des Grecs, à l'époque, les champions du national-socialisme, il faut questionner ce que les Grecs entendaient par *polis*. Mais cela veut dire aussi : il ne faut pas présupposer que les Grecs, surtout si nous entendons par là la philosophie des Grecs depuis Platon, se sont mis au clair avec la signification pré-politique de la *polis*. Au contraire : il faut penser plus grec que les Grecs, afin de voir ce qui ne serait plus, dans la *République* de Platon ou dans la *Politique* d'Aristote, qu'un pâle reflet de l'essence du politique, poétisée, une unique fois, par Sophocle. La questionnabilité de la *polis* signifie aussi la lecture de l'*episteme politike* dans le cadre de la destruction de l'histoire de l'ontologie. Positivement, cela veut dire : penser l'essence de la politique depuis l'avenir du destin de l'Allemagne. La questionnabilité de la *polis*, au rebours de ce que peut être une « question politique », question qui se pose de l'un à l'autre, de l'un vers l'autre, de l'un contre l'autre, au sujet du juste et au sein d'un espace public agonistique, n'est pas une question « entre nous », de l'un à l'autre, elle est la question du rapport de l'« homme » historique (gréco-allemand dans leurs rapports adverses) à l'être, telle que cette question fait question pour le penseur et le poète. Ontologisation de la politique, politisation de l'ontologie : « Ce qui est caractéristique de ce séjour humain est fondé sur le fait que l'être en général s'est ouvert à l'homme et est cette ouverture. En tant que cet ouvert, il dispose *[einnimmt]* les hommes pour lui-même, et ainsi les détermine à être en un site [39]. » L'ontologisation de la politique signifie une fois de plus l'effacement de la pluralité humaine.

On peut le montrer à partir même de l'interprétation que Heidegger fait de la « définition » de l'homme proposée par Aristote dans la *Politique* : *zoon politikon*. Hei-

degger écrit, pour aller contre une entente courante de la
définition : « L'homme est un *zoon politikon* parce que
l'homme, et seulement lui, est un *zoon logon ekon* – un
être vivant qui a la parole, ce qui veut dire : cet étant qui
peut aborder l'étant comme tel en rapport à son être. Ce
que ou qui est l'homme ne peut être précisément décidé
"politiquement" suivant ce penseur même qui a nommé
l'homme l'"être politique", car l'essence de la *polis* est
déterminée à partir de sa relation à l'essence de l'homme
(et l'essence de l'homme est déterminée à partir de la
vérité de l'être) [40] ». Et un peu plus loin : « Kant a dit une
fois que ce qui distingue l'homme de toute autre chose
est que l'homme peut dire "Je", c'est-à-dire qu'il "a" une
conscience de soi. Cette caractérisation spécifiquement
moderne de l'homme doit être surmontée par une caractérisation plus originaire, à savoir que l'homme est distinct
de tout autre étant par le fait qu'il peut dire "est", le fait
qu'il peut dire tout court. C'est seulement parce que
l'homme peut dire "c'est" qu'il peut dire "je suis", et pas
l'inverse. Et c'est parce que l'homme peut dire "est",
parce qu'il "a" une relation à l'être, qu'il est capable de
dire tout court, qu'il "a" la parole, qu'il est un *zoon logon
ekon* [41]. » Soit. Mais dans cette remontée de l'animal politique à l'animal logique, puis à l'étant en rapport à l'être,
c'est-à-dire à un site de son histoire, on a fait une totale
élision de la parole politique au sens aristotélicien :
« Mais le *logos* existe en vue de manifester l'avantageux
et le nuisible, et par suite aussi le juste et l'injuste. Il n'y a
en effet qu'une chose qui soit propre aux hommes par
rapport aux autres animaux [ce que Kant, aussi, pourrait
reprendre à son compte] : le fait que seuls ils aient la
perception du bien, du mal, du juste, de l'injuste et des
autres notions de ce genre. Or avoir de telles notions en
commun c'est ce qui fait une famille et une cité » (*Politique,* I, 2, 1253 b 15-18). Manifestation du juste et de
l'injuste : cette détermination du *logos* politique ne va pas
« contre » l'origine du *logos* dans le rapport de l'homme à
l'être, il s'agit bien d'un dire de l'être-juste et de l'être-
injuste. Mais ce dire est dire en commun, c'est-à-dire dire
de l'un et de l'autre, de l'un à l'autre. La communauté du
juste et de l'injuste est bien ici « logique », c'est-à-dire,

dans le cadre de la praxis, une question discutée et disputée, une question dia-logique. Dire « c'est juste » n'a de
sens que dans une interlocution qui suppose, plus que
l'unité d'un monde, l'espace d'une pluralité. La *polis*
comme site n'a pas de lieu pour une telle dispute. Elle
n'est pas le lieu d'une question disputée, l'un en face de
l'autre, mais le lieu d'un rassemblement à partir de l'être
auquel correspondent, monologiquement, le poète et le
penseur, chacun selon son mode. Ce que le cours sur Parménide dira d'une manière paradoxale : « La *polis* elle-
même est seulement le pôle du *pelein*, le mode selon
lequel l'être de l'étant, dans son décèlement et son cèlement, dispose pour lui-même un Où *[ein Wo]* dans lequel
l'histoire d'une humanité *[Menschentum]* se tient rassem-
blée. Parce que les Grecs sont le peuple apolitique par
excellence, apolitique par essence, parce que leur humanité est primordialement et exclusivement déterminée à
partir de l'être lui-même, *i.e.* à partir de l'*aletheia,* pour
cette raison, seuls ils pouvaient, et précisément devaient,
fonder la *polis,* statuer pour le rassemblement et la pré-
servation de l'*aletheia* en un site [42]. » La politique finit
par s'engloutir sans reste dans l'ontologie, le site ne laisse
aucune place pour une agora.

2. La politique du sujet

La *polis* ne doit pas être pensée à partir de la cité, de
l'Etat, de l'Etat-cité. Le problème qui reste pendant est
alors : qu'est-ce que l'Etat, ou, encore, comment penser
la politique « réelle », et, singulièrement, les formes
modernes et contemporaines de l'histoire politique ? Partant de la question de la détermination existentiale de la
communauté, nous avons été rejetés du côté de la *polis*
sophocléenne, pré-platonicienne, pré-métaphysique, dans
l'attente d'un monde à venir. Mais comment penser la
politique moderne, tout ce dont Heidegger a semblé, vio-
lemment, se dégager ? Heidegger écrit, dans le 9e complément du texte des *Holzwege,* « L'époque des conceptions
du monde » : « L'homme comme être raisonnable de

l'époque des Lumières n'est pas moins sujet que l'homme qui se comprend comme nation, se veut comme peuple, se cultive comme race et se donne finalement les pleins pouvoirs pour devenir le maître de l'orbe de la terre [43]. » La politique moderne est ici pensée comme règne de la subjectivité établissant sa maîtrise planétaire sous l'appel inconditionné de la technique. Et ici aussi, la « politique », les « politiques » modernes, c'est-à-dire l'ensemble des expériences politiques contemporaines et l'ensemble des théories politiques modernes qui en répondent, sont pensées à partir de l'histoire de l'être, de l'être dans son histoire métaphysique, c'est-à-dire dans son oubli. Cette pensée « métaphysique » de la politique, de la dépendance stricte des formes d'organisation politiques à la détermination métaphysique de l'être comme subjectivité s'assurant d'elle-même dans la maîtrise inconditionnée de l'ensemble de l'étant abolit toute différence « politique », engloutit les expériences politiques de la modernité, qu'elles soient porteuses de catastrophes ou d'espoir, dans une nuit où tous les chats sont gris. Dans le texte cité, le fondement des universalismes, des nationalismes, des socialismes, des racismes est le même : la subjectivité dans le vide du dispositif technique. On voudrait maintenant suivre cette ligne de pensée, en en montrant toutes les difficultés, sans céder à notre tour à la généralité. On le fera en suivant le fil conducteur qui, ténu, nous guide depuis le début de ce chapitre : la question de la « communauté ».

La *polis* n'est pas seulement un secteur de l'activité humaine, celui concernant les « affaires de l'Etat », mais la totalité d'un monde historique, le site de son histoire, l'axe unitaire d'un monde. Cette approche semble suggérer une conception, sinon totalitaire, en tout cas totalisante de la *polis*. La remarque en est faite par Heidegger, et elle est rejetée. Dans le cours sur « L'Ister », Heidegger écrit en effet ceci : « La *polis* n'est pas une région spéciale ou isolée de l'activité humaine. Cependant, le fait que toute activité et entreprise *[Tun und Lassen]* de l'homme historique soient à tous égards en rapport avec la *polis* comme leur site, comme le lieu auquel elles appartiennent ne doit pas être confondu avec la moderne "totalité" de la "politique", qui, historiquement, est d'un tout autre genre [44]. » Pourquoi ? Parce que l'homme moderne se conçoit comme sujet dans la certitude de lui-même comme conscience de soi s'assurant par le calcul de l'objectivité de tout étant, et que : « La forme fondamentale moderne dans laquelle la conscience de soi de l'homme spécifiquement moderne, s'installant en elle-même à partir d'elle-même, ordonne tout étant, est l'Etat. Pour cette raison, la "politique" devient la définitive certitude de soi de la conscience historiographique *[des historischen Bewusstseins]* [45]. » C'est dans ce contexte qu'est réaffirmé un propos déjà tenu dans le cours de 1941, *Concepts fondamentaux,* et qui sera réitéré dans le morceau XXVI du texte « Dépassement de la métaphysique » qui date de 1951, publié dans les *Essais et Conférences* (et on peut juger de cette répétition que Heidegger tenait à ce qu'il dit là) : « Parce que la politique est donc la certitude fondamentale, technico-historisante *[technisch-historische]* de toute action, la "politique" est marquée par un manque inconditionnel de questionnement d'elle-même. Le manque de question de la "politique" va ensemble avec sa totalité. Cependant, le fondement de cette appartenance et de sa consistance ne repose pas, comme le croient certains esprits naïfs, sur la volonté arbitraire contingente de dictateurs mais dans l'essence métaphysique de la réalité moderne en général [46]. » Renchérissement dans « Dépassement de la métaphysique » : « On pense que les chefs *[Führer],* dans la fureur aveugle d'un égoïsme exclusif, se sont arrogé tous les droits et ont tout réglé à leur fantaisie. En vérité, ils représentent les conséquences nécessaires du fait que l'étant est passé dans le mode de l'errance, là où s'étend le vide qui exige un ordre et une sécurité uniques de l'étant [47]. » Comprenons bien : il ne s'agit pas d'exonérer les *« Führer »* de leurs responsabilités, mais de refuser à une lecture « politique » (par ailleurs caricaturée) l'intelligibilité de l'époque (le cours de 1941, *Concepts fondamentaux,* était plus précis, et mettait ensemble l'inanité de l'action politique et l'absence de sens métaphysique : « Mais là où l'on interprète l'accomplissement de cette volonté métaphysique [celle des temps modernes] comme "produit" de

la présomption et de l'arbitraire de "dictateurs" et d'"Etats
autoritaires", ce qui parle, c'est uniquement le calcul politique et la propagande, ou bien l'absence de pressentiment métaphysique propre à une pensée qui s'est enlisée
depuis des siècles – ou encore les deux réunis [48] »). Une
telle lecture, donc, participerait encore, aveuglément, de
ce dont elle veut rendre compte. Elle serait naïve, à courte
vue. Elle ne comprendrait pas que : « Les "guerres mondiales" et leur aspect totalitaire sont déjà des conséquences de l'abandon loin de l'être [49]. » A vrai dire, on ne
peut guère imaginer une position philosophique plus en
surplomb par rapport à son temps, qui fait des « guerres
mondiales » des... conséquences ! De même, en tout cas,
que l'essence de la *polis* était pré-politique, la politique
moderne ne deviendra sensée qu'à une considération pré-
politique.

Reprenons. La politique moderne est la dimension du
sans-question. Toutes les formes modernes d'organisation
politique et de pensée du politique sont des formes du
déploiement du règne inconditionné de la subjectivité.
Toutes les expériences politiques modernes, toutes les
formes contemporaines du lien communautaire, toutes les
pensées qui en répondent sont des avatars de LA subjectivité. Si bien que, de même que l'on pouvait parler de l'Etat
au singulier dans le cours de 1942, de même on pourra
parler sans autre forme de procès du règne de la subjectivité (au singulier, comme figure épochale de l'être).
Ou encore : de l'*« ego cogito, ego sum »* à la nation, à
la classe, à la race, la conséquence est bonne. La chose
est nettement affirmée dans le cours sur Parménide : « La
popular-ité et le populaire *[Die Volkheit und das Völ-
kische]* se fondent sur l'essence de la subjectivité et de
l'égoïté. C'est seulement quand la métaphysique, *i.e.* la
vérité de l'étant en totalité, a été fondée sur l'essence de la
subjectivité et de l'égoïté *[Ichheit]* que le national et le
populaire [dans leur fonctionnement moderne, bien sûr]
obtiennent cette fondation métaphysique à partir de
laquelle ils deviennent capables d'histoire *[Geschichtfä-
hig]*. Sans Descartes, *i.e.* sans la fondation métaphysique
de la subjectivité, Herder, *i.e.* la fondation de la popular-ité
du peuple, ne pourrait être pensé [50]. »

Mais cela veut dire : si toutes les formes modernes de
« communauté » renvoient toutes à la figure du « sujet »,
si elles sont toutes des moments de la « subjectivité »
s'auto-avérant dans l'accomplissement du dispositif
technique, alors, pour le coup, la question même de la
communauté en relation à la pluralité humaine n'a plus
aucun sens. L'histoire de l'être, sa figure épochale subjective, requiert absolument les « individus ». Qu'ils se
comprennent, contradictoirement, comme individus naturellement libres, comme membres d'une classe dans une
société de classes, comme appartenant à un peuple ou
même comme rejetons d'une race, il s'agit non pas d'une
affaire « entre eux », d'une affaire pour eux, mais de la
correspondance aveugle à un destin unique. On ne peut
même plus distinguer entre des formes qui étouffent littéralement cette pluralité (les formes totalitaires, qui sont
toujours la référence majeure de Heidegger, et qui, effectivement, offrent la prise la plus évidente à son diagnostic) et des formes qui la permettent. La question de la
communautisation de « sujets » devient impossible : le
sens de l'être comme subjectivité règne, et la conséquence en est l'obscurcissement du monde, le devenir
im-monde du monde, qui, jusque dans son obscurcissement, aura été la donnée unitaire d'un sens Un, recueilli
par le penseur, qui, s'il n'est plus tragiquement créateur et
fondateur, est pâtre invisible, habitant au-delà des déserts
de la terre dévastée. Ou encore, la détermination de la
politique moderne comme le domaine de l'inquestionnabilité (puisqu'il s'agit seulement de l'auto-assurance de la
subjectivité) qui interdirait la question du site (comme
question de l'être !) rend précisément impensable la politique moderne comme ouverture du politique-comme-
question, comme ouverture de la démocratie moderne,
comme question relancée et plurielle du sens même de
l'être-ensemble, tel qu'il ne peut être décidé par aucune
« autorité ». En ce sens, la question de l'être, jugée seule
pertinente, seule capable de dire qui pose vraiment des
questions et qui n'en pose pas, question transformée
en correspondance à l'appel de l'être, efface une autre
entente de la question, la question de l'un à l'autre, la
question qui naît de la pluralité, la question politique. De

l'unité « positive » de la communauté fondée par le poète à l'unité « négative » de toutes les figures politiques modernes à partir du règne de LA subjectivité, l'unité règne, et l'autorité du penseur qui s'y rapporte. La pensée de Heidegger ne permet pas de penser la politique : elle en est le refoulement philosophique le plus impressionnant dans le siècle. Et comme on sait, le refoulé reste, malheureusement, rarement tranquille.

Nous n'avons voulu affirmer dans ce chapitre aucune thèse sensationnelle sur « Heidegger et la politique ». Notre critique est pourtant radicale. Et elle ne peut rester la simple remarque d'un « manque » de la pensée de Heidegger en un « secteur » déterminé de l'étant, comme s'il suffisait de dire : et pour ce qui concerne la « politique », ou la question de la communauté, il est fort peu disert, ou bien peu satisfaisant... Les conséquences de l'insuffisance de la pensée du politique, c'est-à-dire de la manière la plus profonde dont, pour Heidegger, la question du sens de l'être implique le rapport à autrui, le rapport à l'histoire, le rapport aux fondations poétiques et pensantes, se propagent dans toute l'œuvre. Nous ne pouvons guère les suivre ici, mais il est nécessaire, pensons-nous, de compter avec elles dans toute lecture effective de Heidegger. Il n'y a là rien de « marginal », ou de simplement « insuffisant », qu'on pourrait constater en passant.

*

NOTES

1. *Ecrits politiques,* 1933-1966, trad. F. Fédier, Paris, Gallimard, p. 218.
2. GA 53, p. 68.
3. GA 77, p. 240. On pense de manière irrésistible, devant une telle « datation », à la loi parodique de Gombrowicz : plus c'est intelligent, plus c'est bête, qui nous semble plus adéquate que le célèbre : qui pense grandement, il lui faut errer grandement (cf. *Questions II,* p. 31).

4. *Lettre sur l'Humanisme,* Paris, Aubier, éd. bilingue, p. 100-101. Voir aussi EzHD, p. 29, trad. fr. p. 36.

5. SuZ, p. 122.

6. *Idem.*

7. *Idem.*

8. *Idem.*

9. SuZ, p. 250.

10. SuZ, p. 250-251, p. 263.

11. SuZ, p. 384.

12. SuZ, p. 384-385.

13. SuZ, p. 385, note 1.

14. « De l'étude de l'histoire des sciences humaines, sociales et politiques », trad. fr. in *Le Monde de l'esprit,* t. I, Paris, Aubier, 1947, p. 43.

15. HHGuR, p. 72-73, trad. fr. p. 76-77.

16. SuZ, p. 264.

17. A partir du sacrifice de Heidegger, et en partant aussi de l'« expérience du front », Patocka rêva d'une utopique unité universelle. Cf. « Les guerres du xxe siècle et le xxe siècle en tant que guerre », in *Essais hérétiques, sur la philosophie de l'histoire,* trad. fr., Paris, Verdier, 1985.

18. EzHD, p. 28-29, trad. fr. p. 36.

19. HHGuR, p. 214, trad. fr. p. 198.

20. GA 53.

21. GA 54.

22. EdM, p. 112-113, trad. fr. p. 153-155, Paris, Gallimard, coll. « Tel ».

23. EdM, p. 114, trad. fr. p. 156.

24. EdM, p. 116, trad. fr. p. 158.

25. EdM p. 116-117, trad. fr. p. 159.

26. EdM, p. 117, trad. fr. p. 159.

27. *Idem.*

28. *Idem.*

29. *Idem.*

30. « De l'origine de l'œuvre d'art, première version inédite », éd. bilingue, trad. E. Martineau, Paris, Authentica, 1987, p. 44-45.

31. EdM, p. 117, trad. fr. p. 159.

32. HHGuR, p. 17, trad. fr. p. 18.

33. HHGuR, p. 114, trad. fr. p. 137.

34. HHGuR, p. 184, trad. fr. p. 172.

35. HHGuR, p. 184-185, trad. fr. p. 172.

36. HHGuR, p. 210, trad. fr. p. 194.

37. GA 53, p. 102.

38. GA 54, p. 133.

39. GA 53, p. 113.

40. GA 53, p. 102.

41. GA 53, p. 112.

42. GA 54, p. 142.

43. Hw, p. 102, trad. fr. p. 144, Paris, Gallimard, coll. « Idées ».
44. GA 53, p. 117.
45. GA 53, p. 117.
46. GA 53, p. 118.
47. VuA, p. 89, trad. fr. p. 108.
48. GA 51, p. 18, trad. fr. p. 32.
49. VuA, p. 88, trad. fr. p. 106.
50. GA 54, p. 204.

CHAPITRE IX

Dieu et le sacré

Le 13 octobre 1909, son cœur fragile empêcha Heidegger de persévérer dans le noviciat chez les jésuites qu'il avait entamé quelques jours auparavant. On peut rêver sur les raisons de ce cœur. Né dans un milieu catholique à Messkirch, qui avait été l'un des théâtres de la crise ouverte en 1870 entre « romains » et « vieux catholiques »[a], qui prolongeait le conflit entre catholiques et protestants libéraux, Heidegger se destinait initialement à la prêtrise. Il grandit à l'ombre de l'église Saint-Martin, dont son père était sacristain, église confisquée par les vieux-chrétiens, qui revint aux catholiques en 1895. C'est au petit Martin que le sacristain « vieux catholique » remit la clef de l'église[1] : Heidegger fut d'abord l'objet de l'agressivité contre les « noirs » (le noir de la soutane) dont il devait faire preuve dans les années 30. Heidegger fit ses études au séminaire de Constance, puis, à partir de 1906, au séminaire de Fribourg, dans un climat intellectuel et religieux ultra-conservateur, dont il épousa l'antimodernisme. En 1911, il arrête ses études de théologie pour se consacrer à la philosophie. Ce n'est qu'en 1919 qu'il se détachera explicitement du catholicisme, écrivant à son ami théologien Krebs, qui avait fait le rapport de sa thèse d'habilitation consacrée à Duns Scot en 1915, qu'il considérait « le système du catholicisme comme problématique et inacceptable[2] ». Au même Krebs, il écrira en 1919 : « Je crois à ma vocation intérieure pour la philoso-

---

a. Le dogme de l'infaillibilité papale établi par le concile de 1870 voit se constituer le courant « vieux catholique », qui s'oppose à ceux qui veulent rester « romains », parmi lesquels la famille de Heidegger.

phie, et je crois faire mon possible pour la destination éternelle de l'homme intérieur – et à cette seule fin – en accomplissant cette vocation dans la recherche et l'enseignement, et je crois justifier ainsi mon existence et mon activité devant Dieu lui-même[3]. » La sortie de la foi catholique signifie l'entrée résolue dans la philosophie, qui est elle-même la gardienne de ses propres lois. Le texte de 1922, « Interprétations phénoménologiques d'Aristote », écrit pour Natorp, affirmera : « […] la philosophie est fondamentalement athée[4]. » Une note à cette phrase dit pour en préciser le sens : « "athée" non pas au sens d'une quelconque théorie, comme le matérialisme. Toute philosophie qui se comprend elle-même en ce qu'elle est, doit nécessairement, en tant que modalité facticielle de l'explication de la vie, savoir – et cela précisément quand elle a encore quelque "pressentiment" de Dieu – que l'arrachement par lequel elle reconduit la vie à elle-même est, en termes religieux, une façon de se déclarer contre Dieu. Mais c'est par là seulement qu'elle demeure loyale devant Dieu, c'est-à-dire à la hauteur de la seule possibilité dont elle dispose ; athée signifie donc ici : délivré de toute préoccupation et de la tentation de simplement parler de religiosité. L'idée même de philosophie de la religion, surtout si elle ne fait pas entrer en ligne de compte la facticité de l'homme, n'est-elle pas un pur non-sens[5] ? »

Cette note, dans son caractère tranché, aussi bien que dans ce qu'elle ne fait que suggérer, dessine l'espace des rapports entre philosophie et théologie dans l'époque de *Etre et Temps*. Cette époque est aussi l'époque d'un rapprochement avec le protestantisme, par le biais des lectures et de l'inspiration trouvée dans les écrits du jeune Luther, par le biais de l'amitié et du travail en commun, à Marbourg, avec Bultmann, qui, toute sa vie, parlera le langage de l'ontologie fondamentale dans sa théologie. En 1928, Heidegger aura l'occasion de préciser les rapports entre l'ontologie fondamentale et la théologie dans la conférence *Phénoménologie et Théologie*. Mais à partir des années 1934-1935, c'est la séparation qui s'accentue : pour la foi, la philosophie est une folie (la folie de la croix de Paul). Les écrits des années 20 disaient déjà la même chose, mais l'accent porté sur la « philosophie chrétienne » comme cercle carré est encore accentué. Surtout, il ne s'agit plus alors de seulement différencier le Dieu des philosophes, le Dieu de l'onto-théologie, et le Dieu de la foi. Le débat n'est plus seulement entre foi et raison : avec Hölderlin, s'ouvre autre chose, une nouvelle pensée, une nouvelle attente. Non plus celle du Dieu chrétien. Heidegger se risque alors, dans le sillage du poète, à une pensée du « sacré », à une disponibilité nouvelle pour une détermination de la divinité du dieu, ou des dieux, qui n'a plus rien à voir avec la problématique qui précédait. En 1966, Heidegger dira lapidairement : « Seul un dieu peut encore nous sauver [6]. »

Dans la présentation qui précède, les détails biographiques abondent. Il n'est sans doute pas possible de faire autrement. Heidegger, lui-même, écrira à Jaspers dans la lettre du 1er mars 1927, relatant la dernière heure passée avec sa mère agonisante, et probablement effrayée de la rupture d'avec le catholicisme de son fils : « La dernière heure que j'ai passée auprès de ma mère – j'étais bien obligé de revenir ici – fut un morceau de "philosophie pratique" qui me restera. Je crois que, pour la plupart des "philosophes", la question philosophie et théologie, ou mieux foi et philosophie – est une question qu'ils ne rencontrent qu'à leur table de travail [7]. » Il n'en allait pas de même pour Heidegger. Dans un texte écrit en 1937-1938, dans lequel il se retourne sur son chemin, et publié en annexe du volume 66 de l'œuvre complète, « *Méditation [Besinnung]* », Heidegger écrit ceci : « Et qui voudrait méconnaître que sur tout le chemin parcouru, le silence gardé sur l'explication avec le christianisme – une explication qui n'était et n'est pas un "problème" dont on se saisit, mais la sauvegarde *[Wahrung]* de la plus propre provenance *[der eigensten Herkunft]* : la maison des parents, la patrie *[der Heimat]*, la jeunesse – ne fait qu'un avec un douloureux détachement ? Seul celui qui a été ainsi enraciné dans un monde catholique effectivement vécu peut pressentir quelque chose de la nécessité avec laquelle mes questions produisirent sur mon chemin comme une onde sismique souterraine. L'époque de Marbourg apporta encore l'expérience plus proche d'un christianisme protestant, mais tout cela déjà comme quelque chose de fondamentalement surmonté, mais qui n'était pas encore détruit[8]. » Il fallait donc d'abord dire : il a « eu » la foi, puis il en est sorti. D'abord de la foi au sens catholique, puis de la foi au sens chrétien. Cette deuxième sortie n'a pourtant pas signifié que la « question de Dieu », pour dire les choses ainsi, s'est absentée de sa pensée. Sous la figure de l'absence de Dieu, justement, elle lui est devenue une figure essentielle. Nous voudrions retracer ce parcours, en posant trois questions. Il y a d'abord, quant à *Etre et Temps,* la question de la provenance théologique. La chose est simple, et peut être abordée par ce biais : *Etre et Temps* est littéralement truffé d'un vocabulaire d'origine kierkegaardien. Kierkegaard ne fait pourtant que l'objet de trois notes dans *Etre et Temps,* qui, pour deux d'entre elles, disent l'ignorance dans laquelle Kierkegaard est resté de la problématique existentiale. Kierkegaard est demeuré sur le terrain d'une problématique existentielle : « Au XIXe siècle, *S. Kierkegaard* s'est emparé expressément du problème de l'existence comme problème existentiel, et il l'a médité de façon pénétrante. Néanmoins, la problématique existentiale lui est si étrangère qu'il se tient, du point de vue ontologique, entièrement dans la mouvance de *Hegel* et de la philosophie antique telle que dévoilée par lui. Par suite, il y a plus à apprendre philosophiquement de ses écrits "édifiants" que de ses écrits théoriques – exception faite pour son essai sur "Le concept d'angoisse"[9] », dit la note à la fin du § 45, c'est-à-dire au paragraphe introduisant la totalité de la deuxième section de *Etre et Temps.* Mais le cours de 1929-1930, *Les Concepts fondamentaux de la métaphysique. Monde, finitude, solitude,* dira : « Ce que nous désignons ici par "instant", c'est cela même que Kierkegaard, pour la première fois en philosophie, a effectivement conçu – un concevoir avec lequel débute, depuis l'Antiquité, la *possibilité* d'une époque totalement nouvelle de la philosophie[10]. » Si nous mettons en regard les deux textes que nous venons de citer, cela veut dire : la saisie « pénétrante » de l'existence, à son simple niveau existentiel, ouvre néanmoins pour la philosophie, c'est-à-dire pour une perspective existentiale, une possibilité radicalement nouvelle, la seule nouvelle depuis l'ontologie grecque ! Or, cette saisie de l'existence par Kierkegaard, elle s'est faite certes dans le projet d'une détermination de l'existence chrétienne. Comment comprendre, ici, le jeu d'une certaine problématique existentielle chrétienne et des possibilités radicalement neuves (au regard de la philosophie grecque) qu'elle ouvre à la philosophie ? Et sur quel terrain ? On peut bien dire que le chemin de l'existence chrétienne à la problématique existentiale de l'ontologie fondamentale, Heidegger l'a fait pour lui-même : dans le cours du semestre d'hiver 1920-1921, « Introduction à la phénoménologie de la religion ». Ce cours, publié en 1995 avec le projet d'un cours de 1918-1919, « Les fondements philosophiques de la mystique médiévale », et le cours de 1921, « Augustin et le néo-platonisme », a longtemps été, sur la base des résumés qu'en donnait, entre autres, O. Pöggeler, mythique. Pourquoi ? Parce qu'il semble que l'expérience d'un « temps » non aristotélicien ait d'abord été faite par Heidegger à partir de l'expérience eschatologique du temps chrétien telle qu'elle se donne à lire dans les épîtres de Paul. Nous lirons donc d'abord ce cours, en essayant de penser ce que peut bien vouloir dire ce « d'abord ». Mais, ensuite, la problématique des rapports entre théologie et phénoménologie (ou philosophie) a été explicitement élaborée par Heidegger en 1928. Nous en viendrons donc à la lecture de ce texte. Enfin, nous aurons à prendre en compte la problématique du sacré et du dieu à venir qui s'ouvre à partir de la moitié des années 1934-1936, et s'épanouit ensuite – en tenant compte, aussi, des quelques sentences énigmatiques, disséminées ici et là dans les années 50 par Heidegger sur ses « rapports » à la théologie chrétienne.

Quelques mots encore, pour prévenir le lecteur. Le rédacteur de ces lignes n'appartient à aucune confession, et n'a guère le sens du sacré. Sans doute n'est-ce pas un obstacle insurmontable pour essayer de comprendre les relations très compliquées de Heidegger à « Dieu ». Moins en tout cas que bien des piétés de commande, qui se réduisent souvent à leur ton élevé, à leur bon ton. Attendre le dieu à venir, ce qui fut finalement l'attitude de Heidegger, c'est aussi risquer de produire une incitation à la religiosité vague. Heidegger en avait la claire conscience, et sans doute s'y est-il débattu. Adorno a mis en exergue de son livre (assurément, ce n'est pas le meilleur !) *Jargon de la propriété : sur l'idéologie allemande* ce propos de S. Beckett, tiré de *L'Innommable* : « Il est plus facile d'élever un temple que d'y faire descendre l'objet du culte [11]. » On s'est parfois scandalisé de cette phrase. A tout prendre, pourtant, elle nous semble seulement énoncer une évidence, et, pour aller plus loin, rien ne dit que Heidegger n'aurait pas pu la prendre tout bonnement à son compte, et qu'il n'en ait pas fait, peut-être plus que d'autres malgré l'apparence, la singulière expérience.

I. Le jour du Seigneur viendra comme un voleur dans la nuit

1. Le temps kairologique de la vie chrétienne

Le cours dans lequel Heidegger fournit une lecture du sens de la vie chrétienne primitive date du semestre d'hiver 1920-1921. A cette époque, Heidegger est engagé dans une analyse de ce qui ne s'appelle pas encore Dasein, mais « expérience de la vie facticielle ». La vie facticielle est caractérisée comme la donnée d'un soi qui fait l'expérience de lui-même dans un monde. Ce monde se donne comme complexe de significations dans lequel, facticiellement, la vie vit. Que veut dire vivre ? A la vie, il appartient, à partir de sa vie à partir d'un monde, facticiellement, l'être tourné vers un contenu du monde, le rapport à ce contenu, mais surtout la modalité de l'accomplissement de soi-même. La plupart du temps, je suis englouti dans un contenu déterminé, préoccupé par ceci ou cela, seulement tourné vers le ceci, et comprenant à mon tour ma propre vie comme un contenu, à partir du *Was* qui se donne dans mon expérience. Mais qu'il en aille, pour la vie, à chaque fois, de son accomplissement veut dire : la vie ne peut être déterminée par un « *Was* », et ne peut donc être atteinte, méthodologiquement, par une perspective théorétique objectivante, mais doit être comprise comme, à partir du « *Wie* », du comment de son accomplissement par où, historiquement et dans sa situation, elle vient à elle-même [12]. Pour la vie, cette signification d'avoir à s'accomplir (d'avoir à être) est fondamentale, et la plupart du temps, oubliée. On retrouve là des schémas de pensée prégnants qui seront investis dans *Etre et Temps*. De quoi s'agit-il, dans la lecture de Paul que propose Heidegger ? Précisément de comprendre ce que veut dire la vie facticielle chrétienne – ce que veut dire accomplir sa vie comme chrétien. Il en va d'une phénoménologie de la vie facticielle chrétienne, et pas d'une « philosophie de la religion ». Heidegger, dans le deuxième chapitre du cours, se démarque de la philosophie de la religion de Troeltsch, comprise comme articulation d'une psychologie, d'une approche de la religion à partir d'une théorie de la connaissance, d'une histoire des religions et d'une métaphysique de la religion [13]. Ces approches ont l'inconvénient que la philosophie y rencontre le phénomène religieux comme un objet parmi d'autres à connaître, se barre par là le sens authentique de la vie religieuse, qui n'est justement pas à elle-même un objet, mais vie facticielle s'accomplissant. Comprendre ce phénomène, c'est précisément le ressaisir dans cet accomplissement. Et c'est à partir de cet accomplissement (la vie dans la foi dans sa modalité propre) et de sa compréhension que doit se déployer une « théologie », comprise comme herméneutique de la vie chrétienne par elle-même. Cette approche phénoménologique de la vie facticielle chrétienne et, aussi bien, de toute vie facticielle implique une « méthode » particulière, une redéfinition de la tâche phénoménologique. Heidegger développe ces considérations dans la première partie du cours, qui introduit au sens de la « philosophie, de l'expérience facticielle de la vie et de la phénoménologie de la religion, et à leurs rapports, en se centrant sur la notion d'"indication formelle" [14] ». Malheureusement, certains auditeurs du cours d'alors, encore mal préparés, sans doute, à la nouveauté heideggerienne, protestèrent : la phénoménologie de la religion se faisait attendre… Heidegger sauta donc directement à une lecture de l'épître aux Galates [15]. Le passage à la lecture de Paul est donc abrupt.

Le cours est centré sur la première épître aux Thessaloniciens. Pourquoi partir de ce texte pour comprendre la vie chrétienne ? C'est la première épître de Paul : on la date de 53. C'est donc le tout premier document du nouveau testament, antérieur aux évangiles. Il s'agit d'un document témoignant de la vie chrétienne d'avant le christianisme, document de la « christianité ». Cette opposition entre « christianité » et christianisme (on la trouve chez l'ami de Nietzsche, Overbeck), sera maintenue chez Heidegger. On la retrouve par exemple dans le texte des *Chemins qui ne mènent nulle part*, « Le mot de Nietzsche "Dieu est mort" ». Heidegger écrit : « [...] Nietzsche n'entendant d'ailleurs pas par christianisme la vie chrétienne qui a existé un jour, durant un court laps de temps, juste avant la composition des évangiles et la propagande missionnaire de Paul. Pour Nietzsche, le christianisme est la manifestation historique, politique et agissant dans le monde *[weltlich-politische]* de l'Eglise et de son appétit de puissance, dans le cadre de la formation *[Kultur]* de l'humanité occidentale et de sa civilisation chrétienne. Le christianisme, en ce sens, et la christianité de la foi néo-testamentaire ne sont pas la même chose [16]. » Dans ce texte bien ultérieur, la christianité, « qui a existé un jour, pour un court laps de temps », est reportée avant même l'œuvre de Paul. Mais même dans notre cours, le retour à la vie chrétienne est une voie étroite, qui suppose la destruction de tout l'édifice dogmatique, et, surtout, la mise en évidence de l'originalité de la vie chrétienne. L'original est l'originaire. Mais comment définir cette originalité ? Négativement, Heidegger écrit : « C'est une chute *[ein Abfall :* une dégénérescence, le mot signifie aussi, religieusement, une apostasie !]* quand Dieu est primairement saisi comme objet de spéculation. Cela devient évident simplement à suivre l'explication des connexions conceptuelles proposée ici. Mais cela n'aurait jamais été tenté si la philosophie grecque ne s'était pas introduite de force dans le christianisme. Seul Luther a avancé dans cette direction, à partir de quoi s'éclaire sa haine pour Aristote [17]. » La christianité, c'est la vie chrétienne elle-même, lorsqu'elle ne s'est pas encore interprétée à partir de la philosophie grecque, de l'ontologie grecque, des expériences grecques de l'être. Ce qu'il s'agit d'explorer, quant à la christianité, en remontant en deçà du grec et du chrétien, c'est bien une possibilité, pour la vie facticielle, hétérogène au monde grec. D'une certaine manière, cela ne saurait surprendre (quant à l'intention, en tout cas) : dès l'analyse de la vie facticielle, il s'agit bien de détruire l'ontologie grecque héritée, afin, dans un premier temps, d'en comprendre la provenance essentielle (les domaines d'expérience à partir desquels cette ontologie s'est constituée), pour, dans une répétition approfondissante, la délimiter et, du même coup, la « dépasser ». Oui, dira-t-on, mais il se trouve que la vie chrétienne est elle-même, à titre de « contenu », ce « dépassement », ou plutôt, cet autre du grec ! Et c'est sans doute cela qui fascine tant de lecteurs de ce cours, comme si on pouvait dire, à partir de ce que Heidegger, un jour, pour un court laps de temps, a articulé : ce qu'il cherchait, finalement, c'est cela, la christianité. Il y a là, quand même, une certaine précipitation. Mais on voit bien les enjeux. On va essayer de les comprendre plus finement en déterminant positivement la vie chrétienne.

La vie chrétienne est cherchée dans le comment de son accomplissement, dans le mouvement dans et par lequel elle advient à elle-même. Comment le ressaisir ? Heidegger comprend ce mouvement à partir des trois premiers chapitres de l'épître, c'est-à-dire à partir de l'adresse de Paul aux Thessaloniciens qui les reconnaît dans leur être-devenu-chrétien, devenir dans lequel Paul lui-même est impliqué, et structure ce devenir en un tableau : le devenir chrétien implique toujours un savoir immanent, une compréhension de ce devenir comme être-devenu, il est l'être dans la réception de la parole et son accueil, qui signifient la conversion : à la fois se tourner vers Dieu et se détourner des idoles, c'est-à-dire le service dans les œuvres de la foi et le travail de la charité et l'attente dans la résistance de l'espérance. Ainsi se tient-on devant Dieu, par la foi au Christ. Le tableau que nous venons maladroitement de commenter et de traduire (Heidegger l'organise à partir de mots clefs de l'apôtre, pris en II, 13 ; I, 9, et I, 3) dit donc le « mouvement » de la vie chrétienne, son être

devant Dieu, son accomplissement[18]. Cet accomplissement est bien une mobilité de la vie, pas un « état », pas
l'état d'un sujet en relation à un certain objet, Dieu. Il
s'agit ici, pour reprendre le mot de Paul sur lequel, à
peu près à la même époque, K. Barth devait tant mettre
l'accent dans son commentaire de l'épître aux Romains,
du « Dieu vivant », et de l'ébranlement de toute l'existence qu'est l'être devant lui. Ou, si l'on veut, dans le
devenir-chrétien, la vie est bien « structurée », mais de
telle sorte que cette structure soit celle par laquelle un
soi, dans son monde ou sa situation, advient à lui-même.
Cette structure est la structure d'une inquiétude, ce comme
quoi la vie, devant Dieu, assume son « inquiétude ».
Pourquoi parler ici d'inquiétude ? C'est que ce comment
chrétien, cet exercice chrétien de la modalité, est une certaine façon d'être temporellement. Comment cela ?
L'épître aux Thessaloniciens répond aux inquiétudes
eschatologiques de ceux-ci. La christianité est essentiellement inquiétude eschatologique, avant toute dogma-
tisation de celle-ci. Etre chrétien veut dire, en ce temps,
attendre la fin des temps. Mais, justement, la fin des
temps se fait attendre – et que penser de ceux qui, ayant
confessé leur foi, sont morts avant la fin ? Les Thessaloniciens, on peut le conjecturer, demandent une chronologie, une date : le retour du Seigneur, la parousie, c'est
pour quand ? Ainsi veulent-ils être rassurés, pour leurs
morts et pour eux-mêmes, pouvoir compter sur une
date, et ainsi compter avec le temps qu'il leur reste. On
sait qu'en un sens Paul ne les « rassure » pas (comme en
témoigne du reste la deuxième épître). Il leur écrit :
« Quant aux temps et aux moments, vous n'avez pas
besoin, frères, qu'on vous écrive là-dessus. Car vous-
mêmes vous savez exactement que le jour du Seigneur
vient comme le voleur la nuit. Quand ils diront : paix et
sécurité, alors la perdition sera soudain sur eux comme
les douleurs sur la femme enceinte, et ils n'échapperont
pas. Mais vous, frères, vous n'êtes pas dans les ténèbres,
pour que le jour vous surprenne comme un voleur : car
vous êtes tous fils de la lumière et fils du jour. Nous ne
sommes pas de la nuit ni des ténèbres ; ne dormons pas
comme les autres ; au contraire, tenons-nous éveillés et

sobres » (V, 1-6). Paul ne répond pas quant à la date et à l'heure. Ou plutôt : l'essentiel n'est pas cette date et cette heure. L'essentiel est une certaine façon de « vivre le temps », dans le savoir exact de l'indisponibilité du moment. Non pas une date (un *Was*), mais une façon d'être le temps en relation au moment indisponible. Ici et maintenant, en toute date et toute heure, « la religiosité chrétienne vit la temporalité [19] ». Autrement dit, deux « rapports » au temps s'opposent ici, qui sont en fait deux modes de la temporalité : d'une part, le fait de *compter avec le temps*, de le comprendre comme une *suite de moments disponibles*, et d'y trouver « paix et sécurité », maîtrise illusoire de la parousie dans ce qui n'est en vérité que le mouvement de s'en débarrasser ; d'autre part, la temporalité (Heidegger parle bien de *Zeitlichkeit*) comme ouverture à la parousie, *disponibilité de tous les instants à l'indisponible*, temps *sans compter,* temps d'une vie *entière* comme attente authentique, dans la foi. Le temps de cette foi n'a plus rien à voir avec une suite de maintenants datables – mais sans doute beaucoup avec le temps ekstatique-unitaire de *Etre et Temps*. Comme ce temps, la vie chrétienne s'accomplit véritablement. Le fait que la vie facticielle soit caractérisée par son caractère d'accomplissement, qu'être signifie pour elle s'accomplir, veut dire : *elle est temporelle dans le fond de son être, pour autant qu'on comprenne le « temps » autrement que comme la suite des maintenants*. Au temps chronologique s'oppose un temps kairologique. Comprenons bien : dans ce temps tendu par l'attente de la parousie, dans ce temps comme attente (déjà, ce qui passe pour un rapport « subjectif » au temps devient ici le temps lui-même), en un sens, rien ne change de ce qui se trouve dans le monde. Le chrétien vit comme tout le monde, en ce monde – mais son rapport au monde, dans le comment, son être-au-monde, si on veut, est transfiguré. Dans l'accomplissement chrétien de soi (de l'être-au-monde) les rapports au monde sont bouleversés, suivant le comme si : être du monde comme si on n'en était pas, lumière de la parousie. Si on veut : bouleversement de l'existence, et pas des « contenus ». L'existence, temporalisée, ne saurait se comprendre à partir d'une détermination de contenu.

2. *Questions*

On peut accorder beaucoup à ces textes. On peut par exemple penser que Heidegger aurait d'abord fait l'expérience d'une temporalité autre que le concept traditionnel de temps à partir de cette expérience originaire de la christianité. Au demeurant, on y verra une profonde logique. Après tout, quoi de plus naturel, « pour nous », que l'autre du grec soit le chrétien ? A partir de là, on posera bien des questions. Certes, reconnaîtra-t-on, de ce cours à *Etre et Temps*, il y a une distance. Essentiellement celle qui se tient entre l'existentiel et l'existential. *Etre et Temps* décrit un *a priori,* le cours de 1920-1921 rend compte d'une expérience existentielle singulière. Oui, dira-t-on encore, mais s'il s'avérait que l'existential a été puisé à une source ontique, existentielle, « chrétienne », lu en sous-main sur un temps « chrétien » ? Alors, ne faudrait-il pas dire que tout le terreau de cette expérience est encore retenu dans le regard qui prétend pourtant à la pureté ontologique ? Et dans ce cas, pourquoi donc ce regard ne le reconnaît-il pas ? N'est-ce pas en raison d'une trop grande proximité ? Et l'on pourra aller plus loin encore (on reviendra sur ce problème) : la christianité, dans son moment inaugural paulinien (pourtant déjà le début du christianisme, à en croire ensuite *Chemins qui ne mènent nulle part*), est distinguée, dans sa pureté, de toute immixtion de la philosophie grecque, mieux même, Paul serait le lieu accessible à un regard phénoménologique de ce combat pour cette séparation. Et aussi pour le combat avec la séparation d'avec le judaïsme. En ce sens, Heidegger suit le partage entre loi et foi, distingue l'eschatologie chrétienne de toute autre eschatologie, principalement juive. Mais Paul parle grec. Quel grec ? L'originalité du « grec de Paul » ne viendrait-elle pas de son rapport à l'hébreu, et de son savoir rabbinique ? Sous la pureté de la christianité, moment évanouissant au regard de l'histoire objective, ne se dissimulerait-il pas, à l'insu de Heidegger, le sens d'une rencontre, une tout autre rencontre encore que l'« entrée de force » de la philosophie grecque dans le christianisme ? Cela fait beaucoup de questions. On ne veut surtout pas statuer de manière outrecuidante sur leur légitimité. On voudrait juste les affiner un peu.

Certes, on n'aurait pas trop de mal à établir une correspondance entre les motifs du cours de 1920-1921 et bien des motifs de *Etre et Temps*. On pourrait même tenir un compte assez exact des transformations, la plus massive étant que là où se trouvait un rapport à la parousie, temps authentique en son comment, se trouve un rapport à la mort, assomption de la finitude du temps. Mais ce qui se conçoit comme un mouvement de l'existentiel (chrétien) vers l'existential *(a priori)* suivant le mouvement d'une transformation du regard peut aussi, dans le cours, se concevoir comme mouvement inverse. Pourquoi ? Parce que, comme l'indique l'introduction au cours, malheureusement écourtée (alors même que, sur la base de la pensée de Husserl, elle édifiait justement une théorie des différents sens de l'universalisation !), et aussi bien tout le mouvement du cours, c'est bien à partir des catégories de la vie facticielle, en et pour elle-même, que s'élabore la lecture de l'épître aux Thessaloniciens. Par exemple la différence entre le *« Was »* et le *« Wie »,* le sens de la vie facticielle comme primairement sens d'accomplissement, toute cette conceptualité qui implique déjà une certaine libération d'un nouveau sens du temps (et de l'être) précède la lecture de Paul ! Du reste, cette opposition entre *« Was »* et *« Wie »,* tout du moins son expression, est clairement un emprunt à Kierkegaard. Et la pensée de la prédominance de l'« accomplissement », quant à la vie facticielle, implique une relation au temps, de telle sorte que la conférence de 1924, « Le concept de temps », dira tout simplement : « Le temps est le comment [20] ». Si, en effet, l'être de la vie facticielle est caractérisé par un avoir-à s'accomplir, devant lequel je puis toujours fuir, alors il faut bien penser le temps autrement que comme simple suite des maintenants, si on veut pouvoir rendre compte de la possibilité de cet advenir. Autrement dit, avant même de lire Paul, l'idée suivant laquelle, dans les termes de la conférence de 1924, dans une terminologie de transition : « Le Dasein fuit devant le comment et s'accroche

au quelque chose qui est constamment actuel [21]. » En ce
sens, c'est la christianité qui est exemplification du sens
même de la vie facticielle véritable. Certes, dira-t-on,
mais, enfin, cet exemple n'est pas anodin. Car, entre ce
que Heidegger a lu dans Paul et la phrase de 1924 qui
vient d'être citée la ressemblance est hallucinante. Cette
phrase, Heidegger, qui parle déjà de Dasein en 1921,
aurait pu l'insérer dans son commentaire de Paul, comme
une partie de ce commentaire. Et puis, cet « exemple »
d'une vie facticielle, de sa vie même et de l'expression
apostolique qui lui appartient, n'est-il pas aussi, et ceci
dans son caractère « non grec », non encore envahi de
force par la philosophie grecque et son concept de temps,
le seul exemple de « vie » qui a expressément saisi, certes
dans une expérience singulière, le propre du temps ?
Exemple, vraiment, alors même qu'il n'y en a pas d'autres,
sinon Heidegger, et, à peine, et dans un autre registre,
Kant ? Et puis, le jeu, ici, de l'ontique à l'ontologique, et
inversement, ne faudrait-il pas, à son tour, l'interroger ?
Heidegger ne nous a-t-il pas appris que le philosopher
même, le regard ontologique, était enraciné ontiquement,
au plus profond du Dasein de fait ? Et cette proposition,
du reste, les textes du début des années 20, la philosophie
étant interprétation immanente de la vie facticielle par
elle-même, n'y insistent-ils pas tout particulièrement ?
Qui peut trancher, autrement qu'à la hache, suivant
l'existentiel et l'existential formellement compris suivant
une distinction formelle, entre ce qui n'est qu'exemple et
ce qui est *a priori* ontologique ? Justement, à notre avis,
personne. Heidegger écrit : « Pour la vie chrétienne il n'y
a aucune sécurité *[Für das christliche Leben gibt es keine
Sicherheit]* ; l'insécurité constante est aussi la caractéristique pour la signifiance fondamentale de la vie factice
*[die ständige Unsicherheit ist auch das Charakteristische
für die Grundbedeutendheiten des faktischen Lebens]* [22]. »
Aussi. La vie chrétienne – et aussi la vie tout court. Comment comprendre le « aussi », ici ? Comme l'indécision
entre deux voies également possibles. Heidegger pourrait
dire : grâce à cette excursion dans la christianité, on a
montré par l'exemple singulier ce que peut vouloir dire
notre thèse plus générale concernant le caractère ontolo-

gique de l'insécurité, propre à l'être même de la vie facticielle. Mais il pourrait dire aussi bien : sur la christianité,
et nulle part ailleurs, se montre, mais vraiment, par excellence, ce qui fait le propre ontologique de la vie facticielle, et qui n'est proprement discernable que là (mais
peut-être cependant pourrait-on songer à le mettre en
œuvre ailleurs), l'insécurité. Peut-être la bonne question
est-elle justement celle de cette indécidabilité. Il reste,
c'est un fait, qu'elle sera tranchée par Heidegger. Le
cours de 1925-1926, *Logique. La question de la vérité*
dira en effet, partant de l'alternative modale entre impropriété et propriété caractérisant l'être du Dasein : « Cet
être-ensemble particulier entre la propriété de l'être du
Dasein et la préoccupation déchéante a dans le christianisme et dans l'interprétation chrétienne du Dasein été
expérimenté suivant une saisie déterminée. Mais il ne
faut pas comprendre cette structure comme si elle n'ap-
partenait spécifiquement qu'à la conscience du Dasein
chrétien, mais bien à l'inverse ; c'est pour autant que le
Dasein en lui-même en tant que souci a cette structure
qu'est possible une saisie spécifiquement chrétienne du
Dasein, et pour cette raison l'élaboration de cette structure, que nous ne pouvons ici poursuivre, est complètement isolée de toute orientation sur quelque dogmatique
que ce soit [23]. » Comment comprendre cette distinction
capitale ?

II. Phénoménologie et théologie

1. La théologie comme science positive

En août 1921, dans une lettre à Löwith souvent citée,
Heidegger déclarait encore, après avoir écrit : « [...] il
faut dire que je ne suis pas un philosophe – je ne m'ima-
gine même pas que je fais quelque chose de comparable.
Ce n'est pas du tout dans mon intention [24] », ceci, partant
de sa propre facticité : « A celle-ci, ma facticité, appar-

tient ce que je désigne brièvement ainsi : je suis un "théologien chrétien" [25]. » La déclaration de l'athéisme princi-
piel de la philosophie en tant que telle, dans l'écrit *Interprétations phénoménologiques d'Aristote* (la préface de
Gadamer à ce texte est curieusement titrée : « Un écrit
"théologique" de jeunesse ») date de 1922. Une lettre à
Löwith de 1925, citée et traduite par J.A. Barash, rend
encore un tout autre son que la lettre précédemment
citée : « Ce qui montre encore de la "vie", c'est le mouvement Barth-Gogarten, qui est représenté de manière prudente et indépendante par Bultmann – et puisque je suis
toujours sujet à être compté de fait parmi les théologiens,
je me permets aussi d'accompagner ce mouvement,
quoique lors d'un débat récent j'aie exprimé mon scepti-
cisme d'une façon suffisamment claire [26]. » Il y a loin
entre la déclaration dramatique de 1921, qui puise à la
facticité singulière du penseur, et le « se laisser encore
compter parmi les théologiens ». Comme nous le disions
plus haut, ce qui, quant à la chose, nous semble encore
indécidé, voire indécidable, en 1921, est de fait ensuite
tranché. On en trouve le témoignage développé dans le
texte de 1927, « Phénoménologie et théologie ». Ce texte
est la deuxième moitié d'une conférence, d'abord tenue
en mars 1927 à Tübingen, puis répétée en février 1928 à
Marbourg. Cette conférence envisage ce qui peut être
montré des rapports entre la « Théologie » et la « Phénoménologie » (ou la philosophie) à partir de *Etre et Temps*.
Ces « rapports » sont d'abord abordés à partir, non pas du
conflit entre Foi et Savoir, Révélation et Raison (bien que ce
conflit resurgira dans le cours de la conférence), mais
comme le problème des rapports entre deux « sciences »,
ou plutôt, deux types de scientificité. La phénoménologie
est science ontologique (mieux : elle est la science ontologique), sa chose est l'être. A l'opposé, la théologie est
science positive (une science positive parmi d'autres), elle
saisit non pas l'être, mais l'étant, posé préalablement à la
thématisation objectivante qu'elle en accomplit. De ce
point de vue, la théologie est plus proche, en tant que
science ontique, positive, de la chimie ou de la biologie,
que de la philosophie [27] (ce qui ne veut pas dire pourtant
que les rapports de « fondation » entre la philosophie et la

théologie doivent être conçus, on le verra, sur le mode, par exemple, d'une fondation des concepts ontologiques fondamentaux de la physique par la philosophie !). Dès lors, la tâche préliminaire est d'indiquer sur quel *positum* la théologie fait fond, ce qui la constitue en sa « positivité » toute particulière (positivité veut dire ici : ce qui fait référence à un étant préalablement posé comme hypo-thèse de la science considérée). Quel est le *positum* de la théologie [28] ? La réponse n'a pas varié depuis 1921 : c'est la christianité, et non pas le christianisme comme développement objectif-historique d'un contenu éternel en son noyau. De même, c'est bien à partir tout entier de son *positum* qu'il faut comprendre la scientificité singulière de la théologie, et pas par l'entrecroisement instable de disciplines non théologiques, la philosophie, l'histoire et la psychologie. L'opposition à la « théologie libérale » n'a pas varié. Mémoire de Heidegger : la publication de ce texte (qui avait été précédée de la publication d'une traduction française), qui date de 1970 seulement, est dédiée à Bultmann, et l'avant-propos rappelle la figure d'Overbeck et de son *Sur la christianité de notre théologie actuelle* de 1873, Overbeck qui a « reconnu l'attente de la fin se détournant du monde comme trait fondamental du christianisme originaire [29] ».

Comment la christianité est-elle ici définie ? Comme renaissance [30]. La renaissance est ce qui advient dans la foi, c'est ce que le cours de 1921 appelait le devenir-chrétien. Dans la foi, qui, selon son sens confessée par le croyant, ne vient pas de lui, ce qui advient, ce n'est pas l'apparition d'un objet, Dieu, en lequel il serait cru, mais le devenir situé *(das Gestelltwerden)* devant Dieu, qui à la fois révèle l'avoir-été éloigné de Dieu, et transfigure, bouleverse *(Umgestelltwerden)* l'ensemble de l'existence dans l'amour de Dieu, dans l'interpellation de l'événement de la croix [31]. Dans la foi ainsi comprise, l'existence se rapporte à une histoire, mais en en étant partie prenante, de telle sorte que la foi, que l'existence chrétienne, est précisément l'advenir-historique même de l'événement chrétien comme histoire du salut : « *Croire est exister de manière compréhensive-croyante dans l'histoire manifestée, c'est-à-dire advenant-historiquement à elle-même, avec le crucifié*[32]. » Ainsi en va-t-il du *positum* de la théologie, qui y prend son point de départ[b]. Et c'est seulement si ce *positum*, l'existence dans la foi, réclame de lui-même une explicitation « théologique » qu'une théologie est fondée. En ce sens, la « théologie » ne découle nullement d'une nécessité formelle propre à la systématisation de la science, et surtout pas d'une exigence interne à la philosophie elle-même (comme question, par exemple, du premier principe). Ce qui veut dire aussi que la question de la thématisation « philosophique » de « Dieu », du Dieu de la philosophie, est une tout autre question que celle de la possibilité de la « théologie » telle qu'elle est entendue ici. Insister ainsi sur la « positivité » pré-ordonnée et fondative propre à la théologie, c'est donc aussi distinguer absolument entre le « Dieu vivant » de la foi et le possible « Dieu » philosophiquement motivé, et c'est aussi réserver la question du sens de la « rencontre » des deux, la question de l'« entrée de Dieu » en philosophie. La « scientificité de la théologie » est singulière : elle est auto-interprétation de la vie chrétienne par elle-même et en elle-même, et ainsi elle est un moment de cette vie. Elle est science de ce qui est cru dans la croyance, science de cette croyance, exigée par cette croyance et se déployant en vue de cette croyance. Ou encore : elle est le devenir lucide de la croyance, son élucidation immanente. C'est en ce sens, comme une connaissance engagée dans l'être-chrétien lui-même, que la théologie est en elle-même historique, systématique et pratique, unitairement et dans l'unité de la foi. L'inspiration propre au cours de 1921 est ici toujours vivante, et s'est même, dans le contexte des polémiques entre écoles théologiques de l'époque, radicalisée.

---

b. Au moins pour ce qui est de la théologie chrétienne, et la question d'une théologie « autre » reste réservée. Heidegger écrit en effet : « Je remarque ici que j'entends la théologie au sens de la théologie chrétienne, ce qui ne veut pas dire qu'il n'y ait que celle-ci. La question de savoir si la théologie en général est une science est le problème le plus central, mais elle doit être écartée ici […]. » (PT, p. 15, trad. fr. p. 103.)

2. Théologie et philosophie

Mais si la théologie est bien ce qu'on vient de dire, entretient-elle encore le moindre « rapport » avec la philosophie ? La foi n'a pas besoin de la philosophie. La christianité est autonome, justement comme la pure hétéronomie (l'esclavage) du croyant devant Dieu. Et la « Raison » (la philosophie) n'est jamais loin, à ses yeux, de la superbe de la « putain du Diable ». Mais « [...] on doit faire ici une nouvelle distinction : la science positive de la foi n'a pas besoin de la philosophie pour fonder et dévoiler primairement sa positivité, la christianité. Celle-ci se fonde elle-même à sa manière. La science positive de la foi n'a besoin de la philosophie qu'en ce qui concerne sa scientificité. Et de plus, ceci assurément d'une manière singulièrement restreinte, bien que fondamentale [33]. » Comment la théologie pourrait-elle avoir un besoin fondamental de la philosophie ? Il faut bien comprendre ce besoin : il ne signifie pas que la philosophie doive éclairer le contenu fondamental-ontologique des concepts explicitant l'existence dans la foi. La foi ne peut s'expliciter que par elle-même, y compris à ses limites, là où elle touche sa propre inconcevabilité. La foi n'a pas besoin de la « raison », qu'elle mettrait ainsi à son service, en ce sens. Mais en quel sens, alors ? L'existence chrétienne est existence. Dans la foi, dans le devenir-chrétien dans la foi, l'existence pré-chrétienne est, dit Heidegger, *aufgehoben*, « assumée » (nous traduisons ainsi ce terme célèbre dans son contexte hégélien parce que Heidegger lui donne un sens éminemment « positif » : « *"Aufgehoben"* signifie ici non pas éliminé, mais repris *[hinaufgehoben]* dans la nouvelle création, en elle retenu et préservé [34] »). Ou encore, dans la foi, l'existence pré-chrétienne (la condition mondaine serve telle qu'elle se montre à partir de la foi) est « surmontée ». Ce que nous avions ressaisi comme transfiguration se donne ici comme surmontement, *Überwindung*. Mais ce surmontement existentiel, ontique, qui se détache de l'existence pré ou non chrétienne est, comme mouvement de l'existence, encore déterminable existentialement, ontologiquement à partir de la philosophie, c'est-à-dire à partir de l'analytique existentiale. Comment ? Soit le péché. La philosophie n'a strictement rien à dire du péché, qui ne prend sens qu'à partir de la foi, qui n'est apporté que par elle. Cela dit, pour que l'existence chrétienne puisse au moins accéder au sens du péché, encore faut-il qu'elle comporte en elle-même la possibilité ontologique de cet « accès ». Pour que l'existence, dans la foi, puisse rencontrer l'interpellation qui la fait se découvrir pécheresse, il faut que soit recelé en son être quelque chose comme une faute ou une dette *(Schuld)* : « Or la faute est une détermination existentiale ontologique originaire du Dasein [35]. » Donc : « [...] ce concept peut servir de fil conducteur pour l'explication théologique du péché [36]. » Mais alors, n'est-ce pas mettre la théologie sous la férule de la philosophie ? Non. Car le péché ne peut aucunement se « déduire » du concept de « faute ». La figure ontique de la « faute » comme péché est quelque chose que la philosophie ne peut absolument pas prédire ou comprendre. Entre la possibilité ontologique et la facticité chrétienne qui, à partir de cette possibilité, se comprend comme pécheresse, configure cette possibilité à sa manière propre, il y a un abîme que rien ne peut combler. Le possible ontologique ne permet pas de comprendre, à en rester aux ressources de la philosophie, la possibilité de fait du péché. Mais alors, en quoi le concept de faute peut-il être un concept directeur pour la problématique théologique ? Heidegger écrit : « Ce que l'on gagne uniquement ici, mais qui demeure indispensable à la théologie comme science revient à ceci : le concept théologique de la faute comme concept d'existence acquiert cette correction (c'est-à-dire une co-direction) *[Korrektion (d.h. Mitleitung)]*, qui lui est nécessaire, en tant que concept d'existence selon son contenu pré-chrétien. C'est la foi seule, par contre, qui donne la direction primaire (guidage) *[die primäre Direktion (Herleitung)]* comme origine du contenu chrétien de ce concept [37]. » Mais comment comprendre ici cette co-direction, cette « correction » ?

Tout repose sur un certain sens du formel, tout repose sur le concept, discuté dans la partie avortée du cours de

1921, d'« indication formelle [38] » (autrement dit, lorsqu'on soupçonne, à rebours de ce qui est dit ici, que les
existentiaux ont été conquis par « formalisation » d'expériences ontiques chrétiennes, tout le poids du débat
repose sur la détermination du concept de « formalisation »). Que veut dire ici indication formelle ? Dans le
cours de 1921, Heidegger déterminait l'indication formelle comme le sens même de la phénoménologie. Partant de la distinction husserlienne entre « généralisation »
et « formalisation », entre l'universalisation matériale-
ment liée (le rouge est une couleur, l'affect est un vécu)
et la formalisation proprement dite (la couleur est un
objet, le vécu est un objet), Heidegger la rapportait à la
différence entre déterminations de contenu et déterminations de rapport à la chose, entre la chose donnée et la
donation de la chose à un sujet. Mais, précisément, ces
deux sens de l'universalisation (directeurs d'une part
pour la constitution des ontologies « matérielles », de
l'autre pour la constitution de l'ontologie formelle – au
sens de Husserl) préjugent de l'être même de ce qui se
donne en tant qu'il fait l'objet d'une considération uniquement théorétique : tout bonnement son être-objet. Le
formel de l'indication formelle doit être compris en un
« troisième sens » du « formel » (dans le vocabulaire de
l'époque : ni comme une détermination de contenu ni
comme une détermination de la relation du sujet connaissant à l'objet, mais suivant le sens d'accomplissement du
phénomène pris en vue, qui est précisément à l'époque la
vie facticielle, et dans le cours même la vie facticielle
religieuse). Quel sens ? Avant tout un sens négatif : la
détermination formelle doit indiquer le phénomène en ne
préjugeant pas de son sens d'accomplissement, c'est-à-
dire en ne le comprenant pas unilatéralement comme un
« objet » subsistant. Somme toute, l'indication formelle
est la doctrine qui permet de différencier entre connaissance objectivante et « connaissance phénoménologique »
(mais, encore une fois, le cours s'interrompit sous les
plaintes des étudiants d'alors). Transposons : le concept
de faute, comme « indication formelle » pour le théologien, qui ne le prend pas pour thème, mais l'« utilise »
pour comprendre le péché comme *positum* demandant

explicitation, laisse ce qui est à comprendre, le péché, se déployer à partir de lui-même, il n'est pas le genre dont le péché serait l'espèce par différenciation-dérivation, il n'est pas non plus une pure abstraction flottant en l'air induite à partir du péché et d'autres « fautes » de fait. Mais quoi, alors ? Un concept existential dont le péché est une « modification » absolument contingente, que rien, du côté existential, ne permet de « dériver ». C'est donc en préservant cette contingence, tout en s'imposant en tant que possibilité ontologique, que le concept de faute peut co-diriger la problématique théologique du péché. L'ontologie en ce sens n'est pas, pour la théologie, « directrice » (la direction primaire, c'est le fait de la foi), mais « co-directrice ». La question de l'être n'est jamais, pour la théologie, une question, mais un besoin subordonné à sa tâche existentielle. Certes, les concepts ontologiques peuvent toujours lui « servir » : comprendre le péché comme modification existentielle de la faute, c'est à la fois, par exemple, le comprendre dans sa singularité « ajoutée » à ce concept et aussi permettre de le comprendre hors des compréhensions ontologiquement inadéquates (par exemple, le péché « originel » au sens d'une « chronologie »). Garder un regard de derrière pour le sens d'être, cela peut assurément, négativement, servir à bien des « démythologisations ». La « correction » peut aussi s'entendre en ce sens : elle peut permettre à la théologie, de son propre côté, de se corriger d'interprétations « philosophiques » inadéquates, et, par exemple, ne perdant pas de vue le sens ontologique de l'existence, de rompre avec la conceptualité gréco-philosophique qui lui a fait perdre le sens même de sa christianité. Peut-être est-ce même là le sens le plus évident de la phénoménologie pour la théologie : lui permettre de se penser elle-même, et ce dont elle parle, hors les mésinterprétations ontologiques dont elle pourrait être victime.

Mais on voit en tout cas deux choses : d'une part, c'est bien la théologie qui a besoin de la philosophie, et pas l'inverse. La philosophie peut bien se passer de cette « fonction » co-directrice de la théologie, aucune nécessité n'est inscrite en elle qui dise qu'elle doit remplir ce rôle, et rencontrer la théologie au sens de l'auto-interprétation de l'existence croyante. La philosophie peut se passer de la christianité, et du christianisme, et même, on va le voir, elle le doit. Ensuite, les « rapports » entre la philosophie et la théologie ne sont pas ceux de la philosophie aux autres sciences positives. La théologie est peut-être plus proche de la biologie et de la chimie que de la philosophie, mais elle n'entretient pas le même rapport que celles-là avec celle-ci. La philosophie ne fonde pas la théologie, le rapport entre l'ontologie fondamentale comme analytique existentiale et la théologie comme « science ontique », auto-explicitation existentielle n'est pas un rapport de fondation. Comme l'écrit Heidegger : « [...] il faut remarquer ici que cette correction ne fonde pas au sens où les concepts fondamentaux de la physique trouvent dans une ontologie de la nature leur fondation originaire, et la présentation de toute leur possibilité interne et ainsi leur vérité supérieure [39]. » D'autant plus que ce qui se détermine comme co-direction du point de vue du besoin scientifique de la théologie et indifférence du point de vue de la détermination interne de la tâche de la philosophie – se comprend irréductiblement comme guerre du point de vue de la foi et de la philosophie comme « genres d'existence ». La foi est existence facticielle – mais la philosophie aussi. L'une est *« Gläubigkeit »*, fidélité, l'autre est *« freier Selbstübernahme des Ganzen Daseins »*, la plus libre assomption à partir de soi du Dasein entier [40]. L'opposition est connue – et Heidegger la reprend tout bonnement à son compte, avec emphase : la foi est, en son cœur le plus intime, l'ennemi mortel de la philosophie (comme existence). Le philosophe ne croit pas, ne peut pas croire – en tant que philosophe. La « philosophie chrétienne » est un cercle carré. Sans doute y a-t-il une communauté possible de la philosophie et de la théologie en tant que sciences, comme celle qui régnait à l'époque entre Heidegger et Bultmann. Mais, comme le dit Heidegger, sans illusions et sans compromis.

III. Du sacré et d'un Dieu qui viendrait

1. Dieu sans la foi et sans la philosophie

Tout aurait pu s'arrêter là. Heidegger est sorti de la foi. La pensée de l'être peut « servir » la foi, mais il vaudrait mieux dire : servir à la foi. Mais cette tâche n'est pas « contenue » dans la pensée – ce service n'est pas le sien. Par ailleurs, la pensée, dans le pas en retrait qui permet de penser l'essence de la métaphysique, permet de comprendre que le *Theion* de l'onto-théologie, où Dieu prend la figure terminale de la *causa sui*, n'est pas le « Dieu vivant » : « Ce Dieu, l'homme ne peut ni le prier ni lui sacrifier. Il ne peut, devant la *causa sui*, ni tomber à genoux plein de crainte ni jouer des instruments, chanter et danser [41]. » La « sortie de la foi » ne signifie pas l'entrée dans un théisme philosophique : le pas en arrière, qui pense l'essence de la métaphysique comme onto-théologie, est aussi, à cet égard, une « sortie de la philosophie », le « Dieu des philosophes » ne peut offrir aucun recours.

Mais c'est un fait : tout ceci n'est pas le dernier mot de Heidegger quant à Dieu et au divin. Tout au contraire. La suite du texte « La constitution onto-théo-logique de la métaphysique » dit en effet : « Ainsi la pensée sans-Dieu, qui se sent contrainte d'abandonner le Dieu des philosophes, le Dieu comme *causa sui*, est peut-être plus près du Dieu divin [42]. » Mais, ajoutons : sans pour autant croire au Dieu de la révélation. Il reste donc une question à poser : la pensée de l'être, en tant qu'elle s'affranchit de l'onto-théologie, mais aussi en tant qu'elle se tient éloignée de la foi chrétienne, peut-elle être la source d'un autre rapport à « Dieu » ? Ou encore : qu'est-ce que le « Dieu divin », qui n'est ni le Dieu de la foi, ni le Dieu des philosophes ? Une note de *De l'essence du fondement* disait : « Par l'interprétation ontologique du Dasein comme être-au-monde, rien n'est décidé, que ce soit positivement ou négativement, quant à un possible être pour Dieu *[Sein zu Gott]*. Mais sans doute, avec l'éclaircissement de la transcendance est atteint pour la première fois *un concept suffisant du Dasein,* étant à partir duquel peut être alors *questionné,* comment il en va ontologiquement de la relation à Dieu du Dasein[43]. » Soit – mais cette note se tient dans l'orbe de ce que nous venons de parcourir : penser l'existence croyante à partir d'un concept suffisant de l'existence. La *Lettre sur l'Humanisme* reprend cette note, pour empêcher une imputation trop rapide d'« athéisme[44] ». Une pensée qui dessine le fondement à partir duquel on pourrait questionner l'éventuel rapport du Dasein à « Dieu » ne peut être taxée d'athéisme – mais pas plus de théisme. Ce n'est pas non plus une pensée qui rencontre la foi : il s'agit bien de questionner, hors de la « révélation », l'éventuelle possibilité d'un être-pour-Dieu du Dasein. Mais qu'est-ce que cela veut dire ? Comment, à partir de quoi, ce questionnement est-il possible ? Et comment l'est-il de façon autonome ? La pensée de la question du sens de l'être a-t-elle quelque chose à dire de ce rapport qui lui soit propre ? Dans la reprise de la note de 1929 dans le texte de 1946, une chose est remarquable : le texte est gauchi. Là où le texte de 1929 affirme que c'est à partir de *cet étant, le Dasein,* éclairci dans son essence transcendante, qu'est possible une question sur le rapport à Dieu, le texte de 1946 fait sauter cette insistance sur le *Dasein étant (existant),* rapportant simplement la possibilité de questionner le rapport à Dieu à l'éclaircissement en général du concept de transcendance. Changement mineur, dira-t-on. Que non pas ! Le texte de 1929 dessine la possibilité de penser, à partir du Dasein comme être-au-monde un rapport à Dieu. Le monde de l'être-au-monde, nous le savons bien, ne signifie pas un être-mondain au sens d'un être-créé se détournant de Dieu. Il reste que poser la question de l'être pour Dieu possible du Dasein, c'est, dans le cadre de la problématique de *Etre et Temps,* demander quelle figure pourrait prendre le rapport à Dieu à partir de l'être-au-monde, comme conversion de cet être-au-monde, c'est-à-dire comme rapport à un transcendant assumé dans l'existence – mais de telle sorte que la transcendance divine soit d'un tout autre « type » que la transcendance de l'être-au-monde. Ce qui veut dire : penser le « rapport » du Dasein

transcendant vers le monde à un « autre » transcendant,
une transcendance tout autre… que la transcendance du
Dasein, à laquelle celui-ci puisse néanmoins se rapporter.
La question envisagée en 1929 implique donc cette question, simplement : comment penser la transcendance
divine à partir de la transcendance du Dasein ? Ce qui
signifie aussi, un ultime face-à-face, au moins possible,
du Dasein-au-monde et du dieu extra-mondain. Or, précisément, ce n'est plus ainsi que le problème se pose dans
la *Lettre sur l'Humanisme*, où, pour le dire vite, l'espace
possible d'un rapport à « Dieu » se donne comme *le
monde lui-même*, ce que la discrète modification du texte
signale. Mais comment « Dieu », ou, de manière plus
indéterminée, « un dieu », pourrait-il se présenter « à partir du monde » ? Et comment entendre ici « monde » ?
C'est ce qu'il s'agit maintenant d'approcher, à partir de la
pensée heideggerienne du sacré.

Heidegger écrit, dans la *Lettre sur l'Humanisme* :

« L'essence du sacré ne se laisse penser qu'à partir de
la vérité de l'être. L'essence de la divinité ne se laisse
penser qu'à partir de l'essence du sacré. Ce que le mot
"Dieu" doit nommer ne peut être pensé et dit que dans la
lumière de la divinité. Ne devons-nous pas d'abord pouvoir comprendre et entendre avec soin tous ces mots pour
être en mesure, en tant qu'homme, ce qui veut dire en
notre essence eksistante, de pouvoir faire l'expérience
d'un rapport à Dieu ? Comment l'homme de l'histoire
présente du monde peut-il seulement questionner avec
sérieux et rigueur, si Dieu s'approche ou se retire, s'il
omet de s'engager par la pensée dans la dimension où
cette question peut seulement être posée ? Celle-ci est la
dimension du sacré, qui reste déjà même fermée comme
dimension si l'ouvert de l'être ne s'est pas éclairci, et
n'est pas proche de l'homme dans sa clairière. Peut-être
que la caractéristique de cet âge du monde est la fermeture de la dimension du sauf *[der Dimension des
Heilens]*. Peut-être est-ce là l'unique perte *[Unheil]* [45]. »

Comment comprendre ces mots énigmatiques et célèbres,
mille fois commentés ? D'abord en les situant précisément.
Heidegger le fait lui-même en intervenant en 1953 dans
une session de l'Académie évangélique à Hofgeismar :

« Le passage de la "Lettre sur l'Humanisme" parle exclusivement du dieu du poète, et non du dieu de la révélation. On y dit seulement ce que la pensée philosophique permet de faire avec ses propres moyens. On ne peut pas dire si cela a une portée théologique, puisque, pour nous, il n'existe pas de troisième instance, qui pourrait en décider[46]. » Le dieu qui n'est ni celui de la foi ni celui de la philosophie : le dieu du poète. Comment l'aborder ? Eclaircissons d'abord les « conditions » contenues dans le passage de la *Lettre sur l'Humanisme* qui permettraient un possible rapport à ce dieu. La question du « sacré » est une question historique, au sens de l'histoire de l'être : la « modernité » est comprise comme le temps du *manque* de dieu, de la *« fuite »* des dieux. Cette expérience demanderait, à partir de la pensée de l'être, de dessiner une possibilité pour une éventuelle *approche* d'un dieu, *rigoureusement inconnu*. Ce dieu n'est attendu, voire pressenti, qu'à partir de son « annonce » par le poète, en l'occurrence Hölderlin. Ce que la pensée pourrait faire, à partir de cette annonce, serait (seulement) d'éclaircir, à partir de ses ressources propres, le domaine de sa venue, ce qui impliquerait une pensée du « sacré » à partir duquel quelque chose comme la divinité pourrait s'éclairer, où le dieu pourrait venir. Il faut bien dire : pourrait. La pensée, quant à elle, ne peut qu'éclaircir ce que peuvent dire, ou nous dire, « sacré » et « divinité », hors croyance et hors onto-théologie : elle ne peut, bien sûr, décider de la venue du dieu – ou de son rester-absent. Il s'agit bien de *penser* l'essence du sacré, de *penser* l'essence de la divinité, et de *préparer par la pensée* l'éventuelle venue du dieu. Mais cette « préparation » pensive ne peut pas plus : ce serait sinon tomber dans le prophétisme pur et simple. Le penseur ne peut prophétiser. Essayons d'éclairer autant que faire se peut toutes ces « conditions ». Et ajoutons encore ceci : pour notre part, elles nous apparaissent « restrictives », et vérifient, ironie dans l'ironie, la phrase de Beckett mise en exergue de son pamphlet par Adorno et que nous rappelions au début de ce chapitre. Certes dans une différence d'accent (qui sait ?) : Heidegger, quant à Dieu, est, à la fin de son œuvre, dans l'attente, qui mêle douleur et espérance, deuil et attente. On peut le dire en une phrase : pour Heidegger, l'expérience du défaut de Dieu n'aura jamais été celle de sa radicale absence, n'aura jamais été un athéisme pur et simple. Manque, ou défaut, de dieu(x) : cette expression, tirée de Hölderlin, devra toujours se comprendre comme un génitif subjectif, et comme caractérisant une époque de l'histoire. Le temps (notre temps, pensé à partir de l'histoire de l'être) comme temps des dieux enfuis est le temps de la détresse : « C'est le temps de la détresse, parce que ce temps est marqué d'un double manque et d'une double négation : le "ne plus" des dieux enfuis et le "pas encore" du dieu qui va venir[47]. » Et ce temps est à penser à partir de la temporalité originaire de l'histoire (de l'être) : le présent *est* le présent en tant qu'il soutient cette fuite, dans le deuil, et se tend, dans l'attente, vers une possible venue d'un dieu : il ne s'agit pas là d'une considération historiographique (du « *constat* » du désenchantement du monde, par exemple).

2. Le sacré

La postface de 1943 à *Qu'est-ce que la métaphysique ?* dit lapidairement : « Le penseur dit l'être. Le poète nomme le sacré. » Le « sacré » vient à Heidegger de Hölderlin, plus précisément de l'hymne inachevé « Comme au jour de fête ». On suivra donc ici la lecture de cet hymne, datant d'une conférence de 1939, recueilli dans les *Eclaircissements sur la poésie de Hölderlin*. La troisième strophe de l'hymne dit :

> « Mais voici le jour ! Je l'espérais, le vis venir
> Et ce que je vis, que le sacré soit ma parole ! »
> *[Jezt aber tagts ! Ich harrt und sah es kommen,*
> *Und was ich sah, das Heilige sei mein Wort.]*

La nomination du sacré, expérimenté ici comme la vocation même du poète, et poématisé par lui, vaut pour le nom de ce qui était, dans la deuxième strophe, appelé « nature ». Le sacré est la nature. Mais comment comprendre, ici, « nature » ? Seulement à partir de ce que le poète en dit :

la nature est la « merveilleusement toute présente » *[die wunderbar / Allgegenwärtig].* « Toute présente », dit Heidegger, cela veut dire : « [...] le mode du règne dont sont même transies les réalités, qui, selon leur espèce, semblent s'exclure mutuellement [48]. » La nature est l'ouverture originaire, le s'ouvrir (le Chaos en ce sens) qui transit tout apparaître de l'étant et tout contraste dans l'étant. La nature est ici ouverture primordiale, unissant tout : ouverture d'un monde. En quoi cela peut-il être le sacré, que le poète a pour charge de nommer ? La nature, ouverture unissant et portant toutes choses au paraître, est sacrée – parce qu'elle se tient au-dessus des dieux. Non pas comme un domaine supérieur, comme un étant suréminent – mais comme ce à partir de quoi les dieux et les hommes peuvent venir les uns à la rencontre des autres. *Le sacré est l'antérieur dernier pour toute apparition – y compris l'apparition la plus haute, l'épiphanie divine.* Ou encore : c'est à partir du sacré comme ouverture première que se « répartissent » les contrées célestes et terrestres. Le sacré : ce qui donne place au « monde » pensé de cette façon, comme le cadre *[Geviert]* du ciel, de la terre, des hommes et des dieux, cadre non pas comme une scène immobile, mais comme ce qui *unit* les quatre. La « nature » : le sacré : le *cœur* du monde. Ce qui se recueille, selon Heidegger, dans la parole de Hölderlin : *Alles ist innig.* Le « sacré » n'est pas une contrée du monde, distinguée du « profane » : le sacré est l'unissant du monde, ce qui se donne, en retrait, comme événement appropriant. Tout ce que Heidegger pense de l'*Ereignis* peut, d'une certaine manière, être mis au compte d'une pensée du sacré. Pensées profondément déconcertantes, non seulement pour nos manières de penser, mais aussi pour nos manières de croire. On aurait vite fait d'y voir un nouveau « paganisme », divinisant la nature, pensée comme un nouveau cosmos. Et pourtant non : le sacré n'est pas le divin. La nature comme sacré n'est pas non plus l'éternel : si elle est, comme le poétise l'hymne, « plus ancienne que les temps », c'est qu'elle est : « [...] le temps le plus ancien, et nullement cet "intemporel" de la métaphysique, et absolument pas l'"éternel" de la théologie chrétienne [49]. » Elle est le temps le plus ancien en tant même qu'elle donne à tout étant la possibilité d'advenir, d'être présent. Non pas les relations du « temps » et de l'« éternité » – mais le don de la présence dans l'apparition même de ce qui apparaît, *jeu du visible et de l'invisible comme l'apparaître même, et pas comme arrière-monde.*

Mais que veut dire : le sacré est « au-dessus » du divin, plus précisément « au-dessus des dieux du soir et de l'Orient *[über die Götter des Abends und Orients]* [50] » ? Le sacré est l'Ouvert s'ouvrant. En tant que tel, il est ce qui médiatise tout : les hommes et les dieux, la terre et le ciel, qui ouvre l'espace mouvementé (litige, combat) de leur « médiatisation », de leurs rapports. Il est l'immédiat. Mais pas au sens de l'absolu : comme le rapport de tous les rapports. L'immédiat en ce sens est la « médiation rigoureuse ». C'est en tant que tel qu'il est le sacré, c'est-à-dire le sauf : médiatisant tout, donnant à chaque étant sa place au sein de sa médiation, il est « inapprochable » comme tel, dépaysant et effrayant, retiré. Les dieux et les hommes sont plus proches les uns des autres, dans leur distance même, que du sacré, qui les donne l'un à l'autre. Ce pourquoi les hommes ont besoin des dieux, et les dieux des hommes : « Comme ni les hommes ni les dieux n'arrivent jamais à s'acquitter par eux-mêmes du rapport immédiat au sacré, les hommes ont besoin des dieux et les célestes des mortels [51]. » Soit : mais dans leur mutuelle appartenance, « ils ne s'appartiennent précisément pas à eux-mêmes, mais au sacré, qui est pour eux la rigoureuse médiateté, le statut [52] ». Ce pourquoi le poète n'est pas prophète en tant qu'il annonce le dieu : « Car la condition poétique ne consiste pas dans l'accueil du dieu, mais à être entouré par le sacré [53]. » Le poète poématise le sacré, l'ouvert : il fonde une habitation possible pour une possible revendication par le dieu. C'est-à-dire : il se tient en dehors de l'habituellement médiatisé, pour médiatiser l'immédiat : « Bien que l'immédiat ne soit jamais saisissable immédiatement, il n'en faut pas moins saisir en main propre l'éclair qui médiatise, et soi-même endurer les orages de l'initial en son épanouissement [54]. » C'est l'hymne, le chant. Infiniment risqué : il risque de médiatiser l'immédiat, ou de se précipiter à dire le dieu. Il doit, venant de l'ouverture, la maintenir ouverte, mettre la main à son ouverture, fonder un monde. Comment ? Lisons : « Le sacré "plus ancien que les temps" et "au-dessus des dieux" fonde en sa venue un autre commencement d'une autre histoire. Le sacré tranche décisivement au commencement et au préalable en ce qui concerne les hommes et les dieux – si ils sont, qui ils sont, comment ils sont et quand ils sont. Ce qui vient est dit en sa venue par l'appel. La parole de Hölderlin débutant avec ce poème est maintenant la parole qui appelle.[...] Le sacré fait don de la parole et vient lui-même en cette parole. La parole est avènement du sacré [55]. »

Résumons cette courte traversée. Le « sacré » n'est pas un mot bien connu de l'histoire des religions que Heidegger reprendrait à son compte. Le sacré est ce que le poète fonde. Qui parle, dans le texte que nous avons parcouru ? Heidegger – à l'écoute de Hölderlin. Nommer le sacré est le propre du poète, comme poète. Mais que veut dire penser le sacré ? La pensée n'est pas la poésie. Mais la pensée peut se mettre à l'écoute de la poésie. Le dieu du poète, ce n'est pas un dieu « esthétique » – quoi, alors, ou qui ? Un dieu sans visage, seulement pressenti à partir de ce que la poésie hölderlinienne permet de préparer comme advenue du sacré, et qui permet aussi au penseur de penser le monde, ce que lui pense comme le monde à partir de l'*Ereignis*, comme le « sacré ». Le poète demeure d'abord, dans le défaut de dieu, dans le destin de dire une autre histoire. Autre, comment ? Autre que l'histoire de la révélation, autre qu'un simple retour aux dieux antiques, une histoire peut-être à venir, la porte étroite d'une eschatologie pure, « messianité » sans messianisme. C'est en grâce de cette histoire que Heidegger pense dans le sillage du poète. Pensée fragile, exposée. Le dieu, sans doute, ne peut venir que de lui-même. Il ne viendra peut-être pas. L'attente et la préparation, la volonté de doter des noms archi-anciens d'un sens nouveau et peut-être par là d'autant plus archi-anciens : c'est ce que Heidegger propose.

Dans l'entretien de 1966 publié de façon posthume en 1976, Heidegger eut donc ce mot, qui devint célèbre, c'est-à-dire en proie aux malentendus : « Seul un dieu peut encore nous sauver. » P. Aubenque a raconté, dans le beau texte qu'il écrivit pour les *Etudes philosophiques* à la mort de Heidegger, comment il avait entendu Heidegger prononcer ce mot en 1968, à l'intérieur d'un cercle érudit échauffé par les événements d'alors, et comment cette déclaration intempestive jeta un froid dans l'assemblée [56]. Si cette phrase a valeur testamentaire, alors c'est bien le cas de dire que tout testament est énigme. Nous sauver ? De quel salut s'agit-il ? Dans les *Essais et Conférences*, Heidegger écrit à ce propos, à propos du « salut », à la suite de la parole de Hölderlin, « Mais là où il y a péril, là aussi / croît ce qui sauve » : « Que veut dire "sauver" ? Nous sommes habitués à penser que ce mot veut dire simplement : saisir encore à temps ce qui est menacé de destruction, pour le mettre en sûreté dans sa permanence antérieure. Mais "sauver" veut dire davantage. "Sauver" est : reconduire dans l'essence, afin de faire apparaître celle-ci, pour la première fois, de la façon qui lui est propre [57 c]. » L'habitude de pensée qui est évoquée ici se confond-elle, pour Heidegger, avec la perspective chrétienne du salut ? C'est possible. Mais si le salut veut dire appropriation de soi comme retour à l'essence, si à cette appropriation le dieu est nécessaire, comment l'est-il ? Dans l'entretien avec le *Spiegel*, Heidegger poursuivait : « Il nous reste pour seule possibilité de préparer dans la pensée et la poésie une disponibilité pour l'appa-

---

c. Pas de perspectives d'« immortalité », pour ce salut ? Non. Mais on lira avec attention l'énigmatique passage du texte « Bâtir Habiter Penser », qui, partant d'un pont poétiquement bâti, en vient à dire : « Toujours et d'une façon à chaque fois différente, le pont conduit ici et là les chemins hésitants ou pressés des hommes, pour qu'ils aillent sur d'autres rives et finalement *[zuletzt]*, comme les mortels, parviennent à l'autre côté *[auf die andere Seite Kommen]*. De ses arches élevées ou basses, le pont enjambe le fleuve ou la ravine : afin que les mortels – qu'ils gardent en mémoire l'élan du pont ou l'oublient – qui sont toujours déjà en chemin vers le dernier pont, s'efforcent dans leur fondement de dépasser *[übersteigen]* leur être-habitué et perdu *[ihr Gewöhnliches und Unheiles]*, pour se porter au sauf du divin *[um sich vor das Heile des Göttlichen zu bringen]* » (VuA, p. 147, trad. fr. p. 181).

rition du dieu ou pour l'absence du dieu dans notre déclin ; que nous déclinions à la face du dieu absent[58]. » Le journaliste du *Spiegel* reprenait alors, demandant : « Croyez-vous que nous pouvons penser ce dieu de manière à le faire venir[59] ? » Réponse de Heidegger : « Nous ne pouvons pas le faire venir par la pensée, nous sommes capables au mieux d'éveiller une disponibilité pour l'attendre[60]. » Nous avons voulu insister avant tout sur cette dernière phrase. Quant à l'attente, c'est à chacun de s'y déterminer, ou pas.

*

NOTES

1. L'anecdote est racontée par R. Safranski dans son livre *Heidegger et son temps,* trad. fr., Paris, Grasset, 1994, p. 18.

2. On trouvera cette lettre publiée intégralement par H. Ott dans son livre *Martin Heiddegger – Eléments pour une biographie,* trad. fr., Paris, Payot, 1990, p. 112-113.

3. *Ibid.,* p. 113.

4. *Interprétations phénoménologiques d'Aristote,* éd. bilingue, Mauvezin, 1992, p. 27.

5. *Ibid.,* p. 53.

6. *Réponses et Questions sur l'histoire et la politique,* trad. fr., Paris, Mercure de France, 1977, p. 49.

7. *Correspondance avec K. Jaspers, suivie de Correspondance avec E. Blochmann,* trad. fr., Paris, Gallimard, 1996, p. 64.

8. GA 66, p. 415.

9. SuZ, p. 235.

10. GA 29-30, p. 225, trad. fr. p. 226.

11. *Jargon de l'authenticité,* trad. fr., Paris, Payot, 1985, p. 35.

12. GA 60, p. 12.

13. GA 60, p. 19-30.

14. GA 60, p. 57-65.

15. GA 60, p. 65. T. Kiesel fait le récit de cet épisode dans son livre *The Genesis of Heidegger's « Being and Time ».*

16. Hw, p. 202-203, trad. fr. p. 265.

17. GA 60, p. 97.

18. GA 60, p. 96.

19. GA 60, p. 104.

20. « Le concept de temps », trad. fr. in *Les Cahiers de l'Herne* consacrés à Heidegger, p. 36. Signalons une étrange bévue dans

cette traduction, qui rend ardue la compréhension du texte : *Jewei-ligkeit* n'est bien sûr pas la « perpétuité », mais bien le caractère de l'« à chaque fois », de la « singularité ».

21. *Cahiers de l'Herne*, p. 33.

22. GA 60, p. 105.

23. GA 21, p. 232.

24. *Zur philosophischen Aktualität Martin Heideggers, vol II : Im Gespräch der Zeit,* p. 28-29.

25. *Idem.*

26. In *Heidegger et son siècle*, Paris, PUF, 1995, p. 86.

27. PT, p. 15, trad. fr. *in* E. Cassirer-M. Heidegger, *Débats sur le kantisme et la philosophie,* Paris, Beauchesne, 1972, p. 103.

28. PT, p. 17-21, trad. fr. p. 105-109.

29. PT, p. 8.

30. PT, p. 19, trad. fr. p. 107.

31. *Idem.*

32. PT, p. 20, trad. fr. p. 108.

33. PT, p. 27, trad. fr. p. 115.

34. PT, p. 29, trad. fr. p. 117.

35. *Idem*

36. *Idem.*

37. PT, p. 30, trad. fr. p. 118.

38. GA 60, p. 57-65.

39. PT, p. 30-31, trad. fr. p. 118.

40. PT, p. 32, trad. fr. p. 119-120.

41. ID, p. 64, trad. fr. in *Questions I*, p. 306.

42. ID, p. 65, trad. fr. p. 306.

43. W, p. 157, trad. fr. in *Questions I*, p. 136.

44. HB, p. 134-135.

45. HB, p. 134-135, 136-137.

46. Cité en trad. fr. dans le recueil *Heidegger et la Question de Dieu,* Paris, Grasset, 1980, p. 336.

47. EzHD, p. 44, trad. fr. p. 60.

48. EzHD, p. 32, trad. fr. p. 70.

49. EzHD, p. 57, trad. fr. p. 77.

50. EzHD, p. 58, trad. fr. p. 77.

51. EzHD, p. 66, trad. fr. p. 88.

52. EzHD, p. 67, trad. fr. p. 88.

53. EzHD, p. 67, trad. fr. p. 89.

54. EzHD, p. 69, trad. fr. p. 91.

55. EzHD, p. 73-74, trad. fr. p. 97.

56. *Les Etudes philosophiques,* juillet-août 1976, p. 271.

57. VuA, p. 32, trad. fr. p. 38.

58. *Réponses et questions sur l'histoire et la politique,* trad. fr., Paris, Mercure de France, 1977, p 49.

59. *Idem.*

60. *Idem.*

Indications bibliographiques

I. Œuvres de Heidegger

Heidegger consacra les trois dernières années de sa vie à l'organisation de l'édition de ses *Œuvres complètes (Gesamtausgabe)*, dont le premier tome paru fut, de son vivant, *Les Problèmes fondamentaux de la phénoménologie*, cours de 1927 qui en constituait le tome 24. Cette édition dépassera les 100 tomes, qui paraissent à un rythme soutenu aux éditions V. Klostermann. Toute lecture de Heidegger est de fait suspendue à des parutions encore à venir.

Les *Œuvres complètes* se répartissent en quatre sections : la première section reprend les écrits déjà publiés, agrémentés parfois de notes marginales (*Etre et Temps* est le tome 2 de cette section, qui comporte 16 tomes), la deuxième section comprend les cours professés de 1919 à 1944 (t. 17 à 63), dont certains avaient été publiés du vivant de Heidegger, les cours de la première période de Fribourg (1919-1922) fermant cette section (t. 56-57 à 63). La troisième section, dont le premier tome a paru en 1989, pour le centenaire de la naissance de Heidegger, sous l'espèce du tome 65, *Beiträge zur Philosophie (Vom Ereignis) – Contributions à la philosophie (De l'événement appropriant)*, est constituée pour sa plus grande part d'écrits achevés mais non publiés, mais aussi de conférences publiques, par exemple les conférences de Brême et de Fribourg (1949 et 1957), t. 79, ou de morceaux étendus que n'avait consacrés qu'une parution partielle, par exemple les dialogues de 1944-1945, « Entretiens – sur un chemin de campagne », t. 77. Cette troisième section s'organise de manière posthume autour des *Contributions à la philosophie...* et des volumes qui leur font immédiatement suite : mise au jour de ce qui constitua longtemps comme une « ésotérique » heideggerienne, qui est maintenant pleinement exotérique. Neuf tomes de cette troisième section sont pour l'instant parus. La quatrième section réunira des textes courts, des morceaux d'interprétations de textes antérieurs, et une partie de la correspondance – dont des bribes ont déjà paru hors de la *Gesamtausgabe*. Le principe de cette édition, outre son ironie posthume, est d'être une « édition de dernière main ». Cette énigmatique expression signifie que les éditeurs responsables de chaque tome sont chargés de rendre le texte « lisible », et y mettent pour cela leur propre main. Ce « principe de lisibilité » implique que les éditeurs (au sens anglo-saxon du terme) collationnent les textes manuscrits sans pitié pour les variantes, lorsqu'il y en a, et fournissent souvent, dans l'édition des cours par exemple, d'abondantes articulations en chapitres, paragraphes, sous-paragraphes, etc. Le lecteur est donc tributaire d'un texte appareillé, agrémenté d'une brève postface de l'éditeur expliquant la chose. On comprendra que les polémiques autour de cette édition font rage. Quoi qu'il en soit, le lecteur d'aujourd'hui en est tributaire, et doit y trouver, comme il le peut, ses marques, ne pouvant attendre après une hypothétique édition vraiment intégrale (suivant le principe dit « scientifique », mais en fait simplement « honnête », qui consiste à « tout publier » en indiquant aussi précisément que possible les « sources »).

II. Traductions françaises

Les Éditions Gallimard ont proposé, à partir de 1985, sous le nom de série « Œuvres de Martin Heidegger », une traduction des volumes de la *Gesamtausgabe*. Partie d'un bon pied, cette entreprise semble être ensommeillée.

Plus généralement, la traduction française de Heidegger, commencée avant guerre par H. Corbin, est une aventure de longue haleine, qui a mobilisé plusieurs générations de traducteurs, tributaires à chaque fois d'un certain état de la réception de Heidegger en France, et souvent en proie à des conflits d'interprétations. Rien d'un « état civil » de la traduction et tout de la tour de Babel, la compréhension de ce babélisme impliquant en vérité la saisie des positions des tribus s'y affrontant, qui, de proche en proche, implique presque toute l'histoire de la philosophie en France depuis cinquante ans. On ne s'aventurera pas dans ce dédale.

On trouvera dans ce qui suit la liste des ouvrages de Heidegger traduits en français, avec l'indication de leur date de rédaction ou de parution en allemand.

Disons un mot de la traduction de l'œuvre qui, comme on l'a déjà affirmé, est le porche obligé de toute lecture de Heidegger (s'il y a un principe de lecture auquel nous tenons, c'est bien celui-là), *Etre et Temps*. La traduction de *Etre et Temps* est malheureusement emblématique d'un état fâcheux de la traduction de Heidegger en France. H. Corbin avait donné quelques morceaux de *Etre et Temps* dans son édition de 1937 de *Qu'est-ce que la métaphysique ?* Il fallut attendre 1964 pour voir paraître la traduction de la première section – la deuxième étant laissée en plan – par R. Boehm et A. de Waelhens (sous le titre *L'Etre et le Temps,* Gallimard, 1964). Comme *Etre et Temps* est en lui-même inachevé, cela créa une confusion supplémentaire chez le lecteur français insouciant, qui se demandait en tout cas où était passé le temps annoncé dans le titre. Il n'est pas sûr qu'il s'y retrouva en lisant la traduction intégrale proposée par F. Vezin (Gallimard, 1986), qu'on préfère ici ne pas caractériser. Il reste donc au lecteur à trouver la traduction d'Emmanuel Martineau (Éd. Authentica, 1985), hors commerce mais généreusement distribuée par son auteur, qui est à notre avis la seule qui lui permettra de comprendre quelque chose, en français, à *Etre et Temps*…

1. Recueils et correspondances

Les **Cahiers de l'Herne** consacrés à Heidegger contiennent :
Le concept de temps (1924), trad. M. Haar et M. B. de Launay.
Seconde version de l'article « Phénoménologie » (article rédigé par Heidegger en collaboration avec Husserl pour l'*Encyclopædia Britannica*, suivi d'une lettre à Husserl et de deux annexes, 1927), trad. J.F. Courtine.
Qu'est-ce que la métaphysique ? (1929), trad. R. Munier.
Chemins d'explication (1937), trad. J.M. Vaysse et L. Wagner.
Sur un vers de Mörike, correspondance entre Martin Heidegger et Emil Staiger (1951), trad. J.M. Vaysse et L. Wagner.
Principes de la pensée (1958), trad. F. Fédier.
Esquisses tirées de l'atelier (1959), trad. M. Haar.
La provenance de l'art et la question de la pensée (1967), trad. J.L. Chrétien et M. Reifenrath.
Entretien du professeur Richard Wisser avec Martin Heidegger (1969), trad. revue par M. Haar.
Langue (1972), trad. R. Munier.
Lettre au rectorat de l'université de Fribourg (1945), trad. J.M. Vaysse.

Lettres à Roger Munier (1966-1976), trad. R. Munier.
Lettres à J.M. Palmier (1969-1972), trad. J.M. Palmier.
Passage du soir sur Reichenau (1917), trad. M. Haar.

Questions I (Gallimard) contient :
Qu'est-ce que la métaphysique ? (1929), trad. H. Corbin, avec
son Introduction (1949) et sa Postface (1943), trad. R. Munier.
Ce qui fait l'être-essentiel d'un fondement ou raison (1929),
trad. H. Corbin.
De l'essence de la vérité (1943), trad. A. de Wälhens et
W. Biemel.
Contribution à la question de l'être (1955), trad. G. Granel.
Identité et différence (1957), trad. A. Préau.

Questions II (Gallimard) contient :
Qu'est-ce que la philosophie ? (1955), trad. K. Axelos et
J. Beaufret.
Hegel et les Grecs (1958), trad. J. Beaufret et D. Janicaud.
La thèse de Kant sur l'être (1963), trad. L. Braun et M. Haar.
La doctrine de Platon sur la vérité (1942), trad. A. Préau.
Ce qu'est et comment se détermine la *physis* (1958), trad.
F. Fédier.

Questions III (Gallimard) contient :
Le chemin de campagne (1948), trad. A. Préau.
L'expérience de la pensée (1947), trad. A. Préau.
Hebel, l'ami de la maison (1958), trad. J. Hervier.
Lettre sur l'humanisme (1946), trad. R. Munier.
Sérénité (1959), trad. A. Préau.
Pour servir de commentaire à « Sérénité » (1959), trad.
A. Préau.

Questions IV (Gallimard) contient :
Temps et Etre (1962), trad. F. Fédier.
Protocole d'un séminaire sur la conférence « Temps et
Etre » (1962), trad. J. Lauxerois et C. Roëls.
L'art et l'espace (1969), trad. F. Fédier et J. Beaufret.
La fin de la philosophie et la tâche de la pensée (1964), trad.
J. Beaufret et F. Fédier.
Le tournant (1949), trad. J. Lauxerois et C. Roëls.
Mon chemin de pensée et la phénoménologie (1963), trad.
J. Lauxerois et C. Roëls.
Lettre à Richardson (1962), trad. J. Lauxerois et C. Roëls.
De la compréhension du temps dans la phénoménologie et

dans la pensée de la question de l'être (1969), trad. J. Lauxerois et C. Roëls.

Séminaires (Thor 1966, 1968, 1969 ; Zärhingen 1973).

Questions I et *II* et *Questions III* et *IV* forment maintenant deux volumes dans la collection « Tel » de Gallimard.

Ecrits politiques, trad. F. Fédier, Gallimard, contient :
Discours de rectorat (1933)
Allocutions et articles (1933-1934)
Pourquoi restons-nous en province ? (1933)
Pour en venir à s'expliquer ensemble sur le fond (1937)
La menace qui pèse sur la science (1937-1938)
Lettre au rectorat de l'université de Fribourg (1945)
Extrait d'une lettre au président de la commission politique d'épuration (1945)
Extrait d'une lettre à C. von Dietze (1946)
Le Rectorat 1933-1934. Faits et réflexions (1945)
Martin Heidegger interrogé par *Der Spiegel* (1966).

Débat sur le kantisme et la philosophie (avec E. Cassirer). Ce recueil aux éditions Beauchesne, retiré de la vente, contient :
Conférence sur la « Critique de la raison pure » et sur la tâche d'une fondation de la métaphysique (1929).
Colloque Cassirer-Heidegger (1929).
Recension d'E. Cassirer, *Das mythichen Denken* (1929).
Phénoménologie et théologie (1929).
Quelques indications sur des points de vue principaux du colloque théologique consacré au « problème d'une pensée et d'un langage non objectivants dans la théologie d'aujourd'hui » (1964).

Correspondance avec Karl Jaspers (1920-1963), suivie de Correspondance avec Elisabeth Blochmann (1918-1969), trad. C.-N. Grimbert et P. David, Gallimard.

2. Ouvrages séparés

Traité des catégories et de la signification chez Duns Scot (1916), trad. F. Gaboriau, Gallimard.
Interprétations phénoménologiques d'Aristote (1922), trad. J.F. Courtine, Ed. Ter, bilingue.

Etre et Temps, trad. F. Vezin, Gallimard.

Etre et Temps, trad. E. Martineau, Gallimard.

Problèmes fondamentaux de la phénoménologie (1927), trad. J.F. Courtine, Gallimard.

Interprétation phénoménologique de la « Critique de la raison pure » de Kant (1927), trad. E. Martineau, Gallimard.

Kant et le Problème de la métaphysique (1929), trad. A. de Wälhens et W. Biemel, Gallimard.

Les Concepts fondamentaux de la métaphysique. Monde, finitude, solitude (1929-1930), trad. P. David, Gallimard.

De l'essence de la liberté humaine, introduction à la philosophie (1930), trad. E. Martineau, Gallimard.

La « Phénoménologie de l'esprit » de Hegel (1930), trad. E. Martineau, Gallimard.

Aristote, Métaphysique Théta 1-3, De l'essence et de la réalité de la force (1931), trad. B. Stevens et P. Vandevelde, revue par F. Fédier, Gallimard.

L'Auto-affirmation de l'Université allemande (1933), trad. G. Granel, Ed. Ter (bilingue).

Les Hymnes de Hölderlin « La Germanie » et « Le Rhin » (1934), trad. J. Hervier et F. Fédier, Gallimard.

Introduction à la métaphysique (1935), trad. G. Kahn, Gallimard.

Qu'est-ce qu'une chose ? (1935), trad. J. Reboul et J. Taminiaux, Gallimard.

De l'origine de l'œuvre d'art, première version inédite (1935), trad. E. Martineau, Authentica, bilingue.

Schelling, le Traité de 1809 sur l'essence de la liberté humaine (1936), trad. J.F. Courtine, Gallimard.

Concepts fondamentaux (1941), trad. P. David, Gallimard.

Approche de Hölderlin (1936-1968), trad. H. Corbin, M. Deguy, F. Fédier, J. Launay, Gallimard.

Nietzsche I et II (1936-1946), trad. P. Klossowski, Gallimard.

Dicté (1946), trad. J. Beaufret, Ed. De l'abîme en effet.

Lettre sur l'Humanisme (1946), trad. R. Munier, Aubier, bilingue.

Chemins qui ne mènent nulle part (1949), trad. W. Brokmeier, Gallimard.

Qu'appelle-t-on penser ? (1951-1952), trad. A. Becker et G. Granel, PUF.

Essais et Conférences (1954), trad. A. Préau, Gallimard.

Le Principe de raison (1957), trad. A. Préau, Gallimard.

Acheminement vers la parole (1959), trad. F. Fédier, Gallimard.

Langue de tradition et Langue technique (1962), trad. M. Haar, Lebeer-Hossmann.

Séjours (1962), trad. F. Vezin, Ed. du Rocher, bilingue.

L'Affaire de la pensée (Pour aborder la question de sa détermination) (1965), trad. A. Schild, Ed. Ter, bilingue.

Martin Heidegger interrogé par « Der Spiegel », Réponses et questions sur l'histoire et la politique (1966), trad. J. Launay, Mercure de France.

Héraclite (avec E. Finck, 1966-1967), trad. J. Launay et P. Lévy, Gallimard.

3. Textes traduits publiés en revue ou dans d'autres ouvrages

Remarques sur K. Jaspers (1919), trad. P. Collomby, *in* revue *Philosophie*, 11 et 12, Ed. de Minuit.

Correspondance avec M. Kommerell (1942), trad. M. Crépon, *in* revue *Philosophie*, 16, Ed. de Minuit.

Correspondance avec Kojima Takehito (1963-1965), trad. J.M. Sauvage, *in* revue *Philosophie*, 43, Ed. de Minuit.

Remarque avant une lecture de Poèmes (1951), trad. F. Fédier, *in* revue *Exercices de la patience,* 3/4, Ed. Obsidiane.

L'habitation de l'homme (1970), trad. F. Fédier, *in* revue *Exercices de la patience,* 3/4, Ed. Obsidiane.

Lettre à R. Krämer-Badoni (1960), trad. M. Köller et D. Séglard, *in* revue *Po&sie,* 59, Belin.

Le défaut des noms sacrés (1974), trad. P. Lacoue-Labarthe et R. Munier, *in* revue *Contre toute attente,* 2/3.

Texte inédit, tiré d'un résumé des Protocoles du semestre d'hiver 1950-1951 : « Exercice de lecture », trad. J. Beaufret, in *Heidegger et la Question de Dieu,* R. Kearney et J. S. O'Leary (eds.), Grasset.

Dialogue avec Heidegger (1951), trad. J. Greisch, in *Heidegger et la Question de Dieu.*

Dialogue avec Martin Heidegger (1953), trad. J. Greisch, in *Heidegger et la Question de Dieu.*

Lettre de Martin Heidegger à J. Beaufret (1975, bilingue, sans nom de trad.), *in* E. de Rubercy et D. Le Buhan, *Douze Questions posées à J. Beaufret à propos de Martin Heidegger,* Aubier.

Lettre de Martin Heidegger (1969), *in* Ernst Jünger, *Rivarol et Autres Essais,* trad. J. Naujac et L. Eze, Grasset.

Pensivement (1970), trad. J. Beaufret et F. Fédier, *Cahiers de l'Herne* : René Char.

III. Commentaires et références

La bibliographie des ouvrages et articles consacrés à Heidegger, dans une multitude de langues, est immense, et croît de manière exponentielle. On ne donne ici qu'un échantillon d'ouvrages ou d'articles, relativement récents, écrits ou traduits en français. On a privilégié les commentaires, mais il va de soi que la pensée de Heidegger entre dans la discussion de bien des œuvres contemporaines « autonomes », qui n'entrent pas forcément dans cette bibliographie. Notre choix partiel est, cela va sans dire, partial. On a privilégié ce que l'on trouve le plus « éclairant » : à cet égard, un court article précis est parfois de plus grand profit qu'un gros livre vague.

Les *Etudes heideggeriennes* (Ed. Duncker et Humblot) recueillent périodiquement des études sur Heidegger, en allemand, anglais et français.

1. Ouvrages à caractère d'introduction générale à la pensée de Heidegger

Beaufret, J., *Dialogue avec Heidegger,* t. I, II, III, IV, Ed. de Minuit, 1973, 1974, 1985.

Biemel, W., *Le Concept de monde chez Heidegger,* Vrin, 1987.

Birault, H., *Heidegger et l'Expérience de la pensée,* Gallimard, 1978.

Dastur, F., *Heidegger et la Question du temps*, PUF, 1999.

Granel, G., « Remarques sur l'accès à la pensée de Martin Heidegger : *"Sein und Zeit"* », in *La Philosophie au XXe siècle,* dirigé par F. Châtelet, Marabout, 1979.

Pöggeler, O., *La Pensée de Heidegger,* trad. M. Simon, Aubier, 1967.

Vattimo, G., *Introduction à Heidegger,* trad. J. Rolland, Ed. du Cerf, 1985.

2. Sur Etre et Temps

Cometti, J.P., et Janicaud, D. (éds.), *« Etre et Temps » de Martin Heidegger. Questions de méthode et voies de recherche,* Ed. SUD, 1989.

Derrida, J., « Ousia et Grammè, note sur une note de "Sein und Zeit" », in *Marges de la philosophie,* Ed. de Minuit, 1972.

Franck, D., *Heidegger et le Problème de l'espace,* Ed. de Minuit, 1986.

Greisch, J., *Ontologie et Temporalité,* PUF, 1994.

Haar, M., *Heidegger et l'Essence de l'homme,* Ed. Millon, 1990.

Taminiaux, J., *Lectures de l'ontologie fondamentale. Essais sur Heidegger,* Ed. Millon, 1995.

3. Divers

Allemann, B., *Hölderlin et Heidegger,* trad. F. Fédier, PUF, 1987.

Barasch, J.A., *Heidegger et son siècle, Temps de l'être, temps de l'histoire,* PUF, 1995.

Beaufret, J., *De l'existentialisme à Heidegger. Introduction aux philosophies de l'existence et autres textes,* Vrin, 1986.

–, de Towarnicki, F., Entretiens avec F. de Towarnicki, PUF, 1992.

Bourdieu, P., *L'Ontologie politique de Martin Heidegger,* Ed. de Minuit, 1998.

Boutot, A., *Heidegger et Platon, le problème du nihilisme,* PUF, 1987.

Brisart, R., *La Phénoménologie de Marbourg, ou la Résurgence métaphysique chez Heidegger à l'époque de « Sein und Zeit »,* Publications des Facultés universitaires Saint-Louis, 1991.

Capelle, P., *Philosophie et Théologie dans la pensée de Martin Heidegger,* Ed. du Cerf, 1998.

Courtine, J.F., *Heidegger et la Phénoménologie,* Vrin, 1990.

–, *Heidegger 1919-1929. De l'herméneutique de la facticité à la métaphysique du Dasein* (J.F. Courtine éd.), Vrin, 1996.

–, « Historicité, philosophie et théologie de l'histoire chez Heidegger », in *Après la fin de l'histoire. Temps, monde, historicité,* J. Benoist et F. Merlini (éds.), Vrin, 1998.

Dastur, F., *Dire le temps,* Ed. Encre marine, 1994.

Derrida, J., *De l'esprit,* Galilée, 1987.

–, « Restitutions de la vérité en pointure », in *La Vérité en peinture,* Flammarion, 1978.

–, « *Geschlecht* : différence sexuelle, différence ontologique », in *Psyché,* Galilée, 1998.

–, « La main de Heidegger », in *Psyché,* Galilée, 1998.

–, « L'oreille de Heidegger », in *Politiques de l'amitié,* Galilée, 1994.

–, *Donner la mort*, Galilée, 1999.

Fédier, F., *Regarder voir*, Les Belles Lettres, 1995.

–, *Heidegger : anatomie d'un scandale*, Laffont, 1988.

Ferrié, C., *Heidegger et le Problème de l'interprétation*, Ed. Kimé, 1999.

Gadamer, H.G., *L'Art de comprendre. Herméneutique et tradition philosophique*, trad. M. Simon, Aubier.

–, *L'Art de comprendre. Ecrits*, t. II, *Herméneutique et champ de l'expérience humaine*, trad. I. Julien-Deygout, P. Forget, P. Fruchon, J. Grondin, J. Schouwey, Aubier, 1991.

Granel, G., *De l'Université*, Ed. Ter, 1982.

–, *Etudes*, Galilée, 1995.

Greisch, J., *La Parole heureuse. Martin Heidegger entre les choses et les mots*, Beauchesne, 1987.

Grondin, J., *Le Tournant dans la pensée de Martin Heidegger*, PUF, 1987.

Guéry, F., *Heidegger rediscuté. Nature, technique et philosophie*, Ed. Descartes & Cie, 1995.

Haar, M., *La Fracture de l'histoire*, Millon, 1994.

–, *Le Chant de la terre*, Ed. de L'Herne, 1985.

–, Heidegger, Cahiers de l'Herne (ed.), 1983.

Husserl E., *Notes sur Heidegger*, trad. Depraz, Franck, Fidel, Courtine, Ed. de Minuit, 1994.

Janicaud D., *La Puissance du rationnel*, Gallimard, 1985.

–, *La Métaphysique à la limite* (avec J.F. Mattéi), PUF, 1983.

–, *L'Ombre de cette pensée*, Millon, 1990.

Kearney, R., et O'Leary, J. S. (eds.), *Heidegger et la Question de Dieu*, Grasset, 1980.

Kelkel, A.L., *La Légende de l'être. Langage et poésie chez Heidegger*, Vrin, 1980.

Lacoue-Labarthe, P., *La Fiction du politique*, Bourgois, 1987.

Le Buhan, D., de Rubercy, E., *Douze questions à Jean Beaufret à propos de Martin Heidegger*, Aubier-Montaigne, 1993.

Levinas, E., *En découvrant l'existence avec Husserl et Heidegger*, Vrin, 1974.

Lotz, J.B., *Martin Heidegger et Thomas d'Aquin*, trad. P. Secretan, PUF, 1988.

Martineau, E., *La Provenance des espèces*, PUF, 1982.

Ricœur, P., *Le Conflit des interprétations. Essais d'herméneutique*, Ed. du Seuil, 1969.

–, *Temps et Récit*, Ed. du Seuil, 3 tomes, 1983, 1984, 1985.

–, *Soi-même comme un autre*, Ed. du Seuil, 1990.

Sallis, J., *Délimitations, la phénoménologie et la fin de la métaphysique*, trad. M. de Beistegui, Aubier, 1990.

Schürmann, W., *Le Principe d'anarchie. Heidegger et la question de l'agir*, Ed. du Seuil, 1982.

Souche-Dagues, D., « La lecture husserlienne de "Sein und Zeit" », in *Husserl, « Notes sur Heidegger »*, Ed. de Minuit, 1993.

– *Du Logos chez Heidegger*, Millon, 1999.

Tauxe, H.C, *La Notion de finitude dans la philosophie de Martin Heidegger*, L'Age d'homme, 1971.

Zarader, M., *Heidegger et les Paroles de l'origine*, Vrin, 1986.

–, *La Dette impensée. Heidegger et l'héritage hébraïque*, Ed. du Seuil, 1990.

4. Ecrits biographiques ou à portée biographique

Gadamer, H. G., *Années d'apprentissage philosophique*, trad. E. Poulain, Criterion, 1992.

Löwith, K., *Ma vie en Allemagne avant et après 1933*, trad. M. Lebedel, Hachette, 1988.

Ott, H., *Martin Heidegger – Eléments pour une biographie*, Grasset, 1990.

Safranski, R., *Heidegger et son temps*, Grasset, 1996.

Towarnicki, F. de, *A la rencontre de Heidegger. Souvenirs d'un messager de la Forêt-Noire*, Gallimard, 1993.

–, Martin Heidegger, *Souvenirs et Chroniques*, Rivages, 1999.

Glossaire

L'*Index zu Heideggers « Sein und Zeit »*, de Hildegard Feick
(1re éd. 1961, 3e éd. 1980), constitué aux temps pré-informa-
tiques, est néanmoins un outil de travail maniable et précieux.

On fournit ici un glossaire franco-allemand des principaux
concepts de Heidegger thématisés dans ce livre. On ne perdra
pas de vue que, pour Heidegger, les « concepts philosophiques » sont des « indications formelles » (cf. dans ce livre,
p. 325-326). C'est-à-dire ? Heidegger écrit, dans le cours de
1929-1930, « [...] ils [les concepts philosophiques] sont tous
formellement indiquants. Ils indiquent, ce qui veut dire : le
contenu signifiant de ces concepts ne dit ni ne veut dire directement ce à quoi il se rapporte, il donne seulement une indication, un renvoi : celui qui comprend est sommé à partir de
ce contexte conceptuel d'accomplir une transformation de
lui-même dans le Dasein. » (GA 29-30, p. 430, trad. fr. :
*Les Concepts fondamentaux de la métaphysique. Monde, fini-
tude, solitude*, p. 429-430.) Les « contenus signifiants » des
concepts recueillis ici ne sont donc rien d'autre : appel à aller
y voir soi-même, et, par là, se « transformer soi-même » selon
qu'ils le requièrent. Le « texte » de Heidegger « fonctionne »
sous le régime de la communication indirecte, qui est peut-être
la condition stricte de toute « phénoménologie ».

Plus modestement, certaines des définitions de notre glossaire, on le verra, sont lapidaires. On ne pouvait guère « définir » ici... l'être, ou l'*Ereignis,* c'est-à-dire les concepts fondamentaux tels qu'à travers eux Heidegger cherche à donner à
voir ce qui lui est question ! On n'a pas voulu donner ici un
dictionnaire heideggerien, et chaque fois qu'un concept fondamental se trouve évoqué, il renvoie à notre propre travail,
qui veut introduire à sa compréhension.

Enfin, ce glossaire concerne surtout *Etre et Temps*. Ce n'est
pas un hasard : c'est la période où la pensée de Heidegger est
riche d'« innovation lexicale ». Ensuite, Heidegger ne procède

plus ainsi, mais beaucoup plus par une écoute renforcée des possibilités de sa langue maternelle, faussant compagnie de manière résolue à tout lexique fixé, ce qui ne signifie pas l'abandon de la précision et de la rigueur. Nous n'avons donc pas voulu plier ce rapport de la langue et de la pensée au travail définitionnel d'un glossaire.

Les termes suivis d'une étoile sont définis dans ce glossaire.

ANGOISSE *(Angst)* : L'angoisse est un sentiment* fondamental. Pour le Dasein angoissé, les renvois significatifs quotidiens à partir desquels il s'est toujours-déjà compris sombrent dans l'insignifiance. Il ne peut plus se comprendre à partir de l'horizon intramondain de sa préoccupation ni à partir de l'être-explicité-public. Par là, il se retrouve isolé, ramené à son être-au-monde pur et nu, dans l'inquiétante étrangeté, l'étrangèreté*. Le monde* comme monde, comme possible à exister vient alors à luire. Ou encore : ce qui se donne au Dasein angoissé, c'est le néant comme rien d'étant. Angoissé, le Dasein accomplit explicitement son être-transcendant. Les analyses de *Etre et Temps* et de *Qu'est-ce que la métaphysique ?* se conjoignent rigoureusement. 59-62, 112-117.

BAVARDAGE *(Gerede)* : Mode impropre du discours*, où le pôle de la communication devient prépondérant. Dire est toujours déjà re-dire à partir de ce qui est déjà dit, et barre la réelle compréhension de ce dont on parle. 58-59, 227-229.

CIRCONSPECTION *(Umsicht)* : La circonspection est le regard approprié à la préoccupation*, vue pré-théorique qui éclaire le contexte de ce qui est à faire. 40-41, 158-159.

COMPRENDRE *(Verstehen)* : Le Dasein est en vue de lui-même. Cela veut dire : il est ouvert à lui-même comme sa propre fin. Cette double dimension, d'ouverture* et de « finalité », n'en fait qu'une : le Dasein se comprend, l'ouverture est projet, pouvoir-être. Le comprendre est bien une structure d'être du Dasein, et pas une modalité gnoséologique. 52-54, chap. I et II.

CONSCIENCE *(Gewissen)* : La conscience donne à comprendre en ouvrant le Dasein à lui-même. Comment ? En l'appelant silencieusement. C'est-à-dire ? En interrompant le bavardage* dans lequel le Dasein est jeté. La conscience jette dans la possibilité d'être soi-même. 75-78, 229-232.

Curiosité *(Neugier)* : Curieux, le Dasein veut voir pour voir. Le monde* devient spectacle qui défile. La curiosité est un mode privatif de la circonspection*, dans lequel s'enracine le privilège philosophique traditionnel du simple voir théorique. 58-59.

Dasein. Le Dasein est cet étant qui comprend l'être. C'est nous – ou plutôt, à chaque fois, moi. Tout *Etre et Temps* arpente l'être du Dasein, dans la perspective de la réponse à la question du sens de l'être. La réponse à la question « que veut dire Dasein ? » (qui, strictement, est la question : qui suis-je ?) est le résultat (provisoire) de tout *Etre et Temps*, un peu (mais il ne faut pas trop solliciter l'analogie) comme l'accouchement du sens complexe et articulé de l'« esprit » est TOUT le travail de la *Phénoménologie de l'Esprit* de Hegel. 22-25, chap. I et II, et *passim*.

Décèlement *(Unverborgenheit)* : Traduction pensante de l'*aletheia* grecque, qui indique vers ce qui, en elle, est impensé : sa dimension événementielle et finie. Heidegger emploie *Unverborgenheit* : (état de) dé-cèlement, *Verborgenheit* : (état de) cèlement, *entbergen* : déceler, *verbergen* : celer, *Entbergung* : le dé-cèlement, *Verbergung* : le cèlement, *bergen* : receler, *bergung* : le recel. Si on propose ces traductions, c'est que le mot français « celer » (du latin *celare*, de la racine I-E **kel*, **kol*, **kl*) indique, par chance, dans les dimensions de l'apparaître, du regard et de la réserve : la couleur montre et dissimule la chose, le regard a besoin d'être décillé et le cellier est réserve pour un temps à venir. 67-71 et *passim*.

Déchéance *(Verfallen)* : Jeté au monde, le Dasein s'est toujours déjà compris à partir des choses du monde et de leur être-explicité-public qui lui prescrivent ce que, pour être, il doit faire. Déchu, le Dasein se comprend sur le mode de l'impropriété*, il s'écarte de lui-même. 58-59.

Découverte *(Entdeckheit)* : Sur le fondement de l'ouverture* du Dasein comme être-au-monde*, l'étant intramondain est découvert : il apparaît en tant que tel, dans sa vérité. Découvert dit l'être-vrai des choses sur le fondement de la vérité comme ouverture* du Dasein. 67-71.

DESTRUCTION *(Destruktion)* : La destruction est celle de l'histoire de l'ontologie. La destruction dé-fait, dé-construit ce qui, de la tradition des concepts de la philosophie s'est transmis à nous, pour revenir aux expériences originaires qui ont présidé à la constitution des concepts ontologiques grecs, afin de, répétant la question du sens de l'être, les ressaisir dans leur limitation et leur problématicité. La destruction n'est pas séparable d'une répétition qui, reprenant la question, délimite, approfondit, déborde, vrai conflit des interprétations et générosité critique. 29-31.

DESTIN *(Geschick)* : Dans *Etre et Temps*, strictement, le destin signifie le mode propre de l'historicité commune à un « peuple », une « génération » : une « vocation » historique, comme la manière d'assumer au présent, à partir de l'à-venir fini, un « héritage ». L'« histoire de l'être » sera pensée à son tour comme « destin de l'être » : il y a bien encore vocation, adresse, mais, cette fois, à partir de la radicale épochalité de l'être. 92-95, 141-143, 284-289.

DEVANCEMENT *(Vorlaufen)* : Manière propre de soutenir l'être-pour-la-mort*, la mortalité. Le devancement n'est pas la rumination de la fin, c'est plutôt la finitisation même de l'existence du Dasein, qui se donne ainsi à lui-même dans sa totalité singulière. 71-75, 82-85.

DISCOURS *(Rede)* : Le discours articule originairement l'être-au-monde compris et senti. Le Dasein est au monde discursivement : toujours selon tel ou tel mode pragmatique, le Dasein s'exprime, communique, dit quelque chose de quelque chose. Cette discursivité déborde de toutes parts le simple énoncé propositionnel : le mode impropre du discours est le bavardage* – le mode propre est l'appel qui fait-silence. 54-57, 223-227.

DISPOSITION *(Befindlichkeit)* : La disposition est le mode propre suivant lequel le Dasein « se trouve », vient à lui-même *(sich befinden)*. Non pas sous la forme d'un constat théorique, mais dans un sentiment. La « disposition » est l'expérience de la facticité*, de l'être-jeté* du Dasein – elle expose celui-ci au monde en totalité (au cœur de l'étant en totalité), et, par là, constitue sa fondamentale affectabilité par l'étant intramondain, à chaque fois dans un sentiment particulier. Cela dit, ces traits de la disposition ne s'accusent comme tels que dans un « sentiment fondamental » – l'angoisse, par exemple. La plupart du temps, le sentiment se rapporte à la facticité et à l'ampleur du monde en s'en détournant. 50-52.

DIFFÉRENCE *(Differenz)* : Il est bien des différences chez Heidegger. LA différence, cependant – est « entre » l'être et l'étant. Différence abyssale : l'être n'est rien d'étant, « entre » l'être et l'étant – il n'y a rien. Différence qui est pourtant l'espace de jeu premier : l'être « est » l'être de l'étant – l'étant n'est qu'en son être. Telle est l'énigme impensée par la philosophie, qui efface ontothéologiquement ce jeu. La métaphysique est oubli de l'être – différant de l'étant. 126-137.

DISPOSITIF *(Gestell)* : Le dispositif est l'essence de la technique. Cette essence, à son tour, n'est rien de technique, mais doit être pensée à partir de l'histoire de l'être. Dispositif : le nom singulier qui permet, d'une part, de rassembler la figure selon laquelle l'étant se donne, techniquement, dans la réquisition à se montrer disponible dans et pour un procès infini de production-consommation calculable et, d'autre part, de penser cette figure comme un destin du décèlement*, c'est-à-dire de penser l'époque de la technique historiquement. 205-210.

EQUIVOQUE *(Zweideutigkeit)* : Avec le bavardage* et la curiosité*, l'équivoque forme le troisième trait de la déchéance*, comme mouvement dans lequel le Dasein est pris. L'équivoque est le mode impropre* de l'explicitation. Je trouve déjà là un horizon explicité public qui installe un horizon d'évidence qui reprend en soi toute compréhension. 58-59.

ETANT *(Seiende)* : Qui est.

ETRANGÈRETÉ *(Unheimlichkeit)* : Le Dasein est jeté dans un monde*. Il s'y habitue, habite le monde. Mais il peut être ramené de cette habitude, du chez-soi : dans l'angoisse*, celui-ci fait place à l'étrange et inquiétant : avoir à assumer à partir de soi une facticité* irrémissible. 59-62, 289-298.

ETRE *(Sein)* : C'est la question.

ETRE-AU-MONDE *(In-der-Welt-Sein)* : Le Dasein n'est pas sous la forme d'une subjectivité consciente d'elle-même et de son monde comme sa représentation. Il se donne au contraire comme originairement au monde, cette structure d'être est méticuleusement explorée tout du long de *Etre et Temps*. Etre-au-monde est le nom même de la transcendance* propre au Dasein, qui n'est auprès des choses, d'autrui et de lui-même qu'en se tenant déjà au-delà, soutenant le monde comme ouverture*. 36-38, et *passim*.

ETRE-À-PORTÉE-DE-LA-MAIN *(Zuhandenheit)* : L'être-à-portée-de-la-main est le caractère ontologique de l'outil*. Les choses ne sont pas, pour nous, précisément d'abord des « choses » (subsistantes), mais apparaissent, à partir du monde comme totalité de renvois signifiants, comme « à-portée-de-la-main ». 41.

ETRE-AUPRÈS *(Sein-bei)* : Sur le fondement de son être-au-monde, le Dasein, du sein de sa préoccupation* circonspecte*, est auprès des choses dont il s'occupe, et le plus souvent s'interprète lui-même à partir de ce séjour auprès des choses. 39-45.

ETRE-AVEC *(Mitsein)* : Le Dasein est originairement avec autrui. L'être-avec est le lien avec l'autre : sollicitude*. Cette sollicitude se modalise suivant l'impropre et le propre : sollicitude substituante-dominatrice, sollicitude devançante-libérante. 47, 279-284.

ETRE-JETÉ *(Geworfenheit)* : Le Dasein est jeté au monde. Ceci caractérise sa facticité* comme « mouvement ». L'être-jeté n'est pas un provenir d'une origine plus haute, ni le signe d'une autre destination. Tout au contraire : l'être-jeté se manifeste comme la fermeture de ces deux dimensions, qui ne peuvent éventuellement trouver sens qu'à assumer l'être-jeté premier. 51-52.

ETRE-POUR-LA-MORT *(Sein zum Tode)* : Rapport du Dasein à la mort, soit qu'il la fuie soit qu'il le soutienne : la finitude* n'est pas un « état », mais doit être existée. 71-75.

ETRE-SOUS-LA-MAIN *(Vorhandenheit)* : Caractère ontologique des « choses », de l'étant intramondain tel qu'il apparaît au regard théorique et qu'il peut être énoncé. L'être-sous-la-main est l'interprétation existentiale* du sens d'être prévalant unilatéralement dans toute la tradition philosophique : le sens « substantiel », dont le sens temporel, ininterrogé par la tradition, est la constance dans la présence. 41.

ÉVÉNEMENT APPROPRIANT *(Ereignis)* : Mot directeur de la pensée de Heidegger à partir des « Contributions à la philosophie – de l'événement appropriant ». Le tournant de la pensée de Heidegger revient à se tourner, de la question du sens de l'être, à la « pensée de l'événement appropriant ». 164-178.

EXISTENCE *(Existenz)* : L'existence est le mode d'être propre au Dasein. Les choses ou Dieu « sont », mais n'existent pas. Quoi qu'il soit, le Dasein l'est sur le mode de l'existence, c'est-à-dire qu'il a à l'être, à le soutenir comme un possible de lui-même. 34.

EXISTENTIAL *(Existenzial)* : Faire l'ontologie de cet étant qui existe, le Dasein, c'est dégager des structures *a priori* de son être, l'existence, des existentiaux. Le comprendre*, la disposition*, etc., sont des existentiaux. 18-28, 36.

EXISTENTIEL *(Existenziell)* : Existant, le Dasein est en vue de lui-même, doit prendre en main qui il est. C'est son affaire existentielle. 18-28.

FACTICITÉ *(Faktizität)* : Il y a un fait de moi-même – je me trouve jeté*, précisément dans le sentiment* : je ne suis pas le fondement de moi-même. 51-52, 78-82.

FAUTE *(Schuld)* : Etre-en-faute, c'est être en faute de soi-même : être le fondement négatif (le Dasein n'est pas auto-position de soi) d'une négativité (tout choix d'un pouvoir-être tranche sur d'autres). Cet originaire être-en-faute doit être pensé « positivement » : entre autres comme la racine d'une « morale ». 78-82, 325.

FINITÉ *(Endlichkeit)* : Le Dasein est fini. Qu'est-ce que cela veut dire ? Deux choses sont à considérer : d'une part, la racine même de cette finité, c'est la temporalité ek-statique originaire comme finie ; d'autre part, la finité n'est pas un « état » du Dasein. Le Dasein a à se « finitiser ». La plupart du temps, le Dasein fuit sa finité. 71-75, 78-82, 123-125.

HERMÉNEUTIQUE *(Hermeneutik)* : La phénoménologie du Dasein est « herméneutique », mais elle ne peut l'être que sur le fondement de sa chose, qui, d'elle-même, est « herméneutique », dont l'être est caractérisé comme compréhensif-explicitant. L'herméneutique n'est pas premièrement une méthode de la connaissance d'un objet particulier, l'homme ou l'esprit, mais un caractère d'être du Dasein. 31-34, chap. VI.

HISTOIRE *(Geschichte)* : *Etre et Temps* tente d'enraciner toute histoire dans le Dasein, de « déduire » l'histoire de sa temporalité* originaire : avant d'être « pris dans une histoire », le Dasein, temporel est « capable » d'une histoire. La notion ultérieure de l'histoire de l'être désigne le mouvement de destination et de retrait de l'être en ses différentes époques. 50-95, 141-146, 192-198.

HISTORICITÉ *(Geschichtlichkeit)* : L'historicité, dans *Etre et Temps*, répond d'abord à la question du « maintien » du Dasein, est la dernière réponse de l'ouvrage à la question de son ipséité*. 90-95, 192-198.

HISTORIOGRAPHIE *(Historie)* : L'histoire comme connaissance, qui doit être fondée dans l'historicité* propre du Dasein. 192-198.

IMPROPRIÉTÉ *(Uneigentlichkeit)* : Le Dasein est mien, à chaque fois singulier. Le Dasein, c'est moi. Mais la « mienneté » implique justement la tâche d'une appropriation de soi-même. De prime abord, quotidiennement, je suis comme on* est. L'impropriété est ce fait que, la plupart du temps, je ne suis pas « moi-même ». 35, chap. I et II.

IPSÉITÉ *(Selbstheit)* : L'ipséité se fonde dans la mienneté : le Dasein est mien. Mais le Dasein existe : il a à être lui-même. Etre soi-même, c'est donc être jeté dans l'alternative entre une impropriété* ou une propriété* du soi. L'ipséité, c'est ce que devient la question de l'« identité » lorsqu'elle est posée existentiellement, et sur le fondement de la temporalité*. 45-46.

MONDANÉITÉ *(Weltlichkeit)* : La mondanéité est la structure ontologique du monde. Elle est définie comme significativité*. 34-62.

MONDE *(Welt)* : Le monde doit être compris existentiale-ment : non pas la somme des étants sous-la-main, mais comme l'ouverture en projet du Dasein. 34-62, 244-248 et *passim*.

ON *(Man)* : Quotidiennement, je suis ce qu'on est. « On » désigne l'ipséité* impropre*. 45-49.

ONTIQUE *(ontische)* : Qui concerne l'étant. 18-26, *passim*.

ONTOLOGIQUE *(ontologische)* : Qui concerne l'être. 18-28, *passim*.

ONTOTHÉOLOGIE *(Ontotheologie)* : L'ontothéologie est recon-nue par Heidegger comme la constitution même de la méta-physique, en tant qu'elle est oublieuse de la question de l'être même : renvoyant la question de l'étant en tant que tel (en son être) à la question de l'étant suprêmement étant, fondement de l'étant en son tout, elle re-ferme la question de la différence* ontologique. 137-141.

OUTIL *(Zeug)* : L'étant apparaît d'abord, au fil de l'usage circonspect*, comme outil, renvoyant à un contexte mondain – et justement pas d'abord comme… objet pour une détermi-nation théorique. L'être de l'outil est l'être-à-portée-de-la-main*. 40-41, 255-260.

OUVERTURE *(Offenheit)* : Le Dasein est ouvert – à lui-même, aux choses et aux autres. Il l'est comme être-au-monde*, exis-tant, tenant ouverte sa propre ouverture. L'ouverture n'est pas un « état » natif (lumière naturelle), mais ce qui doit être sou-tenu – compréhensivement, discursivement, sentimentalement – et, le plus souvent, l'est sous le mode d'une re-fermeture. 49-50, 67-71.

PRÉOCCUPATION *(Besorge)* : Manière quotidienne d'être du Dasein suivant laquelle il se trouve toujours-déjà dispersé dans une multitude de tâches. 39, 98-100

PROPRIÉTÉ *(Eigentlichkeit)* : En propre, le Dasein l'est lors-qu'il se tient dans la résolution* devançante. 35, chap. I, II, et *passim*.

QUOTIDIENNETÉ *(Alltäglichkeit)* : Mode d'être selon lequel nous sommes « de prime abord et le plus souvent », dans l'indifférence médiocre de l'exister. Dans *Etre et Temps,* la dernière détermination de la « quotidienneté » est celle de l'historicité* impropre*. 35-36.

RÉSOLUTION *(Entschlossenheit)* : La résolution, c'est la vérité de l'existence assumée, la lucidité propre au Dasein. Cette lucidité se conjoint avec le devancement : ce n'est qu'en se rapportant en propre à sa mortalité que le Dasein est vraiment résolu. 78-83.

SENTIMENT *(Stimmung)* : Le sentiment est disposition*, pas état d'une subjectivité psychologique. 50-52.

SIGNIFICATIVITÉ *(Bedeutsamkeit)* : La significativité désigne la structure ontologique du monde en tant que tel. Le monde est présent comme une totalité de signification toujours-déjà ouverte en fait, à partir de laquelle se donne tout étant intra-mondain. 43.

SOLLICITUDE *(Fürsorge)* : La sollicitude est le rapport à autrui, la manière d'être avec l'autre. Ce terme est éthiquement neutre, mais se modalise suivant des directions « éthiques » ressaisies à partir de la modalisation en propre-impropre. 279-284.

SOUCI *(Sorge)* : Le souci est l'être plein du Dasein : être en avant de soi (projet), déjà dans un monde (facticité*), auprès de l'étant intramondain (préoccupation*), dont la condition de possibilité est la temporalité*. 59-62.

TEMPORALITÉ *(Zeitlichkeit)* : La temporalité originaire, qui rend possible l'être du Dasein, est ek-statique, horizontale et finie. A partir de sa modalisation impropre, on en dérive le temps du monde, l'intra-temporalité, et, pour finir, exténuation finale, le « concept vulgaire de temps ». La temporalité du Dasein doit dégager l'horizon de la Temporalité *(Temporalität)* de l'être lui-même. 83-104, 153-161, et *passim.*

TRANSCENDANCE *(Transzendenz)* : La transcendance, c'est l'être-au-monde* lui-même. Que le Dasein soit transcendant signifie que, pour se tenir auprès de l'étant, il doit d'abord se tenir au-delà de l'étant : dans la compréhension, même implicite, de son être. L'être, comme différent de l'étant « est » donc le transcendant par excellence, auquel, transcendant l'étant en tant qu'il comprend l'être – et peut explicitement élaborer cette compréhension –, le Dasein se rapporte. 44-114.

Du même auteur

Alexis de Tocqueville
Vie, œuvres, concepts
Ellipses, 2004

RÉALISATION : PAO ÉDITIONS DU SEUIL
IMPRESSION : NORMANDIE ROTO IMPRESSION S.A.S. À LONRAI
DÉPÔT LÉGAL : SEPTEMBRE 2000. N° 33810-3 (1803947)
Imprimé en France